# Cœur CONFIANT

## Mary Calmes

# *Cœur* CONFIANT

## Mary Calmes

Publié par
DREAMSPINNER PRESS

5032 Capital Circle SW, Suite 2, PMB# 279, Tallahassee, FL 32305-7886 USA
http://www.dreamspinnerpress.com/

Édition imprimée en français : 978-1-63477-101-6
Première édition française en version papier : décembre 2015
Édition ebook en français : 978-1-61372-872-7
Première édition française : avril 2014
Première édition : décembre 2010
Édité aux Etats-Unis d'Amérique.

À mon père.
Tout le monde devrait en avoir un tel que lui.

# LEXIQUE

| | |
|---|---|
| *Aset* | Celle qui est choisie par la *reah* (et uniquement par elle) pour devenir la nouvelle compagne du *Semel* dans l'éventualité où la *reah* viendrait à mourir. |
| *Beset* | Ami privilégié de la *reah* |
| *Khatyu* | Soldat du *Semel* |
| *Maahes* | Prince d'une tribu, émissaire du *Semel*. |
| *Maat* | Équilibre, en harmonie. Conforme aux lois |
| *Phocal* | Le chef du *Shu*, un groupe d'élite des hommes-panthères, au service du prêtre de Chae Rophon |
| *Reah* | Véritable compagne du *Semel*. |
| *Semel* | Chef de tribu |
| *Semel-aten* | Chef de tribu de la capitale des homme-panthères, Sobek. |
| *Semel-re* | *Semel* qui a trouvé sa véritable compagne, sa *reah*. |
| *Sheseran* | Compagne du *sheseru* |
| *Sheseru* | (le fléau) Exécuteur de la tribu et gardien de la compagne du *Semel*. |
| *Sylvan* | (La crosse) Sage de la tribu, il conseille le *Semel*. |
| *Taurth* | Une *yareah* répudiée par un *Semel* parce qu'il a trouvé sa véritable compagne. |
| *Wosret* | *Reah* non-appariée que le *Semel-aten* revendique comme concubine. |
| *Yareah* | Compagne qu'un *Semel* se choisit, à défaut d'avoir trouvé sa véritable compagne. |

# I

TOUT LE monde a une saison préférée. La mienne, c'est l'été. Certes, notre histoire d'amour avait débuté lorsque j'étais enfant et que j'avais trois mois de vacances avec rien d'autre à faire qu'à me mettre dans des situations périlleuses, ce qui était irrésistible. Mais, en grandissant, j'ai réalisé que ces longues journées de juin, juillet et août, personne n'attendait rien de moi. Je me disais que j'aurais toujours le temps de remettre de l'ordre dans ma vie une fois l'été terminé et de me préparer pour l'école pour une nouvelle année, quoi qu'elle me réserve. L'été rendait tout possible.

Je m'arrêtai avant de traverser le parking, et levai la tête pour apprécier la chaude brise nocturne qui me caressait la peau. J'adorais l'endroit où j'habitais, Incline Village, au nord du Lac Tahoe, notamment parce qu'il n'y faisait jamais trop chaud.

Il y avait encore six mois, je n'aurais jamais cru que je me sentirais à nouveau chez moi quelque part, mais ça, c'était avant que je rencontre Logan Church. En très peu de temps, j'étais passé du statut de paria à celui de compagnon d'un *Semel*, un chef de tribu et par conséquent je faisais à nouveau partie d'une tribu.

Je suis né à la fois homme-panthère et *reah*. Si j'avais été une femme, ma vie aurait alors été pleine de sens, mais les choses étant ce qu'elles étaient, mon existence avait été des plus compliquées. Les *reahs* ne pouvaient être que les compagnes destinées à un *Semel*. Comme les *Semels* étaient uniquement des hommes, cela impliquait que je ne pouvais qu'être destiné à un homme. Cela n'aurait pourtant pas dû me poser de problème. Pour moi, cela coulait même de source, puisque j'avais toujours été attiré uniquement par les hommes, mais la tribu où j'avais grandi, et même ma famille, avaient vite conclu que j'étais une abomination. Me retrouvant banni à l'âge de seize ans, ma vie avait alors consisté à errer avec mon meilleur ami, Crane, sans jamais

1

être chez moi nulle part et ce, jusqu'à ma rencontre avec Logan Church, mon compagnon.

Désormais reconnu en tant que *reah*, ma vie ne se limitait plus à mon meilleur ami Crane et à moi, mais tournait maintenant autour de mon compagnon, de sa famille et de ma nouvelle tribu. C'était toujours perturbant car je croulais sous les obligations, la lourdeur du protocole occupant le plus clair de mon temps. C'était effrayant et les choses avaient même empirées depuis une semaine. Je n'avais pas la moindre idée de comment je pourrais en parler à mon compagnon.

Je me laissai distraire par l'odeur des fleurs sauvages, la fraîcheur du lac et le charbon qui brûlait non loin. Je me remis à marcher à travers ce festival de senteurs. Le farniente d'été ne pouvait pas mieux porter son nom. Je ne rêvais que d'une chose : me vautrer dans un hamac et ne plus repenser à tout ce qui s'était passé au cours de cette semaine. Je fis un petit signe de la main aux membres de mon équipe, qui m'appelaient pour me souhaiter une bonne soirée. J'appréciais qu'ils aient ressenti le besoin de le faire. C'était vraiment du boulot que de diriger un restaurant, mais l'aspect humain faisait que ça en valait la peine, surtout avec une équipe comme la mienne. Lorsque mon téléphone sonna et que je vis que l'appel venait de la maison, je me demandai si je ne ferais pas mieux de ne pas répondre, mais finis tout de même par décrocher.

— Allo ?

— Jin.

Mon cœur battit la chamade et je m'arrêtai, comme paralysé, à côté de ma jeep. Le simple fait d'entendre sa voix provoquait des vagues de chaleur.

— Jin ?

— Logan… Tu es à la maison.

Ma voix tremblait.

— Tu es rentré quand ?

— Tu n'as pas l'air ravi.

Une partie de moi l'était, mais l'autre, pas du tout.

— Non, je suis content, juste un peu surpris. Tu disais que tu serais parti dix jours et ça ne fait que sept.

— Je n'ai pas le droit de revenir plus tôt ?

— Ce n'est pas ce que je veux dire.

— Donc tu es content que je sois rentré, dit-il.

Il ne semblait pas convaincu.

— Bien-sûr, repris-je rapidement, mais quand es-tu…

2

— À l'instant, Mikhaïl et moi nous…

Il fut distrait par quelque chose.

— Tu es où là ?

Que lui répondre ?

— Et où sont-ils tous passés ? La maison est vide. Mikhaïl et moi rentrons et il n'y a personne dans les parages. Comment est-ce possible ?

Vu que douze personnes y vivaient, enfin onze maintenant que Simone avait officiellement déménagé pour se marier, Logan était effectivement en droit de s'attendre à trouver au moins une personne à la maison à son retour de New York, après presque une semaine d'absence. Le fait qu'il n'y ait eu personne pour l'accueillir pouvait légitimement lui paraître étrange.

— J'ai envie de te voir.

Il ne l'avait pas formulé comme un ordre, même si c'était ce que cela impliquait, et ça me permit fort heureusement de l'ignorer. Ce fut un soulagement, car je n'étais absolument pas en état de le voir.

— D'accord.

— D'accord ?

— Ouais.

— Ça veut dire quoi ?

— Ça veut dire que je serai à la maison d'ici deux ou trois jours mais…

— Deux ou trois jours ?

— Ouais, tu m'as dit que tu serais parti, et je me suis organisé pour ne pas être à la maison pendant ce temps, donc du coup j'ai prévu des trucs que je ne peux pas annuler comme ça.

— Pourquoi t'es-tu arrangé pour ne pas être à la maison ? Tu adores être à la maison.

Il avait raison. Ne pas avoir eu de chez moi pendant si longtemps faisait que dès que je n'étais pas au boulot, c'était généralement à la maison qu'on pouvait me trouver.

— Jin, que se passe-t-il ?

— À propos de quoi ? lui demandai-je avec légèreté.

— Qu'est-ce que tu as prévu qui est impossible à annuler ?

— Logan…

— Avec qui es-tu ?

— Avec personne, répliquai-je après m'être éclairci la voix.

— Jin, reprit-il après un long silence qui indiquait clairement qu'il avait réfléchi.

J'avais prévu d'élaborer une histoire ce soir, et là il me prenait de court. J'avais dans l'idée de lui dire que mon patron m'envoyait à Las Vegas ou un truc du genre. L'idée de mentir à mon compagnon me faisait mal, mais la vérité ne valait guère mieux.

— Jin ?

— Je suis là.

— Bon sang, qu'est-ce qui se passe ? Où sont-ils tous ? Et pourquoi diable est-ce que tu ne veux pas me voir ? Ça fait une semaine que je suis parti, je ne t'ai pas manqué ou quoi ?

Oh si, il m'avait manqué, et bien trop même. C'était d'ailleurs, de l'avis d'Abbot, justement là où se trouvait le problème.

— Jin, mon cœur.

Sa voix s'adoucit.

— Pourquoi est-ce que tu ne veux pas me voir ?

— Ce n'est pas ça… pas ça du tout, tentai-je.

Qu'étais-je censé dire ?

— Je ne veux pas que tu me voies tant que je ne suis pas beau à regarder ? me justifiai-je, et c'était vrai… du moins en partie.

— Tu es toujours beau à regarder.

C'était gentil de sa part de le penser, mais ce n'était pas toujours le cas. Surtout en ce moment. J'avais bien encaissé et avais de nombreuses blessures pas encore guéries. En tant qu'homme-panthère, je guérissais bien plus vite des coups reçus qu'une personne normale, mais j'avais vraiment beaucoup saigné et mes coupures se voyaient toujours énormément. Je n'étais vraiment pas beau à voir. J'avais raconté à tout le monde au boulot que j'avais eu un accident de voiture et, lorsque j'étais passé pour leur donner leurs plannings et payer les salaires, tous s'étaient demandé si je n'aurais pas mieux fait de rester au lit. Si je leur avais dit la vérité, c'est-à-dire que je m'étais interposé entre deux hommes-panthères, ils m'auraient pris pour un dingue.

— Tu es au boulot ?

— Oui, en fait, je suis sur le départ, répondis-je.

J'allais en effet quitter le restaurant dans les minutes qui suivaient.

— Je vais chez Eddie pour…

— Jin ! me coupa-t-il. Je… Qu'est-ce qui se passe ?

Je me tus. La conversation prenait une très mauvaise direction. Il ne pouvait pas m'ordonner de rentrer.

— Jin ?

Et merde.

— Je pensais que j'aurais plus de temps.

— Plus de temps pour quoi ?

Je ne pouvais pas lui dire que j'étais en train d'essayer de sauver la vie d'un homme.

— Jin ?

— Ça va vraiment te mettre en rogne, lui dis-je après avoir inspiré un grand coup.

— Je suis déjà en rogne, me balança-t-il. Parce que tu refuses de me parler et que tu tentes de me cacher des trucs. Alors je te le redemande, qu'est-ce qui se passe ?

— Bon, ce n'est pas de la faute d'Abbot.

— Quoi ?

— Enfin, si, mais…

— Je… Abbot George ? Le *sheseru* que Yuri entraîne pour la tribu de Kellen ?

À la demande de Kellen Grant, un autre *Semel*, chef d'une tribu d'hommes-panthères, Logan avait accepté que son *sheseru*, l'exécuteur de sa tribu, Yuri Kosa en forme un autre. Le *sheseru* de Kellen avait trouvé la mort lors d'un *menthuel*, un duel d'honneur et son frère était en lice pour devenir le nouveau *sheseru* de la tribu. Abbot George était parmi nous depuis près d'un mois quand Logan était parti assister à l'union de Simone à New York.

— Jin ?

— Désolé, tu disais ?

— Concentre-toi un peu.

Je faisais de mon mieux, mais c'était sacrément difficile. Ce qui allait se passer me préoccupait bien trop et la voix de Logan me retournait l'estomac, mais ce n'était pas complètement désagréable. Il m'avait tant manqué.

— Jin ?

Je gémis en l'entendant crier et me rappeler qu'il était le dominant de notre relation. C'était lui le *Semel*, le chef et j'étais son compagnon soumis. Je sentis le désir se propager dans mon entrejambe.

— C'est quoi le problème ? Dis-moi.

Sa voix profonde et chaude me ramena à la dernière fois où nous avions été au lit ensemble. Il avait voulu m'attacher et je l'avais laissé faire. Il m'avait lié avec la ceinture de sa robe de chambre en soie, qui avait fait l'affaire car nous étions tous les deux à fond dans ce fantasme.

— Jin ?

— Tu m'as manqué, lui susurrai-je.

5

— Et toi aussi, me répondit-il en marmonnant. Qu'est-ce qui se passe, mon amour ?

J'étais envoûté par le son de sa voix, mon corps le réclamait à cœur et à cris, si bien que je faillis perdre l'équilibre. Je repris mes esprits et m'éclaircis la gorge.

— Logan, je...

— Tu parles d'Abbot George, non ? Le gars que Yuri forme ?

*Formait*, ne pus-je m'empêcher de penser.

— Jin ?

— Oui, dis-je solennellement.

Logan fit une pause et sembla être frappé par un éclair de lucidité.

— Il a fait quoi ?

— C'était une erreur.

— Mais quoi ?

— Reste juste bien conscient que ce n'était qu'une erreur.

— Jin, alors aide-moi. Si tu...

— Je vais bien.

— Pourquoi tu n'irais pas bien ?

Il durcit le ton.

— Qu'est-ce que tu essaies de...

— C'était une erreur.

— Tu l'as déjà dit. Qu'est-ce qui s'est passé bordel ? Dis-moi simplement ce qui s'est passé.

La froideur du ton qu'il prit me fit frissonner.

— D'accord, j'imagine que c'est parce que tu me manquais tellement et que je suis ta *reah* et...

— Bon sang, c'est comme si j'étais en train de t'arracher une dent ! Arrête de tourner autour du pot et dis-moi juste ce qui s'est passé !

Il n'était pas en colère contre moi et je le savais bien, mais il était tout de même très irrité.

— Les phéromones... Euh... Je ne m'en étais même pas rendu compte que... Mais Abbot a dit que c'était comme si j'étais en chaleur.

— Abbot a dit...

Sa voix s'éteignit jusqu'à disparaître complètement.

Je toussai.

Il y eut un bruit et soudain quelqu'un appela mon nom au téléphone. C'était Mikhaïl et sa voix calme fut un vrai soulagement pour moi. Ce serait plus facile de parler au *Sylvan* de notre tribu, le sage, le conseiller. Il était

6

toujours une source de réconfort et de soutien. Tout le monde se confessait à lui et je n'échappais pas à la règle.

— Salut.

Je me mis immédiatement à sourire.

— Comment s'est passé le voyage ?

Il émit un grognement viril avant de reprendre.

— Je te dirais tout sur New York quand je te verrai, mais je dois d'abord savoir ce qui s'est passé ici. Mon *Semel* réclame une explication, et moi aussi. Pourquoi n'es-tu pas à la maison, ma *reah*, et où se trouve ton *sheseru* ?

Je pris une minute pour réfléchir à ce que j'allais dire.

— Dis-moi simplement ce qui s'est passé.


TOUT S'ETAIT passé si vite. J'étais dans la cuisine à faire des spaghettis et la minute suivante, Abbot George était apparu devant moi, le *sheseru* que Yuri entrainait, un félin de la tribu de Selket que Kellen Grant dirigeait. Étant la *reah* de ma tribu, il n'aurait jamais dû être autorisé à se retrouver seul avec moi. Mais dans ma propre maison, j'étais laxiste avec les règles. Si vous étiez chez moi, je vous faisais confiance.

— Salut, lui dis-je. Comment ça se passe avec Yuri ? Tu veux toujours devenir *sheseru* ou préfères-tu laisser tomber ?

Ses yeux s'obscurcirent alors qu'il s'approchait de moi.

— Mon *Semel*, Kellen Grant, a pris pour compagne une *yareah*, une femme qu'il s'est lui-même choisie, et pas la *reah* qui lui était destinée depuis la naissance. Il n'a pas de vraie compagne, il n'a pas sa *reah*.

— C'est vrai, lui répondis-je, occupé à mes fourneaux. Mes spaghettis ne sont pas aussi bons que ceux de la mère de Logan, mais ils sont mangeables, tu en veux ?

Il ne répondit pas et se rapprocha plus près, se pressant tellement contre mon dos que cela en devint oppressant.

— Abbot ?

— Un véritable *sheseru* est censé être l'exécuteur du *Semel* et le protecteur de la *reah*, non ?

— Le *sheseru* fait ce que lui ordonne son *Semel,* rectifiai-je. Est-ce que tu pourrais…

— J'ai lu la loi. Le *sheseru* est le champion de la *reah*.

— Si la tribu en a une, le corrigeai-je. S'il n'y a pas de *reah*, alors…

— Un *sheseru* est perdu sans *reah*.

7

— Non, il est juste le protecteur de la *yareah* dans ce cas-là.

Je ne pouvais pas me concentrer, il m'oppressait de plus en plus.

— Est-ce que… Pourrais-tu, peut-être… Pourrais-tu reculer un peu ? lui suggérai-je, convaincu qu'il n'avait pas la moindre idée qu'il me mettait autant mal à l'aise.

— Un *sheseru* doit être le gardien de la *reah*, dit-il platement, s'approchant encore plus près.

— Stop, dis-je gentiment mais d'une voix ferme.

— Je pensais que c'était pareil, dit-il d'une voix plus basse, ses doigts effleurant mon cou. Une *reah* ou une *yareah*… Je ne pensais pas que c'était différent jusqu'à ce que je vienne ici.

— Abbot…

Deux hommes que je n'avais jamais vus de ma vie entrèrent dans la cuisine alors que je prononçais son nom.

— Qu'est-ce que vous…

— Ce n'est pas du tout la même chose. Une *reah* est… un miracle, et après être venu ici, avec toi, une vraie *reah*, je vois et sens la différence. Je dois rester ici, à tes côtés. Logan doit m'accepter et bannir Yuri.

Il avait perdu la tête, et avant que sa main puisse atteindre ma gorge, je reculai dans le peu d'espace qu'il me restait, me cognant contre le plan de travail derrière moi.

— Yuri est le *sheseru* de Logan et il le restera aussi longtemps que…

— Depuis que Logan est parti, c'est comme si tu étais en chaleur, murmura-t-il, et je vis que ses pupilles étaient dilatées, remarquant le frisson qui le traversait.

Je me demandai vaguement où pouvait bien être Yuri.

— Je crois qu'un *sheseru* doit prendre soin de sa *reah* de toutes les manières possibles lorsque le *Semel* est absent.

Il n'y avait quasiment plus de blanc dans ses prunelles, juste de grands yeux aux pupilles complètement dilatées, qui me dévisageaient. C'était un peu flippant, pour ne pas dire terrifiant. En prime, que diable voulait-il dire par 'prendre soin de sa *reah,* de toutes les *manières possibles* lorsque le *Semel* est absent' ?

— Je crois que tu as besoin de moi… Ton corps réclame le mien.

Comment osait-il dire ça ?

— Tu ferais mieux d'aller dans le salon et regarder la télévision, lui suggérai-je doucement, le fixant, les poils à la base de mon cou se redressant à la vue des deux autres hommes. Et emmène tes amis avec toi, à moins qu'ils ne veuillent manger quelque chose d'abord.

Je faisais de mon mieux pour garder un ton neutre et calme.

— Je n'ai jamais été attiré par un homme jusqu'à maintenant, confessa-t-il en baissant la voix, mais je n'ai jamais vu d'homme tel que toi, Jin Rayne.

Je me figeai. Non pas parce que j'avais peur. J'étais furieux. Comment osait-il traiter Logan de la sorte ? Comment osait-il violer le sanctuaire qu'était sa maison ? J'étais le compagnon du *Semel*, totalement intouchable, et cet homme pensait pouvoir me réclamer ? Mon compagnon était la panthère mâle la plus forte dont je ne m'étais jamais approché, et cet homme pensait qu'il pouvait usurper son rôle ? Me faire sien ? Il présumait que j'avais besoin de quelque chose de plus que mon compagnon ? C'était obscène.

— Sors de chez moi, lui ordonnai-je d'une voix dure et froide.

— *Reah*.

Il me coupa brusquement la parole avant de se jeter sur moi, frappant l'assiette entre mes mains comme il m'agrippait le visage et me tirait en avant. Sa bouche se colla à la mienne, sa langue força mes lèvres alors qu'il m'allongeait sur le plan de travail.

Je le poussai et me débattais, mais il était nettement plus gros et plus fort que moi, ses mains étaient partout puis je parvins enfin à me libérer de sa bouche.

— Stop ! réussis-je enfin à dire, m'efforçant de ne pas hurler tant j'étais terrifié pour lui, pour la transgression qu'il venait de commettre.

J'étais passé en l'espace de quelques secondes du stade de la colère, à craindre purement et simplement pour sa vie. J'aurais pu me transformer et lui échapper facilement, mais quiconque m'aurait aperçu aurait été en droit de se demander pourquoi diable il m'avait fallu prendre ma forme de panthère dans ma propre maison. En effet, qu'est-ce qui pourrait m'amener à prendre ma forme animale ? Pourquoi aurais-je besoin de me battre ? Et le simple fait que cette question se pose amènerait mon *sheseru*, Yuri Kosa, à les tuer. Il me fallait donc éviter que qui que ce soit d'autre ne nous voie ou nous entende. Ma préoccupation envers leur sécurité disparut dès que les deux autres m'attrapèrent.

Ils virèrent tout ce qui se trouvait sur la table de la cuisine et m'y jetèrent, me plaquant sur le ventre, me maintenant les bras étendus. Les inconnus me tenaient fermement les poignets pendant qu'Abbot se frottait à mon arrière-train et commençait à défaire ma ceinture. J'avais d'abord cru qu'ils n'étaient que trois, mais il s'avérait qu'ils étaient quatre, je m'en rendais bien compte maintenant.

Je n'avais plus le choix. Je me transformai, coulant entre leurs doigts, tel du liquide, passant d'homme à panthère en un clin d'œil. Leurs cris de surprise envahirent la pièce alors que je me laissais rouler sur le sol pour me débarrasser de mon tee-shirt et de mon jean, me libérant en quelques secondes. C'était une aubaine que d'être pieds nus. Si je n'avais pas remarqué que le profond respect qu'Abbot me portait s'était mué en obsession ; lui, de son côté, n'avait pas cru que je puisse être aussi rapide. Tout se déroula tellement vite, que j'étais déjà à l'autre bout de la pièce avant qu'aucun d'eux n'ait pu me localiser du regard.

— *Reah,* Abbot expirait bruyamment alors qu'il déchirait frénétiquement ses vêtements pour pouvoir lui aussi se transformer en panthère.

— Allons-y, lui hurla l'un des hommes alors qu'un autre se précipitait vers la porte arrière.

C'était ma vitesse qui les excitait. C'était flippant de voir quelqu'un se transformer aussi vite.

— Abbot !

Il était en pleine transformation.

— Tu as dit qu'il serait d'accord ! Tu n'as jamais dit qu'il se battrait contre toi ! lui cria l'un des inconnus en quittant la cuisine, abandonnant du même coup ses amis.

Il fuit sans demander son reste par la porte arrière et disparut dans la nuit.

— Jin, où … es-tu...

L'arrivée surprise de Yuri dans la cuisine ne me laissa pas d'autre choix que de me précipiter vers lui pour le protéger de l'attaque qu'il lui était impossible de voir venir.

Même si j'étais deux fois plus loin que l'autre félin, je parvins à le rejoindre et à le plaquer au sol avant qu'il ne puisse planter ses crocs et ses griffes dans le torse de mon *sheseru*. Toutefois, à me concentrer sur ma propre vitesse, je n'avais pas prêté attention à la sienne. Lorsqu'il se retourna rapidement et enfonça ses griffes dans mes côtes, j'eus l'impression de m'être pris à la fois un coup de poing et un coup de couteau.

Je sentis mes côtes chauffer et comme j'étais momentanément dans les vapes, le coup de tête qu'il me mit par la suite me fit retomber au sol. Des griffes tranchantes comme des rasoirs me déchirèrent les flancs et je compris

10

que tout ce sang était le mien. J'entendis Yuri rugir furieusement, le vis faire tomber sur moi ses vêtements en lambeaux, se transformant à son tour.

J'étais au beau milieu de leur combat, et j'avais perdu pas mal de sang, ce qui me rendait moins puissant et moins rapide qu'à l'accoutumée. J'étais complètement affaibli, vautré entre ces deux puissantes panthères tel un jouet impuissant, poussé et écrasé à tout bout de champs. Il me fallut un moment pour réunir suffisamment de force pour pouvoir enfin me mettre à l'abri.

Les voir tous les deux s'attaquer l'un l'autre avec autant de sauvagerie me fit comprendre qu'ils se battaient à mort, à moins que je ne m'interpose pour les séparer. Je m'apprêtais à bondir entre eux quand de grosses mains m'agrippèrent la nuque avant que je puisse me lancer.

— Attends, dit Crane au-dessus de moi.

La voix de mon meilleur ami était sévère alors qu'il s'agenouillait à mes côtés.

— Tu saignes beaucoup. Je pense que tu es sérieusement touché. Retransforme-toi que je puisse mieux regarder.

Mais on manquait de temps.

— Laisse-le faire, imbécile, avant que Yuri ne tue Abbot !

Crane se releva d'un mouvement fluide, et Markel, un autre homme-panthère et son rival pour l'affection de Delphine, la sœur de Logan, apparut à ma droite.

— Jin est le seul qui soit assez rapide pour pouvoir s'interposer sans se faire blesser.

— Il est déjà blessé ! rugit Crane, et franchement, je m'en contrefous si Abbot meurt, il est déjà mort de toute façon.

— Mais putain, de quoi tu parles ? cria Markel, poussant violemment Crane, me libérant de ses mains. Nous sommes tous responsables de sa sécurité aussi longtemps qu'il est ici. Tu crois vraiment que son *Semel* trouvera normal qu'il ait été blessé dans sa propre maison ? Réfléchis un peu !

Crane se jeta sur Markel sans lui répondre et tous deux finirent par terre à se donner des coups de pied et de poing. En les voyant déchirer leurs vêtements, je me retransformai et leur criai d'arrêter et de venir m'aider. Ou du moins c'était ce que j'avais tenté de faire, car je ne pus émettre qu'un son ridicule. Il me fallut m'appuyer sur un meuble pour pouvoir enfin tenir debout sans retomber à genoux. Je tournai la tête et pus voir Crane et Markel, en tant que panthères, se jeter l'un sur l'autre dans un déluge de crocs et de griffes, tous deux fous de rage. Si Crane ne s'était soucié que de moi au début, il voyait maintenant, à l'évidence, une opportunité de se débarrasser de son rival. Et il ne comptait pas laisser passer sa chance. Son instinct animal le lui réclamait. Regardant en direction de Yuri, qui était attaqué par Abbot et une autre panthère, j'aperçus quelque chose que mon *sheseru* ne pouvait pas voir.

Revenant à ma forme de panthère, je me précipitai à l'autre bout de la pièce et me ruai sur Yuri, le planquant au sol, sous moi, pour le protéger de l'attaque d'une troisième panthère. Je sentis des crocs plonger à l'arrière de mon cou pendant que des griffes me déchiraient de nouveau les côtes. Une douleur fulgurante traversa tout mon corps alors que nous tombions du dos de Yuri. Les crocs d'Abbot ratèrent ma jugulaire de quelques millimètres et grâce à l'intervention musclée de Yuri, il ne put lancer de deuxième attaque. Yuri était là, à me protéger d'Abbot, mais l'autre panthère avait toujours ses griffes plantées dans mon dos. La douleur était comme une décharge électrique me traversant continuellement, de plus en plus forte. La morsure à l'épaule qui vint ensuite, d'un coup sec et violent, me fit hurler de douleur.

Je frissonnai de tout mon être et ma tête s'écrasa violemment sur le sol. Tout se mit à tournoyer autour de moi, puis soudain, le poids sur mon dos ne fut plus là. En relevant la tête, je vis un homme tomber à côté de moi, la gorge tranchée. Il s'était retransformé très rapidement au moment de sa mort, ce qui était toujours le cas lors d'un décès.

Soudain, je me retrouvai avec Yuri sur moi, sa fourrure dorée souillée de sang. Je compris tout de suite que c'était lui qui m'avait sauvé, mais je fus du même coup pris de panique. Où était Abbot ? Et l'autre panthère ? L'une d'elle s'était enfuie avant même que la situation ne dégénère et une autre était morte. Cela voulait dire qu'il restait Abbot et une autre. Lorsque Yuri se redressa, je vis la réponse à ma question. Ils se préparaient à bondir à travers les portes battantes de la cuisine pour attaquer Yuri alors même que Crane balançait Markel à travers la baie vitrée que Logan avait fait installer moins d'un mois auparavant. Ils continuaient à se battre, l'un contre l'autre, malgré le fait que je sois en situation périlleuse. Ils auraient dû me venir en aide à tout moment, mais ne s'étaient aperçus de rien. En prime, ils étaient même parvenus à briser quelque chose auquel Logan Church tenait tout particulièrement. Il avait aménagé un coin de la cuisine juste pour lui et moi, pour que nous puissions être tranquilles, un refuge où prendre notre petit déjeuner ensemble tout en contemplant le paysage. Les efforts qu'il y avait mis faisaient que je chérissais ce nid d'amour, et maintenant, c'était en miettes.

Une fois la menace écartée, je me retrouvai seul, nu et tremblant de douleur, tentant désespérément de me relever. À cet instant, je me mis à avoir vraiment peur, je saignais abondamment et ma température corporelle chutait à toute vitesse. Durant ces quelques secondes, je crus vraiment que j'allais mourir.


— ATTENDS, M'ARRETA Mikhaïl, me ramenant à la réalité.

Je ne savais pas à partir de quel moment j'avais commencé à parler et que le souvenir des évènements s'était transformé en un long monologue, mais d'après l'intervention de Mikhaïl, je compris que j'en avais bien trop dit.

— Que je sois sûr de bien comprendre, reprit-il d'un ton parfaitement froid qui était inhabituel chez lui. Tu t'es fait attaquer, chez toi, par des panthères de la tribu de Selket.

— Quatre au début, trois à la fin mais... Oui c'est ça, soupirai-je.

— Kellen est-il au courant ?

— Je ne sais pas.

— Comment peux-tu ne pas le savoir ?

— J'ai laissé le père de Logan s'en charger.

— Pourquoi ? C'est toi notre *reah*.

Que pouvais-je dire ?

— J'avais... Besoin de me reposer.

— Te reposer, répéta-t-il dubitatif. Toi ?

— Ben, oui.

— Tu guéris plus vite que n'importe quelle autre panthère que je connaisse.

— C'est vrai.

Je me raclai la gorge, sans vouloir trop entrer dans les détails avec lui.

— Est-il mort ?

— Qui ?

— Abbot, bien sûr.

— Non.

— Où est-il ?

— Probablement avec Avery.

— Avery ? Avery Cadim ? Le *sheseru* de Christophe ?

— Oui.

— Pourquoi ? Qu'est-ce que la tribu de Pakhet vient faire dans cette histoire ?

— Crane dit qu'Abbot et l'autre type – je ne connais pas son nom – ont demandé refuge auprès d'Avery à Reno et ont demandé asile jusqu'à ce que leur *Semel* arrive. Je ne sais pas où est le troisième encore en vie, il a disparu avant que tout ça n'arrive.

— Attends, Kellen Grant va venir ici ?

— Oui.

— Quand ?

— Je n'en sais rien.

— Que veux-tu dire par tu ne… ?

Il s'arrêta brusquement, et j'en connaissais la raison : il ne voulait pas me crier dessus.

— Où est Yuri ?

— Je l'ai envoyé dans les montagnes pour chasser avec Ivan et l'autre *khatyu*.

— Pourquoi ?

— Parce que je ne voulais pas qu'il lance une petite partie de chasse sur les terres de Christophe.

— Cela aurait été son droit en tant que *sheseru* de sa tribu de chasser et de tuer l'homme qui avait osé poser ses mains sur…

— Je ne veux pas de ça.

— Je m'en moque. La vie d'Abbot appartient à Logan maintenant, Jin, tu…

Nous entendîmes tous les deux le rugissement en même temps. Sans avoir besoin d'explication, je savais que Logan venait d'entrer dans la cuisine et avait découvert l'étendue des dégâts.

— Mikhaïl, soupirai-je en montant dans la jeep et en démarrant, dis juste à Logan que je l'appellerai dans la matinée et que…

— Jin… Attends…

Je savais qu'il valait mieux ne pas attendre. Je raccrochai. Si Logan m'avait ordonné de rentrer à la maison, de me présenter devant lui en tant que *Semel* de ma tribu, je n'aurais pas eu d'autre choix que d'obéir. J'étais sa *reah*, son compagnon et ses paroles avaient force de loi. Sa domination sur moi, sur nous tous, était absolue. Mais si je ne lui parlais pas, alors je n'aurais pas à faire ce qu'il me disait. C'était lâche, mais ça fonctionnerait.

Il y avait six mois, mon monde avait été complètement retourné lorsque j'avais rencontré le chef de la tribu de Mafdet, Logan Church. Les panthères ou chats ne s'accouplaient pas pour la vie, à l'exception du chef de la tribu et seulement si ou quand ils trouvaient leur compagnon. Leur véritable âme-sœur. Leur *reah*.

La chance qu'un *Semel* trouve sa *reah* était très faible, si infime en fait, qu'il devait y avoir à peu près une chance sur un million pour qu'il parvienne ne serait-ce qu'à en voir une un jour. Pas une seule seconde je n'aurais cru, lors de mon premier voyage dans les montagnes au-dessus de mon lieu de travail de King Beach, alors que me rendais à la résidence de Logan à Incline Village, qu'à la seconde où je verrais l'homme, mon cœur serait à lui. Il s'était avéré que tout ce que j'avais cru concernant l'amour, l'engagement mutuel et l'idée d'appartenir à quelqu'un était faux. Être amoureux vous rendait plus fort, et non faible et appartenir à un homme me donnait l'impression que je pouvais voler. Il y avait tout de même des problèmes, des différences qui avaient besoin d'être aplanies, ainsi que certains problèmes provenant des personnes qui m'entouraient.

J'avais aussi besoin de temps pour comprendre ce qui se passait avec le triangle amoureux de la maison. Delphine, la sœur de Logan semblait totalement incapable de choisir entre mon meilleur ami, Crane Adams, et l'ancien *sheseru* de la tribu de Menhit, Markel Kovac. Elle devait décider de qui elle accepterait les avances, pour sortir avec lui et éventuellement, s'ils tombaient amoureux, de s'unir à lui. Les choses ne pouvaient, à l'évidence, pas continuer telles qu'elles étaient. Ma maison n'y survivrait pas. Déjà que la baie vitrée de ma cuisine avait été détruite ; je n'osais imaginer ce que ce serait la prochaine fois.

Personnellement, je ne parvenais pas à comprendre sa réticence à dire à Markel qu'elle avait déjà choisi Crane. Il n'y avait aucune comparaison possible entre les deux hommes. Markel était plutôt sombre, froid et assez rude, alors que Crane était tout le contraire, chaleureux, aimant et gentil. Crane était le genre d'homme qui réchauffe l'ambiance rien qu'en entrant dans la pièce. Le fait qu'il soit carrément beau gosse n'enlevait rien à son charme, bien-sûr. Markel, plus petit que lui, et moins baraqué, était plus fin. Je ne lui trouvais vraiment rien du tout, mais apparemment Delphine n'était pas de mon avis. Cela dit, je n'avais jamais vraiment pris la peine de le regarder.

Alors que je conduisais vers l'appart de mon ami Eddie, mon téléphone sonna et je reconnus le numéro de Crane sur l'écran. Je me dis qu'il fallait vraiment que je mette une sonnerie différente pour chacun afin de ne pas être obligé de vérifier à chaque fois qui m'appelait, mais vu que c'était complètement en queue de liste des choses à faire, il était clair que ça allait passer à la trappe.

— Salut, lui dis-je, mal à l'aise, irritable au possible, n'ayant envie que de voir Logan pour qu'il me prenne dans ses bras. Je suis bien content que tu m'appelles enfin, tu es où là ?

— Tu as l'air contrarié, dit-il en ignorant complètement ma question.

— Où es-tu ? lui demandai-je à nouveau.

— Mais, à la maison, m'asséna-t-il comme si c'était une évidence. Et toi par contre tu n'y es pas.

Je ne pus retenir un rire sarcastique.

— Et c'est précisément aujourd'hui que tu as choisi de pointer ton nez à la maison ?

— Merde.

— C'est quand même amusant, grognai-je, le choix d'un tel timing.

— Je comprends ce que tu veux dire mais…

— Tu es parti et tu m'as ignoré toute la semaine et…

— Je ne t'ignorais pas ! Je… Je me suis vraiment senti comme le dernier des crétins. Je suis censé être ton meilleur ami, et plus encore, ton homme de confiance, ton *Beset*. Et au moment d'assurer ta protection, est-ce que je t'ai protégé ? Est-ce que je m'en suis soucié ? Putain, non ! La seule chose qui m'intéressait était de tuer Markel. Tu aurais pu perdre tout ton sang sur le carrelage de la cuisine et je ne m'en serais même pas aperçu. Je n'ai même pas jeté un coup d'œil pour vérifier comment ça se passait pour toi. Si Yuri n'avait pas été là… Et si Russ n'était pas resté à la maison pour te nourrir, te réhydrater et…

— C'est bon, le coupai-je directement. Tout ça m'est égal, je veux simplement que tu reviennes.

— Et ton vœu est exaucé, me lança-t-il plein de sarcasmes. Je suis à la maison, moi. Bon sang, où es-tu ?

— En tout cas, tu as bien choisi ton jour pour rentrer, lui dis-je d'un air amusé.

— Sans blague !

Il avait l'air tellement mal que je ne pus m'empêcher d'éclater de rire.

— Bon sang, Jin, je m'en veux tellement.

Sa voix était éraillée.

— Je sais bien, mais pour le moment, ce dont j'ai vraiment besoin, c'est que tu prennes sur toi et que tu me soutiennes de toute ton amitié. Ça ne m'aide pas du tout de t'entendre geindre comme un gamin.

— Je…

— Si tu pouvais être plus mâle, ce serait bien.

16

— Oh, va te faire voir !

— Ça s'arrange, dis-je en pouffant de rire.

Il s'ensuivit un silence des plus agréables, de ceux qu'on ne peut partager qu'avec son meilleur ami, durant lesquels aucun des deux n'a à se préoccuper de reprendre la parole.

— Bon, et alors ? soupira-t-il après quelques minutes. Tu es en chemin ?

— Quoi ?

— Ne me fais pas de le coup de celui qui ne comprend pas, me lança-t-il sans ménagement. Dis-moi juste que tu es presque arrivé. C'est bien le cas, non ?

— Non, pas du tout en fait.

— Mais pourquoi ?

— J'ai mes raisons.

Il y eut un nouveau silence, plus long cette fois.

— C'est quoi ton problème ? me demanda-t-il avec une certaine méfiance.

Ayant grandi avec moi, il me connaissait mieux que quiconque et pouvait donc déceler les différentes nuances de ma voix ainsi que ce qu'elles pouvaient sous-entendre.

— Qu'est-ce qui ne va pas ?

— Logan est à la maison.

— Ouais, je le sais déjà, soupira-t-il.

— Il a trois jours d'avance.

— Et il est dans tous ses états. Je viens juste d'arriver, Delphine et Markel étaient juste derrière moi. À peine ai-je mis le pied dans la maison qu'il me tombait dessus. Mikhaïl est en train de s'en prendre à Markel en ce moment même.

— Et Russ est revenu ?

— Revenu d'où ?

Il avait du mal à me suivre.

— Pas grave.

— Russ est allé quelque part ?

— À Los Angeles, lui répondis-je.

— Pour faire quoi ?

— Il avait un entretien pour un boulot.

— Et quand…

— Est-ce que Domin est là ? le coupai-je.

— Ouais, où qu'il était, il est à la maison maintenant.

17

Je soupirai de soulagement. C'était ma seconde préoccupation, ce qui se passait entre le *maahes* de la tribu et le jeune frère de Logan Church, Koren.

Domin était rentré de New York trois mois plus tôt, alors que Koren avait fait le choix d'y rester pour chaperonner Simone, qui allait se marier, jusqu'à la cérémonie. Comme il n'avait jamais été particulièrement fan de Simone, ça m'avait vraiment surpris qu'il propose de le faire. J'avais interrogé Domin à son retour, juste avant qu'il ne parte retrouver des amis à Vegas, et il m'avait avoué que Koren et lui avaient besoin d'un peu de temps chacun de leur côté. Il avait refusé de m'en dire plus, de me dire pourquoi ils jugeaient nécessaire de se séparer, mais j'imaginais bien qu'étant donné le manque de patience dont faisait habituellement preuve Domin, il avait posé un ultimatum, et que Koren n'y cédant pas dans la seconde, il en avait tiré des conclusions hâtives. J'étais certain qu'il n'avait même pas laissé à Koren le bénéfice du doute, décidant immédiatement du reste de sa vie en se basant sur ce qui n'était sans doute rien d'autre qu'un temps de réflexion qu'avait légitimement pris Koren. Il avait interprété ça comme un refus alors que ça n'en était absolument pas un. J'avais tenté de le retenir pour qu'on puisse en discuter, mais il n'y avait pas eu moyen.

— Jin…

— Désolé, je pensais à Domin. Comment va-t-il ?

— Il va bien… Il est juste égal à lui-même. Mais, où es-tu ?

— Logan va être dingue quand il verra la baie vitrée, dis-je pour changer une nouvelle fois de sujet.

— C'est encore pire que ça. Il exige que Markel et moi, nous payons un artisan pour venir tout réparer.

— Et c'est plutôt logique, lui fis-je remarquer.

— Jin, elle était sur mesure, ta baie vitrée.

— Oui, je sais bien.

— Peu importe, reprit-il d'un ton agacé, tu es où là ?

— Je suis en route pour aller chez Eddie.

— Eddie, répéta-t-il, Eddie…. Tu veux dire Eddie de l'auberge Lakehouse ?

— Oui.

— Pourquoi ?

— Parce que si Logan me voit dans cet état…

— Dans quel état ?

Je me tus un instant. J'avais oublié qu'il ne m'avait pas vu non plus, parce que je ne l'avais pas laissé faire. Cela datait de sept jours et nous n'avions parlé que très brièvement, chacun d'un côté de la porte de la salle de bain, puisque j'avais catégoriquement refusé de lui ouvrir.

— Jin ?

— Je suis légèrement amoché, soupirai-je.

— Qu'est-ce que tu veux dire par là ? demanda-t-il en bâillant.

Je balançai ma tête de droite à gauche, essayant de trouver comment je pourrais formuler ça.

— Je suis peut-être un petit peu plus blessé que ce je t'ai avoué lundi.

— C'est-à-dire ?

— Laisse tomber.

— Jin.

Sa voix prit soudain un air bien plus préoccupé.

— À quel point, es-tu blessé ?

Seul un petit son sortit du fond de ma gorge.

— Jin.

Il avait baissé d'un ton.

— Mais je vais bien.

— Merde, je savais bien que j'aurais dû te forcer à sortir de la salle de bain et à me montrer.

— Tu n'es pas ma mère.

— Non, je vaux nettement mieux qu'elle, me balança-t-il.

Et en effet, cela ne faisait aucun doute. Ma mère m'avait renié lorsqu'elle avait découvert mon homosexualité. Ce n'était pas le cas de mon meilleur ami.

— Je vais bien, vraiment.

— Mais j'ai dit à Russ de m'appeler si…

— Russ s'est retrouvé obligé de partir pour Los Angeles, lui expliquai-je.

Le futur du plus jeune frère de Logan me préoccupait tout autant que les amours de Koren. Les deux frères de Logan étaient tellement importants à mes yeux.

— Mais, il était censé s'assurer que tu te nourrisses bien et…

— Non, le corrigeai-.je avec un sourire en tournant dans une autre rue. Ça c'est mon rôle et celui de Yuri.

— Attends là, Ivan et Yuri sont partis chasser. Ivan est revenu juste avant notre arrivée, à Delphine et à moi, et il nous a dit que Yuri ne reviendrait pas avant ce… ce soir. Oh, bon sang...

Il expira un grand coup.

— Mais ça va, vraiment.

— Oh, merde…

Je grommelai en me garant dans le parking.

— Alors mettons les choses au point, tu as envoyé Russ on ne sait où…

— Je ne l'ai pas envoyé n'importe où, il fallait qu'il aille à Los Angeles pour un entretien. Je te l'ai déjà dit. Arrête ton cinéma.

— Jin !

Je sentis l'exaspération monter en moi.

— Putain, Jin, tu as fait exprès de l'éloigner !

— Et alors ?

— Tu as envoyé Yuri chasser sur les terres avec Ivan et les autres, tu m'as envoyé vers Delphine, tu as dit à Markel d'accompagner Peter pour aller parler à Christophe. Le père de Logan et Domin n'étaient pas dans le coin et Logan non plus. Quant à Mikhaïl et Koren, ils étaient à la cérémonie de mariage de Simone… Alors qui a pris soin de toi pendant tout ce temps ? Eva ?

— Non, lui répondis-je calmement.

Et pour cause, la mère de Logan était à Pittsburgh chez sa sœur.

— Bordel, souffla-t-il, Jin, tu… Tu n'es quand même pas allé bosser ?

— Non, j'y suis seulement passé ce soir pour voir comment ça se passait. J'ai appelé Ray pour lui dire que j'avais eu un accident de voiture.

Sa respiration se fit plus haletante.

— Tu… Bon sang, Jin…

— Il ne s'attend pas à ce que je reprenne avant un mois, vu que j'avais déjà posé des jours de congés pour accompagner Logan aux festivités et…

— Jin !

— Ils m'ont tous cru, dis-je en souriant. Owen a même dit qu'on avait l'impression qu'un bus m'était passé dessus.

— Bon Dieu, Jin, dit-il en soupirant d'exaspération. Est-ce que Yuri est conscient de t'avoir laissé seul ?

— Non, dis-je en descendant de la voiture et en la fermant avant de me diriger vers les escaliers de l'autre côté du parking. En fait, j'ai dit à Yuri que tu t'occupais de moi.

— Oui, mais…

— À toi, je t'ai dit que Russ s'occuperait de moi, et j'ai dit à Russ que c'était Markel, et à Markel que c'était Delphine.

— Et merde, Jin. Tu ne pouvais pas t'empêcher de jouer les martyrs non ?

— Mais non, tu n'y es pas du tout. Je voulais juste que tout le monde se calme un peu, que l'on ne soit pas tous les uns sur les autres. C'est ce qui m'a paru le mieux.

— Mais pourquoi mentir à Russ ?

— Parce que ça fait un bout de temps que Russ avait prévu de se rendre à cette session de recrutement à Los Angeles et s'il avait su la vérité, il serait resté s'occuper de moi. Je ne voulais pas qu'il rate sa chance.

— Bon sang.

— Il fallait qu'il y aille. C'est un boulot qu'il veut vraiment, alors je m'en serais voulu qu'il le rate.

— Jin, tu vas… tu peux…

— Si Logan me voit comme ça, il deviendra fou à lier, se fichera des lois et n'hésitera pas à violer les terres de Christophe pour pourchasser Abbot. Je refuse d'être la cause d'une guerre qui n'a aucune raison d'être entre nos deux tribus.

— Aucune raison d'être ? Christophe est tout de même responsable de…

— Christophe était à New York avec Logan pour le mariage de Simone. Il n'avait pas la moindre idée de ce que son *sheseru* faisait ou pas pendant ce temps-là. Avery n'a rien fait de plus que d'offrir l'asile à deux panthères. Lorsqu'il l'a fait, il ne connaissait pas la raison de leur fuite. Maintenant que Christophe est rentré, dès qu'il discutera avec Avery, il prendra sans nul doute la décision de les livrer à Logan. Je veux au moins qu'il ait l'opportunité de faire ce choix.

— Mais de quoi parles-tu là ?

— Si Logan envahit les terres de Christophe…

— Non, je sais, il serait en tort, même s'il n'a rien fait de mal.

— Tout à fait.

— Mais…

— Peu importe ce qu'Avery a fait, Logan et Yuri doivent rester hors des terres de Christophe.

— Tu es la *reah* de ton *Semel*, et tu as été attaqué. Je crois que tu ne saisis pas le…

— Mais ça va. J'ai juste été bien secoué.

— Ce n'est pas parce que tu y as survécu que ça rend leur crime moins grave, opina-t-il en me criant dessus. Tous, Kellen, Avery, Abbot… Ça les arrange bien de faire comme si tu n'étais pas la *reah* de ta tribu. Les lois sont très claires, Logan a le droit de tous les tuer !

21

— Tu devrais revoir les lois je pense. Seul le *Semel* d'une tribu paie pour le crime d'une de ses panthères, à moins qu'un assassinat ou un viol ait vraiment été commis, et c'est uniquement dans ces cas-là que la panthère qui s'en est rendue coupable peut être punie ou même tuée.

— Jin !

— Crane, lui dis-je en tentant de le tranquilliser, Abbot était juste…

— Attend, me demanda-t-il d'un coup.

Mais j'étais bien trop malin pour ça. Je pris soin de raccrocher avant que Logan n'ait le temps d'attraper le téléphone et de m'ordonner de rentrer. Je m'activai soudain, réalisant que puisque j'avais dit à Crane exactement où je me trouvais – et que je n'avais aucune envie de lui parler en personne – il fallait que je fonce dans l'appart d'Eddie pour récupérer mes vêtements et le peu que j'avais laissé dans la salle de bain.

De retour dans ma Jeep, je pris la décision de passer la nuit dans un motel que je connaissais à Truckee. Je fis un arrêt pour acheter de l'eau, car j'étais encore en convalescence et mon corps avait besoin de beaucoup se réhydrater. En quittant le magasin, je me retrouvai nez-à-nez avec deux des *khatyu* de Yuri, ses combattants, Isaac et Dimitry.

— Oh, *reah*, me salua Isaac avec respect, les yeux tout écarquillés.

— *Reah.*

Dimitry me sourit, l'air mal à l'aise.

— Quel plaisir de vous voir.

Et merde.

— Et le plaisir est mutuel, dis-je rapidement, les contournant pour rejoindre ma Jeep.

— *Reah !*

Je me retournai et découvris qu'un des hommes de Yuri, Artem Varda, s'approchait de moi à grands pas. C'était un homme grand et bien bâti, avec des cheveux brun foncé et des yeux plus sombres encore. Il secondait Yuri, et prenait son rôle de premier assistant du *sheseru* très au sérieux. Alors qu'il s'approchait de moi, je me fis la remarque que les poils sur son visage lui allait bien mieux que d'habitude. La manière dont il avait taillé son bouc et sa moustache me plaisait et allaient de pair avec ses cheveux ondulés qui tombaient sur ses larges épaules.

Je restai immobile alors qu'il s'approchait de moi. Il n'y avait personne d'autre sur le parking, sans quoi il n'aurait jamais pris la liberté de m'appeler par mon titre, mais aurait utilisé mon nom.

— Oh, *reah*, dit Artem avec révérence, se plaçant face à moi et prenant sa respiration pour mieux sentir mon odeur. Est-ce que tu es blessé ?

— Non, tout va bien, mentis-je sans honte, le contournant.

Il me barra la route.

— Ça n'a pas l'air d'aller franchement bien.

Je plongeai mes yeux dans les siens.

— Ton odeur ne donne pas l'impression que tout va bien.

— Qu'est-ce que vous faites dans le coin ? demandai-je en me forçant à sourire.

— Nous sommes juste venus acheter des bières. C'est une chance que nous soyons tombés sur vous.

Dans une ville aussi petite, il était possible que ça ne soit qu'un hasard. Je devais au moins lui laisser le bénéfice du doute.

— Nous devrions peut-être vous ramener à la maison, pour être sûrs que vous ne risquez rien.

— *Reah !*

Artem et moi nous tournâmes dans la direction d'où venait le cri. C'était un autre homme de Yuri, Nico, qui m'appelait, paniqué, tout en se penchant à moitié sur la banquette arrière de la voiture.

— Il ne respire plus !

Je me précipitai vers lui et aperçus, sur le siège arrière un garçon bien plus jeune que le reste des *khatyu* de Yuri. Il avait quinze ans, tout au plus. Me penchant près de lui, je pris une grande inspiration. Il respirait encore, mais avait perdu connaissance,

— *Reah*, est-ce qu'on ne devrait pas… commença Artem.

— Où habitez-vous ? lui demandai-je en le coupant brusquement.

— C'est mon petit frère, Roc…

— Et où habitez-vous ? criai-je.

Je ne lui avais pas demandé qui était ce garçon, mais où se trouvait leur maison.

— Moi j'habite assez loin, mais ma mère habite plus près, dans cette rue, il vit avec elle.

— Alors allons-y, m'écriai-je en prenant place près du jeune homme inconscient.

Personne ne discuta mon ordre. Ils se serrèrent tous les quatre dans le véhicule. Artem commença à reculer dès que les portes furent fermées. Il fit vrombir le moteur et prit la direction de la maison de sa mère.

Je me tus. Il était terrorisé par ce qui arrivait à son frère et n'avait absolument pas besoin que je lui crie dessus, malgré le fait qu'il risquait bel et bien de nous faire tuer à conduire comme ça, dire quelque chose ne l'aurait pas aidé. Alors je préférai me taire et simplement tenter de le rassurer en lui massant l'épaule pour lui faire comprendre que tout irait bien.

Il recouvrit ma main de la sienne et la tint fermement, me faisant savoir que ce réconfort était non seulement le bienvenu, mais qu'il en avait même franchement besoin.

# I I

LA MAISON des Varda se trouvait au fond d'un cul-de-sac, sur la rue Mount Rose. Les gens du quartier étaient de sortie, promenant leurs chiens et je pus même sentir l'odeur d'un barbecue lorsque nous sortîmes tous de la voiture en direction de la porte d'entrée, passant sur le gazon méticuleusement entretenu qui y menait.

Ils étaient en fait en train de faire la fête et le fait de pénétrer ainsi dans la maison cassa visiblement l'ambiance. Artem se fraya un chemin parmi les nombreux invités tout en portant son frère et je le suivis de près. Il me guida à l'étage après m'avoir fait traverser la pièce.

Lorsque nous arrivâmes à la salle de bain, je fis asseoir Artem sur la cuvette des toilettes et lui fit tenir son frère avant de faire couler l'eau chaude dans la baignoire.

— Mets-le dedans, lui ordonnai-je.

— Mais il va se brûler, me répondit-il en hésitant.

Je fis non de la tête.

— C'est une panthère. Sa température corporelle augmentera pour compenser celle de l'eau. Dépêche-toi, car j'ai besoin que tu me trouves certaines choses.

— Son nom est Rocco. Enfin, c'est plutôt un mauvais surnom qui lui est resté, me fit-il savoir.

— Je vois, lui répondis-je. Alors fais-moi confiance et mets-le dans la baignoire.

Il fit ce que je venais de lui demander, puis partit chercher l'eau minérale et le seau dont j'avais besoin.

— Oh, *reah* !

La porte venait de s'ouvrir brusquement et en me tournant, j'aperçus une femme qui me regardait fixement. Elle ne pouvait qu'être la mère.

25

— Fermez la porte, Mme Varda, demandai-je à la mère d'Artem et de Rocco. Vous faites partir toute la chaleur.

Elle rentra, referma la porte derrière elle et se précipita à côté de son fils allongé dans la baignoire. Elle le tripota sous toutes les coutures, avant de me jeter un regard interrogateur par-dessus son épaule, l'air apeuré.

— Il est victime d'une mauvaise cuite, lui fis-je savoir. Pour nous, comme vous le savez certainement, l'alcool peut déséquilibrer sévèrement notre organisme au point de compromettre notre capacité à nous métamorphoser. Dès que son corps s'est aperçu qu'il ne pourrait plus se transformer si nécessaire, son organisme s'est comme mis en veille, et il a perdu connaissance afin de conserver un maximum d'énergie.

— En fait j'ignorais totalement que les panthères pouvaient souffrir d'une intoxication pareille à cause de l'alcool. Je veux dire, normalement, nous l'assimilons tellement vite.

— Il en faut beaucoup. Il a dû y aller assez fort.

— Oh, *reah*, est-ce qu'il s'en remettra ?

Son visage trahissait son angoisse.

— Dès que son corps se réchauffera, lui dis-je. Il se mettra à vomir et il ne va pas vraiment être beau à voir pendant quelques temps.

— Il va juste être malade ?

Son visage s'éclaircit.

— Oui, lui confirmai-je avec un grand sourire. Malade comme un chien.

— Oh, merci, *reah* ! Merci ! Soyez béni !

Elle pouvait enfin souffler.

Artem nous rejoignit alors que je la rassurais d'un sourire. Au bout de quelques minutes, Rocco se mit à trembler puis ouvrit subitement les yeux, se mit de côté et commença à vomir. Je tenais le seau à sa disposition et pus admirer la quantité impressionnante d'alcool qu'il rejetait. Ça faisait un bout de temps que je n'en avais pas vu autant.

Il était tellement mal que la seule chose dont il avait envie était de se mettre en boule et de dormir, mais je lui fis boire plusieurs bouteilles d'eau, et ce n'était qu'un début.

— Non.

Il gémit, repoussant les mains d'Artem et de sa mère.

— Non, non, non… Laissez-moi juste dormir. Par pitié, je…

— Rocco, dis-je en haussant le ton. Buvez cette eau maintenant.

Il releva les yeux, ressentant bien la présence de quelqu'un d'autre dans la pièce sans être vraiment sûr de qui il s'agissait. Lorsqu'il réalisa qui j'étais, qui était à ses côtés, ses yeux s'écarquillèrent.

— Oh, *reah*.

Il prit une grande inspiration et tenta de sortir de la baignoire pour venir s'agenouiller devant moi.

— J'ignorais que…

— Buvez, lui dis-je. Faites ce que je vous dis.

— Oui, oh, *reah*.

Alors qu'il avalait d'autre bouteilles d'eau, Artem et sa mère rampèrent tout deux devant moi, s'agenouillant avec respect.

— Oh, *reah*, sans votre savoir nous n'aurions pas pu faire face à cette situation, dit Artem. J'aurais…

— Tout va bien, les rassurai-je en les attrapant tous les deux par le bras pour essayer de les faire se relever. Il va seulement falloir que nous informions un peu votre pauvre petit Rocco dans ce domaine.

Les bruits qu'émit Rocco en se remettant à vomir ramenèrent notre attention sur le jeune homme.

— Je préférerais être mort, marmonna-t-il avant d'être repris de vomissements.

Je fis de mon mieux pour ne pas sourire, mais il me faisait indéniablement penser à mon meilleur ami. Je ne comptais plus le nombre de fois où Crane avait dit la même chose alors que je m'occupais de lui durant le même genre de crise.

Une demi-heure plus tard, assis sur une chaise à côté du lit de Rocco, je lui passai une nouvelle bouteille d'eau et attendis.

— Je ne peux plus rien boire, oh *reah*.

Je repoussai mes cheveux en arrière et le regardai avec attention.

— Vous êtes blessé, fis-je remarquer doucement. Que s'est-il passé ? Vous devez boire encore si vous ne souhaitez pas que ce soit votre *sheseru* qui vienne ici en personne pour vous mettre cette eau directement dans la gorge.

La menace d'une arrivée imminente de Yuri Kosa fonctionna à merveille. Rocco avala la bouteille sans broncher.

— *Reah* ?

En levant les yeux, j'aperçus la mère d'Artem, debout devant la porte, un plateau de nourriture dans les mains.

— Vous me semblez bien pâle, *reah*, dit-elle en pénétrant dans la chambre. Vous devriez manger quelque chose, me conseilla-t-elle en déposant sur la table de nuit le plateau sur lequel elle avait mis un steak, de la salade et un grand verre de thé glacé.

— Merci, dis-je en me relaxant un peu. Comment vous appelez-vous ?

— Alex, dit-elle en me souriant. Enfin, c'est plutôt Alexandra, mais tout le monde m'appelle Alex.

— Merci encore, Alex, lui dis-je en souriant. Je meurs de faim.

Elle vérifia l'état de son fils, s'assit à ses côtés et lui parla tout en le regardant. C'était agréable de voir interagir ainsi une mère et son fils, de voir à quel point elle était inquiète pour lui et de voir combien elle l'aimait.

La conversation s'élargit peu à peu jusqu'à m'inclure et je les entendis me remercier de l'insigne honneur que je leur faisais en honorant leur maison par ma présence. En fait, il y avait plusieurs autres panthères dans la maisonnée, qui mourraient d'envie de me voir si j'y consentais. Et il n'y avait aucune raison de dire non.

Je laissai donc Alexandra dans la chambre avec son fils, car il avait encore besoin d'être surveillé, mais je lui rappelai qu'il devait absolument continuer de boire régulièrement jusqu'à ce qu'il ait suffisamment récupéré pour pouvoir se métamorphoser. Il allait donc devoir boire encore beaucoup.

— Il faut vraiment que ce soit de l'eau sans rien pour l'agrémenter ? demanda-t-il d'un air dépité.

— Oui, lui dis-je en me levant de ma chaise.

Je me sentais un peu faible moi aussi.

Rocco m'attrapa la main et j'eus à peine le temps de réaliser qu'Artem était de nouveau là qu'il me prenait par le bras.

— Je devrais peut-être vous escorter jusque chez vous, ô, *reah*.

— Non, ça va aller, lui assurai-je.

Je me tournai vers Rocco pour lui donner un conseil.

— Vous pouvez boire tout ce que vous voulez, mais assurez-vous bien, lorsque vous buvez de l'alcool, de prendre en même temps une quantité équivalente d'eau. Si vous ne respectez pas strictement cet équilibre, vous prenez le risque de tomber dans le coma. Et ce serait vraiment stupide que votre frère ou votre mère soient obligés de vous emmener aux urgences et que vous vous retrouviez avec une intraveineuse. Ce n'est pas amusant, je peux vous le garantir. J'ai vu mon meilleur ami y être obligé à quelques reprises, et il faut rester sur place plusieurs heures avec cette belle grosse aiguille plantée dans votre corps.

— Oh, merci *reah*, merci d'avoir été là pour me sortir d'affaires.

Je me penchai sur lui et le pris dans mes bras. Ses petits bras maigrichons s'enroulèrent autour de mon cou. Il huma mon odeur et trembla fortement.

— Suivez-moi, ô, *reah*, dit Artem lorsque je me libérais. Laissez-moi vous conduire dans le salon.

Je descendis l'escalier que j'avais monté plus tôt pour m'occuper de Rocco et m'aperçus que non seulement, il n'y avait que des panthères à cette fête, mais que de surcroît, elles étaient toutes membres de ma tribu.

En général, les tribus urbaines étaient plus petites que celles des zones rurales ou isolées. La taille de la tribu dépendait d'abord des qualités du *Semel* et des terres dont il disposait. Plus ces terres étaient vastes et sauvages – donc propices à la chasse – plus la tribu était importante, car ces terres permettaient de subvenir aux besoins d'un grand nombre de panthères. Ça pouvait également être le cas pour des tribus dont le *Semel* n'avait pas de terres, à la condition qu'il soit riche et puisse régulièrement emmener sa tribu chasser. C'était précisément le cas de Justin Cho, un ami de Logan. Vivant à San Francisco, l'absence de terres à sa disposition le contraignait à emmener sa tribu plus loin, dans de grands espaces californiens ou sur les terres de ranchs privés dont il dédommageait grassement les propriétaires. Ces rassemblements mensuels avaient toujours lieu dans un endroit différent et il louait même des bus pour permettre aux gens les plus modestes d'y participer.

Logan, pour sa part, organisait toujours ce genre de rassemblements sur ses propres terres, puisque sa famille possédait près de 400 hectares sur les hauteurs du lac Tahoe. Il y avait donc largement la place. Ces terres valaient sans nul doute des millions et s'étaient transmises de génération en génération. Cela aurait coûté une fortune de les urbaniser, vu comme elles montaient haut dans la montagne. Logan et moi possédions les parties les moins élevées : la maison et la verrerie. Tout était non seulement à son nom, mais également au mien. Si quoi que ce soit lui arrivait, je resterais le seul propriétaire de tout cela. La richesse m'importait peu. Pour moi, seul Logan comptait. J'avais désespérément besoin de lui, le reste était sans intérêt.

Les *Semels* des tribus urbaines seraient bien incapables de reconnaître les membres de leur tribu d'un seul coup d'œil. Les seuls à pouvoir dirent exactement qui était membre de leur tribu ou non étaient ceux des tribus qui restaient concentrées sur une seule zone et fonctionnaient comme des familles élargies.

C'était amusant. Logan Church vivait dans un coin plutôt petit. Il avait une petite affaire assez lucrative, qui lui rapportait suffisamment pour subvenir à ses besoins et à ceux de sa famille. Il réinvestissait régulièrement une partie de ses bénéfices dans son usine et maintenait ainsi une rentabilité tout à fait décente. Cela ne faisait pas de lui un homme riche, mais il n'était pas pauvre non plus. Le fait que je sois devenu *sa reah*, une fois la surprise initiale passée, avait amené toujours plus de gens à rejoindre sa tribu et à s'installer à Incline Village pour être près de lui, près de moi.

Logan aurait dû être un petit *Semel* insignifiant d'une tribu vivant près d'un lac sans intérêt, pourtant notre tribu comptait désormais quelques deux cents membres. Les rassemblements mensuels et les chasses s'apparentaient maintenant plus à un véritable festival et Logan avait même donné des ordres pour former quelques *khatyus*, des combattants, afin de faire régner l'ordre lors de ces événements. Il avait confié à Markel, l'ancien *sheseru* de Domin Thorne le soin d'en recruter. L'augmentation du nombre de membres de notre tribu me préoccupait. Je désirais ardemment que nous restions une grande famille, même élargie. Mais Logan était maintenant *Semel-re*, un *Semel* qui a trouvé son compagnon. Cela se savait et il n'y avait plus moyen de garder cette information pour nous. Il était impossible de freiner l'afflux de nouveaux membres. Pour moi, en tant que *reah* de ma tribu, cela avait des conséquences non négligeables, impliquant notamment l'obligation de passer plus de temps à recevoir nos membres et à rendre plus de visites si je souhaitais vraiment continuer à pouvoir appeler chacun par son prénom. Le seul moyen d'y parvenir me semblait être d'arrêter de travailler. Logan me l'avait déjà suggéré à plusieurs reprises, et même si j'avais ardemment protesté, il semblait de plus en plus évident que ma situation, devenue intenable, ne ferait qu'empirer.

Alors que je descendais l'escalier, je m'aperçus qu'ils avaient coupé la musique. Les invités s'écartèrent pour me laisser passer et Artem me conduisit à l'une des chaises près du canapé. Je pris place et une femme se présenta devant moi, s'agenouillant respectueusement en me tendant la main.

— Bonsoir, ô, *reah*, dit-elle, en arborant un sourire radieux. Je suis Jennifer Eames. C'est grand plaisir que de vous voir.

— Et c'est réciproque, dis-je en recouvrant sa main des miennes. Comment allez-vous, Jen ? Vos cours se passent bien ?

— Oh, vous vous souvenez ?

Son sourire s'agrandit.

Je faisais de mon mieux pour connaître chaque membre de ma tribu. C'était ce qu'impliquait mon rôle, à moi, le compagnon du chef de la tribu. Et la *reah* était en quelque sorte une mère pour tous. Malgré le fait que je sois un homme, cet aspect-là ne changeait pas.

— Bien-sûr, lui dis-je.

À leur place, je n'aurais jamais fait la queue comme ça pour saluer ma *reah*. J'aurais plutôt saisi l'occasion de foncer au buffet pour me servir des trucs à manger pendant que les autres étaient occupés. Mais je pris mes responsabilités et saluai chacun des invités, l'un après l'autre. Je fus soudain interrompu par un murmure. Je levai les yeux et vis arriver Mikhaïl Gorgerin, le *sylvan* de ma tribu. Il traversa la pièce à grand pas et tout le monde se poussa pour lui laisser le passage. Il ne lui fallut que quelques secondes pour se présenter face à moi.

— Salut, dis-je, exténué, comme envoûté par son regard de cobalt. Qu'est-ce que tu fais là ?

— Artem Varda a appelé son *sheseru* pour lui faire savoir qu'il te protégeait, *reah*. Il ne souhaitait pas que Yuri soit préoccupé.

Et merde.

— Artem sait parfaitement, comme tous les *khatyus* d'ailleurs, qu'une *reah* ne doit jamais être laissée sans protecteur ou sans personne pour s'en occuper. Il a eu peur que la personne avec qui tu te trouvais ne panique de ne plus te voir, et il ne voulait surtout pas que Yuri ou que notre *Semel* se fassent du souci.

— Très bien.

— On dirait qu'Artem Varda connait les lois mieux que toi.

— Il…

— Et j'imagine qu'à notre retour des festivités, le seul endroit où l'on te trouvera sera chez toi, *reah*, puisque c'est là que ton *Semel* t'ordonnera de rester !

Sa voix s'était faite bien plus forte et la pièce devint soudain complètement silencieuse.

— Je…

— Non, me coupa-t-il, en me passant son téléphone.

Je ne pouvais rien faire d'autre que de le prendre. Il était impensable que je me couvre de honte devant ma tribu en amenant Mikhaïl à m'attraper et à me sortir de la maison sur son épaule comme un vulgaire sac à patates. Une scène pareille était inconcevable.

Je me saisis du téléphone et respirai un grand coup.

— Jin.

Sa voix était pleine de colère. J'étais acculé.

— Comment oses-tu ne pas répondre à ton téléphone ?

Sa voix encore assez profonde et virile se fit plus incisive.

31

— Je suis ton *Semel* !

Je restai planté là au beau milieu du salon d'Alexandra Varda, à attendre.

— Tu montes dans ta voiture et tu rentres maintenant ! Je te veux à la maison… tout de suite !

Sa voix était glaciale.

J'aurais pu raccrocher et mentir, dire que la communication avait été coupée et aller me cacher quelque part. En effet, j'aurais pu. Si je m'étais métamorphosé d'un coup et avais déguerpi, Mikhaïl n'aurait eu aucun moyen de me rattraper. J'étais bien plus rapide que lui, plus rapide que n'importe quelle panthère de ma tribu. Mais cela aurait créé un scandale. En plus, j'avais vraiment envie de rentrer à la maison. En fait, j'avais juste peur.

— Me forcer à venir te chercher serait une grave erreur.

— J'ai peur, susurrai-je d'une voix douce.

— De moi ? grogna Logan

— Mais non bien-sûr, lui répondis-je en regardant Mikhaïl, remarquant la façon toute particulière qu'il avait de me regarder, de sentir mon odeur, totalement conscient que je n'étais pas encore remis.

Ça parut même lui faire véritablement mal.

— Enfin, Logan, bien-sûr que tu ne me fais pas peur.

— Alors quel est le problème ?

— J'ai peur de ce que tu vas faire.

— Pourquoi ?

— Parce que je sais que tu m'aimes.

— C'est plus que de l'amour.

Je déglutis péniblement. Ça me fit mal partout, jusqu'au fond de mon estomac. Je m'étais senti si seul et avais tellement souffert de son absence. Mon corps avait vraiment supporté beaucoup et j'étais encore plein de bleus et de contusions. La seule chose dont j'avais vraiment besoin, c'était de lui. L'envie de le rejoindre était si forte qu'elle me faisait mal. Ça devenait vital.

— Parle-moi.

— Je ne veux pas que tu tues Abbot, Christopher ni même l'autre gars.

Il resta silencieux un bon moment.

— Logan ?

— L'autre gars ?

— Yuri est-il là ?

— Oui.

— Alors, parle-lui et rappelle-moi. Je te promets que je décrocherai.

— Non, je t'ai convoqué, tu dois donc te présenter devant moi tout de suite.

— Tu sais bien que je n'y suis pas obligé.

— Ne serais-tu pas en train de faire ta forte tête là, toi qui d'ordinaire connais si bien les lois ?

— Non.

— Alors dis-moi simplement où tu te trouves, et c'est moi qui viendrai, dit-il après s'être éclairci la gorge.

Sa voix s'était radoucie.

— Ou bien passe-moi Mikhaïl et il m'expliquera où vous êtes.

— Non, j'arrive.

— Répond-moi. Quelle est l'étendue de tes blessures ?

— J'ai été bien amoché, lui confiai-je après avoir laissé échapper un petit gémissement.

— As-tu encore des marques ?

— Oui.

— Des marques que tu n'as pas encore réussi à guérir ???

— Logan…

— Réponds-moi.

— Oui, j'ai encore des marques, je ne suis pas encore complètement remis.

Il grogna.

— Tu as une demi-heure pour arriver, sinon je vais directement trouver Christophe et lui réclamer qu'il me livre ces panthères, et son propre *sheseru* par la même occasion.

— Je dois passer récupérer ma Jeep. Je n'ai pas envie que la fourrière me l'embarque et…

— Très bien, Mikhaïl t'y emmènera et te suivra après.

— Je vois que la confiance règne, dis-je sarcastiquement.

— Je veux seulement que tu sois là le plus vite possible. Je veux pouvoir te voir et vérifier de mes yeux que tu vas vraiment bien.

— Mais je vais bien.

— Alors rentre à la maison et prouve-le moi.

— J'arrive, lui dis-je en me levant et en prenant la direction de la porte. Je dois juste dire au revoir à la mère d'Artem et jeter un dernier coup d'œil sur son frère.

— Bien, je parlerai à Yuri en t'attendant.

33

— Il m'a sauvé la vie, lançai-je sans hésitation, pris d'un soudain besoin de défendre mon *sheseru*.

— Ta vie était à ce point en danger ?

Je parlais toujours trop quand j'étais nerveux.

— Non, pas exactement, je…

— Es-tu en train de me dire que, sous notre propre toit, tu as eu à craindre pour ta vie ? Ce n'était pas juste une bagarre, mais un combat à mort ?

Je ne pouvais plus rien dire pour améliorer la situation. Il allait carrément péter un câble, c'était inévitable. Toutes mes tergiversations ne servaient qu'à retarder l'inévitable. Je ne pouvais même pas m'imaginer comment cela allait finir.

— Combien étaient-ils, Jin ?

— En comptant Abbot, ils étaient quatre.

— Quatre ?

— L'un d'eux s'est enfui directement, je ne sais pas qui c'est, ni où il est maintenant.

— Quatre, répéta-t-il comme pour lui-même.

— Yuri est au courant de tout.

— Alors je lui parlerai en t'attendant.

— Ce n'est de la faute de personne.

— Et où étaient Crane et Markel pendant que Yuri te sauvait la vie ?

Et merde, pensai-je immédiatement.

— Ils étaient là.

— Aide-moi un peu sur ce coup. Comment Markel, un ancien *sheseru*, Crane, ton *Beset*, et mon *sheseru* n'ont-ils pas réussi à repousser quatre panthères ?

— En fait c'était trois, car l'une s'est enfui directem…

— De mieux en mieux, me coupa-t-il brusquement. Trois contre quatre, si on te compte. Comment est-il possible que tu n'aies même été que légèrement blessé ?

— Ce n'est pas si simple que ça.

— En quoi ?

— C'est juste plus compliqué qu'il n'y paraît.

— Et qui a pris soin de toi, après tout ça, *reah* ?

— J'ai… J'ai envoyé tout le monde ailleurs.

— Tu as fait partir mon père ?

— Il devait aller parler à Avery de toute façon.

— Et comment savait-il que les panthères s'étaient réfugiées dans la tribu de Pakhet ?

— Avery a appelé pour me parler, mais je… Je ne… Je n'étais pas encore en état de parler.

— Christophe était à New York avec moi pour les noces de sa sœur. Peu importe les décisions qu'a prises Avery, il a agi de son propre chef.

— Je sais. Il me hait, donc ça n'est pas particulièrement surprenant qu'il ait donné asile à mes agresseurs.

— Avery ne te hait pas, dit-il l'air consterné. C'est même plutôt le contraire. Je ne crois pas une seule seconde qu'il était au courant de ce qu'ils avaient fait quand il les a autorisés à se réfugier sur ses terres. Ils lui ont probablement fait croire qu'ils fuyaient Yuri, et c'est ce qui a dû l'amener à donner son accord.

Ça se tenait. L'hostilité qu'éprouvaient Avery et Yuri l'un pour l'autre datait d'avant mon arrivée.

— Je vais appeler Christophe et lui parler.

— C'est la première chose à faire.

— Je le ferai en t'attendant.

Il persistait à vouloir que je rentre.

— Il est déjà tard et tu dois être très fatigué de ton…

— Je veux que tu rentres immédiatement.

— Logan…

— Tu m'as entendu ?

J'avais en effet parfaitement saisi ce qu'il venait de dire. Le contraire était purement et simplement impossible.

— Jin ?

— Oui, je t'ai entendu.

— Bien, alors dépêche-toi, dit-il avant de raccrocher.

Et je me mis en route.

# III

N'AYANT RIEN d'autre à faire que réfléchir sur le chemin du retour, et comme je voulais à tout prix éviter de me rendre idiot en pensant à Logan, je me mis à penser à mon meilleur ami à la place.

J'avais peur que si Delphine, la sœur de Logan, ne cédait pas une bonne fois pour toute à ses avances, Crane ne soit tenté de partir. Je n'avais pas la moindre envie qu'il nous quitte. C'était lui la pierre angulaire de ma vie. Il me suffisait de le regarder pour me souvenir d'où je venais et arrêter de me prendre trop au sérieux. J'avais peur de n'être plus tout à fait moi-même s'il n'était plus dans les parages. Crane était désormais le *Beset* d'une *reah*, son plus fidèle compagnon, mon plus fidèle compagnon. Il l'était devenu dès que mon secret avait été découvert. Il m'avait soutenu, contre sa famille, contre notre tribu toute entière, au péril de sa vie. Ma vie se résumait à lui depuis que j'avais seize ans. L'idée qu'il puisse un jour ne plus être à mes côtés était bien trop lourde pour ne serait-ce qu'y penser.

J'étais tellement perdu dans mes pensées que je ne me rendis pas immédiatement compte que le portail ne s'ouvrait pas alors que j'avais pourtant bien actionné le système d'ouverture.

— Bonsoir, *reah*.

Je me retournai vers la voix et aperçus Ivan Tenchenko et deux hommes que je n'avais jamais vus de l'autre côté du portail.

— Qu'est-ce que vous faites dehors ?

Il fit de son mieux pour continuer à sourire tout en cherchant l'appui des deux autres alors que le portail s'ouvrait.

— Logan veut que le terrain soit surveillé en permanence désormais. Je dois admettre que je suis tout à fait d'accord avec lui. N'importe qui peut entrer ou sortir de chez lui, et ça pose un réel problème de sécurité.

— On ne vit pas dans une forteresse non plus, Vanya, dis-je en me forçant à sourire et en l'appelant par son surnom. C'est une maison. Les

36

membres de la tribu devraient pouvoir librement venir pour nous consulter. Logan est leur chef après tout.

— Nous sommes bien d'accords, et c'est justement pour cela qu'ils devraient prendre rendez-vous lorsqu'ils souhaitent le rencontrer. Vous et lui, vous êtes bien trop accessibles. Si cette… Cette attaque nous a appris quelque chose, c'est que Logan et vous devez impérativement prendre votre sécurité plus au sérieux.

— Ça me va droit au cœur que vous soyez inquiet, lui répondis-je en faisant repartir ma Jeep pour m'avancer un peu dans la propriété, sans remonter jusqu'à la maison, car il me rappela.

Mikhaïl, qui était derrière moi avec trois autres me doubla, arrêtant enfin de me chaperonner, me considérant sans doute en sécurité. Visiblement, il me faisait suffisamment confiance pour penser que je remonterai jusqu'à la maison.

— Jin, me dit Ivan alors que je baissais ma vitre. Je veux seulement que vous sachiez que si j'avais su que vous étiez blessé, jamais je ne serais parti.

— Je le sais, soupirai-je. Désolé de vous avoir menti. Avec un peu de chance, je parviendrai à convaincre Logan que ça n'est pas nécessaire que vous restiez dehors toute la nuit. C'est ridicule.

— Ce n'est pas ridicule, *reah*, me contredit-il, approchant sa main pour me toucher, mais s'arrêtant avant. Il n'y a de plus grand honneur pour moi que d'assurer votre protection et celle de mon *Semel*.

Il n'y avait pas si longtemps, il était encore lui-même un *sylvan*, au même titre que Mikhaïl, et son *Semel* était Domin Thorne. La tribu de Menhit, dont Domin était le chef avait été absorbée par la nôtre après le combat qui l'avait opposé à Logan. Sa reddition avait automatiquement entrainé la rétrogradation de son *sheseru* et de son *sylvan* en simples membres de la tribu. L'idée qu'Ivan Tenchenko et que Markel Kovac nourrissent un profond ressentiment à l'égard de Logan m'avait préoccupé, mais ni l'un ni l'autre n'avaient fait quoi que ce soit pour confirmer mes craintes. C'était en fait le contraire. Ils désiraient tous deux s'intégrer pleinement dans notre tribu et servir dignement leur *Semel* et leur *reah*. C'était un peu étrange, de les voir si sincères, moi, à leur place, je n'aurais probablement pas été capable de jurer fidélité à quelqu'un d'autre, aussi rapidement.

— Jin ?

Je me saisis de la main d'Ivan et la serrai fort.

Je vis à quel point cela le soulageait et sentis son autre main recouvrir la mienne.

— Oh, *reah*, soyez bien conscient que je donnerais ma vie pour vous.

Je le regardai droit dans les yeux, mais vis tout de même que les deux autres se rapprochaient. Le plus grand, tout stressé, prit la parole.

— Est-ce que je pourrais...

Une fois de plus, il se passait ce truc qui m'échappait complètement. Toutes les panthères étaient indubitablement prises d'une irrésistible envie non seulement de me parler, mais surtout de me toucher. Lâchant la main d'Ivan, je descendis de la Jeep.

— Merci d'assurer notre sécurité à Logan et à moi, j'apprécie, vraiment, dis-je à la panthère la plus proche de moi, me souvenant soudain de son nom. Anthony, c'est ça ? Anthony Lauria ?

Il hocha la tête, incapable d'articuler un mot, se rapprochant de moi. Je lui serrai la main chaleureusement puis me tournai vers le troisième homme pour en faire autant. On me le présenta comme Antoine Palmer. Tout trois me regardaient les yeux écarquillés, comme s'ils assistaient au retour du messie ou un truc dans le genre. Je savais que je ne m'y ferai jamais. Que ce soit l'attention de ces trois hommes, ou l'adoration que m'avaient vouée les invités de la maison des Varda, cela me dépassait. J'étais juste moi-même, rien de plus. Je n'avais rien de particulier et pourtant tous me traitaient comme si c'était le cas.

Je remontai dans la voiture et poursuivis doucement ma route jusqu'à la maison, me garant le plus loin possible. Tout aurait été bien différent si Logan avait été seul, mais il avait malheureusement de la compagnie. J'allais être obligé d'apparaître devant tout le monde, et de répondre à un déluge de questions avant même de pouvoir atteindre ma chambre. Malgré tout, il était clair que je ne pourrais pas éviter mes inquisiteurs, alors je saisis mon blouson sur la banquette arrière et me dirigeai vers la maison. Mon appréhension était si forte que je dus m'arrêter en chemin alors que ma vision se troublait. Malgré la chaleur de cette soirée d'été, je frissonnai.

— Jin.

Je reconnus sa voix, son odeur, et sa simple présence, malgré la distance qui nous séparait, et ma respiration devint difficile. Mon corps devint douloureux, et je me sentis épuisé. L'homme qui venait d'apparaître allait m'épuiser encore davantage et tout le monde le verrait. Je devais empêcher que cela n'arrive. C'était impossible. Je relevai la tête et me forçai à sourire, faisant un effort pour me concentrer. Comment allais-je réussir à ne pas m'effondrer devant tout le monde avant d'atteindre le porche ? Il valait peut-être mieux m'enfuir tout de suite.

— Viens à moi, m'ordonna-t-il.

Je pris ma respiration si violemment que ça me fit mal. J'étais incapable de rassembler mes forces. C'était de la faute de Logan. Je pouvais être fort comme un roc lorsqu'il n'était pas là. Mais il me suffisait de l'apercevoir pour qu'en un instant, le désir d'être pris dans ses bras, de le sentir s'occuper de moi, me transforme en drogué. Je ne pouvais que succomber.

Ce fut finalement lui qui vint à moi.

Il courut vers moi, et bien qu'il y ait plusieurs personnes sous le porche, personne ne le suivit. Je déglutis difficilement et me crispai, attendant qu'il s'arrête en face à moi. Plonger dans les yeux couleur de miel de mon compagnon me creva le cœur.

— Salut.

Il me tâta de la tête aux pieds, l'air profondément inquiet, puis me caressa finalement la joue, aussi doucement qu'une plume, avec tendresse.

— Tu m'as manqué.

Je fis un signe de la tête, incapable de parler, et plongeai dans ses bras en fermant les yeux.

Son souffle était chaud dans mon cou et je sentis ses lèvres sur mon front.

— Je m'en veux tellement, lui dis-je, navré.

— C'est moi qui ai autorisé cet homme à séjourner chez nous, Jin, pas toi.

— On t'a demandé de le former.

— Et maintenant je vais devoir le tuer.

Je relevai la tête pour le regarder droit dans les yeux.

— Logan, par pitié ne dis pas…

— Il a osé porter la main sur mon compagnon, tu es à moi et à personne d'autre ! rugit-il. Je vais le réduire en bouillie.

Je sentis des larmes atteindre mes cils et je clignai des yeux pour m'en débarrasser.

— Tu ne vas quand même pas pleurer pour ces imbéciles, Jin. Ils n'ont que ce qu'ils méritent. Tout le monde sait que tu es à moi, que tu es ma *reah*. Ils ont choisi leur destin lorsqu'ils ont suivi Abbot, et ont accepté de risquer leur vie en s'en prenant à toi.

Je m'effondrai juste devant lui et il me serra fort.

— Regarde-moi.

— Mais je n'ai plus mal du tout, dis-je au creux de son épaule. Re… Regarde bien. Ça va.

Je relevai la tête pour plonger mes yeux dans les siens, admirant leurs reflets d'ambre.

Il grogna de frustration avant de m'agripper et de me serrer puissamment dans ses bras.

— Je ne veux faire de mal à personne, mais la seule idée que ton sang...

Je fermai mes bras autour de lui et passai une jambe derrière la sienne, posant ma tête au creux de son cou, respirant son odeur, me sentant immédiatement en sécurité, à la maison, aimé et protégé.

Il serra ma main et se tourna en direction de la maison.

— Est-ce que nous... Ne pourrions-nous pas être seuls tous les deux ?

— Oui, me rassura-t-il, d'une voix rauque et virile provenant du fond de sa poitrine. Juste toi et moi.

Je gardai les yeux fermés alors qu'il me guidait, entendis les planches de bois du porche craquer sous ses pieds puis je sentis une odeur divine me remplir les narines. Des arômes subtils provenant de la cuisine me firent immédiatement réaliser que nous étions déjà à l'intérieur. Pourtant personne n'avait prononcé mon nom, probablement parce que Logan leur avait fait signe de se tenir tranquille. Je me laissais complètement porter par lui et il me fit monter l'escalier jusqu'à notre chambre.

— Tiens, mon amour.

J'entrouvris les yeux et distinguai les tons marron et chaleureux de notre chambre. Logan m'allongea doucement sur le lit. La vue de ce lieu si familier, de ces odeurs, et surtout du mâle superbe qui se penchait sur moi submergea mon cœur, le remplissant d'émotions.

— Montre-moi, susurra-t-il, et il était facile de voir que je n'étais pas le seul à lutter contre mes émotions.

Les muscles de sa mâchoire étaient tendus, son regard était sombre, il était évident que mon compagnon se sentait vraiment mal, et tout ça était de ma faute.

— Promets-moi que tu ne feras rien ce soir. Promets-moi que tu vas rester ici avec moi.

Il fit oui de la tête, rapidement.

Je retirai mon tee-shirt avec difficulté, mais il ne fit rien pour m'aider, et resta là à me contempler. Il fit de même lorsque je me mis à défaire ma ceinture et à déboutonner mon jean pour me mettre à l'aise et surtout pour qu'il puisse voir les marques que j'avais encore sur la hanche droite. Il garda le silence, tout en balayant mon corps, remarquant chaque coupure et chaque hématome qui étaient toujours en voie de cicatrisation. Mon abdomen et mon torse étaient encore couverts de tâches rougeâtres et violacées.

— Ce n'est vraiment plus aussi grave que ça l'a été.

Il acquiesça, me fit signe de la tête de tourner sur moi-même. C'était encore pire sur mon dos. Autant sur le visage, toute trace était pratiquement partie, autant sur mon dos, les profonds coups de griffes que j'avais reçus avaient laissé ma chair à vif et ça se voyait toujours. Alors que mon visage reposait contre l'oreiller, je soufflai profondément. L'odeur de Logan était partout sur le lit et je m'en empli les poumons.

Sa main chaude et calleuse descendit le long de mon dos, se posa délicatement au creux de ma colonne vertébrale avant de refaire le trajet inverse et de remonter jusqu'à mon cou pour finir par me caresser tendrement les cheveux.

— Je suis tellement fatigué.

— Alors dors.

— Mais je ne veux pas que tu me laisses.

Je n'étais absolument pas certain qu'il n'irait pas se venger sur quelqu'un dès que j'aurais fermé l'œil.

— Mon amour, reprit-il d'une voix plus douce et profonde alors qu'il repoussait quelques mèches de mon front. Je ne bougerai pas d'ici.

— Tu me le promets ?

— Je te le jure, dit-il et je sentis ses lèvres chaudes se poser entre mes omoplates. Ferme les yeux, je vois bien que tu es épuisé.

— Tu pourrais… Juste encore un peu…

Je l'entendis bouger et le sentis peser de tout son poids sur le lit et s'enrouler autour de moi. La chaleur qui se dégageait de lui me fit frissonner.

— Tu as froid ?

— Non, c'est juste que… Tu me fais tellement de bien.

— Je t'ai manqué.

— J'aurais dû aller avec toi, comme tu me l'avais demandé.

— Oui.

— Désolé.

— Tu avais de bonnes raisons de rester et j'étais tout à fait d'accord sur le moment. Je pense cependant que nous serons tous les deux d'accord pour dire que nous devons repenser ta vie de A à Z.

— Attends, que sous-entends-tu par là ? demandai-je en me raidissant.

— Ce que tu peux être borné, souffla-t-il dans mon cou. Je ne dis pas que tu devras cesser de travailler ou rompre tes engagements de *reah*. Je dis simplement qu'il y a des choses qu'il va maintenant falloir que nous prenions en compte.

— Je ne…

— Arrête, fit-il en repoussant mes cheveux de mon épaule et en se baissant pour embrasser la marque qu'il m'avait laissée six mois auparavant, cette cicatrice qui prouvait qu'il m'avait revendiqué, qu'il était désormais mon *Semel*. Repose-toi, simplement. Ton corps essaie tout bêtement de se remettre, mais n'en est pas capable puisque tu n'as pas encore pris de repos du fait que tu ne te sentais pas suffisamment à l'aise pour vraiment bien dormir.

Il me connaissait si bien. Je ne me sentais en sécurité nulle part. Je ne dormais que par intermittence, laissant toujours la lumière allumée, convaincu que si je baissais ma garde, quelqu'un viendrait pour s'en prendre à moi. Après tout, il y avait de quoi. Si même mon *sheseru*, quelqu'un d'aussi terrifiant que Yuri Kosa, n'avait pas été capable de me protéger, alors comment pourrais-je me sentir en sécurité lorsque j'étais seul ? Et même si je savais pertinemment que c'était totalement fou, voire irrationnel, je ne parvenais pas à me défaire de mes craintes.

— Tu es à moi, dit-il en faisant glisser ses lèvres sur mon épaule nue. Tu n'es qu'à moi.

Je tremblai et me cambrai, plaçant mes fesses contre lui.

— Stop, m'arrêta-t-il tristement, soufflant dans mon oreille. Ta cervelle va exploser si je commence quoique ce soit, alors ne me tente pas.

— Je n'avais pas franchement imaginé que mon retour à la maison serait comme ça, marmonnai-je incapable de me retenir de me frotter contre lui, malgré la douleur qui, bien que toujours présente ne m'empêchait pas d'être submergé de désir.

— Bon sang, grogna-t-il, m'agrippant la hanche gauche pour bloquer mes mouvements. Essaies-tu de me tuer ?

— Cela fait si longtemps que tu es parti, dis-je en me collant plus contre lui, essayant de me redresser pour pouvoir mieux sentir son sexe qui gonflait dans son jean.

— Jin…

Son chuchotement fut si rude et rauque, que je sentis un frisson d'excitation me parcourir.

— Jin, je ne crois pas que tu te rendes compte que tu sens comme…

— Je suis blessé, lui dis-je doucement, d'une voix profonde. Et il y a une partie de toi, la partie animale, qui aime ça.

42

— Tais-toi, m'ordonna-t-il en plongeant son visage dans mes cheveux. Laisse-moi juste te tenir dans mes bras et te regarder. Bon sang, je me demande même si je devrais être aussi près de toi. Je parie que tu as mal de partout.

Et c'était vrai. J'avais mal. Mon corps était encore endolori et raide, mais tendu par son toucher et le fait d'être si près de ma moitié... Cela revenait à être recouvert d'une couverture bien chaude par une froide journée d'hiver. Sa chaleur me consumait et je la sentais jusque dans mon estomac.

— Jin ?

Je roulai sur le côté pour me détacher de lui et le regarder. Ses yeux étaient embrumés d'inquiétude.

— Tu as des ecchymoses partout.

— Alors tu devras faire attention quand tu me prendras.

Son gémissement à demi étouffé me fit sourire. C'était vraiment un bel homme, puissant et fort, et en prime, il brûlait de désir pour moi. Je sentais ce désir irradier jusque sur ma peau.

— Hé...

Il me fixa lui aussi et je me perdis une fois de plus dans ses beaux yeux d'ambre. Je lui souris, contemplant l'homme qui me donnait tant de plaisir.

— Je te jure que je pourrais...

— Regarde-toi, dit-il en baladant sa tête autour de moi pour examiner attentivement mes flancs et mes hanches.

— Je suis tellement content que tu sois rentré, dis-je en déglutissant difficilement, contemplant sa superbe chevelure qui tombait en avant comme une cascade dorée.

— Je sais, répondit-il, d'un ton nonchalant, ne pouvant retenir un sourire qui trahissait son sentiment.

Il était ravi.

— Tu te donnes des airs, faisant semblant de vouloir rester complètement indépendant, mais nous savons très bien, toi et moi, ce qu'il en est vraiment.

— Et qu'en est-il exactement ?

— Tu peux à peine respirer correctement quand je ne suis pas dans les parages.

C'était vrai, mais pas de la manière dont il le croyait.

— Tu as besoin de moi, renchérit-il.

Ce n'était nullement une question : il ne faisait qu'énoncer simplement un fait.

— Tu sais que tu es à moi n'est-ce pas ? reprit-il.

Son regard était si envoûtant qu'il me devint difficile ne serait-ce que de respirer normalement.

— Et seuls ceux qui ont ma permission sont autorisés à poser les yeux sur toi.

Je fixai un instant son regard et un superbe sourcil épais, blond comme les blés se redressa avec autorité. Il attendait impatiemment de voir ce que je pourrais bien trouver à y redire.

— Je ne sais pas pourquoi tu…commençai-je tentant de rouler plus loin sur le lit pour m'éloigner de lui.

Il me maintint près de lui, sa main tenant mon menton, m'obligeant à replonger mes yeux dans les siens. Il était tellement plus grand et plus fort que moi, et même s'il n'était pas du genre bodybuilder énorme, il était bardé de muscles. S'il ne voulait pas que je m'éloigne, je ne risquais pas d'y arriver.

— Tu ne sais pas pourquoi je… quoi ? Pourquoi je t'aime ?

— Non, ça je sais, répondis-je en continuant à le fixer, ça c'est parce que tu y es bien obligé.

— Comment ?

— Je suis ta *reah*, donc tu es bien obligé de m'aimer, même si c'est une sacré merde.

— Mais de quoi parles-tu ?

— Pitié, continuai-je en l'ignorant. Un *Semel* trouve sa *reah*, et comme par magie, ils sont compatibles, et tout est parfait du début à la fin ? Tout ça, ce sont des conneries. Tu le sais parfaitement, et moi aussi. Nous ne pourrions pas être plus différents l'un de l'autre et maintenant que tout s'est mis en place, nous commençons sacrément à nous en rendre compte.

Il ne fit rien d'autre que de me regarder sans rien dire pendant plusieurs minutes, alors je finis par bondir hors du lit et me tins près de la fenêtre.

— Si seulement je fumais, murmurai-je.

— Tu crois que nous ne sommes pas compatibles ?

Je me tournai pour lui faire face, collant mon dos à la fenêtre.

— Non, je ne crois pas.

Il s'assit sur le lit, s'étira avec grâce et installa un coussin derrière lui pour se mettre à l'aise.

— Je crois que…

— Tu es ridicule, me coupa-t-il platement.

— Pardon ? demandai-je irrité.

Il haussa les épaules.

— Tu es amoureux de moi, et en prime – et c'est ça qui t'énerve encore plus – tu m'apprécies. Tu n'as jamais eu dans ta vie, quelqu'un qui soit à la fois ton ami et ton amant, et ça te perturbe beaucoup. Tu n'arrives pas à gérer tout ça.

— Aaahh... Tout ça, ce sont des bêtises, tu essaies de faire de la psychologie de bas-étage, lui lançai-je.

— C'est la pure vérité d'après ce que je peux en dire. Je pense même que normalement, dès que tu commençais à t'attacher à quelqu'un d'autre que Crane, tu lâchais l'affaire, même si tu n'en avais pas envie. Tout ça pour te protéger de l'hypothétique souffrance de perdre quelqu'un à qui tu tiens.

— C'est du grand n'importe quoi.

Un léger grognement fut tout ce qu'il m'accorda pour me faire savoir ce qu'il pensait de mon commentaire.

— Logan !

— Tu penses que Crane Adams est ton filet de sécurité. Tu es pétrifié à l'idée qu'il parte, et que si, pour on ne sait quelle raison, j'en venais à me lasser de toi et à te jeter, tu te retrouverais tout seul, sans personne.

Il me connaissait vraiment sur le bout des doigts. C'était effrayant.

— C'est pour ça que tu pousses à ce point Delphine vers Crane, alors que tu vois très bien qu'elle en pince plutôt pour Markel, malgré tous ses défauts.

— Ce n'est pas vrai.

— Bien-sûr que si. Ma sœur n'est pas intéressée par ton copain, et tu es terrorisé à l'idée qu'il parte.

C'était le cas. Cela me faisait carrément peur.

— Tu dois bien comprendre que c'est sur moi, désormais, que tu peux te reposer. C'est moi qui fais ce que tu es. Et ce qui est le plus important, c'est justement que tu es mon compagnon.

— Non ! Je ne veux pas être réduit à simplement être ton âme-sœur. Je suis bien plus que ça.

— Je n'ai jamais dit que tu n'étais que ça.

— Être ton compagnon...

Je le regardai droit dans les yeux.

— Logan, si je n'avais pas été celui qui t'était destiné, tu ne m'aurais même pas regardé.

Il se releva, croisa les bras et me fixa, comme si j'étais un gamin capricieux.

— On ne va pas recommencer avec ça quand même.

— C'est la vérité.

— Et même si c'était le cas, quelle différence cela aurait-il ?

— Cela fait une énorme différence.

Je repris mon souffle et me tournai vers la fenêtre pour contempler le terrain éclairé. C'était une belle nuit. Le ciel était bleu-noir, pas complètement sombre comme c'était généralement le cas en hiver.

— Tu m'aimes parce que je suis ta *reah*, et que tu dois m'aimer. Tous les autres ne m'aiment que parce que je suis leur *reah*. Seul Crane tient réellement à moi.

— Pardon ? Que viens-tu de dire ?

Le ton appuyé de sa voix ne m'échappa pas. Je ne pouvais pas laisser passer.

— Peu importe, après tout si tu veux rester là à jouer les outragés, vas-y. Tu veux te sentir blessé et indigné parce que j'ai dit que tes sentiments que tu crois sincères, ne le sont pas. Alors vas-y.

Je soupirai profondément en me retournant pour me rasseoir sur le lit.

— Les choses sont ainsi, Logan. Reconnais-le, si je n'étais pas ta *reah*, je ne serais même pas dans ton lit. Avec Crane, je suis comme je suis et cela n'a aucune espèce d'importance. Ses sentiments ne changent pas, il reste lui-même, tout simplement. Pour tous les autres, toi y compris, ce n'est pas le cas. Si tout ça ne se révélait n'être qu'un gros malentendu, je ne me retrouverais qu'avec mes yeux pour pleurer.

Le silence qui régna dans la pièce fut si long que l'adrénaline se dissipa et que je sentis la fatigue l'emporter. Je ne voulais pas le regarder, je voulais juste m'écrouler sur le lit. Je me trainai jusqu'à l'oreiller et m'affalai sur le lit.

— Le fait que tu en sois encore à pouvoir concevoir que tu puisses me perdre dépasse l'entendement. Tu n'as pas foi en nous, et ça me met hors de moi.

— D'accord.

— Ne fais pas comme si tu étais d'accord !

— Pourquoi ne le serais-je pas ?

— Regarde-moi.

Je m'exécutai, roulai sur le dos et levai les yeux sur l'homme qui était au-dessus de moi.

— Est-ce que je ressentirais la même chose si tu ne m'étais pas mon âme-sœur ? Je n'en sais rien, et je m'en fiche. Pour moi, c'est une question qui ne se pose pas. Toi tu veux te la poser, mais je sais qu'en fait, tu le fais surtout parce qu'avant de te rencontrer, j'étais hétéro. Même si tu as accepté de prendre ta place et de faire face à tes obligations aux côtés de ton *Semel*, même si tu m'aimes, parce que je sais bien que c'est le cas, l'idée de perdre Crane te terrifie.

— C'est mon meilleur ami, dis-je comme pour me défendre.

— C'est ta couverture de repli, et tu le sais aussi bien que moi.

— Logan…

— Je ne devrais pas être jaloux de Crane Adams, et pourtant je le suis. Je suis le *Semel* de ma tribu, et je suis jaloux d'un de mes membres. Pense un peu à ce que je ressens.

Nous étions en pleine discussion alors que nous aurions dû nous arrêter depuis bien longtemps. Cela pouvait très vite dégénérer.

— Mais tu as raison à propos de nous deux. Que nous soyons faits l'un pour l'autre ne fera pas en sorte que ça marche pour autant. Tu dois voir si tu es capable de vivre en suivant mes règles ou si tu préfères que nous vivions séparément.

J'avais le souffle coupé.

— Ainsi, je n'aurais plus à me poser la question de savoir où tu es ni ce que tu fais, continua-t-il. Tu ne me parles jamais et je n'en peux plus. Je refuse à continuer de vivre avec toi si tu ne me fais pas confiance.

— Tu ne…

— Je te veux, cria-t-il. Tu es à moi, et si tu devais choisir de ne plus vivre avec moi, tu n'en serais pas moins ma *reah*, et serais donc tenu de te conduire comme il se doit en toutes circonstances.

— Et ça veut dire quoi exactement ?

— Ça veut dire qu'il n'y aura jamais personne d'autre que moi dans ton lit.

— C'est tout ce qui te préoccupe ? Savoir avec qui je couche ?

— Ne joue pas les imbéciles, rugit-il. Et arrête de ne relever qu'une partie de ce que je dis. Écoute-moi avec plus d'attention !

— Je t'écou…

— Je suis ton compagnon ! Rien, ni personne n'est plus important à mes yeux que toi, mais je suis avant tout le *Semel* d'une *reah*. Ton *Semel*. Je suis celui que tu dois appeler quand tu es blessé, ou triste, que tu as besoin d'amour ou de protection ! C'est vers moi que tu dois te tourner, en toutes circonstances. Personne d'autre ! Moi et moi seul !

— Logan, je…

— Tu as fait ton choix, le soir où tu as choisi de ne pas m'appeler alors que tu t'étais fait attaquer. Tu aurais dû me dire que tu étais blessé au lieu de me laisser assister aux noces de Simone. Tu aurais dû avoir besoin de moi.

— Et c'était le cas, c'était juste que…

— Tu me fais sans cesse douter, et je ne peux pas vivre comme ça.

— Tout ça, c'était des trucs qui me concernaient directement. Tu n'aurais rien pu y faire.

— Cela impliquait surtout qu'il fallait que tu me mettes au courant et tu n'as même pas eu la correction de m'appeler !

— J'étais à deux doigts d'y laisser la vie et ce qui te pose problème c'est que tu n'aies pas eu ton petit coup de fil ?

— Exactement ! me répondit-il avec sarcasme. C'est en fait là que se trouve le fond du problème. Précisément, ce coup de fil que tu n'as jamais passé.

— Logan…

— Réduis tout au minimum, cela ne changera rien. Nous savons tous les deux que c'est toi qui joue les crétins, uniquement parce que tu ne veux pas parler clairement du fond du problème.

— Et c'est quoi le fond du problème ? pestai-je, m'approchant du point de rupture tant j'étais fatigué et en colère.

J'avais tort, et j'en étais tout à fait conscient. Je l'avais su avant même que cette discussion commence. C'était lui qui avait raison. J'aurais dû l'appeler et lui avouer à quel point j'avais besoin de lui. Seulement, je n'avais pu m'y résoudre.

— À la seconde même où tu en avais la possibilité, à l'instant où la bagarre s'est terminée, tu aurais dû m'appeler et me dire que tu avais besoin de moi, me dire de rentrer au plus vite, que tu étais blessé et que tu saignais…

Sa voix se fêla, trahissant son trouble.

— Mais évidemment, tu as fait comme tu fais toujours, tu t'es occupé du problème par toi-même, en te souciant de ce que je ferais de manière hypothétique, au lieu de te soucier de ce qui était important pour toi.

Je hochai la tête. Nos priorités étaient tellement différentes. Il était impossible qu'elles soient plus éloignées. Lui se souciait toujours de l'instant présent, et moi systématiquement des conséquences pour le futur.

— Logan, il faut que tu rentres à la maison, voici exactement ce que tu aurais dû me dire en m'appelant, reprit-il.

Je sentis de chaudes larmes remplir mes yeux.

48

— Tu n'as pas besoin de moi. Je fais comme si, j'essaie de me persuader que tu as besoin de moi, mais ce sont des conneries, grommela-t-il en serrant la mâchoire. Être avec toi, en sachant que nos sentiments ne sont pas les mêmes, que je te veux plus que toi, tu ne me veux, ça me tue. Je préfère encore que nous vivions séparément, plutôt que de te voir tous les jours en me disant que tu ne me désires pas autant que moi.

— Tu te trompes, dis-je après avoir pris une grande inspiration. J'ai besoin de toi.

— Eh bien tu ne le montres pas. Cela ne se voit pas du tout.

Sa voix était plate comme s'il ne faisait qu'énoncer un fait.

— Tu considères que le lien sacré qui uni un *Semel* à sa *reah* relève de la foutaise, mais moi j'y crois dur comme fer. Pour moi, c'est tout ou rien, Jin. J'ai besoin que tu sois avec moi, amoureux de moi, que tu me fasses confiance et me désires autant que moi je te désire.

— Cela fait un bout de temps que tu réfléchis à tout ça, n'est-ce pas ? dis-je en réalisant soudain la vérité.

— Oui.

— Quand avais-tu prévu de m'en parler ?

— Si Crane décide de partir, partiras-tu avec lui ? demanda-t-il en ignorant complètement ma question.

— Non.

— J'espère que c'est vrai.

— Tu ne donnes pas franchement l'impression de te soucier que ce soit le cas ou pas.

— Et comment diable en arrives-tu à cette conclusion malgré tout ce que je viens de te dire ?

— Je…

— Tu cherches toujours la dispute, et tu es si borné. C'est fatigant.

Nous gardâmes le silence plusieurs minutes.

— Je suis fatigué, annonçai-je. J'ai mal partout.

— Alors couche-toi, dit-il d'un ton neutre, se dirigeant vers la porte.

Je plongeai mon visage contre l'oreiller pour qu'il ne voie pas mes larmes. Je ne voulais pas qu'il s'en aille, mais j'aurais préféré mourir que de le lui avouer.

— Jin.

Il prononça mon nom d'une voix étouffée.

Je fis un petit bruit pour qu'il sache que je l'avais entendu.

— Je veux que tu sois à moi, tout à moi et que tu me veuilles et aies besoin de moi, et de moi seul.

Je n'avais pas la moindre idée de quoi répondre, et fus ravi d'entendre la porte se refermer derrière lui quelques secondes plus tard. Cette conversation avait été une erreur, mais une fois lancée, impossible d'y mettre fin. J'aurais tout de même préféré pouvoir tout arrêter avant que nous n'ayons commis l'irréparable.

JE ME réveillai à cause d'un cauchemar. J'étais dans le puits de notre tribu, en train de me faire massacrer. C'était si réel et effrayant que j'en tremblais encore. Inutile de me tourner dans l'autre sens pour essayer de me rendormir, j'étais bien trop secoué.

Il me suffit de sentir pour m'apercevoir que Logan n'était pas dans le lit. Je n'allai pas le chercher, et pris tout de suite une douche pour essayer de reprendre mes esprits. J'enfilai un bas de pyjama et un tee-shirt avant de quitter la chambre pour aller vers celle de Crane. Je frappai doucement.

— Ouais ?

Je me glissai à l'intérieur et l'y trouvai en caleçon, vautré sur son lit, les yeux rivés sur l'écran, une manette sans-fil dans les mains. C'était moi qui lui avait offert cette PlayStation 3 pour son anniversaire et il s'amusait comme un fou avec depuis.

— Qu'est-ce que tu fais ?

— Je bute les connards d'un cartel de la drogue, dit-il en bâillant, avant de mettre le jeu en pause et de me regarder. Et toi ?

— Je ne dors pas trop bien ces derniers temps.

— Ouais, ce n'est pas franchement surprenant, si ?

Ses mots dégoulinaient de sarcasme.

— Je sais que t'aimes bien quand ça fait du bruit, alors n'hésite pas, j'ai de la place.

Je montai sur son grand lit et m'allongeai sur l'oreiller. Une fois à ses côtés, il posa sa main sur mon épaule.

— Qu'y a-t-il ? lui demandai-je.

— Je vais partir pour Vegas afin d'ouvrir un nouveau restaurant pour Ray.

Mon premier réflexe fut de me relever et de lui hurler dessus, mais comme il avait remarqué que j'étais très tendu lorsqu'il avait posé sa main sur moi, il mit aussitôt la deuxième et me maintint contre le matelas.

— Arrête. Il est grand temps, Jin. Je dois trouver ma place dans ce monde moi aussi, tu sais… Je veux dire, sans toi. Et ce n'est pas franchement comme si je partais en Mongolie ou quelque chose dans le genre. C'est Las Vegas, nous pouvons prendre l'avion ou même la voiture et nous voir quand nous le voulons. Pense-y un peu. Finalement, entre tes obligations de *reah*, ton travail, Logan et tout le monde, en fait, nous ne nous voyons plus beaucoup.

Sa réflexion me transperça le cœur.

Ses mains commencèrent à me caresser, à me frotter, à me réchauffer.

— Tu as ta vie ici, mais moi, je ne fais que traîner, et ça ne m'intéresse plus tellement.

La petite dispute avec Logan était encore si fraîche dans ma mémoire qu'une partie de moi désirait ardemment s'enfuir avec mon meilleur ami.

— Dis que tu comprends.

— Je comprends, dis-je d'un ton résigné.

— C'est un bon garçon, ça.

— Va te faire foutre.

Il pouffa.

— Qu'est-ce qui ne va pas avec toi ?

— Logan est en colère.

— Oh, ça oui, je suis au courant.

— De quoi ?

— Disons que l'unique raison pour laquelle il ne m'a pas banni c'est parce qu'il sait très bien comment tu réagirais.

— Ce sont des conneries.

— Jin, Markel et moi aurions pu te laisser mourir en nous comportant comme des imbéciles. C'est déjà un miracle que nous nous en tirions aussi bien après une erreur pareille.

Je tentai de rouler sur le côté pour pouvoir le regarder, mais il me plaqua contre le matelas.

— Crane, qu'est-ce qu'il…

— Je suis privé du voyage en Égypte, je dois rester là et monter la garde avec Markel jusqu'à ce que vous soyez rentrés.

— Non, grognai-je.

Je me faisais une joie de profiter des festivités pour passer du temps avec Crane.

— Ça ne va pas du tout m'aider…

— Tout ira bien pour toi, c'est moi qui vais rater un truc. Et Markel aussi, pour le coup, il ne pourra pas s'occuper de Delphine. Quel bordel !

— Je ne comprends pas pourquoi il me ferait un coup pareil. Il sait bien comme ça va me m'ennuyer que tu ne viennes pas.

— Comme je te l'ai dit, Markel et moi avons failli te laisser te faire tuer. Nous avons déjà de la chance qu'il ne nous ait pas fait marquer.

J'en frissonnais. Le rituel du marquage d'une panthère qui avait offensée son *Semel* se terminait généralement par la perte d'un œil ou d'une entaille du nez. Cette cicatrice devenait la marque distinctive d'un *apophi*, la honte de la tribu et un véritable fardeau. La plupart des panthères choisirait l'exil plutôt que de s'y soumettre.

— Je l'aurais accepté, dit-il. Tu le sais, n'est-ce pas ?

Pour rester un membre de *ma* tribu, j'étais certain que mon meilleur ami aurait fait n'importe quoi.

— Cela n'arrivera jamais, assurai-je. Surtout pas à toi. Pas tant que je vivrai.

— Pourtant je l'aurais mérité, pour avoir fait passer mon combat contre Markel avant ton bien-être.

— Arrête un peu, tu veux.

— Non, comme je te l'ai dit, je pense que je l'aurais tout à fait mérité. Mais bon, dans tous les cas, ma punition, ainsi que celle de Markel, c'est de rester et de monter la garde ici, tous les deux, jusqu'à votre retour.

Je laissai échapper un soupir de mécontentement. Il me fallait pourtant bien me résigner et accepter la décision de Logan.

Crane me releva doucement.

— Qu'est-ce qui ne va pas avec toi ? Qu'est-ce que tu fiches dans ma chambre alors même que Logan est à la maison ? Il ne t'a pas manqué ou quoi ?

— Ce n'est pas…

— Que se passe-t-il entre vous les gars ? Vous étiez si heureux.

— J'étais heureux, je *suis* heureux. C'est juste que… Je crois que nous nous sommes emballés un peu vite avec cette histoire d'âmes-sœurs. Tout s'est passé trop rapidement et nous n'avons pas pris le temps de réfléchir.

— Tu plaisantes ? Tu n'as rien fait d'autre que d'y réfléchir. Tu réfléchis à t'en rendre malade. Je parie que tu as envisagé le problème en long, en large et en travers.

— Comment ça ?

— Tu es épuisant.

— Nous aurions dû sortir ensemble pendant un certain temps au moins, nous sommes tellement différents.

— Oui, je sais, dit-il en me passant la main dans les cheveux et en me massant doucement le cuir chevelu. Mais cela fait partie du jeu. Le *Semel* fort et vigoureux et la *reah* douce et gentille. C'est une histoire de Yin et de Yang non ?

Je grognai. Crane en rajouta.

— Tu devrais expliquer ça à Domin et à Koren.

— Quoi ? murmurai-je sans lever la tête, profitant de la douce chaleur de son corps collé au mien.

J'avais l'impression que j'allais m'enfoncer au fond de son lit.

— Je pense que le fond du problème entre ces deux-là, c'est que Domin est convaincu que Koren veut le dominer, mais la vérité, c'est que Koren crève d'envie que Domin l'attache pour le baiser, comme ils l'ont déjà fait par le passé.

— Attends…

Je roulai sur le dos pour le regarder.

— Désolé, mais que viens-tu de dire ?

Son sourire narquois fit danser ses yeux de saphir.

— Tu vois bien. Tu étais tellement occupé que tu n'as même pas pris les dernières nouvelles. Bon sang.

— Et pour toi et Delphine ? m'empressai-je de lui demander parce que c'était de loin plus important pour moi.

Il marmonna et recommença à tirer sur les personnages de son jeu.

— Ce qu'elle aime, c'est le genre artiste torturé, et comme tu le sais, ça n'est pas franchement mon style. Moi, je suis à prendre ou à laisser et je ne vais pas m'excuser d'être ce que je suis. Nous ne sommes pas tous comme toi, Saint Jin.

— Comment viens-tu de m'appeler ?

— C'est comme ça que Domin t'appelle, pouffa-t-il. Je trouve ça plutôt marrant.

— Qu'est-ce que c'est que cette histoire ?

— Domin fait une excellente imitation de toi, dit-il en rigolant.

Il fronça les sourcils et prit une voix aigüe.

— Oh non, Logan, tu ne peux pas faire de moi ta *reah*, pense à toi, à ta tribu, pourquoi ferais-tu quelque chose d'aussi stupide ?

Je le regardai, sidéré.

Il sourit en haussant les sourcils.

— C'était quoi cette parodie ?

— C'était toi ! Enfin, plutôt Domin t'imitant.

— Et depuis quand j'ai l'accent anglais ?

— C'est juste pour rendre le truc plus marrant.

Le voir se moquer de moi m'énerva.

— Va te faire foutre, et Domin aussi et…

— Oh, mais calme-toi, dit-il en riant de plus belle. C'est super drôle, Saint Jin. J'ai cru que Delphine allait faire pipi dans sa culotte et que Russ allait tomber du canapé. Tu sais bien que Domin est super sarcastique et qu'il démarre au quart de tour. Je trouvais que c'était un gros con au début quand il essayait de te tuer et tout ça, mais en fait, il est vraiment hilarant. En plus, il t'a très bien cerné.

— Je te rappelle que tu es censé me défendre.

— Oh, lala, tu ne vas pas en faire toute une histoire.

— Alors Domin pense que je suis une sorte de grande folle hypocondriaque ?

— Ben, tu l'es quand même un peu, et en plus tu adores faire ton cinéma, dit-il pour enfoncer davantage le couteau dans la plaie. Et tu peux être vraiment pénible par moment, surtout quand tu veux que tout soit absolument parfait.

— Et avec ça ?

— Et tu sais très bien le reste, dit-il sans cesser de me regarder droit dans les yeux.

Il n'avait pas besoin de dresser la liste. Après tant d'années, je le connaissais sur le bout des doigts.

— De toi à moi, Jin, tu sais que c'est exactement comme ça que tu es, non ?

— Ouais, je sais, admis-je en laissant échapper un soupir.

— Alors dis-moi, que se passe-t-il, Jin ?

Je ne le voyais plus que de profil, parce qu'il s'était remis à tirer sur des seigneurs de la drogue.

— J'aime Logan.

— Je sais bien.

— Mais j'ai peur que la seule raison pour laquelle il m'aime, c'est que je suis sa *reah*.

Au bout d'une minute, il se mit à me regarder avec des yeux tellement écarquillés que je gémis.

— Tu ne vas pas recommencer avec tout ça ?

— Crane !

— Crane, Crane, mes fesses oui, arrête de te prendre la tête avec ces bêtises.

— Mais…

— Il t'aime uniquement parce que tu es sa *reah* ?

Je grognai.

— Pourquoi faut-il que tu cherches à savoir pourquoi il t'aime ?

— Crane !

— Je suis sérieux. Tout le monde se fiche de savoir pourquoi il t'aime. Ce qui compte c'est qu'il t'aime, point final. Il y a des gens qui se retrouvent coincés dans un ascenseur et tombent amoureux, d'autres qui travaillent ensemble jour après jour et finissent par tomber amoureux, d'autres encore qui descendent d'un avion en même temps et ont le coup de foudre… Ce qui compte, ce n'est pas ce qui vous a amenés à être ensemble, c'est là où ça va vous mener.

— Il veut que je pense à lui d'abord lorsque je suis blessé, ou heureux, ou dans n'importe quelle situation. Il veut que je pense à lui avant tout.

— Surtout avant moi, ça j'ai bien compris. Si j'étais à sa place, je voudrais exactement la même chose. C'est ce que je voulais de Delphine, mais elle veut Markel. Les choses sont comme elles sont. Tu es bien chanceux d'avoir quelqu'un qui veut que tu lui donnes tout. J'aimerais trouver la même chose.

— Merde !

— Tu es vraiment stupide.

Je ne pouvais le contredire.

— Et ?

Je bâillai allègrement.

— J'y penserai, mais pour le moment, parle-moi de Koren et de Domin. C'est quoi cette histoire ? Qui a attaché qui ?

— Nous sommes quoi là ? Deux radoteurs ? Bravo les ragots !

— Vas-y, bon sang, raconte-moi !

— Tu es vraiment pénible, dit-il en arborant le sourire de celui qui maîtrisait la situation. D'après Ivan – qui pour rappel était tout de même le *sylvan* de Domin jusqu'à l'an dernier – lors de l'épisode tumultueux où Domin avait fait Koren prisonnier, il l'a attaché et lui a fait des choses pas très catholiques.

— N'importe quoi. Koren est bien trop costaud, si c'est un contre un face à Domin.

— Où as-tu entendu dire que Koren n'était pas d'accord ?

Il me fallut quelques secondes pour comprendre, sans doute à cause de mon état de fatigue.

— Ben oui, évidemment, reprit Crane en riant doucement. Malgré sa grande bouche, je doute que Domin n'ait jamais fait quoi que ce soit à quiconque contre leur gré. Il aime la domination, mais seulement avec des partenaires consentants.

Et cela ne me surprenait pas. J'imaginais aisément que Domin Thorne puisse trouver du plaisait au fait qu'un bel homme se soumette librement à lui.

— Tu n'as pas oublié que Koren a déclaré partout qu'il avait été torturé, me rappela Crane.

— Et je parie que c'était après que tout ça soit arrivé. Imagine-toi un peu ce qui a bien pu se passer dans sa tête. On parle du stéréotype même de l'hétéro macho, et il rencontre un autre gars qui lui fait un effet si violent qu'il finit par complètement se soumettre à lui. Bon sang, comment pourrait-on ne serait-ce que rationaliser ses sentiments après ça ?

— Se soumettre à lui ? Vraiment ?

Crane était sceptique.

— Tu y étais ?

Je pouffai de rire en voyant la moue dégoûtée qu'il faisait.

— Non, mais franchement, Jin, il y a des limites quand même.

— Je dis seulement, qu'à mon avis, Koren est passif, cela ne fait aucun doute pour moi, désolé si ça choque tes petites oreilles.

— Tu penses ça parce que Logan est actif.

Je le regardai avec étonnement.

— Quoi ? Je ne vois pas le rapport avec le sujet.

— Merde, Jin, je te dis juste qu'à mon avis, Domin se trompe. Il pense que comme Koren est le frère de Logan, il n'a pas pu apprécier l'expérience qu'ils ont eue. Du coup, il n'a pas pris la moindre initiative depuis, attendant désespérément qu'il fasse le premier pas. Tout ça alors que Koren ne veut qu'une chose : que Domin prenne le contrôle à nouveau. Cela a dû beaucoup lui plaire, la première fois.

— Qu'est-ce qui te fais dire que Koren a aimé ?

— Ivan m'a dit que les cris qu'il avait entendus n'étaient pas du genre douloureux. En plus, lorsqu'il s'est finalement décidé à entrer dans la chambre, c'était Domin, et non pas son prisonnier qui était dans les vapes, avec Koren à côté de lui, qui le bichonnait.

— Domin a laissé Koren le bichonner ?

— Ivan dit que Domin était bien trop parti pour permettre ou refuser quoi que ce soit.

— Bon sang…

Il haussa ses larges épaules.

— Je pense que Koren n'est pas du tout le genre à aimer prendre les choses en mains et qu'il s'attend justement à ce que Domin le fasse. Étrangement, Domin attend quant à lui, pensant lui donner le temps dont il a besoin. Ils sont tout aussi stupides l'un que l'autre.

— Et ?

— Eh bien, puisque tu es notre *reah*, je pense que c'est à toi de les faire s'asseoir autour d'une table et les forcer à en discuter une bonne fois pour toutes. Qu'ils prennent un peu conscience des choses.

— Et je parie que ça passera comme une lettre à la poste avec le père de Koren et de Logan.

— Oh, je n'y avais même pas pensé. C'est drôle, en fait depuis que tu es devenu la *reah* de cette tribu, ce n'est pas seulement un de ses fils, mais deux qui sont devenus gays.

— Ouais, c'est génial non ? répondis-je ironiquement.

— Cela n'a rien à voir avec toi, Jin. Les gens ne deviennent pas gays, ils le sont ou pas, dit-il pour me rassurer en riant.

— Ah non ? Pourtant, avant de me rencontrer, Logan était clairement hétéro.

— Peut-être bien. Où peut-être que, comme Koren, il n'avait pas encore rencontré le bon gars.

— Donc si je suis bien ton raisonnement, il se pourrait bien que le bon gars pour toi, soit quelque part en train de t'attendre.

— Ou pas.

Il me regarda d'un air réprobateur.

— Je sais que tu as du mal à y croire, mais il y a sur cette terre des hommes qui couchent avec des femmes et y trouvent véritablement du plaisir.

Je lui souris.

— Écoute, fais juste comme je te l'ai dit. Discute de ça avec Koren et Domin avant qu'ils ne fassent une bêtise et que l'un d'eux ne se soit blessé.

— Et pourquoi ne leur parlerais-tu pas toi-même ?

— Parce que je ne suis pas toi. Quand je parle, tout le monde s'en fiche.

Je restai un instant silencieux, réfléchissant à ce qu'il m'avait dit.

— Je pense que tu devrais dire à Domin de coincer Koren une fois pour toute et de voir ce qu'ils en disent.

— Tu es inspiré aujourd'hui, on croirait le courrier du cœur.

— Va te faire voir, et puis d'abord, sors de ma chambre.

— J'aurais déjà dû être au courant de tout ça, dis-je sans avoir la moindre intention de bouger.

— C'est clair, mais tu te fais tellement de cinéma avec le fait d'être la *reah* de Logan qu'en fait tu passes complètement à côté de situations où l'on a vraiment besoin de toi.

Je réfléchis.

— Saint Jin de la Perpétuelle Souffrance, me charia-t-il.

— Quoi ?

— C'est comme ça que Domin t'appelle.

— Je le hais, marmonnai-je.

— Je sais, me répondit Crane en me donnant un petit coup de genou.

— Ça va me faire bizarre de ne plus te voir tous les jours.

Il écarta les épaisses mèches de cheveux qui me tombaient sur le front, passant ses doigts sur toute leur longueur sans même se rendre compte de ce qu'il faisait. Mes cheveux étaient longs, trop longs même et arrivaient désormais au milieu de mon dos. Je les laissais pousser pour Logan, parce que cela lui plaisait de pouvoir enfouir son visage dans ma crinière. Il adorait laisser mes cheveux glisser sur son corps nu, d'y passer ses mains encore et encore. Je regardai Crane en train de faire sensiblement la même chose.

— Crane ?

— Tu vas me manquer aussi, mais c'est mieux comme ça. C'est devenu pénible pour moi de vivre ici. J'ai besoin d'un vrai chez-moi, d'une vie à moi.

— Tu en as déjà parlé à Logan j'imagine. Il sait que tu pars ?

— Ouais, il pense que c'est à cause de Delphine, dit-il alors que sa main s'enroulait dans mes cheveux, les tirant légèrement.

Une partie de Crane, une toute petite partie, me considérait comme étant à lui. Il le montrait d'une manière toujours très subtile et la plupart des gens ne s'en rendaient même pas compte. Son poing se serra dans mes cheveux, et je poussai un petit soupir, comme une réponse primitive à sa domination. J'appartenais à mon *Semel*, mais Crane, étant mon meilleur ami, posséderait toujours une petite partie de moi. De temps à autre, il me rappelait cet état de fait.

Lorsqu'il rouvrit le poing, mes cheveux tombèrent en cascade sur sa paume.

— Il faudra que Logan parle au *Semel* de Vegas, qui que ce soit, pour bien lui expliquer que même si tu vas vivre là-bas, tu ne deviendras pas membre de sa tribu.

Il laissa échapper un petit rire.

— Je suis toujours ton *Beset*, idiot. Je ne quitterai jamais ta tribu. En plus, je ne vais nulle part avant ton retour des festivités, tu n'auras pas à m'aider à déménager avant cela.

Je repris mon souffle. Je n'avais même pas réalisé que je l'avais retenu.

— Tu es vraiment stupide, tu sais.

— Ce n'est pas une nouveauté, dis-je en roulant sur le lit.

— Jin… commença-t-il, et je sentis sa main se poser entre mes omoplates.

— Je ne veux pas que Logan fasse de mal à qui que ce soit à cause de moi, le coupai-je.

— Tu ne peux pas demander à ton *Semel* de pardonner une attaque contre son âme-sœur. Ce ne serait pas juste de lui demander ça et tu le sais.

— Markel a des problèmes aussi, ou est-ce seulement toi ?

— Nous sommes tous les deux dans les problèmes jusqu'au cou. Nous avons interdiction de quitter les terres de la tribu, sauf pour le travail et ce, jusqu'à votre retour.

— Ce qui veut dire que tu vas avoir plein de temps pour enrichir ta relation avec Markel.

— Cela va sûrement me tuer.

Nous restâmes silencieux plusieurs minutes.

— Jin ?

— Quoi ?

— Est-ce que je peux voir l'étendue des dégâts ?

— Pourquoi ?

— Je crois que je devrais.

Je haussai les épaules, malgré ma position, allongé sur le lit. Après tout, s'il le voulait vraiment.

Il releva mon tee-shirt et je sifflai alors que sa main passait sur mes blessures, du dos et des côtes.

— C'est presque guéri.

— Yuri va tous les tuer.

— Ne dis pas des stupidités pareilles, cela n'aide pas.

Il redescendit mon tee-shirt et, au bout d'une minute, se remit à jouer.

J'étais bien. Après une semaine à tenter de gérer mes blessures, sans dormir, ou en faisant de terribles cauchemars les rares fois où je trouvais le sommeil, un peu de normalité dans un environnement familier était exactement ce dont j'avais besoin. Je m'endormis rapidement et me réveillai quelques heures plus tard dans la pénombre.

Crane s'était assoupi lui aussi, à mes côtés, la manette toujours dans les mains. Je la lui enlevai et roulai hors du lit pour aller éteindre la console et la télévision.

Quelques minutes plus tard, je me glissai dans ma chambre. J'y vis Logan étendu de tout son long sur le lit, ne portant qu'un petit short. Il était vraiment craquant comme ça, et je restai un instant à le contempler.

— Où étais-tu ? me demanda-t-il tendrement sans même ouvrir les yeux.

— Rendors-toi, lui dis-je, prêt à contourner le lit. Je ne voulais pas te réveiller.

Sa main m'agrippa rapidement et ses doigts encerclèrent mon poignet.

— Où étais-tu ? me demanda-t-il à nouveau.

— Il fallait que je parle à Crane.

— Bien sûr, répondit-il sans me lâcher.

— Il déménage à Vegas lorsque nous serons revenus des festivités.

— Quoi ?

Il écarquilla soudain les yeux.

— Il te l'a dit ?

— Oui. Il part, susurrai-je, posant ma main sur la sienne qui tenait toujours mon poignet. Et tout va très bien se passer.

— Tu crois ?

— Oui Monsieur, lui souris-je.

— Jin.

Il prononça mon nom comme s'il était mourant.

— Écoute, soufflai-je doucement en me penchant pour venir frotter mon menton sur sa main avant de m'éloigner pour contourner le lit par la gauche. Je sais que tu veux que ma vie tourne entièrement autour de toi, mais as-tu la moindre idée d'à quel point cela peut être étouffant ?

— Essaie au moins.

Je lui souris dans l'obscurité alors qu'il s'asseyait sur le lit et je me laissai tomber à ses côtés.

— Je veux être ce qui compte le plus pour toi, Jin.

— Mais c'est déjà le cas.

— Jin...

— Logan, toutes les personnes qui font partie de ma vie apportent un petit bout dont je ne pourrais plus me passer. Pas juste toi, mais aussi Crane, Yuri, Mikhaïl, Delphine, ta famille, même Koren et Domin. Mais toi, tu es la pièce maîtresse autour de laquelle tout tourne.

Il se rapprocha plus près de moi et je sentis la douce chaleur de son corps puissamment musclé.

— Je suis juste inquiet que tu puisses te réveiller un beau matin et te dire que je ne suis pas celui dont tu as besoin. Mais j'ai chaque jour un peu plus confiance, grâce à la façon dont tu te comportes avec moi. Il nous faut juste un peu plus de temps pour que tout se mette en place.

Je me tournai vers lui.

— Peut-être que nous devrions sortir ensemble.

Il laissa échapper un rire puissant et chaleureux.

— Logan, est-ce que tu…

— Tu as répété ton petit discours combien de fois avant ?

— Quoi ?

— Qu'est-ce que je vais faire de toi ?

— Laisse tomber, essayai-je de dire, exténué et blessé qu'il se moque de moi.

Je ne souhaitais pas une seule seconde repartir dans une prise de bec.

— Si tu pouvais seulement m'écouter…

— Mon amour, nous n'allons pas sortir ensemble comme des lycéens, pouffa-t-il.

— Et pourquoi pas ?

— Parce que tu es déjà toute ma vie.

— Logan…

— Je veux juste dire que personne d'autre de ma vie ne me rend plus heureux que toi, rien qu'en te regardant. Et pourtant, tu m'en fais voir de toutes les couleurs.

Il passa ses doigts sur mon visage.

— Bon sang, Jin, le simple fait de ne pas t'avoir vu ce soir à mon retour m'a presque tué.

Je détournai la tête car je ne voulais pas qu'il voie mes larmes. Il alluma la lampe de chevet et je plongeai finalement mon visage dans son cou.

— J'ai toujours eu tout ce que je voulais, durant toute ma vie. Tout s'est toujours passé comme je le décidais, sauf avec toi. Je peux jurer devant Dieu s'il le faut, mais nos confrontations incessantes m'aident à garder la forme.

Que pouvais-je lui répondre ?

61

— Sais-tu au moins que tu es vraiment très frustrant ?

Il fit semblant de ne pas voir mes larmes, tentant de faire diversion et ramenant le sujet sur lui. C'était très délicat de sa part.

— Tu me rends complètement dingue, mais en prime, ma famille, mes amis, la tribu toute entière, tous sont convaincus que tu es la meilleure chose qui me soit jamais arrivée.

Je déglutis péniblement.

— Quand tu es auprès de moi, je suis meilleur, c'est pour ça qu'ils sont tous si unanimes.

La façon qu'il avait de me regarder, l'amour qui en ressortait, c'était trop pour moi.

— Et avec toi, tout devient bien plus agréable.

Je souris à travers mes larmes.

— Je veux dire, bon sang, avec toi, même faire les courses devient une aventure. Je n'ai jamais vu personne à qui il fallait quatre différents types de céréales.

Je roulai sur le côté pour me coller plus encore contre lui, accrochant mon bras à son cou, le serrant fort.

— Et n'essaie pas de me dire que c'est parce que tu en achètes pour tout le monde. On ne me le fait pas ! C'est bien pour toi que tu les achètes.

Il effleura mon cou, sa caresse me donnant la chair de poule.

Je me serrai encore plus contre lui et il se releva pour s'appuyer contre la tête de lit, puis me fit remonter sur ses genoux, me penchant en avant pour que je sois entre ses cuisses. Il était si puissant que mon poids n'avait aucune importance pour lui.

— Qu'y a-t-il ? me demanda-t-il en souriant, ses yeux brillants comme de l'or.

— Je t'aime tellement.

— Oui, je sais, dit-il en riant gaiement, mais ce n'est pas une raison pour acheter quatre genres de céréales différentes.

Je fis oui de la tête, incapable de parler. Il arrivait à me faire frémir rien qu'en parlant de Corn Flakes.

Ses mains se baladèrent de haut en bas le long de mon dos, glissant sur ma peau.

— Et encore, je n'ai pas commencé à te parler de tes différentes variétés de café et des crèmes aromatisées que tu y mets. Qui diable à besoin de trucs pareils ?

Il avait vraiment de belles lèvres et elles ne demandaient qu'à être embrassées.

— C'est fou toutes les cochonneries que tu achètes.

— Je n'achète pas de cochonneries, me défendis-je.

— D'accord, dit-il en déposant un baiser sur ma clavicule. Si tu le dis…

Il me serra encore plus fort, modelant mon corps à demi-nu contre le sien.

— Mais laisse-moi juste prendre soin de toi, d'accord ?

C'était exactement ce que je voulais, mais…

— Je n'ai pas besoin d'être secouru en permanence ou sauvé telle une demoiselle en détresse. Je suis un homme, je dois être fort moi aussi.

Il m'agrippa les fesses des deux mains et me poussa contre lui, ce qui amena mon sexe qui s'allongeait déjà à se frotter vigoureusement contre le sien qui durcissait aussi vite. Ce frottement était divin, je dus prendre une grande respiration.

— Je ne passe pas mon temps à vouloir te sauver, tu n'en as pas besoin. Tu n'as pratiquement besoin de rien de toute façon, c'est bien pour ça que je suis aussi dingue de toi.

Ses mains puissantes me soulevèrent légèrement le derrière pour m'amener pile au-dessus de son membre et s'assurer que je repose bien dessus. Il commença alors à me balancer, me tenant toujours fermement dans ses bras musclés. Ses yeux étaient plongés dans les miens et il me couvrait de baisers.

— Tu es vraiment borné et parfois tu te montres terriblement froid, sans compter que tu ne m'accordes pas toute ta confiance en ce qui concerne certains de tes petits secrets, mais quand tu es dans mes bras, je vois bien que tu n'as ni envie, ni besoin de qui que ce soit, ni de quoi que ce soit d'autre que moi.

C'était tellement vrai. Avant ma rencontre avec Logan Church, je ne savais rien de l'amour.

Je vis les muscles de sa mâchoire se contracter et l'entendis pousser un long soupir.

— Bon sang, Jin, ta façon d'aimer est tellement violente et possessive que ça me fait peur parfois.

Je glissai ma main entre nous pour passer mes doigts sous l'élastique de son short et commencer à le caresser.

— Ah ouais, et alors ?

— Oh, bon sang, grogna-t-il comme s'il souffrait.

— Es-tu en train de te plaindre ?

— Non, bébé, je ne me plains pas du tout, me rassura-t-il. Je t'aime exactement comme tu m'aimes. Tu peux me demander tout ce que tu veux, quoi tu veuilles me faire ou que tu attendes de moi, tu n'as qu'à me demander.

Il m'offrait toute sa vie sur un plateau d'argent. Je pouvais lui demander ce que je voulais.

— S'il te plaît, Logan, soupirai-je. Prends-moi.

Il bougea rapidement, me repoussant contre le matelas et s'enroulant contre moi.

— Tu risques de jouir à en perdre la tête si je fais ce que tu me demandes, et en plus, tu risques fort de perdre connaissance.

— Je ne crois pas que...

— Je sais que tu n'y crois pas, et c'est bien pour ça que je me retiens.

Je me serrai dans ses bras. Mon corps le réclamait désespérément.

— S'il te plait...

— Non.

Il colla son visage dans mes cheveux et les repoussa pour pouvoir embrasser ma peau nue.

— Logan...

Pour seule réponse, il me plaqua encore plus fort contre son torse et son abdomen. Son sexe, sous son short, arriva pile contre la raie de mes fesses. Ses lèvres vinrent se coller au creux de mon épaule.

— Il faut que tu te reposes, Jin. Ton corps en a besoin. Ton esprit aussi. Repose-toi s'il te plaît.

— S'il te plaît, Logan, le suppliai-je, grognant tant le besoin se faisait intense. Colle juste mes chevilles sur tes épaules et enfonce-toi en moi. Fais-le par pitié.

— Tu me tentes comme un fou, mais ça ne marchera pas. Je suis bien trop inquiet pour toi pour faire passer mes désirs avant ta santé.

Mon corps fut pris de spasmes.

— Alors je vais simplement rester là, à tes côtés, mon cœur contre le tien, pour te prouver que tu ne risques rien et que tu es parfaitement en sécurité, que tu peux enfin vraiment prendre du repos. Ainsi tu pourras sentir le poids de mon amour.

Je cessai de bouger complètement et restai calme contre lui, le vice qui m'habitait s'estompant en voyant mon homme si préoccupé.

— N'aie pas peur. Je ne vais nulle part.

Ma gorge se serra et je fus incapable de dire le moindre mot.

— J'ai pris ma décision une fois pour toutes ce soir. Quoi qu'il advienne, je vais me battre pour te faire comprendre que je suis l'homme qu'il te faut. Je vais gagner ta confiance.

— Logan, tu as déjà…

— Non je ne l'aie pas encore, mais je l'aurai.

— Logan, je…

— Je suis désolé d'avoir parlé de vivre séparément hier. Tu m'avais mis hors de moi. Je sais que tu aimes ta maison, notre maison, plus que tout au monde, alors c'est pour ça que j'ai pris cet angle d'attaque. Pardonne-moi.

Je hochai rapidement la tête. J'avais la gorge serrée et ravalais mes larmes.

Il repoussa ma chevelure et m'embrassa à la base du cou.

— Jamais, au grand jamais je ne souhaiterais que tu sois ailleurs qu'ici avec moi. Même si tu me détestais, même si nous ne nous parlions plus du tout, je me coucherais tous les soirs avec toi à mes côtés. Tu n'as pas le choix, tu es ma *reah*.

Alors que ces mots se gravaient dans mon esprit, je me rendis compte que j'étais vraiment fatigué.

— Nous sommes très différents, c'est vrai, mais pas suffisamment pour que cela pose problème et certainement pas au point de vivre séparément. Je n'ai pas besoin de milliers de choses, mais juste d'être près de toi, parce que pour moi, tu es tout.

Je voulais dire des choses qui auraient pu le rassurer sur la place qu'il occupait dans mon cœur, mais je savais bien qu'il fallait que ce soit plus que des mots. Il fallait donc que je le lui prouve sur la durée.

— Arrête de réfléchir, ferme les yeux et endors-toi. Je m'occupe de toi.

Entre la chaleur qu'émettait le corps de Logan et le sentiment de sécurité que je ressentais, il ne me fallut pas longtemps pour sombrer dans les bras de Morphée.

POUR LA première fois depuis une semaine, ce ne fut pas la douleur que ressentait mon corps qui me réveilla. Le simple fait de respirer l'odeur de Logan toute la nuit m'avait permis de récupérer mieux que durant toute la durée de son absence. Mon corps s'était vraiment reposé, et en ouvrant les yeux, la douleur que je ressentis était sans commune mesure avec ce qu'elle avait été les jours précédents.

Mon homme.

Je sentis un ronronnement monter du plus profond de moi.

Je roulai hors du lit, me levai, écartai mon tee-shirt et mon bas de pyjama et fus rassuré de voir que mon membre était dans une forme olympique. Bien que pas encore totalement remis, mon corps réclamait mon homme.

Je remontai sur le lit, rampant vers Logan. J'admirai les longues lignes de son corps, ses épaules musclées, et surtout les jolies courbes de ses fesses. Le simple fait de l'observer comme ça me coupait le souffle. Mon compagnon était une véritable œuvre d'art, dégageant une odeur de bois de santal. Je ne pus résister et plongeai dans ses cheveux pour le sentir encore et encore. Lui montant à moitié dessus, je me mis à le couvrir de baisers, descendant le long de sa colonne vertébrale pour finir sur ses fesses rebondies. Je baissai doucement l'élastique de son short pour mettre à nu sa belle peau imberbe. Je la mordis, mais si légèrement que c'était à peine une égratignure.

— Qu'est-ce que tu fais ?

Son petit rire chaleureux me fit sursauter.

— Ta peau a si bon goût.

Ma voix était plus un murmure.

— C'est si bon que je pense que je vais juste rester comme ça.

— Quoi ?

Lorsque je m'étendis sur lui, de tout mon long, il comprit. J'étais vautré sur lui, de tout mon poids, mon visage collé dans son cou.

— Bon sang, bébé… Qu'est-ce que tu veux ?

Je léchai doucement son cou avant de laisser mes griffes sortir un peu, celles du haut et du bas, désireux de le goûter, d'inciser sa peau pour savourer son sang à coups de langue.

— Je veux que tu me croies lorsque je te dis que je n'ai besoin de rien d'autre que toi. Ne pense pas à ma place. Je sais ce qu'il me faut pour guérir et me sentir vivre pleinement.

Son corps convulsa alors qu'il s'arquait sous ma morsure. Un grognement surgit des tréfonds de son torse. En avalant son sang, un léger goût de cuivre me fit frissonner.

— Je veux être gentil avec toi, dit-il en me repoussant et m'allongeant sur le dos alors que sa main agrippait ma verge.

— Non, laissai-je échapper en tentant de me sortir de son étreinte. J'ai juste besoin de toi. Logan, pas que tu sois gentil. Je t'en prie, prends-moi.

— Mais je ne veux pas te faire de mal, dit-il en continuant de faire courir son pouce sur mon gland.

De grosses gouttes commençaient à perler le long de mon sexe.

C'était vraiment bon et il se pencha encore plus au-dessus de moi.

— Non, Logan, j'ai besoin que tu me baises. Je t'en supplie, j'ai besoin que tu me revendiques comme tien. S'il te plaît. ..

Il resta silencieux un moment, à peser le pour et le contre, ma parole face à ce que sa conscience lui dictait. Il se mit finalement à bouger. Par moment, j'oubliais à quel point mon compagnon pouvait être fort, et c'était un de ces moments. J'étais prêt à me soumettre complètement à lui.

Le petit rugissement qu'il produisit provoqua un frisson qui se répercuta dans tout mon corps. Je fermai les yeux pour simplement l'entendre ouvrir le tiroir de la table de nuit et prendre le tube de gel. Je laissai monter l'excitation avant de rouvrir les yeux. J'étais incapable de ne pas le regarder, il fallait que je le voie.

L'un des grands avantages d'être le seul à partager sa couche était bien de pouvoir contempler ce que je voyais à cet instant. Voir Logan enduire son superbe sexe de gel valait vraiment le détour.

— Je vais y aller doucement, promit-il en balançant le tube à l'autre bout du lit avant de se pencher contre moi pour que je puisse mettre mes chevilles sur ses épaules. Je vais y aller lentement et tendrement. Je veux voir l'effet que cela te fait.

Je tremblai alors que le haut de mes cuisses se collait à mon torse et que Logan m'ouvrait d'un doigt.

— Je ne veux plus que qui que ce soit te fasse du mal.

— Toi tu ne m'en feras jamais, dis-je impatient. Vas-y, s'il te plaît.

Je gémis.

— Je n'ai pas besoin que tu me prépares, je suis déjà prêt. J'ai besoin de toi tout de suite.

— Jin...

— Logan ! Bon sang, mais qu'est-ce que je dois faire pour que tu me baises ?

Je vis ses yeux scintiller, il était chaud comme la braise et ça se voyait dans son regard.

— Tu dis que tu m'aimes, que tu me désires, arguai-je, alors maintenant, prouve-le !

— Cette façon que tu as de me regarder, murmura-t-il, j'aimerais tant que tu me regardes comme ça tout le temps.

— Tu imagines les on-dit si je le faisais, lui demandai-je en reprenant mon souffle.

Son gland était en train de pousser doucement contre mon ouverture.

— Tout le monde dirait que Logan Church est un sacré veinard, m'assura-t-il en commençant doucement à me pénétrer, m'écartant progressivement jusqu'à pouvoir se plonger complètement en moi.

Je haletai lorsqu'il se retira, mais ce n'était que pour mieux replonger au plus profond de moi.

— Oh, Logan, tu me fais tellement de bien.

— Tu…

Il ne pouvait même plus parler et était collé contre mon cou, à m'embrasser, me lécher, me mordiller tout en continuant à me prendre. Je me cambrai pour mieux accompagner ses mouvements.

— Tu m'as tellement manqué, c'est la première fois depuis...

Qu'étais-je censé dire ? Que je crevais d'envie qu'il me touche depuis tellement de temps, que sans lui, j'étais malheureux comme un chien ? Mon corps le réclamait. J'avais besoin d'être sous lui, de le sentir collé sur moi. Et j'avais enfin ce qui m'avait tant manqué… Enfin.

— Tu m'as manqué aussi, dit-il comme s'il avait entendu tout ce que je m'étais dit dans ma tête.

Sa voix était chaude et virile. Elle était super sexy.

Il s'agrippa à ma hanche d'une main et se mit à me masturber de l'autre. La parfaite synchronisation entre sa main et ses coups de boutoir était époustouflante et faisait remonter des frissons le long de ma colonne vertébrale. Mes talons étaient collés à son dos et mes jambes le serraient aussi fort que je le pouvais. Je voulais qu'il soit encore plus profond en moi.

Soudain, il hurla mon nom, comme un avertissement.

— Ça ne me fera pas mal, lui jurai-je, sentant qu'il ne se lâchait pas complètement. Je t'en prie, baise-moi plus fort.

— Jin…

— Plus fort, Logan, le suppliai-je à nouveau. S'il te plaît.

Sa main pleine de gel se resserra davantage sur ma verge et il se mit à me masturber avec force, tant et si bien que mon corps fut pris de convulsions

— Logan !

Il leva mes hanches pour changer d'angle et m'empala si fort, si profondément que je ne pus me retenir de jouir. D'habitude, je sentais venir les signes avant-coureurs, mes testicules se contractaient, mon corps se tendait, mais là, il avait suffi que Logan plonge en moi, me dominant de toutes ses forces pour me faire jouir sans avertissement. J'éjaculai en de longs jets qui dégoulinaient encore sur ses doigts. C'était somptueux.

— Regarde dans quel état je te mets, dit-il, les yeux pétillants.

Je ne pus que gémir pour abonder dans son sens.

— C'est si bon de te prendre comme ça.

J'essayais de le tirer à fond contre moi, de le faire passer sous ma peau, pour le fondre en moi, tout en serrant les fesses aussi fort que possible afin de ne pas le laisser s'échapper.

— Jin…

Sa voix hésitante et sa tête penchée en arrière me prouvaient, si ses tremblements m'avaient laissés le moindre doute, qu'il avait lui aussi trouvé son plaisir.

—Viens-là.

Il releva la tête et me regarda avec des yeux brumeux.

Je lui ouvris grand les bras et il se laissa tomber sur moi, collant sa joue contre la mienne. Nous étions tous les deux encore submergés par les spasmes de nos orgasmes.

Dès que je pus reprendre mon souffle, je me mis à le couvrir de baisers.

— Tu es sûr que tu n'as pas envie que nous sortions ensemble un certain temps d'abord ? Je suis plutôt bon cuisinier.

Il soupira et je sentis son souffle chaud passer sur mon visage. Il se mit à m'embrasser. Ce baiser était violent, et je sentais qu'il en voulait plus. Sa chaleur se répandit dans tout mon corps. Personne ne m'avait jamais embrassé de cette manière. Il était possessif et tendre à la fois. Je respirai un grand coup et m'alanguis sur le lit.

— Tu cuisines comme un pied, me dit-il en éloignant légèrement ses lèvres des miennes.

— Mais j'ai de nombreux autres talents.

Un profond murmure remonta du fond de son torse. C'était un bruit qu'il ne faisait que lorsque nous étions seuls tous les deux.

— Tu sais que tu es à moi ?

— Oui, Logan.

— Alors d'accord. Nous allons sortir un peu ensemble, dit-il en se redressant. Cela te dirait de venir au Caire avec moi ?

Il avait clairement sauté l'étape où nous devions aller manger au restaurant avant d'aller au cinéma.

— Nous pourrions courir au clair de lune près des pyramides, dit-il en me serrant dans ses bras. Rien que toi et moi.

En temps normal, j'aurais essayé de dire quelque chose, mais là, je ne pouvais que me laisser faire et le laisser me cajoler en appréciant pleinement l'étendue de son amour.

# IV

UNE DIVINE odeur de café me réveilla et je m'aperçus que j'étais, une fois de plus, seul dans mon lit. Je trainai quelques minutes avant de me lever et d'enfiler un tee-shirt et un jogging. Je n'étais pas encore prêt à prendre une douche car je devais absolument avoir ma dose de caféine et manger un morceau avant. Je descendis l'escalier et me préparais à pousser la porte de la cuisine lorsque j'entendis des voix à l'intérieur.

— Tu devrais juste l'attacher et lui dire ce qui va se passer, entendis-je Mikhaïl dire d'une voix profonde et grave.

Cela s'entendait qu'il n'était pas debout depuis longtemps.

— C'est lui la *reah*, Logan. Pas toi. Par contre, c'est toi qui commandes. C'est toi qui lui dis où il peut aller, qui il peut voir et ce qu'il peut faire. Il doit t'obéir en tout.

— Vraiment ? En tout, dis-tu ?

Logan étouffa un rire.

— Bon sang, en le disant à voix haute, j'ai bien senti que c'était d'une bêtise sans nom.

Un nouveau rire de Logan, chaleureux et plein de vie m'excita en un rien de temps.

— Nous savons tous les deux qu'il devrait…

— Je sais ce qu'il devrait faire, mais entre ça et ce qu'il fera réellement…

— Je dois bien admettre que je ne comprends pas très bien pourquoi tu prends tant de tact avec lui. Après tout, comme je viens de te le dire, il est *ta reah*. Il suffit que tu lui dises ce qu'il a à faire.

— Ah oui, tu crois vraiment ça ?

Logan pouffa à nouveau.

— Tu crois vraiment qu'il me suffirait de donner des ordres à Jin pour qu'il obéisse ?

70

— Logan...

— Tu as beau être le *sylvan* de la tribu, tu ne connais rien de ma *reah*. Si je ne veux pas qu'il nous quitte – ce que je ne veux surtout pas – eh bien lui interdire de vivre sa vie comme il l'entend est sans nul doute la dernière des choses à faire.

— Mais tu es le *Semel* de la tribu, Logan. Tes paroles ont force de loi.

— Durant le peu de temps qui s'est écoulé depuis que Jin est avec nous, peux-tu me citer une seule fois où il ne m'a pas soutenu ?

Après un long moment de réflexion, Mikhaïl soupira d'un air irrité.

— Tu vois, c'est exactement où je veux en venir. Lorsque je laisse Jin faire ses propres choix, il ne se trompe jamais.

— Je ne dis pas que Jin n'est pas une bonne *reah*. Tu aurais difficilement pu être plus béni avec une *reah* plus éduquée et incollable sur les lois, les coutumes et le protocole. Mais il doit t'être soumis. C'est une obligation.

— Il doit choisir de le faire. Je ne peux pas l'y contraindre, répondit mon compagnon avec regret.

— C'est toi le *Semel*. Tu fais les lois.

— Dans tous les domaines, sauf ce qui touche à ma *reah*, corrigea Logan en se raclant la gorge.

— Quand d'autres verront que Jin ne se soumet pas à toi, ils remettront en cause ton autorité.

— Mais jamais Jin ne m'humilierait en public...

— Alors assure-toi que tous les ordres que tu lui donnes soient annoncés en public pour qu'il se sente obligé d'y obéir.

— Et comme ça, dès qu'il aura pigé la technique, il refusera d'apparaître en public avec moi ?

— Il n'osera jamais.

— Oh que si, c'est justement sa façon de fonctionner.

Et Logan avait bien raison. Même après seulement six mois passés ensemble, il me connaissait sur le bout des doigts.

Au lieu de me demander d'être heureux, il me laissait être triste. Il savait que je riais lorsque j'étais nerveux ou que j'avais tendance à toussoter pour masquer les bruits qui me gênaient. Il pouvait me suivre dans le dédale de mes pensées et comprenait toujours mes blagues, mêmes les plus mauvaises. Nous en étions même au point où il pouvait finir mes phrases à ma place. Il abordait toujours des sujets anodins pour me changer les idées lorsque j'étais contrarié. Il savait toujours quand j'avais besoin de manger, avant même que j'en exprime le besoin, et c'était pareil pour les câlins. Il m'embrassait toujours comme si s'était la première et la dernière fois qu'il en avait l'occasion. Il comprenait parfaitement que lorsque je lui disais de dégager, ça voulait en fait dire que je voulais qu'il reste et qu'il me tienne tête, tout comme il savait que par moment, j'avais vraiment besoin d'être tout seul. J'avais indéniablement beaucoup de chance de l'avoir et j'en étais parfaitement conscient. Pourtant, je ne parvenais pas à me défaire de cette crainte qu'un jour tout pourrait partir en fumée.

— Jin ?

Surpris et surtout embarrassé d'être pris en flagrant délit d'écouter aux portes, je me retournai pour découvrir Domin qui venait d'arriver. Il avait l'odeur du vent et de quelque chose d'autre que je ne parvenais pas à définir.

— Désolé, murmura-t-il.

Je vis comme il avait l'air fatigué.

— Domin…

— Tu n'as pas franchement l'air en forme, me dit-il. Tu es sûr que tu ne devrais pas être au lit ?

— Non, moi ça va, lui répondis-je en l'étudiant d'un peu plus près. C'est plutôt toi qui n'a pas l'air d'aller bien. Que se passe-t-il ?

— Rien, fit-il en relevant la tête et en se forçant à me sourire.

Ses mots pouvaient éventuellement me tromper, mais sa fatigue sautait aux yeux. Je ne l'avais jamais vu comme ça auparavant. Surtout qu'il était d'un naturel plutôt joyeux.

— Arrête tes bêt…

Domin me poussa contre la porte et me fit entrer dans la cuisine, ce qui eut pour effet d'arrêter la conversation qui s'y tenait. Tout le monde releva les yeux vers nous. N'ayant entendu que les voix de Mikhaïl et de Logan, j'en avais déduis, à tort, qu'ils étaient seuls, mais ça n'était pas du tout le cas. Crane n'était pas là, Koren non plus et Russ était à encore à Los Angeles. La mère de Logan était quant à elle à Pittsburgh. Mais à part eux, tout le monde était là. Je laissai échapper un grognement en les voyant leurs bouches béantes, les regardant reprendre leur souffle et dans le cas de Delphine, sécher ses larmes.

— Je vais bien, la rassurai-je.

Elle hocha rapidement la tête, les yeux toujours humides.

Un coup d'œil vers Ivan m'indiqua que cela lui faisait mal de me voir comme ça. Il m'avait vu à mon retour lorsque j'avais passé le portail, mais il faisait sombre. À la lumière du jour, ça lui causait visiblement un choc.

— Oh, *reah*, dit-il à voix basse, l'air complètement dépassé.

Je tentai un peu d'humour.

— J'ai vraiment l'air en piteux état, hein ?

On aurait pu entendre une mouche voler pendant que Yuri se levait pour me rejoindre.

— Ce n'est absolument pas de ta faute, dis-je à voix haute, désireux non seulement qu'il m'entende, mais aussi qu'il me croie.

Il s'arrêta si près de moi que je dus relever un peu la tête pour pouvoir le regarder en face.

— Tu sais aussi bien que moi que tu n'aurais rien pu faire de plus.

Il s'agenouilla doucement devant moi.

— Nous avons l'air de jumeaux, lui dis-je en tentant de détendre l'atmosphère.

En lui caressant la joue, je pus sentir que ses blessures étaient loin d'être parfaitement cicatrisées.

Il déglutit péniblement, incapable de se retenir de coller son visage contre ma main. Les autres avaient toujours besoin d'être touchés par Logan et de le toucher, mais Yuri, notre *sheseru*, recherchait avant tout mon contact.

— Je les tuerai tous, Jin. Je n'ai pas le choix.

C'était presque drôle de l'entendre prononcer des paroles aussi dures alors qu'il faisait un geste si tendre.

— Ils ont violé les lois.

Je jetai un coup d'œil à Logan et le vis s'approcher de moi, accompagné de Mikhaïl.

— Je refuse que quiconque soit blessé par ma faute, dis-je.

— Ce choix ne t'appartient pas.

— Logan, je…

— Non, me répondit-il sèchement, Yuri fera ce que la situation exige.

— Logan !

— Non, répéta-t-il durement, m'attrapant par le bras pour m'attirer près de lui. Tu n'as pas ton mot à dire sur le sujet. Tu as été attaqué, et je ferai tuer chacun de ceux qui ont violé ce lieu sacré qu'est ma maison. Tu ne peux pas comprendre la portée que cela a, mais moi j'en suis parfaitement conscient. C'est pareil pour Yuri, Mikhaïl, Domin… Tu es le seul à ne pas voir ce que cela implique.

Je promenai mon regard autour de la pièce, vers Markel, Delphine et même Peter Church, le père de Logan, et tous me fixaient avec le même regard résolu.

— Non, maintins-je. C'est de la barbarie. On ne tue pas les gens comme ça.

Yuri se leva, me surpassant d'une bonne tête.

— Ta bonté sera mal comprise et interprétée comme une faiblesse de ton *Semel* qui ne punit pas comme il se doit l'agression de sa *reah*. Tu ne peux pas nous demander, à Logan ou à moi, de laisser passer ça.

— Je...

— Cela n'a pas d'importance, dit Domin en me coupant la parole. Personne ne punira qui que ce soit avant les festivités.

Tout le monde resta silencieux le temps de digérer ses paroles.

— De quoi parles-tu ? dit Logan, passablement irrité.

En jetant un coup d'œil à Domin, je m'aperçus qu'il était bien plus que simplement fatigué : il était blessé. En fait, il n'était pas loin d'être dans un pire état que moi ou que Yuri. La moitié gauche de son visage, que je n'avais pas pu voir dans l'entrée était couverte de marques. Ses yeux viraient au noir et c'était de la réelle souffrance qui se reflétait dans son regard, et non uniquement de la fatigue. Il tenait à peine debout et ses pas étaient hésitants. Il avait été grièvement blessé.

— Abbot George et Ian Lund sont partis pour le Caire la nuit dernière pour rejoindre leur *Semel*. Ils ont quitté les terres de Christophe sans sa permission, en complète violation avec les conditions d'asile qu'Avery leur avait accordées, expliqua Domin. Christophe est furieux.

— Comment le sais-tu ? demanda Yuri.

— Parce que je reviens à l'instant de chez lui, répondit-il avec lassitude, se dirigeant vers l'évier de la cuisine.

Lorsqu'il l'atteignit, il poussa un profond soupir, s'y agrippa et après un moment, laissa tomber sa tête en avant.

Je me tournai vers Logan.

— Il n'y est pas allé tout seul quand même ?

Silence.

— Tu ne l'as quand même pas envoyé voir Christophe et Avery sans personne d'autre ?

Mon cœur flancha lorsque je vis le doute dans les yeux de Logan faire place à la crainte.

— Logan ?

— Je ne me suis jamais dit qu'il pourrait... Lui arriver quelque chose, dit-il doucement.

Et je pouvais comprendre. Aucun de nous ne se faisait jamais de souci pour Domin. Il était sauvage et puissant. Je ne l'avais jamais vu comme quelqu'un de vulnérable et les autres, pas plus que moi. Alors le voir maintenant dans cet état, c'était surprenant.

— Merde ! dit Yuri en se dirigeant vers lui.

Je le retins de la main.

— N'y va pas.

Il me regarda stupéfait, mais ne songea pas un seul instant à me désobéir.

— Il ne dira rien, il est bien trop fier.

Et j'étais bien placé pour savoir ce que je disais. Domin Thorne était le *Semel* de sa tribu avant, et maintenant il était sous l'autorité de Logan. Je savais bien qu'il préférait nettement être un *maahes*, un prince, que de diriger sa propre tribu, mais ça ne rendait pas ce que les autres disaient plus supportable pour autant.

Je savais pertinemment que Christophe et ses hommes ne rataient jamais une occasion de le railler sur le fait qu'il avait choisi de se soumettre, ainsi que sa tribu, à Logan Church au lieu de mourir dignement. Le fait que cela ait été la meilleure solution pour tout le monde n'empêchait pas les remarques blessantes. Je ne pouvais imaginer un seul instant ce qui avait dû se passer lorsqu'il était arrivé à la tribu de Pakhet pour exiger qu'on lui remette Abbot George et son acolyte. Il avait sans doute dû se battre pour que quelqu'un l'écoute. Et vu les blessures qu'il avait maintenant, cela avait dû être brutal.

— Ils t'ont attaqué ? demandai-je gentiment.

— Non, c'est moi qui les ai attaqués.

— Sans provocation ?

— Il y en a eu suffisamment des deux côtés pour que Christophe ne vienne pas se plaindre à Logan de cette histoire.

Je me raclai la gorge.

— Avery s'en est-il pris à toi tout seul ?

— Non, ce n'est pas franchement son style.

Donc Domin avait été suffisamment écarté de Christophe pour que ce dernier puisse dire qu'il n'était pas au courant.

— Domin, dit Logan doucement, dis-nous combien ils…

— Bonjour, dit Koren en débarquant dans la cuisine, quelqu'un a vu…

— Il est juste ici, le coupai-je en lui montrant Domin.

Je n'avais pas besoin qu'il finisse sa phrase pour savoir qui il cherchait C'était Domin, évidemment.

Pour ce qui touchait à la relation qu'entretenaient ces deux-là, le commun des mortels ne pouvait faire que des suppositions. Personne ne savait vraiment, même si nous avions tous une idée plus ou moins proche de la vérité de ce qu'il se passait. L'exacte vérité était un secret connu d'eux seuls. Je pouvais toujours tenter une ingérence, mais malgré ce que Crane pensait, il était peu probable que je puisse influencer l'un ou l'autre. Même Logan ne le pourrait pas.

Koren s'arrêta d'un coup comme s'il venait d'arriver sur le bord d'une falaise. Je le vis scruter un moment la silhouette de Domin avant qu'il ne traverse la pièce comme une fusée pour le rejoindre.

— Ne t'approche pas, le prévint Domin en tournant la tête le plus à gauche possible alors que Koren arrivait par sa droite.

— Laisse-moi regarder.

— Ça va très bien, susurra-t-il. Tu ne devrais pas être ailleurs ?

Ce ton blessé et ces mots défaitistes confirmaient les dire de Crane. Koren avait accouru et Domin voulait que quelqu'un reste avec lui, il en avait besoin. C'était maintenant ou jamais.

Je retins ma respiration.

— C'est ici que je dois être, s'insurgea Koren.

Domin ne répondit pas.

— Allez, ne fais pas une sale tête, dit Koren en souriant, frottant son menton, puis son nez sur l'épaule de Domin alors que ce dernier hochait la tête.

Cette scène émouvante me facilita la tâche. La familiarité évidente entre eux deux ne pouvait échapper à personne.

— Ne colle pas ton odeur partout sur moi, le réprimanda Domin.

— Et pourquoi pas, bon sang ? grommela Koren. J'aime quand tu sens comme moi.

Domin grogna, mais je pus le voir frissonner, ce qui était annonciateur d'un début de détente.

— Je veux que tout le monde puisse sentir mon odeur sur toi.

— Quand est-ce que j'ai…

Je me tournai vers Logan et lui fit un clin d'œil pour l'interrompre, mais il prit un air hébété, en se grattant la tête. Il n'avait aucune idée de l'étendue de leur relation et son commentaire en était la meilleure preuve.

— J'ai passé les derniers mois sur la lune ou quoi ?

— Il faut croire, assurai-je à mon compagnon en lui souriant.

— Manifestement, dit-il en fronçant les sourcils.

Regardant à nouveau les deux hommes dont la relation m'avait donnée des nuits blanches, je vis les yeux de Koren se fermer. L'odeur de Domin l'enivrait visiblement et c'est pourquoi il le humait avec tant d'ardeur. Lorsque Domin leva sa main et la plongea dans la chevelure de Koren pour l'attirer au creux de son cou, je fus soudain soulagé.

Domin me rendait dingue. Il me tenait tête en permanence, et jouait au plus malin, faisant systématiquement remarquer mes faiblesses à tout le monde. Malgré tout, il me plaisait un peu plus chaque jour. Il y avait quelque chose en lui qui réveillait un besoin, profondément enfoui en moi d'aimer et de protéger. Je désirais ardemment que quelqu'un d'autre réalise qu'il valait le coup. Et les actions de Koren m'amenaient à penser qu'il l'avait lui aussi compris.

Logan se racla la gorge.

— Domin, raconte-nous ce qui s'est passé lorsque tu es allé voir Christophe.

Il continua à lui tourner le dos, mais sa voix semblait plus forte, il reprenait confiance en lui.

— Christophe m'a dit que les panthères de Kellen s'étaient enfuies. Leur *Semel* les avait appelées et elles étaient parties. Il ne savait pas du tout pourquoi leur *Semel* leur a demandé de le rejoindre, étant donné qu'il savait parfaitement qu'elles devaient répondre devant toi de l'attaque qu'elles ont perpétrée sur ta *reah*. Avery n'en savait rien non plus. La seule chose qu'ils ont compris, c'est que maintenant, il doivent eux aussi défier Kellen Grant.

— Car c'est Avery, et donc aussi Christophe, qui avait la responsabilité de ces deux félins, se lamenta Mikhaïl. Bon sang, quel bordel !

— Pourquoi diable Kellen rappellerait-il ses panthères sachant qu'elles doivent répondre de leurs actes devant moi ? demanda Logan sans s'adresser à personne en particulier.

— N'est-ce pas évident ? Il ne veut pas qu'elles subissent ton courroux, soupira Domin, penchant la tête sur la droite alors que Koren lui embrassait le cou.

— Koren, dit soudain Peter Church, d'une voix décidée, est-ce que je...

— Non, intervins-je d'une voix plus forte et plus grave que d'habitude, qui contenait un avertissement.

J'avais conscience que tout le monde avait les yeux rivés sur moi. Domin et Koren étaient les seuls à ne pas me regarder.

— Je n'ai nulle intention d'être irrespectueux, ma *reah*, commença le père de Logan et de Koren, mais il...

— Non, dis-je en secouant la tête avant de plonger mes yeux dans les siens. Devenir le compagnon du *maahes* de n'importe quelle tribu est déjà un grand honneur, mais devenir le compagnon d'un *maahes* au service d'un *Semel-re* est un véritable don du ciel.

— Mais certainement...

— Je suis particulièrement bien placé pour savoir que toutes les tribus ne sont pas comme la mienne... Comme la nôtre, lui dis-je. Alors en tant que *reah* de la tribu, je peux vous promettre que si votre fils décidait de devenir le compagnon de notre *maahes,* cela serait un immense honneur et ne nous apporterait que joie et bonheur si nous devions l'annoncer.

Il chercha à déceler quelque chose dans mes yeux, mais après quelques minutes, il détourna son regard, incapable de soutenir le mien plus longtemps.

— Si tu en es convaincu.

— Vous en doutez ? répondis-je en haussant le ton tant il donnait l'impression de me défier.

Je ne pouvais laisser passer une telle insolence, de la part de personne.

— Pas du tout, dit-il en me regardant à nouveau, d'un air plus détendu. Je n'ai simplement pas ta capacité à faire facilement face aux changements, ma *reah*.

Je hochai la tête, le laissant penser qu'il m'avait apaisé et me remis à regarder Koren qui souriait à Domin d'une telle façon qu'aucun doute ne pouvait subsister sur ce qui se passait entre eux.

Voir Domin trembler suite à ce que je venais de dire, et le fait que Koren se soit raidi alors que son partenaire se laissait tomber contre son épaule, me remplit de bonheur.

Logan toussota et après avoir jeté un coup d'œil sur lui, je pris conscience que cela devait être inconfortable pour lui de voir son jeune frère dans cette situation.

— Oui ? dit Domin en se tournant finalement pour faire face à Logan, passant son bras au cou de Koren pour le maintenir près de lui.

Ces deux-là avaient une taille très similaire, Koren ne dépassant Domin que très légèrement, faisant un mètre quatre-vingt-dix contre un mètre quatre-vingt-sept pour Domin. C'était agréable qu'ils puissent se pencher l'un contre l'autre alternativement en fonction de celui qui se sentait le plus faible.

— Quand Christophe part-il pour les festivités ?

— Ce soir. Il devait juste attendre le retour d'Evan, qui rendait visite à sa famille dans l'Oregon.

— Évidemment qu'il devait attendre Evan, abonda Yuri, pas affecté le moins du monde par la démonstration d'affection de Domin et de Koren. Aucun *Semel* ne se rendrait à ce genre de réunion sans son *sylvan*, celui qui connaît toutes des lois. Aucune entorse au protocole ne saurait être tolérée en présence du *Semel-aten*, Ammon El Masry, du grand prêtre de Chae Rophon ou du Conseil d'Ennead.

Logan se rapprocha de moi, me prenant la main et entrelaçant nos doigts.

— En effet, pas la moindre entorse aux lois ne saurait être tolérée, acquiesça Mikhaïl. Et j'ai entendu dire que le prêtre, Hamid Shamon, est encore plus intransigeant sur le respect des usages que ne l'étaient ses prédécesseurs.

— J'ai ouïe dire qu'il avait fait fouetter une *yareah* l'année dernière, dit doucement Domin.

— Une *Yareah* ? demanda Logan en serrant ma main. Et pourquoi pas le *Semel* ?

— Le *Semel* n'avait rien fait qui lui ait déplu.

— Mais le *Semel* aurait pu recevoir le châtiment à la place de sa compagne.

— Pas si le prêtre s'y opposait, clarifia Domin. Et ce fut le cas.

— Bon sang !

— C'est un prêtre au sens le plus strict du terme. Il exige une dévotion totale à la loi.

— Si c'est le cas, alors pourquoi diable Kellen souhaiterait-il y emmener ses hommes ? Le prêtre insistera pour qu'il me les livre, car la loi est très claire.

— Non, le corrigeai-je. La loi renverrait plutôt à un duel dans le puits, en présence du prêtre, et ce serait lui qui choisirait le genre d'affrontement.

— Explique-moi un peu ça, dit Logan, en me dévorant des yeux.

— Un duel en présence du prêtre de Chae Rophon et du Conseil d'Ennead n'a rien à voir avec un combat classique dans le puits. Là-bas, cela pourrait tout aussi bien être un duel purement physique, un concours de connaissance sur les lois, un test de vitesse ou toute autre chose que le prêtre aurait envie de voir. Parfois, il châtie ou demande des choses bizarres, mais en général, ce n'est pas quelque chose de mortel. Il devra expliquer les raisons de son choix, mais avec toi, ça serait la mort assurée, alors qu'avec le prêtre, cela pourrait finir de manière totalement différente, mais rarement par une mise à mort.

— On dit qu'un jour, le prêtre a contraint un *Semel* et sa *yareah* à faire l'amour dans le puits en sa présence pour leur prouver leur attirance mutuelle, dit Domin d'une petite voix, le regard baissé visiblement submergé par la présence de Koren.

— C'est une véritable profanation, ce type est juste un voyeur.

— Je suis convaincu qu'il avait ses raisons, dis-je à Logan. Le fait est que si j'étais à la place de Christophe, je tenterais moi aussi ma chance auprès du prêtre.

— Mais pourquoi ?

— Parce que tu es sauvage, tentai-je de lui faire comprendre.

— Quoi ?

Je jetai un coup d'œil autour de moi, en quête d'un peu de soutien.

— Il a raison, soupira Yuri. Moi non plus je n'aurais pas la moindre envie de t'affronter à un contre un dans le puits.

— Et moi donc, renchérit Mikhaïl.

— Moi non plus, c'est bien pour ça que j'ai repoussé l'échéance au maximum lorsque le problème s'est posé. Je ne pense pas que tu te rendes compte à quel point tu fais peur, insista Domin.

Logan rugit en signe de frustration et je compris son sentiment. Ses options se réduisaient comme une peau de chagrin.

— Kellen Grant me livrera ses hommes parce que s'il ne le fait pas, c'est sa tête qui tombera.

J'en tremblai.

— C'est inévitable, Jin.

— Ils se sont condamnés à mort en portant la main sur toi, m'assura Yuri, le regard froid, la voix exempte de tout sentiment. La seule question qui se pose encore est de savoir de quelle façon ils choisiront de mourir dans le puits.

Mon compagnon hocha la tête.

— Je demanderai une audience au grand prêtre dès que nous arriverons aux… Mais, qu'est-ce que tu fais ?

Il se mit soudain à gesticuler en me regardant.

— Quoi ? demandai-je en lui souriant.

Sa façon de me regarder me faisait fondre.

— Pourquoi regardes-tu partout comme ça ?

— Tu ne sens pas comme une drôle d'odeur ?

— Quelle odeur ? demanda Logan.

Comment il pouvait ne pas la sentir ? Je me tournai vers Yuri.

— Tu la sens toi ?

— Que devrais-je sentir ? me demanda-il en haussant les épaules.

— Moi je ne sens que Domin, déclara Koren.

Je levai les yeux au ciel.

— Mais qu'y a-t-il ? demanda Mikhaïl. Que sentez-vous ?

Qu'ils n'aient rien remarqué me dépassait complètement. L'odeur était si forte que j'en sentais presque le goût.

— Vous ne sentez vraiment rien ?

— Ça sent quoi ? demanda Logan en me passant une main dans les cheveux.

— Un odeur d'eucalyptus, dis-je doucement.

C'était une odeur que je connaissais, mais qui ne pouvait pas venir de la cuisine. Toutes les fenêtres étant fermées, ça ne pouvait pas venir de dehors, où il n'y avait de toute manière pas d'eucalyptus ni sur nos terres, ni même sur les flancs de la montagne.

— Non, vraiment...

Logan fut coupé par un sifflement et Yuri grogna en me regardant un court instant avant de s'effondrer sur le sol. Je me mis en mouvement, mais Peter et Mikhaïl tombèrent à leur tour. Delphine cria mon nom puis s'écroula sur la table. Markel glissa de sa chaise et tomba sur le sol. En tournant la tête, je découvris que Koren était tombé sur Domin, lui-même complètement dans les vapes. Ivan était recroquevillé près de la table, couvert de débris de verre, du jus d'orange lui dégoulinant dessus.

J'allais hurler pour appeler Crane et le prévenir, mais Logan me plaqua derrière lui, ne m'en laissant pas le temps. Avant que je ne puisse le toucher, il me tomba dessus et me fit me mettre à genoux pour que je puisse le guider vers moi, sur le carrelage.

Je m'agrippai à lui alors que huit hommes débarquaient dans la cuisine. Ils avaient tous l'air parfaitement normal, vêtus de tee-shirts, jeans, rangers et, plus surprenant, d'un gilet pare-balles. Ils avaient chacun un fusil avec viseur. C'est là que je remarquai les fléchettes qu'ils utilisaient à la places de balles lorsque l'un deux rechargea son fusil. C'était surréaliste. J'étais terrorisé, pour Logan, mais pour moi aussi.

— Je vous ordonne de quitter ma maison, leur hurlai-je au lieu de leur demander ce qu'ils venaient faire ici.

Je m'en fichais, je souhaitais juste qu'ils partent.

— Nous sommes venus te chercher, *reah*, dit l'un des hommes.

— Ah oui ? dis-je en ravalant ma peur, les yeux rivés sur Logan. Est-ce qu'elles sont empoisonnées ?

— N'aie nulle crainte, *reah*, c'est un puissant sédatif qui se dissipera.

— Nous n'avons pas été payés pour tuer le *Semel*, dit un autre.

— Mon *Semel*, le corrigeai-je alors qu'ils avançaient vers moi.

Je posai ma main sur le cœur de Logan et sentis qu'il battait vaillamment. Cela me réconforta énormément.

— C'est toi que nous sommes venus chercher, dit-il en levant son fusil et en le pointant dans ma direction.

Coincé sous le torse large et musclé de Logan, je pouvais à peine bouger. C'était complètement inutile de tenter de fuir.

— Pourquoi ?

— Laurent Bruyere veut te voir.

Mon sang se glaça en entendant le nom de cet homme, un fantôme de mon passé. Le choc ne fut que passager. Je sentis tout de suite après une vague de chaleur et je me mis à voir trouble puis à sombrer dans les ténèbres.

# V

LORSQUE J'OUVRIS les yeux, il faisait sombre. Je n'avais aucune idée de l'endroit où je me trouvais. D'après ce que je pouvais voir, il n'y avait rien autour de moi. Je levai la main en l'air et ne pus même plus la voir. J'attendis un peu que mes yeux s'habituent, mais il n'y avait rien auquel s'habituer. Lorsque je tentai de m'asseoir, cela me fit mal. Une douleur lancinante persistait sur mes côtes. Mon tee-shirt était mouillé et il faisait froid. Plus froid que n'importe quel endroit auquel je pouvais penser, surtout en plein milieu de l'été. Ça sentait la crasse et les fleurs pourries. J'avais l'impression que ma tête allait exploser, et quand je passai ma main sur mon front, je m'aperçus que j'avais une grosse bosse sur l'arcade gauche qui me faisait mal rien qu'en l'effleurant. Je me fis la remarque qu'il devait être tard et fus pris de panique en pensant à Logan. Où et dans quel état pouvait-il bien être ?

— Il y a quelqu'un ? demandai-je sans vraiment y croire, mais ma voix se perdit dans le néant.

Je me raclai la gorge et tentai à nouveau ma chance, mais ma voix me donna l'impression que j'avais une laryngite ou un truc dans le genre. Merde !

Je voulais vraiment me lever, mais en essayant, je pus à peine reprendre mon souffle. Je restai allongé un moment et dus m'endormir.

En me réveillant, j'avais vraiment très soif. Mon corps était habitué à recevoir beaucoup d'eau et je n'attendais jamais d'avoir soif pour m'hydrater. Je buvais simplement à longueur de journée. Que j'aie soif était de très mauvais augure. L'endroit où je me trouvais était toujours plongé dans une noirceur d'encre, et l'étrange odeur qui y régnait était toujours présente.

— Jin.

Je ne pouvais pas le voir, mais je pus reconnaître sa voix. Je m'en souvenais. Je m'assis en gémissant et fis de mon mieux pour ne pas faire plus de bruit.

— Laurent. Que se passe-t-il ?

— Qu'est-ce que tu crois ?

— Je n'en sais rien, c'est à toi de me le dire.

— Je t'ai arraché à ce *Semel*.

J'ouvris la bouche pour hurler qu'il m'avait arraché à mon âme-sœur, qu'il m'avait enlevé chez moi, mais je fus pris d'un doute et me ravisai.

— Connais-tu Logan Church ? lui demandai-je en tremblant.

— Non, je ne le connais pas. Mais je suis certain que c'est un nouveau soupirant sur la longue liste de tes conquêtes. Encore un *Semel* amoureux du fait d'avoir une *reah* sur ses terres.

Il n'avait pas la moindre idée que Logan était mon compagnon, et lui faire savoir aurait été une grave erreur. C'était une chose de kidnapper une *reah* non revendiquée des terres d'un *Semel*, mais c'en était une tout autre que d'enlever la *reah* d'un *Semel-re*. Laurent Bruyere n'avait pas la moindre idée de ce qu'il avait fait, mais il l'apprendrait bien assez vite, si je m'évadais, ou plutôt, *quand* je m'enfuirais.

— Ce qui compte, c'est que je t'ai retrouvé, ricana-t-il. Après t'avoir cherché pendant près de deux ans… Je t'ai finalement retrouvé. Et c'est grâce à cette idiote… L'*aset* de Logan Church. Elle parlait d'une femme et de Crane. Et qui dit Crane… Je savais qu'en le trouvant, tu ne serais pas loin, et j'ai eu raison.

Je devais faire attention désormais. S'il se rendait compte que Logan était en fait mon compagnon, j'étais fichu. Son instinct de survie surpasserait tout. C'était un animal après tout. J'ignorais comment il avait pu ne pas voir la marque de Logan sur moi, celle qui prouvait à tous les hommes panthères que Logan m'avait revendiqué, mais je n'allais pas m'en plaindre. J'avais une longue chevelure et en prime, il faisait sombre, donc à moins de vraiment bien regarder… Mais elle était tout de même bien là. Si elle restait mon petit secret, j'étais bon.

— Et maintenant, quoi ?

— Je pense que tu le sais parfaitement.

— Non, sinon je ne te poserais pas la question.

— Je veux que tu reviennes.

— Oh !

Je toussai, car ma gorge me faisait vraiment mal. J'avais l'impression qu'on avait essayé de m'étrangler.

— Et ta *yareah* ?

— Elle est partie.

— D'accord, et où est-elle partie ?

— Elle a eu un accident. Elle est morte.

La question à un million, c'était comment…Avait-il tué sa propre *yareah* ?

— Je sais qu'elle t'a fait du mal.

Il m'avait fait du mal lui, en me trahissant, et sa réponse à elle avait été au contraire bien compréhensible.

Il fut un temps où, bien que conscient qu'il ne soit pas mon compagnon, je m'étais dit que Laurent Bruyere, le *Semel* de la tribu de Dendera, était l'homme avec qui je passerais ma vie. Mais quand sa *yareah* était revenue de ses vacances d'été et que j'avais appris que tout ce qu'il m'avait dit n'était qu'un tissu de mensonges, ma vision du futur avait radicalement changée.

En apprenant qu'il était déjà avec quelqu'un, j'avais tout d'abord eu le sentiment d'être trahi, mais l'humiliation qui avait suivi n'était rien par rapport à la terreur puisque le châtiment de la *yareah* était retombé sur moi. J'avais dû prouver ma bonne foi, lui assurer que j'étais bien une *reah*, aussi incroyable que cela puisse paraître. Alors elle avait exigé de me voir sous ma forme de panthère. Elle voulait voir quelle sorte de souffrances elle pourrait m'infliger sous cette forme. Et elle était dans son droit. J'avais violé son lien sacré avec son partenaire alors que je n'étais pas sa *reah*. S'il avait été mon âme-sœur, j'aurais pris sa place aux côtés du *Semel* et elle serait devenue la seconde épouse aussi appelée *Taurth*. Mais nous n'étions pas destinés l'un à l'autre, elle avait donc parfaitement le droit de faire savoir son mécontentement. Seul le *Semel-aten*, maître de Sobek était autorisé à prendre pour compagne une *reah* qui ne lui est pas destinée. Les autres *Semels* ne le pouvaient pas. Et n'étant pas la *reah* de Laurent Bruyere, il n'avait pas le droit de me garder. Sa *yareah* avait, quant à elle, parfaitement le droit de me faire payer mon erreur, et elle ne s'en était pas privé.

Contraint de me déshabiller devant toute la tribu, j'avais dû me métamorphoser dans ma forme intermédiaire d'homme-panthère en panthère puis en humain, pour bien leur prouver que j'étais une *reah*. Une fois cette humiliation terminée, la punition avait commencé.

Je n'oublierais jamais les coups de fouet que m'avait infligé son *sylvan* après ma transformation, pas plus que ses griffes à elle, qui avaient plongé dans ma chair alors qu'on m'avait obligé à me transformer une seconde fois. Je me rappelais encore parfaitement le passage à tabac qu'ils m'avaient infligé puis la manière dont ils m'avaient attaché. Je n'avais dû ma survie qu'à ma formidable capacité à me transformer plus vite que l'éclair. Évidemment, j'avais fui sans même me retourner, j'avais récupéré mon meilleur ami et nous avions quitté la ville le jour même. Je n'avais jamais revu le chef de la tribu de Dendera. Je me demandais bien ce qui avait pu l'amener à me faire enlever, au lieu de simplement me contacter lorsqu'il avait découvert où j'étais.

— Jin, mon amour.

Sa familiarité suffit à me retourner l'estomac.

— Je suis désolé de t'avoir fait du mal, reprit-il.

Je me demandais s'il se référait au passé ou au présent.

— C'est juste que... Tu es parti sans permission et tu aurais dû être puni, alors quand je t'ai vu, j'ai tout simplement perdu l'esprit.

Donc, après deux, presque trois ans sans moi, il n'avait pas pu s'empêcher d'essayer de m'étrangler à la seconde même où il m'avait retrouvé. Finalement, sa *yareah* et lui n'étaient pas si différents.

— Pourras-tu me pardonner ?

— Je suis où, là ? demandai-je en me tenant les côtes, qui me faisaient toujours souffrir.

— Dans une cave.

— Je vois. Et une cave qui se trouve où ?

— Dans une propriété de ma famille, à Sobek.

Cela répondait à ma question. Peu importait comment on m'y avait emmené, j'étais désormais en Égypte. Me rendre compte que j'étais si loin de mon homme, de ma tribu, de ma maison me fit mal au cœur.

— Jin ?

La clef de ma survie était de continuer à le faire parler.

— Oh, tu m'as dit un jour que c'était un sacré terrain et qu'il y avait une superbe villa.

— Tout à fait.

— D'accord. Tu ne veux pas me laisser sortir, Laurent, que nous puissions aller manger quelque chose ?

— Je t'ai acheté un appartement à Dallas, pas loin de l'endroit où j'habite.

— Vraiment ?

— Je veux que tu acceptes de revenir avec moi pour y vivre.

— Comme tu voudras.

Il resta silencieux un moment.

— Est-ce que je peux te faire confiance ?

— Pardon ?

— Jin, je ne crois pas que tu viendras avec moi. Je pense que tu me prends pour un fou.

— Non.

— Si, tu me hais.

— Bien sûr que non.

— Oh que si, dit-il et il me plaqua un chiffon humide sur le visage.

Ça sentait mauvais mais pas pour longtemps.


JE NE pouvais pas m'asseoir. J'avais mal partout. Je manquais d'air. Je me battais pour ne pas hyper ventiler. Je savais que les jours s'écoulaient, mais je ne pouvais plus évaluer avec certitude quel jour nous étions. Je m'endormis à nouveau et rêvai d'avaler des litres et des litres d'une boisson énergétique.


JE PENSAI à Logan et à quel point il était beau en se levant le matin, avec ses cheveux en bataille. Il me manquait.

— Qui est-ce qui te manque ?

J'avais dû parler à voix haute.

— Personne.

— Qui, Jin ?

— Personne, insistai-je.

— Qui, Jin ?

Il haussa le ton.

— C'est qui celui qui te manque ?

— Bon sang Laurent, arrête, dis-je irrité, essayant de faire comme d'habitude.

Je ne voulais pas laisser transpirer ma peur.

— Tu ne veux pas me donner de l'eau ? Je crois que je vais me sentir mal.

Je sentis la bouteille arriver dans ma main, c'était un bidon de plusieurs litres. Le bouchon de plastique était encore scellé, ce qui me rassura. Cela voulait dire qu'il n'avait probablement rien mis dedans. Je bus doucement, mais la totalité du bidon.

— Tu en veux un autre ? Je sais que tu en as besoin.

— S'il te plaît.

Lorsqu'arriva la nouvelle bouteille, je sentis ses doigts passer dans mes cheveux.

— Ils sont si beaux, Jin. Comme de la soie.

Je ne répondis pas et me contentai de boire.

— Tu es si beau.

Comment diable pouvait-il me voir dans la pénombre ?

— S'il te plaît, laisse-moi sortir, Laurent, demandai-je entre deux gorgées.

— Encore un jour, Jin. J'ai presque fini. Tu partiras demain.

— Et pour aller où ?

— Six pieds sous terre, Jin. Je vais te coller une balle dans la tête et t'enterrer dans le trou que je suis en train de creuser.

Je faillis vomir. Il annonçait ça d'un ton complètement neutre, et le fait d'être dans le noir me fit paniquer.

— Et pourquoi me ferais-tu du mal ?

— Parce que sans toi, je pourrais me remettre. Ce qui compte c'est que personne d'autre ne puisse t'avoir.

— Mais tu allais très bien lors de mon départ.

Il rit fort et pendant un long moment.

— Laurent ?

— Non, ça n'allait pas. Jamais après ta fuite. Bon sang, Jin, j'ai payé un détective privé pour qu'il te retrouve, mais il est revenu bredouille. Crane et toi. Je voulais tout savoir de ce que vous faisiez, où vous alliez. Mais je n'en ai jamais rien su. Je ne t'ai jamais revu, Jin.

Le ton étrange de sa voix et la façon qu'il avait de répéter sans cesse mon nom, me désarçonna, m'attrista et me mit en rogne à la fois.

— Rien que de penser à d'autres hommes te touchant, te regardant… Ça me rendait dingue ! J'aurais fait n'importe quoi pour ce ça s'arrête. N'importe quoi !

Sa voix était forte, mais malgré tout, hésitante. C'était effrayant dans le noir et augmentait la sensation de menace.

— Je pensais que si je te voyais et te parlais, alors je pourrais te faire comprendre tout ça.

— Alors allons quelque part et parlons.

— Pourquoi es-tu blessé ? Qui as-tu laissé s'amuser avec toi au point de te mettre dans cet état ?

Étrange façon de changer de sujet.

— Je me suis battu. Cela n'avait rien d'un jeu sexuel, tu sais très bien que je ne m'adonne pas à ce genre de choses.

— Ah ouais ? Et comment le saurais-je ?

— Laurent, tu…

Il m'agrippa les cheveux et me tira violemment la tête en arrière. Je tentai de résister, mais entre la faim qui me tiraillait et mon état avancé de déshydratation, j'étais bien trop faible. Mon corps me faisait mal de partout, j'étais frigorifié et je n'étais pas encore complètement remis de mes blessures de la semaine précédente.

— Lâche-moi !

— Je ne veux pas être loin de toi. Plus jamais. Je t'aime !

— Ce n'est pas de l'amour.

Il me monta soudain dessus, m'arrachant mes vêtements, sa bouche cherchant la mienne.

—Arrête ça tout de suite, hurlai-je.

Il me plaqua brutalement par terre et ma tête heurta violemment le sol.

— Laurent, putain écarte-toi ! hurlai-je à nouveau.

— Je parie que je pourrais te violer si je le voulais.

Je me défendis autant que je le pus alors que ses mains m'agrippaient. En temps normal, je me serais simplement métamorphosé en un clin d'œil et lui aurais glissé entre les mains, mais là j'étais bien trop faible. Ce n'était pas une option.

— Tu es brûlant, Jin. Ton corps est si chaud.

Il me débarrassa de mon tee-shirt et je sentis ses mains se balader sur mon torse puis je me rendis compte qu'il appuyait sur des blessures que je n'avais même pas remarquées.

Un hurlement me vrilla les oreilles et je ne m'aperçus pas tout de suite que c'était mon propre cri.

— Ça ne te fais pas mal, Jin. Rien ne te fait mal, cria-t-il.

La souffrance fut intense avant de se calmer et de devenir enfin supportable. Je sentis ses griffes plonger en moi et un liquide chaud coula le long de mon corps : je saignais. L'odeur caractéristique du sang me submergea.

— Oh, tu saignes, dit-il comme si c'était la chose la plus normale du monde.

Sa main me serrait la gorge, l'autre était dans mes cheveux, me tirant la tête en arrière. Il parvint à coller sa bouche contre la mienne et m'embrassa violemment. Il me mordit la langue et je sentis le goût de mon sang.

— Ouvre la bouche, m'ordonna-t-il, et je sentis ses griffes contre ma mâchoire, tentant de me la faire ouvrir.

Je sentis sa bouche descendre le long de mon cou et il me mordit sauvagement. Je hurlai et me débattis pour essayer de m'en défaire, mais il ne bougea pas. Il planta ses griffes dans mon épaule, me faisant hurler de plus belle. Il me mordit partout où il put. La souffrance était terrible, c'était comme s'il me poignardait à chaque fois.

— Putain, Jin, rugit-il, en balançant un coup de genou qui arriva juste à côté de mes attributs.

Je me roulai en boule et rampai sur le côté. Il me rattrapa immédiatement, agrippant mon pantalon à la taille pour essayer de me l'arracher. Je parvins tout de même à me redresser et fus soudain prit d'une envie de vomir.

— Alors quoi ? Le fait de m'embrasser te donne des haut-le-cœur ?

Ma tête tournait, et je ne pouvais m'empêcher de convulser. Tout tournait autour de moi, j'avais l'impression d'être sur un manège de fête foraine.

Il me balança un grand coup de pied dans les côtes et je m'affalai au sol, tentant de reprendre mon souffle.

— Va te faire foutre, Jin ! jappa-t-il, puis il me colla son pied sur le visage.

J'eus l'impression que ma tête explosait et je perdis connaissance.


JE TENTAI un mouvement, mais pas moyen de bouger ma main gauche. C'était comme si elle n'était même plus rattachée à mon corps. Je priai pour que ça ne soit pas effectivement le cas. J'étais également incapable de rouler sur le côté.


JE FIS un cauchemar. Du coup, je me levai et sortis du lit, marchai le long du couloir jusqu'à sa chambre puis entrai sur la pointe des pieds pour rejoindre le lit de ma grand-mère. Je restai là à attendre. Après un petit moment, elle ouvrit un œil et me sourit dans la pénombre.

— Qu'est-ce qui se passe, ma puce ? me demanda-t-elle d'une voix douce.

— J'ai froid, Nana, lui répondis-je en la pointant du doigt.

Elle ouvrit les couvertures et je montai dans le lit auprès d'elle. Elle m'enroula dans une couverture et me serra fort. J'étais heureux, au chaud et en sécurité.

— Ça va ?

Je tournai la tête et vis Logan.

— Salut, lui dis-je en souriant. Tu m'as tellement manqué.

Il me serra fort et je fus bien au chaud dans ses bras musclés. Je soufflai doucement, content. Je désirais tant sentir sa peau contre la mienne.

— Dors mon ange, dit-il d'une voix de velours. Je suis là. Endors-toi tranquillement.

Et c'est ce que je fis.


CELA ME fit l'effet d'une lame chauffée à blanc qu'on plantait dans mon dos.

Je sentis ensuite de violents coups de pieds, toujours dans mon dos

Puis des coups de poing sur mon torse.

Des coups m'étaient infligés vicieusement dans l'estomac, puis sur tout l'abdomen. C'était Laurent.

— C'est ta peau le problème, dit-il sans la moindre trace d'humanité.

Ses mots et sa voix étaient mécaniques.

— C'est comme si ta peau me hantait. Je vais la découper de part en part.

— D'accord, dis-je en refermant les yeux.

— Est-ce que tu sens ma lame ?

Ah, ça oui, je pouvais la sentir. Tout comme ses mains autour de mon cou. Et puis ce fut le vide à nouveau.


MON EPAULE me faisait souffrir. Je grommelai et roulai sur le dos.

— C'est comme si tu étais mort. Tout ira bien.

— Très bien, soupirai-je sans la moindre conviction.

— De toute façon, je n'aurai plus jamais l'occasion de coucher avec toi. Je ne pourrai plus jamais te caresser et me reposer à tes côtés. Je te veux pour moi tout seul. Tu n'es même pas capable de comprendre ça, n'est-ce pas ?

Il recula et je sentis ses mains se poser sur moi et passer sur mon estomac.

— Débarrassons-nous de ton pantalon, dit-il d'une voix étrangement calme.

— S'il te plaît, arrête, suppliai-je, déglutissant un grand coup, luttant pour rester éveillé.

— Il le faut, Jin. Je dois être en toi.

Je l'aurais supplié, j'aurais tenté de négocier ou fais n'importe quoi, mais je n'en eus pas le temps. Il enfonça mon visage dans la terre et je perdis conscience.

J'OUVRIS LES yeux car je n'arrivais plus à respirer. J'avais quelque chose de très lourd sur le dos.

— Enlève-toi, parvins-je à dire.

— Oh, désolé, dit-il comme si c'était normal qu'il soit vautré sur moi, et il déplaça son poids pour s'allonger plus bas sur mon dos au lieu d'être sur mes omoplates. Tu sais ce que j'aimais le plus dans le fait d'être avec toi ?

Je n'en avais pas la moindre idée.

— Des fois quand tu étais allongé dans mon lit, en train de dormir, je te regardais et me disais juste que tu étais à moi. Que tu m'appartenais…

Il laissa échapper un soupir.

— Je suis sûr que tu n'as pas la moindre idée de ce que ça peut faire de regarder quelqu'un et de se dire qu'il t'appartient. Ce sentiment de posséder l'autre. C'est une sensation grisante, de savoir que quelqu'un t'appartient et que tu serais prêt à tout faire pour que ça reste comme ça. As-tu déjà ressenti ça ?

Cela m'arrivait à chaque fois que je regardais Logan Church. Il me suffisait de l'apercevoir pour ressentir exactement ce sentiment. Cette émotion qui coupait le souffle, quand on possédait vraiment l'autre.

— Et puis, d'un coup, tout s'est terminé, tu étais parti. Tu as récupéré tes maigres affaires et tu t'es enfui. Et tu sais ce que j'ai tout de suite remarqué ? demanda-t-il en passant ses mains sur mon dos, c'est que tu n'as rien laissé du tout. Pas même un vieux tee-shirt, une brosse à dents, ou ton shampoing. Rien. Pas même dans le frigo. Aucune trace de toi, tout avait disparu comme si tu n'avais jamais été là.

Je ne dis pas un mot.

— Je voulais tellement trouver quelque chose, mais il n'y avait rien. Je n'avais pas de photo de toi, pas de petits mots. Un jour, j'avais tout, et le lendemain je me retrouvais sans rien. As-tu seulement pensé à ce que j'ai pu ressentir ?

Je me tendis, car je savais qu'il agrémentait toujours ses questions par un coup. Et il ne fit pas exception à la règle. Il se releva et me balança un grand coup de pied dans les côtes. Je perdis connaissance alors qu'il continuait sur sa lancée.

# VI

JE REPRIS mes esprits et il était toujours sur moi. Il était étendu de telle manière que son sexe collait mes fesses de près.

— Tu viens de dire que tu voulais que je te baise, c'est ça ?

J'allais lui répondre mais il mit sa main sur ma bouche.

— Jin, mon cœur, tu vas aimer ça je te le dis. J'adore regarder ton cul, et je vais enfin le prendre.

Je n'allais pas lui demander pourquoi il n'avait pas profité de mes évanouissements successifs pour le faire, car cela n'avait pas la moindre importance. Ce qui importait était qu'il ne l'avait pas encore fait. Je tentai de me dégager, mais il m'envoya un coup de poing dans le rein gauche.

— Pourquoi me résistes-tu ? Tu vois bien que tu n'es plus en état de le faire.

Il était si lourd que j'avais du mal à respirer. Des graviers m'entaillaient les paumes de mains.

— Et ce n'est pas comme si tu n'y avais pas pris du plaisir à l'époque. Ce sera juste comme au bon vieux temps.

— Oh, mon Dieu, non !

— Je vais te faire tellement de bien.

Je vis des petits points blancs envahir mon champ de vision, et ils continuèrent à grandir. Une sonnerie retentit dans mes oreilles et se fit assourdissante. Ma chute dans les profondeurs des ténèbres fut une libération.


SA MAIN glissait sur mes fesses nues et je frissonnai.

— Je voulais vraiment que ce soit juste toi et moi, mais tu as encore et toujours suffisamment de forces pour me résister un peu, et surtout, je veux que tu sois éveillé. Je veux t'entendre hurler pendant que je te prendrai.

Je me mis à trembler et fut pris de violentes nausées.

93

— Tu sens le gel ? souffla-t-il à mon oreille. Je l'ai amené rien que pour toi.

J'entendis cliquer un interrupteur et fus surpris par une explosion de lumière. Après près d'une semaine – ou plus – dans l'obscurité la plus totale, le choc fut tel que je dus fermer les yeux au maximum pour ne pas devenir aveugle. Il me faudrait plus que quelques secondes pour que mes yeux s'adaptent et éviter des dégâts irréparables. Un silence de mort s'installa.

— Oh, bon sang, ça pue la pisse et le sang ici.

Et cela n'avait rien d'étonnant.

— C'est quoi ce bordel ?

Je me roulai en boule, incapable de me dégager. Je n'en avais plus la force. Je ne pouvais que désespérément tenter de me protéger.

— Bon Dieu, s'exclama quelqu'un d'autre, comme s'il était époustouflé par ma présence.

— Quoi ? demanda Laurent, d'un ton plus que surpris. Je doute qu'il puisse tenter quoi que ce soit maintenant, mais j'ai quand même besoin de vous pour le tenir pendant que je le baise, au cas où. Amenez-le sur la table là-bas

— Oh, non. Merde…

Leur dégoût faisait peine à entendre.

— Mais qu'est-ce que tu… Non, t'inquiète, tu n'as pas à t'en faire pour…

— Laurent !

Quelqu'un hurla son nom.

— Est-ce que tu as perdu la tête ? Mais merde… Qu'est-ce que tu as fait ?

— Regardez-moi tout ce sang… Vous en avez déjà vu autant ?

— On dirait qu'il a été attaqué par un putain d'animal !

— Attends, là. Tout ça, ce n'est pas de ma faute. Il était déjà dans un sale état quand il est arrivé. Il s'était battu.

— Seigneur, Dieu… Nous sommes foutus.

Les voix se chevauchaient les unes aux autres, toutes plus effrayées et désespérées.

— Edward, soupira quelqu'un, qu'est-ce que nous allons faire ?

Ils étaient désormais au moins quatre en plus de Laurent.

— Il y a quelqu'un dehors, dit l'un d'eux à voix basse.

— C'est sans doute Sean, laisse-le…

— Pourquoi parles-tu aussi bas, idiot ? Il n'y a que nous ici.

J'entendis un grand bruit suivi de jurons. Puis des pas sur ce que j'avais enfin pu identifier comme un sol de pierre recouvert de terre.

— Edward !

— Nous sommes là.

La réponse était à peine audible.

— Edward, bordel, c'est pire qu'un fichu labyrinthe ici. Où…

— Nous sommes là ! répéta-t-il d'une voix plus forte.

— Putain les gars, se plaignit le nouveau venu, tout proche. Pourquoi m'appelez-vous au beau milieu de la nuit pour venir dans ce trou paumé… Oh, bon sang !

On aurait dit qu'il venait de se prendre un coup de poing dans l'estomac.

— Mais putain, qu'est-ce que vous avez fait ?

— Nous n'avons rien fait ! C'est ton *Semel*, Sean, c'est lui qui a tout fait !

— David, de quoi…

— Ton bon à rien de *sylvan* ne savait pas qui appeler.

— Mais appelez Bobby, merde, c'est le seul qui…

— Ça ne va pas ? Nous ne pouvons pas appeler Bobby, c'est un *sheseru* !

— Et alors ? C'est lui qu'il vous faut pour…

— C'est une *reah* qui pisse le sang là par terre. Sombre crétin, as-tu la moindre idée de quelle serait la priorité d'un *sheseru* ?

— Pourquoi hurles-tu comme ça, qu'est-ce…

— Ouais, une *reah*. Vous m'avez bien entendu. Je me rappelle bien de lui. Et le reste va vous revenir… Réfléchissez un peu.

— Mais, une *reah*, c'est une femme non ? Sauf… sauf…

— Eh ben voilà, ça lui revient !

— Merde, Dave, est-ce que tu pourrais nous dégoter un…

— Quoi, Ed ? Quoi ? Que voudrais-tu que je fasse maintenant ?

— Tu es son frère, tu…

— Et il vient de tous nous condamner à mort avec ses conneries.

Je savais qui ils étaient. Le plus logique aurait été qu'ils ne révèlent pas leurs noms, mais je voyais parfaitement pourquoi ils ne s'étaient pas donné cette peine. Ils étaient là à me regarder et à parler de moi comme si j'étais déjà mort. D'ailleurs c'était peut-être bien le cas.

— Putain, mais qu'est-ce que nous allons faire ?

Edward était le *sylvan* de Laurent Bruyere, David était son frère et Sean l'un de ses plus vieux amis. Peu importait. Il aurait mieux valu pour moi que son *sheseru*, Robert Kingman, Bobby, soit là. Mais ils n'étaient pas fous au point de l'avoir appelé. S'ils l'avaient fait, il se serait retourné immédiatement contre eux. Je n'avais jamais eu affaire à Bobby, il était absent lorsque j'avais côtoyé Laurent, mais c'était un homme bien avec les pieds sur terre, et comme tous les *sheseru*, prêt à protéger et à défendre une *reah*.

— Il ne s'agirait pas d'un autre ? Juste de quelqu'un qu'il a pris au hasard ?

Le quatrième gars avait pris la parole, et vu le ton qu'il avait, je me rendis compte qu'il venait juste de réaliser dans quel merdier ils se retrouvaient tous. Je commençais aussi à comprendre que Laurent Bruyere, qui avait pourtant été quelqu'un de doux et de tendre était devenu complètement un fou furieux. Cela ne devait pas être la première fois qu'il torturait quelqu'un et qu'il planifiait de le tuer.

— C'est... Qui est-ce ?

— Jin Rayne.

— Sale...

— La *reah* qui a disparu ?

Le quatrième homme se mit à paniquer.

— Putain, Laurent, tu as kidnappé la *reah* après qui tout le monde court ?

— Il est à moi ! Il m'appartient !

— Mais oui, c'est ça ! s'écria David, ou Edward, c'était dur de savoir lequel parlait vu ma position.

— Pas la peine de vous mettre dans cet état les gars.

— Laurent, sale fils de pute, tu as torturé la *reah* !

— Il est à moi, j'en fais ce que je veux !

— Mais pas une *reah* ! Tout le monde doit être à sa recherche et...

— Et Bobby n'est pas là pour nettoyer ta merde ! rugit David d'une voix parfaitement identifiable.

— Personne ne lui a demandé de venir nettoyer ça de toute façon. Il ne sait pas à quoi Laurent s'adonne et il ne faut surtout pas qu'il le découvre.

— Il ne le saura pas, non ? En tout cas, il faut que nous trouvions quoi faire avec la *re*...

— Non !

Le cri fut si violent qu'il me vrilla les oreilles.

— La *reah* reste avec...

— Ça n'est pas ta *reah*, putain de psychopathe, il a été revendiqué. Il appartient à un *Semel* qui est à sa...

— Non, hurla à nouveau Laurent.

C'était un cri de désespoir et de terreur.

— Si, il…

— Il a été revendiqué, sombre imbécile ! hurla David. Tout le monde en parle. Tu as kidnappé la *reah* d'un *Semel-re*.

— Ne dis pas de conneries. C'est un homme, il ne peut pas avoir été revendiqué par…

— Bien sûr que si, espèce de connard !

David n'en pouvait plus. Sa voix trahissait sa terreur.

— Tu as volé la *reah* de quelqu'un ! Tu es un homme mort… Tout comme toute ta tribu et ta famille… Notre tribu, nos familles à nous tous ici, Edward, Sean, Eric, moi, et même ton propre frère. Nous sommes des hommes morts parce que nous sommes là avec toi et… Oh, putain !

Tous restèrent silencieux, et la seule chose sur laquelle je me concentrais était le nom du quatrième homme. Il s'appelait Eric. J'ignorais pourquoi, mais c'était important. Je devais savoir le nom de chacun d'entre eux.

— Il est à moi.

— Bon sang !

— Ce tout ce que vous …

— Arrête, dit Edward d'une voix plus forte mais aussi plus froide. Il a complètement perdu la tête. Nous sommes tous morts si nous n'agissons pas rapidement…

— Vous êtes complètement stupides les gars, intervint Eric. Nous ne pouvons pas le tuer, pas une *reah*. C'est déjà la mort assurée rien que de porter la main sur une… Alors je ne vous dis pas le châtiment qui nous sera réservé, si vous en tuez une.

Je n'aurais pas pu parler même si je l'avais voulu. J'avais bien trop peur pour demander à l'aide. Aucun d'eux ne m'aiderait, ils avaient franchi le point de non-retour. Quiconque connaissant Laurent et me voyait maintenant n'avait plus qu'une seule option : l'aider à m'enterrer. Je n'étais pas stupide, je savais bien comment cela marchait lorsque les gens se retrouvaient coincés comme ça. Ils feraient tout pour cacher leurs méfaits. Heureusement, ils éteignirent les lumières, mais le coup de pied que je reçus dans les côtes me fit l'effet d'un jet de lave.

— Ne le touche plus ! Pour l'amour du ciel, Laurent, fiche-lui la paix !

— Je ferai comme je voudrai…

— Laurent ! Il faut que nous réfléchissions un peu là !

— Pourquoi ?

— Nous ne pouvons pas laisser qui que ce soit le trouver. Nous sommes morts si quelqu'un le trouve !

Soudain, j'entendis leurs pas sur le sol et une porte claqua en se refermant. Le calme après autant de bruit me réconforta. Je me laissai porter par le silence et finis par perdre connaissance.

UN VENT tiède sur mon visage, ainsi qu'une bonne odeur de terre et de fleurs, délicate comme chez le fleuriste et pas cette immonde senteur provenant de la cave, furent les premières choses que je ressentis en me réveillant. J'étais dehors et l'air frais suffit à me réjouir. Ouvrant les yeux, je pus voir des milliers d'étoiles sur un rideau noir.

J'étais nu, et ça, plus que tout me donna l'impression d'être vulnérable. J'étais incapable de bouger. Je ne pouvais même pas me tourner sur le côté pour tenter de me cacher un peu. En tâtonnant de ma main, je compris que je me retrouvais sur le flanc d'une colline où on avait dû me jeter. Je plongeai mes doigts dans la terre fraîche et pris une grande inspiration. Je n'avais jamais été aussi fatigué de toute ma vie. J'avais perdu bien trop de sang pour pouvoir me remettre normalement. En temps normal, me transformer une paire de fois aurait suffi pour me permettre de récupérer, mais cela faisait trop longtemps que je n'avais rien mangé et je n'avais bu que le quart de la quantité d'eau dont j'avais eu besoin.

De chaudes larmes coulèrent le long de mes joues jusqu'à mes oreilles. Je voulais Logan. C'était son visage que je voyais, et celui de personne d'autre. Il aurait été comblé de savoir que c'était son image qui m'apparut en premier.

Lorsque je tentai de me redresser, je fus pris d'une violente douleur au ventre qui remonta le long de mon corps comme si on me lacérait de l'intérieur. J'en tremblais tant que mon instinct me fit me métamorphoser immédiatement. Mon corps essayait de s'auto-préserver, et il me restait juste assez d'énergie pour ça. Je me sentis devenir panthère juste avant de perdre à nouveau connaissance.

# VII

DES VOIX me tirèrent de mes cauchemars. Rien n'avait ni queue ni tête. Je ne repris mes esprits après quelques secondes et compris que j'avais des hallucinations. C'était dur de savoir où commençait la réalité et où s'arrêtait le rêve.

Entendre des voix était un plaisir, elles parlaient une langue si belle, si mélodieuse qu'elle en était hypnotique, jusqu'à ce qu'un désaccord ne survienne.

— Je ne peux pas, grommela quelqu'un, c'est trop dur, Hashim, je ne peux pas suivre, mon arabe n'est pas assez bon.

— Allez, Chris, tu as fait mieux que ça.

— Ouais, mais tu ne pourrais pas… J'ai besoin de savoir des trucs.

— Ton père dit qu'il souhaite que tu fasses une vraie immersion linguistique avant la rentrée scolaire. Comment pourras-tu suivre si tu…

— Ça va, peu importe, je pratiquerai demain, je le jure devant Dieu, mais pour le moment, je veux que tu me parles de la panthère.

Hashim soupira.

— Très bien, que veux-tu savoir ?

— Je veux savoir comment tu sais que c'est bien l'un des nôtres, un homme-panthère, et pas un vulgaire félin comme ceux que l'on trouve dans les zoos.

— Quel âge as-tu ? demanda soudain Hashim.

— Pourquoi ?

— Réponds-moi

— J'ai seize ans, pourquoi ?

— Tu as ta réponse.

— Mais quoi ? demanda-t-il avec irritation.

Un soupir de lassitude.

99

— À seize ans, tu es trop jeune, quand tu auras atteint la maturité, à vingt ans, comme moi, tu réussiras à reconnaître immédiatement ceux de notre race. C'est une question d'âge.

— Tu es censé être mature, toi ? pouffa-t-il.

— Je vais te botter les fesses.

— Ça va, c'est bon.

— Et puis réfléchis un peu, nous sommes à Sobek. Combien as-tu vu de panthères qui ne soient pas comme nous ?

— Ouais, tu as raison, dit-il après un court instant de réflexion.

— Tu es vraiment stupide des fois.

— La ferme.

De nouveaux ricanements.

— Bon et alors, tu vas faire quoi ? Tu vas en parler à ton père ? Nous ne pourrons pas le bouger nous-mêmes à moins que…

— J'ai envoyé Ari chercher mon père, ils ne devraient plus tarder.

Un frisson de peur me parcourut l'échine, avant de me souvenir que j'étais sous ma forme de panthère. Personne n'aurait pu dire qui ou ce que j'étais.

— Tu crois qu'il est mort ?

— *Elle*, clarifia Hashim. Regarde comme elle est petite.

— Quoi ?

— Chris, est-ce que tu la regardes ?

— Oui, mais quand je me transforme, je suis petit, enfin plus petit... moi aussi, corrigea-t-il en toussotant.

— Oui, mais tu vois ses dents ? Regarde là où je te montre.

Je respirais par la gueule ce qui laissait mes crocs apparents.

— Des crocs pareils, cela n'arrive qu'à maturité, passé vingt ans. Elle a atteint sa taille maximale et elle est bien trop petite pour ne pas être une femelle.

— Ouais, mais elle sent bizarre.

— Ah bon, tu trouves ?

— Ben, même moi, je devrais être capable de dire que c'est une fille, mais… Il y a un truc avec son odeur. Les filles sentent plutôt la terre et les fleurs, ou le gazon, mais elle… Elle sent comme du bois brûlé.

J'entendis Hashim me sentir.

— Ouais tu as raison, c'est bizarre.

— Nous pourrions vérifier, suggéra Chris.

— Lever la queue d'une autre panthère ? demanda Hashim. Tu plaisantes ?

Sa voix montrait clairement qu'il trouvait ça choquant. C'était vrai que ça ne se faisait pas, et ça n'avait d'ailleurs pas besoin d'être fait... Mais pour le coup, cela permettrait de lever immédiatement le mystère.

— Ben, je...

— Nous ne pouvons pas faire ça. En plus, il y a beaucoup trop de sang, je pense que nous devrions absolument éviter de la bouger.

— C'est sûr, mais peut-être que nous devrions le dire...

— Les garçons !

Je sursautai. Le cri, bien que lointain traversa tout mon système nerveux.

— Nous ne l'avons pas touchée ! dit Hashim comme pour défendre son ami Christopher et lui.

En se relevant, il souleva de la poussière dont une partie retomba sur ma fourrure.

— Nous l'avons juste surveillée, clama-t-il.

— Oh, la la, dit Chris en tremblotant. C'est ton *sheseru*, non ?

— Oui. Je savais qu'il allait venir voir mon père, mais je ne savais pas que c'était aujourd'hui, soupira Hashim tremblant lui aussi.

*Sheseru.*

— Il me fait peur.

Il y avait un *sheseru* dans les parages.

— Il fait peur à tout le monde, pas juste à toi.

Je tentai d'ouvrir les yeux, mais j'en étais tout bonnement incapable.

— Merde !

— Papa, elle est là, je...

— Ne crie pas, dit une autre voix. Inutile d'effrayer cette pauvre créature. Si elle est blessée au point d'être aussi immobile, c'est que ses blessures sont graves. Essayons de ne pas lui faire peur ni de la déranger.

Le *sheseru* est avant tout le protecteur de la *reah*, mais si sa tribu n'en avait pas, il assurait la protection de la *yareah*, une tâche qui ne le satisferait jamais totalement. Il me suffisait de montrer ce que j'étais à l'homme qui s'approchait de moi pour qu'il soit irrémédiablement attiré vers moi.

— Est-ce du sang ?

Me concentrant, je fis le vide dans mon esprit pour ne garder qu'une seule pensée.

*Sauve-moi.*

101

Je n'utilisais jamais mes phéromones pour attirer qui que ce soit d'autre que Logan. Jamais je n'aurais eu ne serait-ce que l'idée de saturer l'air de mon odeur et de ma chaleur pour qui que ce soit d'autre que mon compagnon. Je n'en avais jamais eu besoin. Même lorsque des années plus tôt, j'avais été battu et torturé par ma propre tribu, je ne l'avais pas fait, j'étais alors trop jeune pour pouvoir utiliser mon pouvoir de *reah* pour défendre mes intérêts. Mais je voulais survivre. Je voulais retrouver Logan. Ce désir plus que tout autre chose provoqua la propagation de mes phéromones.

Son rugissement me surprit et j'entendis tout le monde crier.

— Roshan, que se passe-t-il ? Qu'est-ce...

— Silence ! hurla-t-il, plein de colère.

J'eus l'impression d'être traversé par une vague de colère, et je sus, pouvant le vérifier de mes yeux, que j'étais en présence du plus puissant *sheseru* qu'il m'avait jamais été donné de rencontrer. Sa puissance était presque comme une caresse sur mon pelage. Sentir son corps tout contre moi me rappelait la caresse de deux peaux nues l'une contre l'autre.

— Comment est-ce possible ?

Sa voix flancha et il avait du mal à reprendre son souffle. Il passa doucement sa main sur mon dos.

Je frissonnai sous la délicate pression qu'il exerçait.

— Oh, non, non. Ne vous en faites pas, jamais je ne vous ferai de mal, plutôt mourir que de vous causer la moindre souffrance.

— Allez nous chercher une couverture, cria quelqu'un d'autre.

— Hashim Ben-Youssef, toi et ton ami serez récompensés. Vous vous présenterez devant votre *Semel* à sa villa dans une semaine. Comment diable l'avez-vous trouvée ?

— Qui est-ce, mon *sheseru* ? demanda le garçon avec le plus grand des respects.

— La *reah.*

Les deux jeunes furent ébahis.

— C'est une *reah* ?

— En effet, dit-il et j'entendis sa voix vibrer. C'est la deuxième que j'ai l'honneur de rencontrer.

Soudain, tout s'arrangea, je me rendis compte qu'on me portait et je pouvais sentir un véritable mur de chaleur contre moi.

— Je ne permettrai à personne de vous faire du mal, ma *reah.*

Et en prime, j'étais déjà *sa reah.*

Je l'avais amené à moi et il s'était exécuté, succombant à sa nature profonde, au lien sacré que partageaient une *reah* et un *sheseru*. La chaleur et le bien-être qu'apportait la *reah* contre la sécurité et la protection qu'elle recevait du *sheseru*. Avant même d'être l'exécuteur de son chef de tribu, le rôle du *sheseru* était de protéger le bien le plus précieux de son *Semel*, sa compagne. J'avais simplement décuplé son instinct pour satisfaire mes besoins.

Il me porta dans ses bras, tout près de son cœur.

— Je trouverai les responsables de ce désastre, ma *reah*, et ils mourront en implorant la pitié dans le puits.

C'était à Yuri de les punir, non pas à lui, mais je ne pouvais pas le reprendre. Je n'étais même pas capable de parler.

— Comment ont-ils kidnappée ma *reah* ? Par la faute de qui avez-vous été volée à votre compagnon ?

Je voulais me transformer pour lui répondre, mais je ne sentais même plus mon propre poids. J'avais la sensation de flotter dans l'air.

— *Reah* ? Transformez-vous pour moi, afin que je puisse vous voir sous votre forme humaine et entendre vos paroles.

Je ne pouvais produire le moindre son, pas même en essayant de siffler.

— Je me demande ce que mon *Semel* dira du manque de vigilance de votre compagnon.

J'aurais volontiers défendu Logan, mais il me caressa doucement et finit enfin par se taire.

# VIII

MES YEUX me faisaient mal, j'avais l'impression qu'ils étaient pleins de petits grains de sable. Un peu comme si j'avais un cil dans l'œil sans parvenir à le retirer. J'ouvris doucement mon œil droit, puis le gauche.

— *Reah.*

Une voix graveleuse m'appela par mon titre.

— Faites attention, ne bougez pas. Vous avez plusieurs intraveineuses dans le dos.

Je tournai la tête, soupirai, mais ne fis rien de plus.

— Reposez-vous, *reah*, le médecin est là. Il vous donne tous les fluides et nutriments dont vous avez besoin. Il dit que vous avez un cœur vraiment solide et que vous devriez vous remettre. Vous avez tout votre temps pour ça. Je resterai pour vous protéger. Je ne vous quitterai pas un instant. Personne ne viendra troubler votre repos. Fermez les yeux.

Je fis ce qu'il me disait, bien content qu'il monte la garde.


UNE ODEUR de jasmin, puis une odeur plus forte de thé noir, suivie d'une autre de santal et d'orange. Je m'étirai et émis un son qui ressemblait plus à un grognement qu'à un bâillement. Je me rendis compte que j'étais toujours sous ma forme de panthère, et je me roulai en boule pour me rendormir. Je n'étais pas encore prêt à reprendre forme humaine. Au moins, on m'avait retiré les aiguilles, il y avait donc du progrès.


DE LA viande. Je sentis une odeur de nourriture et cela fit réagir mon corps. Je levai la tête et aperçus un beau morceau de steak à peine grillé. Il n'attendait que moi.

M'avançant, je penchai la tête et me coupai un morceau d'un coup de dents, qui fut mâché et avalé en un clin d'œil tant il était tendre. Alors que j'allais m'en resservir, j'entendis quelqu'un se racler la gorge.

— Ne mangez pas trop vite, ma *reah*, vous allez vous rendre malade.

Le *sheseru* avait raison, même si je n'avais pas franchement envie de l'écouter. J'humai l'odeur d'eau fraîche et pris quelques lapées dans le bol qu'il avait posé à côté du plateau de viande. J'avais l'impression de ne jamais avoir rien bu d'aussi bon.

— Doucement, ma *reah*, faites attention.

Je voulais tout boire jusqu'à la dernière goutte, mais je n'osais pas. La fatigue me terrassa. Jamais le simple fait de manger ne m'avait amené au bord de l'évanouissement. Je posai ma tête sur mes pattes et me rendormis.


LORSQUE J'OUVRIS les yeux, il faisait très sombre, seules quelques bougies apportaient un peu de lumière.

— Puis-je vous voir sous votre véritable forme ?

Je levai la tête et me tournai en direction de la voix.

— Je suis Roshan Tabir, *sheseru* de la tribu de Rahotep, exécuteur de mon *Semel*, le *Semel-aten*, maître de Sobek, Ammon El Masry.

La tribu de Rahotep, ça me revenait. C'était la tribu qui régnait sur Sobek. Et l'homme que j'avais vu à plusieurs reprises au cours des derniers jours, sans doute depuis une bonne semaine, et qui me regardait avec tant d'espoir, les yeux pétillants et pleins d'adoration était le *sheseru* du plus puissant des *Semels*. Il avait les yeux sombres, comme moi, bruns mais pas gris comme les miens qui fonçaient lorsque j'étais en félin, mais ça s'en approchait. Son visage affichait sa gentillesse, peut-être même un peu trop pour un *sheseru*, mais sa puissance émanait de telle manière qu'il n'avait nul besoin d'avoir l'air effrayant. Il le devenait uniquement le moment venu.

— S'il te plaît.

Je le lui devais. Il devait absolument savoir que j'étais un homme, et non pas une femme, mais la crainte me submergea. J'avais peur de voir son expression changer en un instant. Et c'était couru d'avance, il me regarderait forcément différemment en se rendant compte que j'étais du mauvais sexe. La seule question qui se posait était de savoir si l'état confus dans lequel il allait se trouver allait l'amener à se questionner ou à se retourner contre moi. J'avais posé la question à Yuri plusieurs mois auparavant. Pour savoir si son désir de me protéger, de me servir n'était pas affecté par le fait que j'étais un homme.

Sa réponse avait été non. Mon sexe ne changeait rien à la fierté qu'il ressentait à assurer ma protection, à me servir et à être mon ami. Je me demandais si Roshan allait ressentir la même chose.

— S'il te plaît.

Le fait était que cet homme avait le droit de savoir qui j'étais vraiment. Je me relevai pour m'asseoir.

Il leva une main pour me faire signe de ne pas bouger.

— Voilà ce que nous allons faire. Je vais vous apporter davantage de nourriture et d'eau. À mon retour, je souhaiterais que vous vous métamorphosiez, afin que je puisse découvrir votre doux visage. Réfléchissez-y pendant que vous serez seule.

Je le vis se lever de la chaise d'où il veillait sur moi et il s'éloigna vers la porte. Une fois qu'il l'eut passée, je repensai à nouveau à la réaction qu'il aurait en me voyant. Je me métamorphosai alors que la porte de l'autre côté de la pièce s'ouvrait violemment.

— J'en étais sûre, sale pute !

Je tournai la tête, mes longs cheveux ondulés masquant partiellement mon visage. Une femme fonçait sur moi, suivie de six hommes, arrivant à toute vitesse.

— Vous pensiez que je ne saurais pas ce que faisait mon homme planqué ici depuis une semaine ? Vous croyez que j'ignore son appétit pour les petites jeunes ?

Sa voix tremblait tant elle était en colère.

— Il fait ce qu'il veut ailleurs, je m'en contrefiche, mais ici, c'est chez moi ! Chez moi ! Et dans ma maison, c'est moi qui édicte les règles. Vous osez le retrouver ! Je vais bien m'occuper de vous, sale petite trainée !

Elle était prête à tout. Sa fureur était comme un fouet lacérant ma peau. Même le simple fait de l'entendre était douloureux. Je me métamorphosai en un éclair et tous s'arrêtèrent d'un coup, comme paralysés. Je savais parfaitement pourquoi. Comme toujours, ma transformation avait été si rapide, si terriblement prompte. Ils étaient arrivés si près de moi, que mon adrénaline était montée en flèche. Elle était partie pour me faire exécuter et je ne pourrais rien dire pour lui faire changer d'avis. Elle ne s'était même pas aperçue que j'étais un homme. Elle me voyait comme elle voulait me voir, mes longs cheveux la confortant dans son idée. J'aurais peut-être dû me tourner clairement dans sa direction et me relever pour qu'elle puisse me voir de face, mais l'hystérie dans laquelle elle était me montrait qu'elle ne voudrait rien entendre. Si ce qu'elle disait était juste, cela faisait une semaine qu'elle ruminait, ressassant sa souffrance et sa colère, se sentant trahie. Elle était énervée et j'en étais la cause. Il me faudrait beaucoup de chance pour m'en sortir vivant.

— Fermez la porte, transformez-vous maintenant et tuez-la ! Attaquez-la ! Elle a violé ma demeure, elle a bafoué votre *sheseran* ! Tuez-la !

La *sheseran*, la compagne de Roshan Tabir était une créature effrayante. Elle aurait été capable d'éviscérer quiconque s'approchait de son homme. J'étais en partie admiratif de la voir si possessive, ignorant à quel point je pourrais moi-même être violent si quelqu'un tentait de me prendre Logan. Cela ne changeait pourtant rien. Elle était en train de commettre la plus grosse erreur de sa vie.

Je me précipitai vers la fenêtre, ne voyant aucune autre issue. J'ignorais à quelle hauteur nous nous trouvions. J'espérais que la chambre ne soit qu'au premier, mais j'en doutais sérieusement. De toute manière c'était trop tard pour y penser.

Il faisait frais et sombre dehors, je m'en rendis compte immédiatement après être passé à travers la vitre. Je ne flottai dans l'air qu'un court instant, avant de m'écraser sur une grande tenture, puis une autre, puis une troisième. Elles permirent de ralentir suffisamment ma chute pour que je rebondisse sur la quatrième et me retrouve éjecté dans une rue de terre battue où je retombai violemment.

Dans les vapes, allongé sous les étoiles, il me fallut un certain temps avant de me rendre compte que j'étais en train de regarder des gens en train de dîner. Je secouai la tête pour tenter de reprendre mes esprits, mais je n'avais aucune idée de l'endroit où je me trouvais.

Un homme se précipita vers moi en gesticulant pour me faire dégager. Il parlait en arabe, vite, répétant continuellement le même mot. C'est là que ça me revint. J'étais à Sobek, entre Gizeh et le Caire. Il y avait une seule route qui entrait et sortait de la ville, et des hommes lourdement armés y patrouillaient. C'était un territoire privé, détenu par la famille d'El Masry depuis le temps des pharaons. Quiconque se trouvait en ville, pour y vivre ou même en tant que simple visiteur, était soit un homme-panthère, soit lié à la famille d'un homme-panthère. Toute personne ne faisant pas partie de ces deux catégories était strictement refoulée. La punition en cas d'infraction était inévitablement la mort.

La tribu de Rahotep et ceux qui les servaient vivaient à Sobek. Je n'avais jamais eu la moindre envie d'y faire un tour. Pour moi, cela ressemblait d'avantage à une réserve indienne, où les gens étaient parqués, qu'à une ville en soi. Une fois par an, pendant les festivités, chaque *Semel* de la planète y venait, accompagné de quelques membres de sa tribu. C'était le seul et unique moment où la ville recevait des visiteurs.

Du coup, la seule raison pour laquelle l'homme qui essayait de me faire déguerpir était qu'il voulait que ses clients continuent de manger tranquillement, et surtout recommencent à commander des plats et du vin au lieu de se demander d'où je pouvais bien pu sortir.

Je me relevai avec peine et me trainai de l'autre côté de la rue pour disparaître dans une ruelle. De l'endroit où je me trouvais maintenant, je pouvais enfin voir d'où j'étais tombé.

Je relevai les yeux et aperçus la fenêtre cassée, la pièce était maintenant parfaitement éclairée. Dans le bâtiment d'en face, j'aperçus un grand paravent déchiré, la première chose que j'avais traversée.

J'avais fait une sacrée chute, je devais bien l'admettre. Pas loin de six mètres avant de rebondir sur la tenture du restaurant. J'avais été éjecté au beau milieu de la rue. Cela avait dû être assez amusant à voir.

J'avais vraiment eu de la chance, et j'en étais conscient. Du bol que les tentures aient amorti ma chute, d'être relativement léger et souple pour que ma chute se termine en une douloureuse dégringolade, et pas comme la chute mortelle qu'elle aurait pu être. C'était un de ces accidents qui se terminait par un miracle.

En reprenant mon chemin dans la ruelle, je me jurai de ne plus reprendre forme humaine avant d'avoir retrouvé Logan. J'espérai que ça ne tarderait pas trop.

# IX

VU COMME il faisait sombre, il devait déjà être bien tard, mais les rues étaient encore pleines de vie et de lumières. Les senteurs délicieuses qui se mêlaient me firent saliver. Je me rendis compte que j'avais très faim, et me demandai quel niveau de rapidité je pourrais atteindre pour voler quelque chose à manger. Je n'eus même pas le temps de commencer à élaborer un plan.

— Vous, là… Arrêtez-vous !

Je m'arrêtai, tournant la tête pour regarder par-dessus mon épaule qui m'appelait. Mon regard fut immédiatement attiré par un homme assis à une large table de l'autre côté de la rue. Il était accompagné par d'autres personnes, et me souriait tout en me montrant du doigt.

— Vous connaissez les lois du prêtre, dit-il en haussant le ton, pour bien que je l'entende, sans pour autant prendre un air menaçant.

Il n'était pas en colère, mais me réprimandait. Il semblait sincèrement ennuyé.

— Quelqu'un a pourtant bien du vous le dire lorsque vous êtes entré dans la ville, mon ami. Personne n'est autorisé à prendre sa forme de panthère dans l'enceinte de cette cité.

Je violai une règle dont je n'avais jamais entendu parler.

—Transformez-vous maintenant et expliquez-vous, ou vous devrez en subir les conséquences.

Je ne pouvais même pas reprendre mon souffle.

Il poussa un grand soupir, clairement irrité.

— Écoutez, je sais que vous êtes nu, mais vous vous en remettrez. Ce n'est pas moi qui suis en train de me promener là où je ne devrais pas. Ne vous inquiétez pas, nous allons vous trouver quelque chose. Taj ! Va lui chercher une couverture ou une nappe, ce que tu trouves… Shah, va voir avec le propriétaire, s'il n'aurait pas quelque chose pour qu'on puisse vêtir notre ami qui joue les timides.

Il parlait sans s'en soucier plus que ça, comme si j'étais un petit désagrément, mais rien de plus. Il ne m'accordait pas plus d'attention que cela. C'était clairement un autre membre du groupe qui lui avait fait remarquer ma présence, et il se devait, de par son rang, quel qu'il soit, de ne pas laisser passer mon infraction. Cela pouvait sans doute lui attirer des problèmes avec ses supérieurs. C'était un peu la même chose avec moi au restaurant dont je m'occupais. Dès que mon patron était là, il me fallait bien réprimander les serveurs mal embouchés ou en retard de deux minutes, le genre de choses pour lesquelles je me contentais d'une simple remarque ou que je laissais même carrément passer en temps normal. Je sentais que s'il avait été seul, cet homme m'aurait laissé faire.

J'entendis des rires à la table, même si j'étais trop loin pour entendre exactement ce qui y était dit. Ils trinquaient et buvaient allègrement, passant visiblement un bon moment. Celui qui m'avait interpellé s'amusait bien lui aussi, à en juger par la tête qu'il faisait. Il était clair que je l'ennuyais et j'étais certain qu'il aurait mille fois préféré que je sois passé par un autre chemin pour que ça lui évite d'avoir à intervenir. Il voulait s'amuser avec ses amis. C'était une belle soirée d'été, avec une douce brise, et il était entouré de belles femmes, buvant tranquillement avec ses amis. La dernière chose qu'il voulait, était que je vienne l'interrompre.

— Vous êtes sourd ou quoi ? m'interpela-t-il à nouveau lorsqu'il jeta un coup d'œil vers moi et vit que j'étais encore sous ma forme de panthère.

J'étais comme figé sur place.

Un nouveau soupir, lourd et résigné.

— Métamorphosez-vous maintenant et parlez avant que ma curiosité ne fasse place à ma colère.

Je ne voulais pas entrer en confrontation directe, et même si je l'avais voulu, je n'aurais pas pu. Je n'étais pas non plus en état de courir sur une grande distance, et sans l'avantage que constituait d'habitude ma vitesse, je risquais des ennuis. Alors je repris forme humaine et me retrouvai nu dans la rue.

— J'implore votre pardon. Mes vêtements m'ont été volés au Caire et je suis arrivé à Sobek uniquement avec ceux que je portais sur le dos. Si vous pouviez m'indiquer où se trouve la villa du prêtre, je m'y rendrais et j'implorerai sa clémence pour mon crime.

Je repris immédiatement ma forme de panthère après avoir parlé et attendis.

Je fus surpris que personne ne bouge ni ne parle. Au bout de plusieurs minutes à regarder l'homme et toute sa tablée me regarder bouche-bée, je commençai à me poser des questions.

— Bon sang, lâcha-t-il finalement en reprenant son souffle et en se précipitant vers moi, traversant la rue en un éclair accompagné de deux autres.

Une fois près de moi, il s'agenouilla.

— Je n'ai jamais vu...Shah ! Elle est où cette couverture ? Amenez-lui quelque chose pour se couvrir bon sang !

Je vis l'un des hommes s'approcher de moi, tendre la main et la passer sur ma tête pour me caresser, passant ses doigts sur le contour de mon oreille. Cela voulait juste dire que nous étions des panthères et c'était la façon de nous saluer. Lorsque je jetais un coup d'œil à leur chef, je vis qu'il s'était rapproché encore plus près de moi.

De panique, je reculai d'un pas.

— Non, non, dit-il en forçant un demi-sourire, les bras grands ouverts, les paumes de ses mains me faisant face. Ne fuyez pas, je... Nous n'avions aucune idée que vous aviez été agressé par un voleur. Êtes-vous venu pour les sélections de Thot ? Souhaitez-vous devenir l'un des nôtres, et rejoindre le *Shu* ?

Sa question présentait une certaine logique. Vu la vitesse de ma métamorphose, si j'avais été un félin ordinaire, avoir de telles capacités aurait rendu tout à fait plausible l'idée que je souhaitais devenir membre du *Shu*.

— Quiconque peut se transformer aussi vite que vous le faites devrait participer aux sélections.

Tous les homme-panthères savaient ce qu'était le *Shu*. Ils étaient les gardiens, les assassins, les exécuteurs et les gardes personnels du grand prêtre et de son Conseil, les disciples de Thot, instruits dans les domaines de la loi, des pratiques religieuses et des techniques de meurtre. Quand un félin en appelait à son *Semel* et n'était pas satisfait de sa décision, il pouvait faire appel devant le prêtre de Chae Rophon et le Conseil d'Ennead, et si s'était au chef de la tribu que ces derniers donnaient tort, alors le prêtre envoyait le *Shu*. Ce corps de gardes était constitué des plus rapides et des plus puissants des homme-panthères. L'une de leurs caractéristiques était précisément de pouvoir se métamorphoser très rapidement, ce qui en faisait une condition sine qua non pour postuler.

— Je suis Jamal Hassan, dit-il en me souriant, et je suis le *phocal* du *Shu*. Alors dites-moi, est-ce pour ça que vous êtes venu ?

J'avais donc en face de moi le chef du *Shu*, l'homme qui dépendait directement du prêtre de Chae Rophon et du Conseil d'Ennead. Quelle était le

111

taux de probabilité que je tombe sur lui ? À cet instant précis, ma seule pensée fut pour Crane, qui, s'il avait été là, aurait éclaté de rire. Et à part le fait qu'avoir aussi peu de bol était risible, je n'avais pas du tout envie de rire.

— Jamal.

Quelqu'un prononça son nom avant de lui passer une couverture.

— Retransformez-vous, me dit-il, ouvrant la grande couverture de coton, grise et marron. Tenez, c'est pour vous.

Je me retrouvai donc nu devant lui tout de suite après.

Il mit rapidement la couverture autour de moi et je l'attachai au niveau des épaules, la serrant bien pour qu'elle ne tombe pas. Couvert des épaules aux chevilles, je levai les yeux vers cet homme bien plus grand que moi.

Son regard débordait de gentillesse, ce qui me rassura.

— Je n'ai jamais vu personne se transformer aussi vite. Quand vous aurez mangé, trouvé des vêtements et pris du repos, vous vous entrainerez avec nous avant les épreuves pour…

— Je suis blessé, lui dis-je rapidement.

— Où ?

En lui tournant le dos, je desserrai la couverture, la laissant glisser suffisamment pour le laisser voir mon dos jusqu'au niveau de mes fesses.

— Qui vous a fait ça ? lâcha-t-il surpris.

J'allais lui répondre quand je sentis ses doigts se promener le long d'une des blessures. Cela me rappela que mon dos en était bardé. Des coupures, des brûlures, des morsures. Tout guérirait avec le temps, mais dans l'immédiat, j'étais loin d'être indemne. J'avais besoin de me nourrir, de me réhydrater et de me reposer. Avoir été contraint de me balancer par la fenêtre pour un aussi grand saut m'avait épuisé. Maintenant que la poussée d'adrénaline était passée, j'avais de nouveau l'impression que j'étais sur le point de m'évanouir. J'étais à deux doigts de m'effondrer sur le sol.

Je remis la couverture sur mes épaules et ce faisant, je me penchai en avant. Ce mouvement fut suffisant pour me faire perdre l'équilibre et mes jambes me lâchèrent, mais au lieu de m'effondrer, je tombai dans les bras de Jamal, qui me retint fermement.

J'entendis des cris et ma vue se troubla. Je ne me souvenais pas d'avoir jamais été aussi fatigué.

— Quel est votre nom ?

— Jin, dis-je, et ce fut la dernière chose que je pus dire.

Les ténèbres qui m'avaient guetté, me submergèrent juste après.

J'ENTENDIS le cliquetis de verres qu'on entrechoquait, sentis le riche arôme d'épices et pris conscience que des gens riaient autour de moi. Lorsque je parvins à ouvrir les yeux, l'homme qui m'apparut en premier était en train de lire.

— Où suis-je ?

— Ah, enfin ! s'écria Jamal Hassan en se penchant sur moi. Vous commenciez à m'inquiéter sérieusement.

Je le fixai d'un peu plus près. Il portait un treillis noir, engoncé dans des rangers, un lourd gilet gris dont la fermeture éclair n'était remontée qu'à moitié sous lequel il portait un tee-shirt noir. Il ne lui manquait plus qu'un fusil et un béret, et il aurait pu sortir directement d'un des jeux vidéo de Crane.

— Quoi ?

Je secouai la tête, essayant de ne pas pouffer de rire, et jetai un coup d'œil à l'immense pièce où je me trouvais. Cela me fit penser à la salle commune de ma résidence universitaire. Il y avait un énorme écran plat dans un coin, quelques canapés et une grande table à manger avec des chaises dans l'autre coin. J'occupais un peu d'espace sur une énorme banquette et il y avait à ma gauche une longue table basse. Il faisait froid dans la pièce, ce qui expliquait qu'ils portaient tous le même gilet à fermeture éclair. Il y avait un grand feu qui crépitait dans la cheminée, au milieu du mur d'en face. Le sol était constitué de pierres inégales, et on pouvait sans doute le laver à coup de jets ou le balayer, mais pas y passer une serpillère. Même le sol semblait contenir de petits bouts de pierre tranchants. Je notai qu'ils portaient tous le même genre de rangers aux pieds, aucun d'eux ne se fiant à ce sol d'apparence si rebutante.

Il y avait des fanions et des tapisseries sur le mur, Une petite vitrine contenant une récompense sportive était posée sur la cheminée. Il y avait des peaux de bêtes à la place des tapis dans plusieurs coins de la pièce. Cinq hommes se tenaient autour d'une table de billard et l'odeur de leurs cigarettes m'indisposa.

— Mon ami.

Je me tournai vers Jamal.

— Puis-je vous offrir un bol de molokhiyya ?

Je n'avais pas la moindre idée de ce que cela pouvait être, mais ne désirais pas être irrespectueux.

— Oui, s'il vous plaît.

113

Il fit oui de la tête, se tourna et interpela quelqu'un en arabe, puis se rassit à la table basse, face à moi.

— Pourquoi est-ce qu'il fait si froid ici ?

— Nous sommes plusieurs mètres sous terre.

— D'accord, pouvez-vous me dire ce que c'est que cet endroit ? lui demandai-je en me redressant.

Sa grosse main se colla contre mon torse et me força à m'appuyer sur les oreillers.

— Nous avons demandé au médecin de jeter un coup d'œil sur vous et il a dit que les blessures que vous aviez subies étaient normalement fatales pour n'importe quelle panthère. Seule la force que vous avez en vous, vous a permis de vous en tirer.

J'acquiesçai.

— Nous vous avons laissé dans l'une des chambres du fond pendant deux jours, mais comme vous le savez, la solitude est très néfaste pour les panthères. Le simple fait d'entendre les autres autour de nous, nous fait du bien.

C'était étrange, mais il avait parfaitement raison. Dans la nature, les panthères, de gros chats, étaient particulièrement solitaires, mais pour les homme-panthères, la présence de leur tribu, ou d'autres de leurs congénères était un véritable besoin. C'était le cas de tous ceux qui étaient normaux du moins. Lorsque nous déménagions sans cesse, passant en permanence d'un coin à un autre, Crane se plaignait souvent que cela lui manquait. Les *Semel*s et les *reah*s étaient différents. Étant les seuls à se mettre en couple pour la vie, ils n'avaient besoin que de la présence de l'autre.

— Est-ce que vous vous souvenez de vous être levé pour vous soulager ?

Je n'en avais aucun souvenir.

— Vous avez eu de la chance que je sois là, sans quoi vous auriez uriné dans le placard, dit-il avec un large sourire.

En étudiant son visage de plus près, je vis un homme qui n'était pas franchement ce qu'on pourrait appeler un bel homme, mais son sourire agréable, ses sourcils expressifs et sa voix de velours étaient plutôt des bons points. Je ne me serais certainement pas retourné sur lui dans la rue, mais sa force tranquille et sa chaleur étaient attirantes.

— Je vous ai amené sur le canapé ce matin dans l'espoir que la proximité des autres vous fasse du bien. J'ai bien fait. Ça fait plaisir de vous voir me regarder enfin.

114

La pièce était vivante et pleine d'énergie, et cela m'avait, en effet, fait autant de bien que mon sommeil.

— Maintenant, pour répondre à votre question, vous vous trouvez au Ra-Horakhty de Sobek, le quartier général du *Shu*.

Je m'assis avant qu'il ne puisse m'en empêcher.

— Est-ce que je peux rester sur votre base avant…

— Arrêtez, me coupa-t-il en posant une main sur mon épaule. Je suis le *phocal* du *Shu*, vous ne me tromperez pas.

— Pardon ?

— Vous n'êtes pas plus un guerrier que je ne suis un apprenti *sylvan*. Vous ne ressemblez pas du tout à un combattant, ni à un *khatyu*… Je ressens votre pouvoir, mais ce n'est pas parce que vous êtes un soldat, dit-il d'un air pensif, cherchant le mot juste. Vous avez un certain côté sauvage. Qui êtes-vous ?

— Jin Rayne.

— D'où venez-vous ?

— Du Nevada.

— Comment se fait-il que vous soyez à Sobek ? demanda-t-il en fronçant les sourcils.

— J'ai été enlevé.

— Pourquoi ?

J'avais voyagé à travers tous les États-Unis avec mon meilleur ami et nous avions pris soin d'éviter consciencieusement les tribus d'homme-panthères et en particulier leur *Semel*s. Les rares fois où nous en avions rencontrés, je m'en étais tiré avec des bleus dans les meilleurs cas, et avais même été à deux doigts d'y laisser ma vie dans les pires. Tenter d'expliquer à cet homme, le plus féroce des homme-panthères, le commandant en chef du *Shu*, que j'étais à la fois une *reah* et un homme n'était vraiment pas la chose la plus intelligente à faire.

— Je n'en ai pas la moindre idée, mentis-je. Peut-être que vous pourrez me le dire.

— Qui vous a enlevé à votre tribu ? demanda-t-il son visage sombre.

— Je l'ignore, je me suis juste réveillé dans une chambre et je me suis enfui. Je courais toujours lorsque vous m'avez vu.

— Étrange. Je parviens à comprendre qu'un homme enlève une femme, mais pourquoi enlever un autre homme ?

Que pouvais-je lui dire ?

— Jamal.

Il se tourna et leva les bras pour saisir le plateau qu'on lui tendait. J'ignorais ce que c'était, mais ça sentait divinement bon.

— Tenez, mangez ça.

Je m'assis en tailleur, enroulai la couverture autour de moi pour rester le plus discret possible, et lui pris le plateau de bois des mains. L'énorme bol fumant contenait une épaisse soupe vert foncé dont l'odeur me mit l'eau à la bouche. Elle contenait également des morceaux de viande.

— C'est du poulet.

— Cela n'a pas vraiment d'importance, mais merci de me le dire, lui fis-je savoir en souriant.

Il lâcha un petit soupir en me regardant dévorer ma nourriture.

Le pain était lourd, chaud et tendre. Cette soupe était sans doute la meilleure chose que j'avais mangée de toute ma vie. Ma soif était si grande que je bus verre d'eau sur verre d'eau. Jamal fit apporter un second bol et on m'amena également une pita ainsi que de l'houmous, de la purée d'aubergines et du tahini pour la tremper. Lorsque j'eus la panse bien remplie, on me servit une tasse de thé à la menthe qui fut aussi bonne que sa délicieuse odeur le laissait espérer.

Il fallait que j'écoute la conversation des hommes qui étaient assis autour de moi pendant que je me restaurais. Ils parlaient de festivités, des quinze jours qu'ils avaient passés à monter la garde auprès du prêtre et de l'impatience avec laquelle ils attendaient que les jeux de Thot débutent enfin. C'était l'occasion pour eux de se mesurer aux meilleurs guerriers de leurs rangs et de tester les petits nouveaux qui souhaitaient devenir membres de leur corps d'élite.

— Jin.

Mes yeux se tournèrent vers le visage de Jamal Hassan.

— Dites-moi de quelle tribu vous venez.

Quinze jours… Cela faisait quinze jours que j'avais disparu. Je ne pouvais qu'imaginer le sang d'encre que Logan devait se faire. Il fallait que je le rejoigne le plus vite possible.

— Jin ?

— Pakhet, mentis-je.

— Pakhet, s'étonna un autre homme en venant s'asseoir à mes côtés. Pourquoi est-ce que le nom de cette tribu m'est-il familier ?

— Parce que le *sheseru* de Jin est celui qui a protégé les deux hommes qui ont attaqué la *reah* de Logan Church, lui répondit Jamal sans me quitter des yeux. Pourquoi diable votre *Semel* a-t-il permis que votre *sheseru* abrite des personnes qui s'en sont prises à la *reah* d'un autre *Semel* ?

— Je n'en sais rien, dis-je, me forçant à sourire.

— Et c'est quoi l'histoire de ce *Semel* Logan Church et de sa *reah* ? demanda un autre homme.

— Oui, reprit quelqu'un. Comment cela se fait qu'il n'ait pas pu la protéger ?

— Je ne crois pas que... commençai-je.

— Si le prêtre décrète qu'une *reah* n'est pas en sécurité avec son *Semel*, il la lui retirera, affirma l'homme à ma gauche. Vous le saviez ? Vous saviez que le prêtre pouvait séparer des couples établis ? La loi divine lui confère ce droit.

— Uniquement si la *reah* lui demande l'asile, rectifiai-je. C'est cela que dit la loi.

Les hommes autour de Jamal et moi se turent. Tous me regardaient fixement.

— Et comment cela se fait-il que tu en connaisses autant sur les lois ? demanda l'homme qui se tenait à côté de la chaise de Jamal.

— Mon père me les a apprises.

Il acquiesça longuement avant de se pencher et de me tendre la main. — Je suis Shahid Alon, je seconde le *phocal* avec Taj Chalthoum.

— D'ailleurs le voilà !

Je tournais la tête en direction d'un homme souriant qui déboulait de l'autre bout de la pièce pour venir nous rejoindre. Il prit chaleureusement ma main sitôt que Shahid l'eut relâchée. Ce n'est qu'à ce moment-là que je m'aperçus qu'il était vêtu exactement comme tous les autres, et que tous portaient le même uniforme. Après tout, j'étais dans leur quartier général.

— Donc vous êtes l'un des *khatyus* de la tribu de Pakhet ?

— Il n'est pas un combattant, le contredit Jamal, c'est inconcevable.

— Quoi alors ?

Taj brûlait d'entendre ma réponse, tout comme Shahid.

— Je ne suis personne en particulier. Je suis juste un félin ordinaire.

Il hocha la tête.

— Et d'où avez-vous été enlevé ?

— De mon appartement.

— Mais pourquoi ?

Cela perturbait vraiment Jamal.

Je haussai les épaules.

117

— Si vous n'êtes personne de particulier, reprit Jamal en me regardant, est-ce que cela vous intéresserait d'accepter mon offre et d'essayer de rejoindre le *Shu* ? Vous devriez, vous pouvez vous transformer vraiment très vite.

C'était bien plus que ce qu'il en disait et nous le savions tous les deux. Il me testait dans le simple but de voir ce que je dirais.

— J'adorerais essayer, dis-je faute d'alternative.

Il fallait que je fasse correspondre la passivité que je lui démontrais avec l'incroyable transformation à laquelle il avait assisté, et le seul moyen à ma disposition était de lui faire croire que j'ignorais tout de ce don.

— Mais je suis à des années lumières d'avoir les capacités d'un guerrier du *Shu*.

— Nous en déciderons, dit finalement Jamal en m'observant attentivement, tentant de déceler la vérité.

Je m'étais jeté dans leurs griffes sans même m'en rendre compte. J'étais fatigué, c'était bien ma seule excuse. Je n'étais de toute façon pas fichu de reconnaître un uniforme alors même que j'en avais un sous le nez.

— Vous pourrez sans nul doute vous métamorphoser pour nous, tenta-t-il.

Il me testait, c'était évident. Mais lui dire non alors qu'il était ma seule protection aurait été idiot.

— Bien-sûr.

Jamal bondit et invita tout le monde à s'approcher pour montrer aux dernières recrues tout ce que lui et ses hommes pouvaient faire. Les membres du *Shu* allaient chacun me faire la démonstration de leur pouvoir et de leur force.

Je les regardai former un grand cercle et commencer à se déshabiller. Comme pour tous les homme-panthères, la nudité était parfaitement naturelle pour eux. En revanche, être nu, surtout en groupe, m'avait toujours mis très mal à l'aise. Cela datait de la première fois où je m'étais transformé en présence de tiers, ce qui m'avait valu d'être battu si violemment que j'avais bien failli y rester. J'étais maintenant dans une situation où l'on s'attendait à ce que je me déshabille sans faire d'histoire, cela faisait partie des épreuves de sélections. Je n'avais pas le choix.

Je vis l'un des hommes plonger au milieu du cercle et se transformer juste avant de toucher le sol en une belle panthère dorée. Il semblait encore plus musclé que Logan lui-même, bien qu'il soit plus petit. Logan atteignait aisément la taille d'un tigre à dents de sabre, nettement plus grand qu'un lion adulte. Toutefois, ce membre du *Shu* passait ses journées à s'entraîner et à se battre et la large musculature sous sa fourrure d'or était là pour le prouver. Je croisai les doigts pour ne jamais avoir à me battre contre lui, ni contre aucun des autres.

Le suivant s'avança à toute vitesse et lorsqu'il s'arrêta, il avait pris la forme d'une panthère, en un clin d'œil. Ils continuèrent ainsi jusqu'à être tous transformés. Shahid le fit tout aussi vite que les autres, suivi de Taj. Voir les membres du *Shu* me faire cette démonstration époustouflante me laissa bouche bée.

Lorsque tous les hommes se furent transformés, Jamal se mit à sauter par-dessus la limite du cercle en se transformant d'homme à panthère et de panthère à homme à chaque nouveau saut. Je n'avais jamais vu personne d'aussi déterminé et entraîné. Il était capable de se métamorphoser aussi vite que moi. J'étais époustouflé.

— Venez, dit-il en me souriant alors que tous les hommes se mettaient eux aussi à passer d'une forme à l'autre sans discontinuer. Montrez-nous votre don, Jin Rayne.

Je pesai rapidement le pour et le contre. Ma vitesse ne les surprendrait pas vu qu'ils étaient tous très rapides. La force ne servirait à rien, ils étaient tous biens plus puissants que moi. Seule mon incroyable maîtrise de la métamorphose pourrait les surprendre. Ignorant ma gêne, je fis tomber la couverture et me présentai nu devant eux. Je contournai le canapé et me mis à quatre pattes, puis commençai doucement à ramper à travers la pièce.

Par de petits mouvements, je laissai ma fourrure luisante apparaître puis disparaître, comme le flux et le reflux des vagues. Je pouvais changer n'importe quelle partie de mon corps sur commande. Un œil de panthère et un œil d'homme au même moment, la moitié de mon visage en félin, l'autre en humain, tout ça était super facile à réaliser pour moi. Je pouvais faire apparaître l'animal en moi avec une facilité déconcertante.

Cela avait littéralement coupé le souffle de Logan lorsque je lui avais fait la même démonstration un mois plus tôt. Les membres du *Shu* réagissaient exactement de la même façon.

C'était comme passer sous un spot stroboscopique en boite de nuit, lorsque les projecteurs tournent à toute vitesse et que les images variaient tellement vite qu'on était jamais sûr que ce qu'on avait cru voir était vraiment là. Ou alors comme dans les films d'horreur, dont les meilleurs ne laissent voir que des images furtives de la bête, laissant l'esprit du spectateur remplir les blancs.

Je ralentis infiniment mon rythme pour ensuite redémarrer de plus belle. Le soin que je prenais à alterner les vitesses et les angles de vue leur démontrait à quel point je maîtrisais la bête qui était en moi. C'était une véritable démonstration de force, car j'avais bien vu qu'aucun deux ne m'arrivait à la cheville dans ce domaine. Lorsque j'atteignis enfin le mur d'en face, je me retournai pour faire fièrement face à Jamal, sous ma forme de panthère, la tête haute, plongeant mes yeux dans les siens. Ses yeux étaient pleins d'admiration, ce qui me rassura.

— Mais qui es-tu ? cria Taj en se rapprochant à vive allure de moi. Qui es-tu bon sang ?

Il n'était pas en colère, mais ça s'en rapprochait dangereusement.

— Tu me prends pour un con ou quoi ? rugit-il en s'arrêtant tout près de moi, me pointant du doigt.

— Il a raison, renchérit Shahid en s'approchant lui aussi, les yeux rivés sur moi. Parle-nous de ta lignée, Jin Rayne.

C'était dur d'avoir peur d'eux, vu qu'ils étaient tous les deux nus, mais j'étais conscient que s'ils le désiraient, ils pourraient parfaitement me blesser grièvement quelle que soit la forme qu'ils adoptent. En plus, je n'étais pas suffisamment résistant pour leur faire face comme j'aurais pu le faire. L'exercice m'avait épuisé. J'étais à nouveau mort de fatigue.

— Maintenant, ordonna Jamal en se joignant à eux. Parle maintenant !

Je repris mon souffle, certain que de là où je me trouvais, je serais capable de prendre la fuite, au moins jusqu'au couloir et qu'une fois là-bas, j'improviserais pour atteindre la surface. Il y avait forcément un ascenseur quelque part.

— Je ne le redirai pas, assura le *phocal*.

Je fis ce qu'il me dit, reprenant mon apparence.

— Je suis une *reah*.

Jamal Hassan, me fixa droit dans les yeux et s'avança vers moi.

— Tu mens, je n'ai jamais entendu parler d'hommes qui soient des *reahs*.

Ce qu'ils avaient vu de leurs yeux quelques instants plus tôt était la seule chose qui les retenait de m'éviscérer sur place. Si je ne leur avais pas fait cette petite démonstration de mon pouvoir, et que j'avais tenu le même propos, j'aurais immédiatement été en danger de mort. C'était des hommes durs, forts, qui n'accordaient leur respect qu'à leurs égaux et à ceux qui les surpassaient. Après avoir vu ce dont j'étais capable, ils étaient au moins disposés à m'écouter.

— Très peu de personne en ont entendu parler, lui assurai-je en soupirant.

Mes peurs s'étaient rapidement dissipées, laissant place à mon intense fatigue. J'avais du mal à penser clairement. Entre les transformations à répétitions que je venais de faire, mon enlèvement, les tortures, le plongeon par la fenêtre pour échapper à la *sheseran* vengeresse, j'avais sur les épaules un poids si lourd que même une poussée d'adrénaline ne me redonnerait pas la pêche. Lorsque je fis un pas en avant, luttant pour rester debout, plusieurs mains m'agrippèrent.

— Mais alors, tu es la *reah* de qui ? insista Shahid.

J'eus soudain très froid, mes dents se mirent à claquer si violemment que je ne pouvais même pas lui répondre.

— Je sais à qui tu appartiens. Tu es la *reah* de la tribu de Mafdet, affirma Jamal, faisant un pas vers moi.

Soudain, il me souleva et je sentis la douce chaleur de son torse, ils étaient tous tellement plus gros que moi.

— Tu appartiens à Logan Church.

Et il avait vu juste.

— Le nies-tu ?

Je secouai la tête, mais j'avais en fait l'impression de flotter dans l'air.

— Assez !

Le souffle chaud de Jamal passa sur mon visage tel une caresse alors qu'il me regardait droit dans les yeux.

— Je veux des réponses, et il n'y a qu'une seule personne qui puisse me les fournir. Tu vas aller voir le prêtre, *reah*, et il décidera de ce que l'on doit faire de toi.

J'aurais supplié et prié pour qu'il me ramène à mon *Semel* plutôt, mais je savais que rien de ce que je puisse dire ou faire ne l'aurait fait changer d'avis. Au bout du compte, cela n'avait aucune importance, je n'étais même pas capable de rester éveillé.

# X

MES YEUX s'ouvrirent doucement. Je sentis la chaude luminescence d'une lanterne près de moi. J'étais à l'extérieur, sur une chaise. L'air chaud était gorgé de senteurs de fleurs et de nourriture. Cela sentait le jasmin et l'odeur d'un plat qu'on cuisinait. On faisait griller de la viande et de l'ail, ou peut-être qu'on les faisait fumer, je n'étais pas bien sûr, mais cela éveillait en tout cas mes sens. Je bougeai un peu sur le côté et glissai accidentellement sur le sol. La chute fut assez douloureuse. Je dus rester sans bouger sur le marbre pendant un moment avant que ma tête ne cesse de tourner et que je puisse me relever et finalement réaliser où je me trouvais.

C'était digne d'un film, et ressemblait au domaine privé d'un riche membre de la noblesse. Cela ressemblait véritablement à une suite princière. C'était gigantesque. Un bassin d'eau fraîche avait été taillé directement dans la pierre préexistante. Le large porche de l'autre côté semblait très ancien, laissant penser que la maison avait été construite à partir d'une structure remontant probablement à l'antiquité. Je tremblai fort, de peur presque, en comprenant où je me trouvais.

Traversant l'immense pièce, j'aperçus une tunique de soie bleue déposée sur un fauteuil. Je ne l'avais pas tout de suite remarquée. Je la mis tout en me dirigeant vers la porte et remarquai qu'elle sentait le bois de rose. L'odeur relaxante me calma et me réconforta si bien que lorsque j'ouvris la porte et tombai nez-à-nez avec Roshan Tabir, le *sheseru* de la tribu de Rahotep, je ne fus pas pris de panique comme cela aurait normalement dû être le cas. Que faisait-il ici ?

— Attendez, dit-il calmement avant que je ne lui claque la porte au nez.

Je m'arrêtai, hésitant, prêt à bondir au moindre de ses mouvements.

Ses yeux marron foncé étaient plongés dans les miens, et j'eus beau regarder, je n'y vis que de la chaleur. Le sourire qu'il m'adressa après quelques minutes me serra le cœur.

Il leva ses deux mains, pour me prouver qu'il ne me voulait aucun mal.

— Je n'ai pas été à la hauteur, ma *reah*, et j'implore votre pardon, pour moi, ainsi que pour ma compagne. Dès que vous aurez repris des forces, elle viendra s'agenouiller devant vous. Si vous décidiez de ne pas lui pardonner, mon *Semel* a d'ores et déjà ordonné qu'elle soit immédiatement exécutée dans le puits.

Je fixai toujours ses mains.

— *Reah* ?

— Pourquoi je…?

Où étais-je ? Jamal avait dit qu'il m'amènerait devant le prêtre. Il était le *phocal*, et dépendait donc directement du prêtre. Mais j'avais en face de moi le *sheseru* du *Semel-aten*. Qu'est-ce que cela voulait dire ?

— Mais, où suis-je ? lui demandai-je, l'air un peu perdu.

— Dans la demeure d'Ammon El Masry.

— Comment cela se fait-il ?

Tout cela ne rimait à rien. Au bout d'une minute, je réalisai qu'il n'allait pas répondre à ma question et je repris mes esprits.

— Roshan ? l'interpelai-je.

— *Reah*.

La voix de l'homme s'attarda sur mon titre.

Je réalisai d'un coup qu'il n'y avait pour lui à cet instant qu'une seule chose qui comptait.

— Évidemment que je pardonne à votre *sheseran*. Elle ne mourra pas à cause de moi.

Son soulagement me sauta aux yeux.

— Oh, merci, merci ma *reah*.

Il reprit son souffle et pointa du doigt l'intérieur de la pièce.

— Puis-je rentrer pour vous parler de mon *Semel* ?

Je n'ouvris pas plus grand la porte.

— Je croyais que j'allais voir le prêtre ?

Il me regardait avec un sourire compatissant.

— Le *phocal* a été bien présomptueux de penser qu'il pourrait de son propre chef vous emmener voir le prêtre avant notre *Semel*, le maître de Sobek.

Il semblait donc que Jamal et Ammon, le *phocal* et le *Semel*, se battaient comme deux enfants pour savoir qui avait la plus grosse, et qu'apparemment, le *Semel* avait le bras plus long que le *phocal*, donc je me retrouvais chez lui au lieu d'être présentée au prête et à son Conseil, celui d'Ennead.

— Comment avez-vous su où j'étais ?

— Sobek n'est pas énorme, ma *reah*. Une fois dans les rues avec mes hommes, à vous chercher, il m'a été assez facile de découvrir que vous étiez avec Jamal et qu'il vous avait ramené à leur base.

— Et pourquoi ne vous y ai-je pas vu ?

— Seuls les membres du *Shu* sont autorisés à y entrer. Cela nous est formellement interdit par le prêtre.

— Mais votre *Semel* est le maître de Sobek.

— Oui, mais le temple de Satis et la base de Ra-Horakhty sont sous la protection du prêtre et c'est un sacrilège que de s'y rendre sans sa permission.

— Alors pourquoi m'ont-ils laissé y pénétré ?

Il fronça les sourcils.

— Jamal m'a dit que tu avais demandé l'asile, a-t-il menti ?

Jamal ayant été le seul à me traiter correctement depuis le début de cet enfer, je ne pouvais pas risquer de lui attirer des ennuis.

— Non, c'est bien ça, dis-je rapidement.

Il bougea lentement la tête, essayant de voir si je ne mentais pas.

— C'est uniquement sur l'insistance de mon *Semel* et l'accord du *phocal* que vous avez été amené ici, reprit Roshan, vraiment préoccupé, mais je lui ai expliqué que vous m'aviez appelé, que j'étais votre *sheseru* et que je vous protégerais de n'importe quel danger.

— Même de votre propre *Semel* ?

Il prit un air surpris.

— Comment ça ? Mon *Semel* ne ferait jamais de mal à une *reah*… Surtout pas une *reah,* encore moins à une comme toi,

— Une comme moi ? répétai-je.

— Vous êtes la seule *reah* de sexe masculin au monde, cela vous rend vraiment unique.

Et ça me rendait digne d'être bien traité ? Cela donnait une bonne idée du *Semel-aten*, il devait être sacrément arrogant pour vouloir m'aider uniquement à cause de ce que j'étais, et pas pour celui que j'étais. Que ce soit la bonne chose à faire n'était visiblement pas ce qui comptait pour lui.

— Ma *reah*…

Roshan se racla la gorge.

— Puis-je entrer ?

— Je ne suis pas ta *reah,* le contredis-je, voyant son visage se décomposer.

— Mais je suis ton *sheseru.*

— En attendant que je retrouve Yuri Kosa, lui précisai-je. Allez relire les lois, dis-je en lui fermant la porte au nez.

Je ne voulais pas parler d'avantage avec lui, en fait je ne voulais rien avoir affaire avec lui. Le virage dramatique qu'avait pris ma vie depuis le début de cette histoire me rendait malade. Je voulais que tout redevienne comme avant. Je voulais que mes problèmes se limitent à préparer les plannings des serveurs au restaurant, à me préoccuper du départ de Crane pour Las Vegas ou au fait que Logan veuille transformer notre maison en forteresse. Plus que tout, je mourrais d'envie de me chamailler avec mon homme, de l'entendre grogner mon nom, de le voir lever les yeux au ciel en lisant au fond de mon cœur. Le train-train quotidien de ma vie me manquait. Je ne voulais qu'une chose : rentrer chez moi.

— Et je veux mes putain de fringues ! hurlai-je du coin de la chambre agrémentée d'ornements et de toutes sortes d'accessoires qui ne m'impressionnaient pas le moins du monde.

Bardée de marbre et d'or, la pièce ressemblait à la résidence d'été d'un roi. Les tapisseries, du sol au plafond représentaient des scènes sorties tout droit du Livre des Morts des Anciens Égyptiens. Je reconnus Anubis, mais aucuns des autres personnages, n'étant pas plus instruit en égyptologie que la plupart des gens.

M'approchant du bassin, j'ôtai la tunique et me changeai en panthère. En un clin d'œil, je sautai le mur de pierre pour rejoindre les arbres et monter sur le toit. Je fus surpris qu'il y ait un jardin. Il y avait une petite mare pleine de poissons de couleurs vives, et elle était agrémentée de quelques pierres que l'on pouvait aisément utiliser pour la traverser, ainsi que de lys en fleur. Les sons que j'entendais étaient réconfortants, les petits craquètements des insectes, le chant mélodieux des oiseaux, l'eau d'une fontaine s'écoulant sur la roche polie. Une douce odeur de coing flottait également dans l'air.

Me dirigeant vers le haut mur qui clôturait le jardin, je m'apprêtai à passer par-dessus lorsque j'entendis quelqu'un se racler doucement la gorge. Tournant la tête, je découvris un homme allongé sur une chaise longue, tenant une tasse d'une main et une coupelle de l'autre.

— Je sais que vous avez survécu à un saut bien plus haut il y a quelques jours, *reah*, mais j'ai bien peur qu'aucune tenture ne ralentisse votre chute ici.

J'étudiai son visage alors qu'il me regardait fixement. Il avait les yeux verts, ce qui était très inattendu pour quelqu'un avec un teint aussi mat. Mais c'était clairement les yeux d'un félin. Ce vert doré était reconnaissable entre mille, surtout avec des cils aussi noirs et épais. Des cheveux noirs ondulaient sur son front et descendaient jusqu'à ses larges épaules. Sa peau sombre et bronzée contrastait avec le blanc immaculé de sa chemise en coton dont les manches remontées mettaient à jour ses avant-bras musclés. Il posa sa tasse de thé et plia ses longues jambes pour descendre de la chaise et se relever. Son pantalon de lin, tenu par une ficelle à la taille, était remonté au niveau des chevilles. Il donnait l'impression de débarquer tout droit d'une plage de Jamaïque.

— J'ai entendu pas mal de choses sur vous, *reah*.

Je restai immobile, à le fixer.

— J'aimerais que nous parlions avant de pouvoir envisager quoi faire de vous.

Je fulminai en l'entendant.

— Je sens votre frustration. Vous devez reprendre forme humaine pour pouvoir me parler. Il faut absolument que nous discutions.

Je me retrouverai alors, encore une fois, nu devant quelqu'un, et c'était hors de question.

— J'ai mis des vêtements dans votre suite, et même s'ils ne sont pas exactement du genre de ceux que vous porteriez chez vous, je suis certain qu'ils vous iront à ravir puisque j'ai fait prendre vos mensurations et que ma couturière est excellente.

Je levai la tête et reculai d'un pas.

— Je vous promets qu'elle est très discrète, *reah*, de plus, elle a près de quatre-vingts ans. Votre vertu n'a rien eu à craindre d'elle.

Cela m'ennuyait qu'il se sente obligé de me le préciser, comme si j'étais un gamin qu'il fallait rassurer.

— Elle vous a confectionné plus d'une gallibaya ainsi qu'une abaya, si vous souhaitez vous couvrir davantage, dit-il gentiment.

Sa voix était profonde, mélodieuse et raisonnait agréablement. Elle me faisait l'effet d'une caresse.

— Il y a également des pantalons si vous souhaitez porter quelque chose dessous.

Je restai immobile.

Il me sourit.

— Une gallibaya est une sorte de longue chemise qui descend jusqu'aux pieds. C'est très confortable, je vous le garantis.

Je n'avais pas la moindre idée que ce que je devais faire.

— Pourquoi ne retournez-vous pas dans vos quartiers, par où vous êtes sorti, pour vous mettre à l'aise et vous changer, afin que nous puissions dîner tous les deux. Cela me ferait très plaisir, *reah*.

Je me précipitai.

Retrouver un niveau même minimal de normalité en prenant une douche et en me lavant les cheveux était une perspective paradisiaque. Si j'avais pris conscience d'une chose, c'était que, bien que j'accorde de l'importance à ma liberté, ce qui comptait le plus pour moi, c'était mon compagnon et ma maison. Je repris ma forme humaine en arrivant dans la suite et essuyai mes chaudes larmes.

Les tiroirs de l'armoire était remplit de vêtements, et même si je ne les avais jamais vus, c'étaient les miens. Je ris en voyant des boxers, moi qui ne portais que des slips depuis que j'avais atteint l'âge de choisir seuls mes sous-vêtements. Le simple fait d'en porter me remplit de bonheur. Je faillis fondre en larmes à nouveau. C'était débile, mais j'étais à deux doigts de la dépression nerveuse.

Je me jetai ensuite sous la douche, pour m'y prélasser aussi longtemps que j'eus de l'eau chaude et me posai devant le miroir, essuyant la buée qui s'y était formée. Je ne reconnus pas la personne que j'y vis. J'avais des cernes monstrueux sous les yeux et j'étais blanc comme un cachet d'aspirine. Mes yeux étaient inexpressifs, j'avais des marques jaunâtres et violacées au cou et à la clavicule. Plus bas, j'étais bardé de coupures, d'égratignures et de croûtes. Cela m'incita à faire un état des lieux plus en profondeur.

Les produits de toilettes sur le lavabo, déodorant, lotion et baume à lèvres, étaient des plus anodins, mais vu l'état dans lequel tout ce que j'avais vécu m'avait laissé, couvert de sang et de crasse, ces simples objets devenaient de véritables trésors. Me brosser les cheveux fut un acte quasi religieux. Sentir les poils de la brosse sur mon cuir chevelu était apaisant. Je les brossai sur toute leur longueur, jusqu'à ce qu'ils puissent glisser entre mes doigts, formant de douces vaguelettes. Je n'eus aucun problème à enfiler le léger pantalon de coton, et une fois boutonné, il s'ajusta parfaitement à ma taille. J'avais perdu du poids, passant d'être simplement mince, à carrément squelettique. La mère de Logan cuisinerait comme une folle pour me faire reprendre du poids lorsque je serais de retour.

Être resté debout si longtemps dans la douche avait suffi à me fatiguer. J'enfilai la gallibaya bleu marine en coton, et l'ajustai pour qu'elle me tombe au niveau des chevilles, puis je quittai la salle de bain. Je me reposai un moment dans le fauteuil près du lit.

— *Reah.*

L'homme que j'avais vu plus tôt était adossé au chambranle de la porte qui séparait la chambre de la pièce au bassin. Lorsque j'étais entré dans la salle de bain, la nuit commençait à peine à tomber, mais il faisait maintenant presque nuit noire.

— J'ai fait éclairer le patio pour que nous puissions dîner dehors.

Il y avait des lanternes flottantes dans la mare et de nombreuses autres dans tous les coins du jardin. C'était des lanternes à huile, et non à kérosène, et l'odeur me fit penser à celle du miel et du santal, ainsi que celle de l'ambre. C'était à la fois exotique et agréable.

— Êtes-vous prêt à manger ?

J'étais plus que prêt.

— Oui, s'il vous plaît.

— Alors suivez-moi.

Il me conduisit jusqu'à une petite table, mais qui suffisait pour nous deux et les plateaux qui s'y trouvaient. Il y avait des brochettes de viande, du riz au jasmin et de nombreux fruits. Il me versa un grand verre d'eau glacée et je le bus immédiatement après l'avoir remercié.

— Savez-vous qui je suis ?

J'étais un peu perdu, en raison de la faim qui tiraillait mes entrailles. Puisque j'avais vu Roshan Tabir plus tôt, il était forcément celui auquel je pensais.

— Vous êtes le maître de Sobek, le *Semel-aten* de la tribu de Rahotep.

Son sourire fit pétiller ses yeux.

— Oui, vous avez vu juste. Connaissez-vous mon nom ?

— Ammon El Masry, répondis-je sans la moindre hésitation.

— Excellent.

Je soufflai de soulagement, tout doucement, et déposai mon verre en faisant bien attention de ne pas renverser ce qui restait d'eau. Je sentais bien que je tremblais comme une feuille.

— Savez-vous combien de *reah*s j'ai rencontré dans ma vie ?

— Non.

— J'en ai rencontré deux. Vous et une autre.

Il sourit doucement, ses yeux ne me quittant jamais.

Son sourire n'avait rien de chaleureux. C'était un sourire froid, celui d'un prédateur.

— Saviez-vous que les lois stipulent qu'à la seconde où l'on a découvert que vous étiez une *reah,* vous auriez dû vous présenter devant moi ?

Je le savais. Toutes les *reah*s devaient être 'présentées' au *Semel-aten* à Sobek, sauf que, dans mon cas, puisque ma tribu avait décrété que je devais mourir lorsque ma véritable nature avait été découverte, je n'avais jamais eu ne serait-ce que le temps d'en savoir plus à ce sujet.

— C'est bien ce que je pensais, mais je n'en étais pas certain.

Il hocha la tête.

— Toutes les *reahs* viennent voir le *Semel-aten* dans l'espoir qu'il soit leur compagnon.

Il articulait bien chaque mot.

— Cette pratique remonte aux temps des pharaons. Depuis toujours, toutes les *reahs*, sans exception viennent à Sobek.

Il semblait ennuyé.

— Et s'il s'avère que la *reah* en question n'est pas l'âme-sœur du *Semel-aten,* celui-ci est alors en droit, s'il tel est son souhait, de déclarer que cette *reah* est sa *wosret.*

Une sorte d'épouse consort. Voilà ce qu'était une *wosret.* C'était quelque chose qu'il était hors de question que je devienne.

— Mais dans mon cas, cela n'aurait aucun sens, clarifiai-je dans notre intérêt mutuel.

— Non, en effet, reconnu-t-il après un léger moment de réflexion. Cependant, d'après ce que j'ai cru comprendre, votre *Semel*, avec qui vous vivez, n'avait jamais été avec un autre homme avant vous.

Je me forçai à sourire.

— Non, c'est vrai. Cela nous prouve la force du lien sacré qui uni les véritables compagnons.

Il prit un moment pour réfléchir à mes mots, puis hocha la tête.

— Effectivement.

Je pris une profonde inspiration, luttant pour ne pas paniquer.

— Avez-vous peur de moi ?

Sans y penser un instant, je pris un air renfrogné.

— Non ? s'étonna-t-il.

Il semblait presque ennuyé. J'avais du mal à lire en lui, souhaitait-il que je le craigne, ou au contraire que je l'apprécie ?

— Pas pour le moment, finis-je par répondre.

— Bien. Je ne veux pas que vous ayez peur de moi, *reah.*

Mais en fait, il le souhaitait un peu. Je le sentais dans le ton qu'il prenait, dans sa façon de me regarder. Il avait l'habitude que les gens tremblent devant lui, et il voulait que ce soit pareil avec moi.

129

— Merci, fis-je en m'éclaircissant la voix et en montrant toute la nourriture.

J'avais vraiment besoin de manger.

— Je sais, je peux le sentir.

— Vraiment ?

— Oui, m'assura-t-il, se penchant en avant, plongeant ses yeux dans les miens. En fait, j'ai pu ressentir tout ce que vous avez ressenti depuis que l'on vous a amené ici.

— Le *phocal,* dis-je en toussotant, Jamal. Il a vraiment été très gentil avec moi.

— Je ne me soucie pas le moins du monde du bras armé du prêtre, mais si vous le dites, j'en suis ravi. Ce ne fut pas le cas de mon *sheseru ?*

— Oh, si, lui dis-je en prenant l'une des brochettes. Il s'est très bien comporté également, j'ai juste fais peur à sa *sheseran.*

— Elle a tenté de vous tuer, *reah.*

— Elle n'a même pas eu le temps de me voir, rectifiai-je en haussant les épaules.

— Elle en aura bientôt l'occasion alors, reprit-il d'un ton menaçant. Lorsqu'elle viendra ramper à vos pieds pour implorer votre pardon dans deux jours. Elle pourra alors clairement vous regarder.

— Est-ce bien nécessaire ?

— Quoi ?

— Qu'elle vienne me supplier ? Ne pourrait-on pas juste oublier toute cette histoire ?

Il se tapota la tête tout en me souriant.

— Ma chère *reah,* je crois que vous n'avez pas encore retrouvé toute votre tête. Vous avez perdu toute notion de votre rang et de votre valeur, et la liste des gens que j'en tiens pour responsables s'allonge de plus en plus.

— Je ne comprends pas ce…

Il leva la main et je me tus instantanément. Ce n'était pas le genre d'homme à supporter qu'on le contredise.

— Votre vie toute entière aurait dû être bien différente.

J'attendis calmement, en mangeant. Je ne pouvais pas rester là sans rien dire, à garder un silence respectueux. Il fallait que je mange. Mon corps avait besoin de protéines, c'était aussi simple que ça.

— Tout d'abord, je considère que votre père est responsable de tout ça. En tant que *sylvan* de votre tribu, il aurait dû vous conduire à moi dès qu'il a compris que vous étiez une *reah.* À défaut, c'était à votre *Semel* de le faire. Ni l'un ni l'autre ne se sont conformés aux lois, et ne se sont donc pas comportés dignement à votre égard. Ils ont violé les lois, et je demanderai au prêtre de les punir comme il se doit.

Je me concentrai sur ma respiration.

— Ils ont même tenté de vous tuer lorsqu'ils ont découvert que vous étiez une *reah* au lieu de vous amener immédiatement à Sobek.

Je n'avais qu'une seule chance de sauver mon père. Je me fichais de ce qui pouvait arriver aux autres, mais malgré tout, j'aimais encore Mitchell Rayne.

— Mon père a pensé que j'étais une abomination, et le pense toujours, et c'est uniquement en raison de l'immense respect qu'il vous porte, à vous, le *Semel-aten*, qu'il n'a pas envisagé un seul instant de venir vous insulter en amenant un être tel que moi devant vous.

Il me regarda fixement, tentant de démêler le vrai du faux.

— S'il savait que je me trouvais en ce moment-même en votre présence, il en serait malade.

— Je vais parler avec votre père, dit-il en acquiesçant après avoir pris quelques secondes pour y réfléchir.

Je poussai un petit soupir de soulagement.

— Je pense que le fait que vous soyez un homme perturbe tellement les gens que tout le monde pense que les règles habituelles ne s'appliquent pas dans votre cas.

— Et ils ont raison. Elles ne peuvent pas s'appliquer.

— Bien sûr que si. Même la tribu à laquelle vous appartenez actuellement ne comprend pas la valeur que vous avez. Votre *Semel*, Logan Church lui-même est aveugle, incapable de réaliser que vous êtes un véritable trésor.

Je voulais le contredire, mais je ne le pouvais pas. On ne tenait pas tête à un *Semel* sous son toit, et encore moins au *Semel-aten*.

— Laurent Bruyere vous a kidnappé chez vous parce qu'après vous avoir cherché pendant deux ans, il a finalement appris grâce à l'*aset* de votre tribu où vous vous trouviez. Il n'avait pas la moindre idée que vous étiez désormais revendiqué par Logan Church, mais cela ne l'excuse pas une seconde pour les atrocités qu'il vous a faites. Sa tribu et lui en répondront devant le prêtre, j'en suis certain.

— Non, je vous en supplie.

Je me m'inclinai devant lui sans même y réfléchir une seule seconde, posant mes mains sur les siennes.

— Je vous en conjure, ne laissez pas le prêtre punir toute la tribu de Laurent uniquement parce qu'il est un psychopathe. Parlez-en au prêtre. Même son *sheseru* n'avait pas idée de ce qu'il faisait, et les autres non plus. C'est injuste de faire payer tout le monde uniquement pour les fautes d'un seul.

Il ferma les yeux et je compris que je l'avais touché. Lorsque je tentai de retirer mes mains, il les agrippa et les serra fortement pour me garder près de lui. Je scrutai son visage et vis que sa mâchoire était tendue et ses sourcils froncés. Il luttait manifestement pour se reprendre. Se reprendre de quoi, ça je l'ignorais.

Nous restâmes assis ainsi plusieurs minutes et il ouvrit finalement les yeux. Je me perdis alors dans un monde d'émeraude.

— Que tentez-vous de faire, *reah* ? Pourquoi vouloir que je révise à la baisse les sanctions alors que vous savez très bien ce que disent les lois ?

— Parce que je suis une *reah* et que si le *sheseru* de Laurent Bruyere avait été dans les parages, je sais qu'il aurait tout fait pour me venir en aide. Et c'est le cas de nombreux membres de sa tribu. Vous ne pouvez pas savoir ce qu'il y a dans leur cœur, et le prêtre non plus. Alors il ne devrait pas les juger et vous ne devriez pas lui demander de le faire. Logan s'occupera de faire subir à Laurent ce qu'il mérite. Et il fera de même avec son frère et son *sylvan*. Mais personne d'autre ne devrait supporter le poids de leurs erreurs.

— Ce n'est pas votre compagnon qui les punira, *reah*. Le prêtre enverra le *Shu* pour exécuter sa sentence.

Je fis non de la tête.

— Il n'en a pas le droit.

Il grogna et me lâcha les mains, se leva puis se dirigea vers la mare. Je le regardai faire, tout en continuant de manger. J'avais la sensation d'être un chien errant se bâfrant de peur de ne pas pouvoir faire un nouveau repas avant longtemps.

— *Reah*, le prêtre de Chae Rophon a tous les droits de...

— Logan Church est mon *Semel*. C'est à lui de me défendre et de punir en mon nom.

— Mon *sheseru*...

— J'ai mon propre *sheseru*.

— Roshan dit que vous l'avez appelé, c'est donc désormais lui votre *sheseru*.

— Non, dis-je en secouant la tête. Dans un moment de détresse, un autre *sheseru* peut être appelé à l'aide ou se voir demander de défendre la *reah*,

132

mais le *sheseru* du véritable compagnon de la *reah* reprend ses droits dès que le danger est écarté ou que la *reah* retrouve son propre *sheseru*.

— Vous avez cité la loi presque mot pour mot, s'exclama-t-il ébahi.

J'avais fait mouche, comme je l'escomptais.

— Mon père est un *sylvan* ; j'aurais dû prendre sa succession si les choses ne s'étaient pas passées comme ça. J'espère bien que ses leçons me sont restées.

— C'était ce qui était prévu pour votre futur ?

— Oui.

Je soupirai longuement, le regardant se rapprocher de la table.

— S'il vous plaît, quand pourrai-je voir mon compagnon ?

— Bientôt.

— Quand ?

— Je veux que vous soyez bien reposé et en bonne forme avant que vous ne vous présentiez devant qui que ce soit.

— Mon âme-sœur n'est pas n'importe qui. Je lui appartiens.

— Vous appartenez à qui le prêtre dira que vous appartenez, et pour le moment, il considère que vous êtes mon invité et rien d'autre.

Je le regardai en plissant des yeux.

— *Reah*.

— Je reprendrais des forces bien plus vite si je pouvais voir mon compagnon, fis-je valoir.

Le désir de voir Logan me submergeait. Comment pouvais-je lui faire comprendre ? Comment montrer clairement mes sentiments ? Que pour pouvoir être moi-même, je devais sentir les mains de Logan sur moi, que c'était comme ça que je me sentais vivant ? Que grâce à lui tout deviendrait réel ? J'avais l'impression d'être dans un rêve, flottant presque au-dessus de mon corps. Logan était ce qui m'ancrait dans le réel, comme Crane l'avait toujours fait avant lui.

— Oh, merde !

Je faillis m'étouffer en réalisant que Logan avait finalement atteint son but, et remplaçait désormais mon meilleur ami auprès de moi. Logan était point d'ancrage dans le réel. Le besoin que j'avais de le voir était presque insupportable. Jusque-là, c'était de voir Crane qui me mettait dans cet état.

— Qu'est-ce qui ne va pas ? demanda Ammon en se précipitant à côté de moi.

Il n'avait pas besoin que je lui donne de détails.

— Il faut vraiment que je vois mon compagnon.

133

— Il y a d'autres choses à régler avant.

Cela n'avait aucun sens et n'annonçait rien de bon.

— Je veux voir Logan, je…

— *Reah*, dit-il sèchement, vous le verrez quand je vous y autoriserai, pas avant. Si vous continuez avec ces incessantes jérémiades, je n'aurais pas d'autre choix que de vous envoyer dans ma résidence d'Edfu pour que vous vous calmiez et y appreniez l'humilité et la patience.

Une vague de haine me submergea. Tout sentiment positif que j'avais pu avoir envers cet homme s'évapora.

— Comme vous le souhaitez, dis-je en me faisant aussi formel que possible, me concentrant sur la nourriture.

J'étais conscient qu'il me regardait avec attention.

— Demain, si cela vous dit, nous accompagnerons les nouvelles *yareah*s au musée de Sobek et irons déjeuner. Ensuite, nous pourrions peut-être faire un tour sur le marché.

Il prévoyait de me faire faire le tour historique et les excursions qui allaient avec comme si j'étais un petit jeune qui débarquait sans la moindre connaissance préalable du monde des homme-panthères. Je ne répondis pas.

— Plus vous vous comporterez de manière civilisé, plus vous vous rapprocherez de votre compagnon.

Je n'avais aucun moyen de refuser. J'étais prêt à faire n'importe quoi qui me permettrait de me rapprocher de Logan. Pour l'heure, sans l'autorisation de rejoindre ma moitié, je ne pouvais qu'attendre, allongé sur mon lit, à ressasser mon envie de le voir, conscient qu'il était pourtant sans nul doute déjà quelque part dans Sobek, respirant lui aussi le même air chaud et sentant les mêmes odeurs… Désireux lui aussi de me retrouver le plus vite possible.

— S'il vous plaît, répondis-je d'une voix mielleuse et basse.

— S'il vous plaît quoi ?

— S'il vous plaît, *Semel-aten*, permettez-moi de vous accompagner au musée et au marché.

— Si vous le souhaitez. Tant que vous présentez vos requêtes avec révérence, je n'y verrais pas d'inconvénient. Vous feriez une grave erreur d'exiger quoi que ce soit.

C'était vrai et je devais agir avec la plus grande intelligence. Je devais entrer dans son jeu.

— Vous m'avez dit auparavant que vous aviez déjà rencontré une autre *reah* que moi, qui était-ce ? Si bien-sûr vous m'autorisez à vous poser la question.

— Son nom est Amirah, et j'avais fait d'elle ma *wosret* pendant un temps.

— Que lui est-il arrivé ?

— L'année dernière, lors des festivités, alors que nous marchions sur les jardins suspendus, son regard a été attiré par celui du *Semel* de la tribu d'Ariat.

Je le regardai.

— Il n'y eu rien de plus. Mais, j'ai vu son visage à elle et le sien aussi. Tout était dit. Si j'avais insisté pour qu'elle reste, j'aurais dû vivre le restant de mes jours en sachant qu'elle désirait quelqu'un d'autre.

— Vous comprenez donc pourquoi j'ai à ce point besoin de mon âme-sœur, lui demandai-je plein d'espoir, bénissant Amirah, où qu'elle soit, pour la porte qu'elle venait d'ouvrir pour moi.

Il fronça les sourcils.

— C'est une femme et son compagnon est un homme. C'est donc naturel qu'ils soient attirés l'un par l'autre. Cela permet de bonifier le fait qu'ils soient un *Semel* et une *reah*. Ce ne peut pas être la même chose entre votre compagnon et vous. Votre situation est une erreur de la nature, rien de plus. Je n'ai aucun doute, vous êtes une *reah*, comme me l'indique tous mes sens. Mais dire que vous avez besoin de Logan Church comme Amirah a eu besoin de Terrance McCord me semble être une exagération. C'est inconcevable.

Que Logan et moi soyons des hommes nous empêchait de nous aimer autant qu'un homme et une femme... C'était comme ça qu'il voyait les choses. C'était pour lui la vérité. Je faillis m'effondrer. Me dire que le plus puissant des homme-panthères au monde refusait de croire à la véracité de mes sentiments pour mon compagnon était accablant.

Je ne pouvais plus rien manger. Je me levai et allai me pencher sur un genou face à lui pour qu'il m'autorise à me retirer pour la nuit.

Il fronça les sourcils.

— J'ai de nombreuses questions, *reah*.

— Oh, dis-je innocemment en écarquillant les yeux. J'y répondrais avec plaisir, puisque mon besoin de sommeil n'est rien en comparaison du besoin que vous avez d'obtenir des réponses.

Il pinça les lèvres.

— Je vous permets de vous retirer et je donnerai des ordres pour que l'un de mes serviteurs vienne vous chercher demain matin pour vous conduire à la grande salle à manger. Il vous faudra aussi porter le kéfié que j'ai fait mettre dans votre chambre, car il ne serait pas convenable pour une *reah* de se promener tête nue en compagnie d'autres personnes que son compagnon.

— Je vais donc me retirer et cesser de vous importuner, dis-je en me relevant rapidement et prenant la direction de ma chambre.

— *Reah.*

Je m'arrêtai et le regardai par-dessus mon épaule.

— Le petit jeu auquel vous vous livrez ne me fera pas dévier d'un iota de la trajectoire que je me suis fixée. Vous serez tout à moi, et je vous rendrais amoureux fou de moi avant que vous ne soyez rendu à Logan Church.

Je le fixai, incrédule.

— Si toutefois cela arrive, clarifia-t-il. Je vous jure, *reah*, que si votre sécurité n'est pas garantie, et que votre *Semel* ne fait pas le poids dans le puits, il ne méritera pas un prix tel qu'une *reah*. Le prêtre, tout comme moi, serions dans nos torts de ne pas remplir nos obligations, et de ne pas assurer votre bien-être.

— Le prêtre, et lui seul peut décider de séparer un couple de compagnons, le corrigeai-je, comme je l'avais fait pour Jamal. Et uniquement si la *reah* a demandé asile ou en fait expressément la demande. Vous le savez.

— Le *Semel-aten*, chef suprême de tous les homme-panthères, peut modifier les lois s'il en ressent le besoin.

C'était des foutaises, mais je n'allais pas me lancer dans un concours de mauvaise foi avec lui. Cela ne m'aurait mené nulle part.

— Comme je vous l'ai déjà dit, la seule chose qui me préoccupe, c'est votre bien-être.

Mon bien-être avait tout à voir avec Logan, et avec personne d'autre. Il ne comprenait pas. C'était hors de sa portée, lui expliquer n'aurait été qu'une perte de temps.

— Il en sera comme vous voudrez, répondis-je en retournant directement dans ma chambre, sans me retourner.

Je tirai les fins rideaux en entrant pour bien lui faire comprendre qu'il n'était pas le bienvenu.

Je m'écroulai sur le lit et laissai couler mes larmes. Si pour une raison quelconque, le prêtre considérait qu'il valait mieux ne pas me rendre à Logan, je me demandais combien de temps je pourrais tenir sans lui avant de devenir fou à lier. Au-delà de mes blessures physiques, je ressentais un puissant besoin et une immense colère gronder en moi. Je n'étais pas du genre à avoir recours à la violence autrement qu'en dernier ressort, mais les mots d'Ammon, clamant haut et fort qu'il déciderait quand et si je pourrais revoir mon *Semel* ne m'avaient donné qu'une seule envie : celle de lui trancher la gorge sur place.

C'était très surprenant pour moi de me sentir ainsi pris non pas d'une colère bouillonnante, mais simplement d'une haine froide, stérile et impassible. J'étais en train de changer, ce besoin qui me dévorait me transformait et ça me faisait presque peur. Je me défis vite de ces pensées, tentant de me convaincre qu'il ne s'agissait que d'une réaction normale. N'importe qui haïrait la personne l'empêchant de rejoindre l'être aimé. Ce qui me faisait vraiment peur, c'était que j'aurais dû ressentir une intense colère et que ce n'était pas le cas. Je ne ressentais que de la haine. J'étais directement arrivé au stade de la haine la plus acharnée, souhaitant voir couler son sang à mes pieds, sans passer par la case colère. C'était vraiment surprenant de ma part. En remontant les draps de satin sur ma tête après avoir éteint la lampe de chevet, je me rendis compte que je claquais des dents et que j'avais de plus en plus froid. Il y avait quelque chose de bizarre qui se tramait, de vraiment étrange, mais quoi ?

# XI

J'ETAIS PASSE d'une prison à une autre. Je n'étais pas plus libre de partir pour retrouver Logan ici que je ne l'avais été lorsque Laurent Bruyere me gardait prisonnier. La différence était qu'au moins, même entre les griffes de mon ex-amant, j'avais encore la possibilité d'espérer. J'étais maintenant complètement coincé. Le *Semel-aten* pouvait me maintenir séparé indéfiniment de Logan s'il le souhaitait. Sur un de ses coups de tête, ma vie pouvait s'arrêter ou continuer. Je n'avais d'autre choix que d'attendre et de voir venir.

Le prêtre de Chae Rophon, qui était censé être mon avocat, ne se souciait visiblement pas le moins du monde de prendre de mes nouvelles. Mais après tout, il n'avait pas de raison de le faire. Je n'étais qu'une de ses brebis parmi des millions.

Toutefois, à la différence des autres, j'étais une *reah*, et c'était là la seule lueur d'espoir que je m'autorisais à conserver. Peut-être que, poussé par la curiosité, le prêtre viendrait me voir.

Je me présentai dans le hall principal après que quelqu'un soit venu me chercher le matin suivant. Je portais le kéfié qu'il m'avait demandé de mettre, et il était maintenu sur ma tête par un agal, donnant l'impression d'un petit turban. Il recouvrait complètement mes cheveux et la seule partie de mon visage qu'on pouvait voir étaient mes yeux. Les femmes assises à la longue table, les *yareahs*, étaient toutes vêtues de la même façon. La seule différence était que leur kéfié était d'un tissu légèrement transparent, de différentes teintes de rouge. Le mien était noir, comme le reste de mes vêtements, ainsi que mes sandales.

C'était intéressant de faire le parallèle avec ces femmes dans les pays du Moyen-Orient qui devaient se couvrir systématiquement la tête, et parfois même le corps en présence d'un autre homme que leur mari. Même en étant moi-même un homme, le fait que je sois le compagnon d'un *Semel* étendait cette pratique à ma personne. Si Delphine avait été présente, elle aurait pu se présenter en tenue aussi légère que celle du *Semel-aten,* mais moi, je devais être couvert de la sorte, comme les *yareahs.* Et je savais que ces lois dataient des temps immémoriaux et avaient permis de préserver la vie de beaucoup d'hommes en évitant qu'ils ne regardent la compagne d'un *Semel* d'un peu trop près. Cela évitait de provoquer la colère de *Semels* qui autrement les auraient mis en pièces. Le but était donc avant tout de protéger ces hommes.

Je m'assis en bout de table, de l'autre côté du *Semel-aten,* et saluai les femmes qui m'adressaient la parole. Seules les nouvelles *yareahs* étaient conviées. Je me demandai un instant où pouvait être Simone, puis me souvins que Logan m'avait dit que puisque leur union avait été célébrée aussi près des festivités, ni elle ni Ethan ne viendraient. Le *maahes* d'Ethan viendrait à leur place. Une lune de miel à Sobek n'avait rien de tentant pour le *Semel* de la tribu de Tefnut pas plus que pour sa *yareah.*

Il faudrait que je l'appelle lorsque je serais de retour à la maison. Je ne pouvais pas la laisser se sentir coupable d'avoir vendu la mèche à Laurent Bruyere en lui révélant où j'étais. Elle ne pouvait pas deviner que cet homme allait me faire du mal, que c'était un psychopathe qui souhaitait m'arracher à mon compagnon.

Mon âme-sœur, le seul, l'unique.

Logan.

Je désirais tellement le voir. Je désirais tant ses baisers, le tenir dans mes bras, me fondre en lui. Penser à ses mains, à sa langue, à ses lèvres était une vraie torture. Je sentis mon entrejambes se réchauffer soudain.

Je voulais être sous lui.

Je le voulais en moi.

La souffrance était si forte que je ne fis rien pour la refouler. Je la laissai me traverser comme une vague.

Des cris me sortirent de mes pensées.

— *Reah* !

Je relevai la tête et vis le *Semel-aten* se tenant debout à l'autre bout de la table, me fusillant du regard.

— Si vous êtes incapable de vous tenir, je vous ferai séquestrer dans une autre aile du domaine.

Mais de quoi parlait-il ? Me tenir comment ? Ne plus rien ressentir ? Ne plus penser ? Je ne faisais rien de plus que ce que je faisais tous les jours, mais visiblement, mes sentiments affectaient les autres. Pourtant, je ne pouvais pas les changer ni les refouler. Parfois lorsque j'étais avec Crane, il me disait qu'il pouvait sentir quand j'étais heureux. D'autres personnes avaient déjà eu l'air de pouvoir le ressentir également. Mais c'était toujours en groupe très limité de deux, trois personnes au maximum, et jamais au point d'en être dérangées. Je n'avais pas ce genre de pouvoir. Je n'étais qu'un félin. Une *reah*, certes, mais rien de magique, je n'avais aucun pouvoir surnaturel. C'était ridicule, et l'entendre me faire de tels reproches était fou.

Je le fixai moi aussi du regard.

Il déglutit péniblement.

— Je peux ressentir chacune de vos émotions, et ma puissance me permet d'en faire abstraction, ce qui n'est pas le cas des autres, dit-il en désignant les *yareahs* autour de la table. Contrôlez-vous ou je serais obligé de le faire pour vous.

J'adorais cette façon de me considérer toujours comme la *reah*, jamais comme Jin, tout simplement. Je savais exactement ce que je représentais pour lui. J'étais sa bête de foire, rien de plus.

— *Reah* !

— J'implore votre pardon, dis-je sans le lâcher des yeux.

Il serra les dents.

— Je n'aimerais rien de plus que de satisfaire vos désirs, mais ce n'est pas mon rôle.

Ce n'était en effet la place de personne d'autre que Logan.

Après quelques secondes qui me parurent durer une éternité, il détourna le regard.

— Allons, finissez toutes votre déjeuner.

Je mangeai ce qui restait dans mon assiette sans lever la tête, évitant de regarder les autres. De toute façon, mes rares tentatives les faisaient systématiquement regarder ailleurs. Elles avaient peur de moi.

Roshan Tabir et deux autres hommes que je n'avais jamais vus traversèrent le hall alors que les domestiques débarrassaient la table. Ils venaient du côté opposé à celui de la chambre où j'avais dormi. Ils arrivaient de l'extérieur et amenaient l'odeur du dehors avec eux. Pour une raison étrange, mon odorat était particulièrement sensible et je pus déceler des senteurs de sueurs, de cuir, d'huile et d'ambre.

Roshan se tourna vers moi après avoir dit quelque chose à Ammon, mais avant qu'il ne puisse m'atteindre pour me parler, son *Semel* le rappela.

— Sabrey nous accompagnera au musée. Toi Roshan, prends ta journée, je sais que tu as beaucoup à faire pour sécuriser les sélections de Thot pour le *Shu* et les duels d'honneurs entre les différentes tribus et les différentes lignées.

Les yeux de Roshan se plongèrent dans les miens mais il ne fit qu'acquiescer aux paroles de son *Semel* avant de partir. Pour autant qu'il ait eu envie de me parler ou de me dire quelque chose, il n'était pas prêt à une confrontation avec son *Semel* pour y parvenir.

J'aurais peut-être dû m'en faire de le voir repartir, après tout, c'était lui que j'avais appelé à l'aide, il était l'unique *sheseru* présent, mais je sentais qu'il n'était pas l'un des miens, qu'il ne faisait pas partie de ma tribu. Donc son départ ne me fit ni chaud ni froid. Quelques minutes plus tard, une femme entra dans la pièce, tenant un enfant dans chaque main. Elle était grande et élégante. Pas particulièrement belle, mais néanmoins époustouflante avec ses cheveux noirs, sa peau mat et ses yeux marrons en forme d'amande.

— Venez tous rencontrer ma *yareah*, Ebere El Masry, maîtresse de Sobek.

Toutes les *yareahs* se levèrent d'un coup et se précipitèrent vers elle. Je me levai également, mais m'arrêtai, bloqué par une petite fille qui me dévisageait.

— Oui ? lui demandai-je mal à l'aise, les enfants n'ayant jamais été mon fort.

J'avais moi-même peu de souvenirs de mon enfance, et je faisais généralement pleurer tous ceux qui s'approchaient de moi.

— Tu es un garçon.

— Euh, oui… et alors ? répondis-je en regardant la petite brune.

— Je ne sais pas, mais tu pourrais être plus gentil.

— Je m'appelle Jin, lui dis-je en m'agenouillant pour pouvoir lui parler face à face.

— Jim ?

— Ji-in, répétai-je en articulant bien.

— Jin, répéta-t-elle en souriant. Je m'appelle Femi.

— J'aime bien ton prénom.

Elle me fit un sourire immense, découvrant toutes ses dents.

— Comment ça se fait que tu dois porter un kéfié toi aussi, si tu es un garçon ?

— Je ne sais pas, dis-je sans vouloir m'étendre davantage. Est-ce que tu viens au musée aussi ?

Elle se mit à râler aussitôt.

— Oui, ma mère dit qu'il faut que j'y retourne encore. Je déteste vraiment le musée. Quand je pense que je pourrais rester et regarder des films, monter Pitch ou jouer avec Brownie.

— Pitch, c'est ton cheval ?

— Ouais.

— Et Brownie, c'est un chien ou un chat ?

Elle pouffa.

— Non, c'est mon furet.

— Je n'aurais jamais pensé à un furet !

— Tu veux le voir ? Il est mignon !

— Peut-être après le musée.

— D'accord, dit-elle en attrapant ma main.

— Tu as quel âge ? lui demandai-je en me relevant.

— Sept ans, mais bientôt huit, c'est mon anniversaire en mars. Tu sais quand c'est, mars ?

— Tu as encore un peu de temps à attendre puisqu'on est toujours en été, lui dis-je, compatissant.

— C'est vrai, soupira-t-elle.

— Bonjour.

Je tournai la tête et vis Ebere El Masry se planter devant moi, tenant sa fille aînée par la main.

— C'est vous la *reah.*

— Oui.

— Vous devez me faire la révérence, *reah* ; c'est moi la maîtresse de maison ici, pas vous.

C'était vraiment pénible cette façon qu'avaient les *yareahs* de me cracher leur bile dès qu'elles me voyaient. C'était leur complexe d'infériorité dans le rapport *reah-yareah*. Même si je comprenais leur sentiment, ça m'énervait. Elles paniquaient toutes à l'idée que je puisse être le compagnon de leur *Semel,* Une fois cette crainte passée, en général assez vite, elles me faisaient ensuite payer le fait de leur avoir causé une peur bleue. Je me demandai vaguement comment cela avait pu se passer avec Amirah. Ammon avait dit que la *reah* et lui se baladaient lorsqu'elle avait trouvé son âme-sœur, qui n'était de toute évidence, pas lui. Quelles histoires y avait-il pu avoir entre elles deux ? Je l'ignorais, mais je m'attendais à ce qu'Ebere me fasse également payer pour les fautes d'Amirah.

Je me baissai sur un genou et inclinai la tête.

— On va marcher ensemble jusqu'au musée, maman.

Il y eut un long silence.

— Relevez-vous, *reah.*

Je me relevai et m'aperçus que la petite fille me tenait toujours la main.

— Mon mari dit que vous êtes dangereux, est-ce le cas, *reah* ?

Je fis non de la tête.

— Vous marcherez près de moi, m'ordonna-t-elle en saisissant la longue pièce de soie marron qu'on lui tendait et dans laquelle elle s'enroula tant et si bien qu'elle finit aussi couverte que les autres.

L'enfant qui m'avait parlé, Femi, était une merveille, sa sœur ainée, Catava, était au contraire une vraie petite garce. Elle était aussi froide que sa mère et manquait tout autant d'humour qu'elle. Femi elle, était mignonne et amusante. Elle n'avait rien de commun avec aucun de ses parents. Je me demandai vaguement par qui elle était élevée.

— Je vivais avec ma grand-mère au Caire jusqu'à récemment, mais maman dit que je dois maintenant vivre ici et apprendre ce que c'est que de vivre comme une panthère.

Tout s'expliquait. À l'évidence, la grand-mère de cette gamine et la mienne étaient de la même école. Nous discutâmes tout en marchant et elle n'hésita pas à me raconter tout ce qui lui passait par la tête. C'était un plaisir d'avoir enfin un peu de distraction.

Le musée était bien plus grand que je ne m'y attendais, et me fit penser à tous les muséums d'histoire naturelle que j'avais déjà visités. Il y avait de nombreux animaux empaillés, installés dans des pauses totalement irréalistes d'attaques, des armures, des poteries, des statues et des peintures. Les salles d'exposition couvraient des domaines très vastes, comme l'histoire du chemin de fer, de l'irrigation, de la vie autour du Nil. La salle des pierres précieuses était jolie et la salle des momies était inquiétante. La partie sur les homme-panthères, constituée principalement de larges fresques détaillées m'ennuya immédiatement. Femi leva rapidement les yeux au ciel, elle aussi. Il ne lui faudrait pas longtemps pour mourir d'ennui, tout comme moi.

— C'est quoi ça ? me demanda-t-elle en pointant du doigt une énorme tapisserie à l'autre bout de la pièce.

Ayant vu cette scène des millions de fois sur différents supports au cours de ma vie, je savais parfaitement à quoi nous avions affaire.

— Cela explique comment les homme-panthères sont nés, mon ange.

— Raconte-moi.

— Tu sais déjà tout ça, lui assurai-je. Pourquoi ça ne serait pas toi qui me raconterais plutôt ?

— Je te jure que je ne sais pas.

Je me retins de pester trop vivement.

— Allez, insista-t-elle en me serrant la main plus fort.

— D'accord, d'accord.

Je pointai du doigt les reliefs.

— Il y a des milliers d'années, il y avait des panthères sauvages en Égypte.

Je lui montrai un groupe de félins au milieu de la fresque.

— Ces panthères se sont accouplées avec des chats sauvages africains et c'est comme ça que toi, moi et tous les homme-panthères sommes nés.

— Mais pourquoi des panthères ont voulu aller avec des chats sauvages ?

— Eh bien, beaucoup de livres anciens nous racontent que les panthères étaient pourchassées et massacrées, alors que les chats sauvages, qui s'étaient auto-domestiqués…

— C'est quoi, auto… Enfin, ce que tu as dit ?

Je l'aimais vraiment bien. Elle n'avait pas peur de poser des questions et de dire tout haut ce qu'elle pensait. Cela manquait à la plupart des enfants que j'avais rencontrés. Elle s'était forgée son propre caractère, et tout le bénéficie en revenait à sa grand-mère.

— Jin ?

— Pardon, je rêvais, lui dis-je. Cela veut dire que les chats sauvages ont choisi de vivre avec les humains.

— Mais pourquoi ?

— Sans doute parce qu'ils leur donnaient à manger.

— Ah, d'accord.

— Bon, et ensuite, les nouveaux félins, mélange de panthère et de chat sauvage, ont décidé qu'ils ne voulaient pas seulement vivre avec les humains, mais qu'ils voulaient être des humains, lui dis-je en continuant d'avancer le long de la fresque. L'un d'eux s'est donc métamorphosé et est devenu le premier homme-panthère.

— C'était qui ?

Je lui montrai une statue à l'autre bout de la pièce.

— Sened, l'un des chefs de la seconde dynastie, et il prit pour épouse, Nashwa que tu peux voir aussi, c'est la statue juste à gauche de Sened. On dit que c'est elle la toute première à avoir pu se changer en humain.

— Elle est vraiment belle, s'exclama-t-elle en s'approchant des statues pour mieux les voir.

— Aucun homme ne lui résistait, et certainement pas Sened, lui dis-je en lui faisant un clin d'œil. Il a fait construire un gigantesque mausolée en son honneur lorsqu'elle est morte.

— C'est quoi un mausolée ?

— C'est comme un temple mortuaire.

Elle ne voyait pas du tout de quoi je parlais.

— Un peu comme une crypte qui renferme une tombe.

Elle semblait effrayée à cette idée.

— Ça n'a rien d'effrayant, je t'assure.

Elle n'eut pas l'air convaincu.

— Donc c'est Nashwa la première vraie homme-panthère ?

L'affaire du mausolée était close.

— Oui, en effet.

— Et pourquoi elle a pu se transformer ?

— Je n'en ai aucune idée, c'était peut-être un mutant.

— Comme Wolverine ?

— Non, Nashwa était plus comme Mystique, ou l'un des super-héros qui peut se changer en animal.

Je devais me référer à des choses à sa portée.

— Viens voir.

Je la laissai me trainer à travers la pièce pour aller voir une autre statue. Apparemment, on en avait fini avec Nashwa.

— C'est qui ça ?

Elle désigna la statue d'un homme que tout le monde connaissait.

— C'est Osiris, lui répondis-je.

— Pourquoi il est dans ce musée ? Qu'est-ce qu'il a fait ?

— Pas mal de choses, dis-je en regardant la vitrine. Pour toi, il est surtout important car il a instauré l'organisation des tribus.

— Je ne comprends pas, se lamenta-t-elle comme si s'était une catastrophe.

Je laissai échapper un petit rire devant sa moue. Sa grand-mère devait vraiment être du genre sarcastique, comme la mienne, pour en avoir fait une telle comédienne. En tout cas, il y avait d'autres choses à dire sur Osiris.

— Bon, tu vois ce qu'il a dans la main ?

— Ouais.

— C'est quoi ?

— Un grand crochet et un pompon sur un bâton.

Je lui fis un grand sourire.

— Ce n'est pas un pompon, c'est un fléau, un peu comme un fouet, et le crochet, c'est une crosse. Osiris est comme un *Semel*, tout puissant, et très instruit. Ces deux objets sont ses attributs. Il les avait toujours avec lui pour gouverner. Cela lui rappelait l'importance de toujours faire le meilleur choix pour son peuple.

Elle semblait sceptique.

— Tu les vois dans ses mains, la crosse et le fléau, c'était en quelque sorte ses conseillers. Comment pourrait-on les appeler autrement avec tes mots ?

— Je ne sais pas.

— Réfléchis un peu, lui dis-je en m'agenouillant pour la regarder face à face. À quoi sert un *sheseru* ? Qu'est-ce que Roshan, le *sheseru* de ton père, fait ?

— Il fait du mal à ceux qui se comportent mal.

— En quelque sorte, c'est effectivement l'exécuteur du *Semel*. Alors si tu le compares aux deux objets que tient Osiris, il serait lequel ?

Elle prit un air circonspect, observant Osiris.

— Ça sert à quoi un fouet, ou plutôt le fléau comme on l'appelle dans ce cas-là ?

— À frapper ceux qui… Oh !

Elle laissa échapper un cri et serra fort ma main.

— Roshan est comme le fléau.

— Exactement, c'est le fléau. Et cet autre objet, la crosse, ça serait qui alors ?

— Le *sylvan* ?

— Tout à fait. La crosse c'est que ce le berger utilise pour réunir ses moutons et les protéger, leur apprendre à rester dans le rang.

— Alors la crosse sert à enseigner des choses et le fléau à punir ceux qui ne se conduisent pas comme il faut.

C'était ce qui se rapprochait le plus du concept pour quelqu'un de son âge.

— C'est bien ça.

— C'est comme un *sylvan* et un *sheseru*.

— Tu as tout compris.

Ses yeux pétillèrent, et je savais que ce n'était pas uniquement dû au fait d'avoir appris quelque chose, mais surtout de l'avoir compris. Même pour moi, c'était en général plus facile de retenir les choses quand elles avaient un sens à mes yeux.

— Et là, c'est qui ?

Elle désigna une autre statue.

Et elle continua ainsi pendant des heures alors que je lui donnais une leçon d'histoire. Hatshepsout, une femme pharaon, Ramsès, qu'elle connaissait déjà parce qu'il était le frère de Moïse, Akhenaton, l'hérétique. Elle voulait que je lui raconte tout sur eux.

À l'heure du déjeuner, nous nous assîmes tous les deux sous un acacia du jardin pour manger. Quand sa mère vint nous rejoindre, Femi lui expliqua tout ce qu'elle avait appris. Elle avait visiblement tout absorbé, comme une éponge. Au bout d'une bonne demi-heure, sa mère se tourna vers moi.

— Eh bien, *reah,* il semblerait que vous soyez une véritable encyclopédie. J'apprécie vraiment que vous en fassiez profiter ma fille, elle a un peu de retard au niveau de la culture, car ma belle-mère passe son temps à lui laisser faire ce qu'elle veut. Ce n'est que cette année que mon vœu a enfin été exaucé et qu'elle est rentrée à Sobek pour vivre avec nous à la maison. Elle a des lacunes à combler avant que l'école commence dans quelques semaines.

— Elle est très curieuse, il faut juste lui trouver un tuteur qui répondra à ses questions au lieu de lui faire la leçon. Lui laisser décider ce qu'elle souhaite étudier me semble la meilleure façon de s'y prendre avec elle.

— Je suis bien d'accord avec vous, dit-elle avec pour la première fois un regard amical à mon égard.

Je lui fis une légère révérence, et elle fit de même.

Après le déjeuner, je marchai avec la petite fille dans le jardin, parmi les statues de pharaons et de prêtres, lui racontant encore des anecdotes historiques, mais pas trop pour ne pas la lasser. Je ne citais que les points les plus importants. Mon étudiante buvait mes paroles, et c'était fort agréable et nouveau pour moi que d'être ainsi écouté.


IL SUFFISAIT de se balader un peu sur le marché pour se rendre compte que les commerçants étaient fins prêts à recevoir les visiteurs pour les festivités. Toutes les échoppes et les restaurants étaient ouverts. Les rues étaient animées et il y avait beaucoup de monde pour une heure aussi peu avancée de la journée. On buvait et riait dans tous les coins. J'entendis des musiques familières et d'autres plus exotiques. On m'expliqua les noms de certains instruments comme le bouzouki, la vielle à roue et l'oud. Femi décréta, tentée par les senteurs enivrantes de la nourriture qui nous entourait, qu'il lui fallait manger un petit quelque chose.

Des vendeurs ambulants vendaient des pâtisseries et des brochettes de viande grillée. Il y avait du thé à la menthe, glacé ou chaud, du pain frit tartiné de miel, des légumes grillés eux aussi en brochettes. Nous nous arrêtâmes un petit moment pour observer une femme coller des pains dans une poêle bien huilée pour les cuire. Entre l'attention imperturbable de Femi et la mienne, nous étions irrésistibles. Nous remerciâmes tous deux chaleureusement la femme qui nous remplit deux pains avec de l'agneau et nous offrir un kébab à chacun.

Nous fîmes un tour sous l'une des tentes pour y regarder un peu de lutte et de boxe, mais je m'empressai de faire ressortir Femi, sentant que le spectacle n'était pas franchement approprié pour une petite fille. La tente des escrimeurs était plus agréable, les fleurets étant couverts au bout par mesure de sécurité. Plus tard, nous fîmes une pause pour regarder une pièce de théâtre, mais n'étant pas particulièrement d'humeur à regarder une tragédie, nous repartîmes rapidement. La tente des marionnettes était nettement moins ennuyeuse et j'y passai plus de temps à rire des réactions de Femi qu'autre chose.

— Allons-y, ordonna Femi une fois qu'elle commença à se lasser, m'agrippant la main et me traînant dehors. J'ai encore faim.

De nouveaux arômes l'attiraient vers une autre rue, où de petits stands offraient de la viande séchée et des beignets glacés fourrés de gelée de fruits. Il s'avéra que sa mère avait amené beaucoup d'argent et elle nous en distribua pour que nous puissions nous prendre un petit quelque chose à grignoter.

— Tu devrais avoir de l'argent, toi aussi, fit remarquer Femi, et je n'avais aucun mal à être d'accord avec elle.

Il y avait beaucoup de choses auxquelles j'avais droit, à commencer par mon compagnon et ma liberté.

Alors que nous descendions tranquillement les rues du marché, il s'avéra que nous nous retrouvâmes face à un véritable dédale et qu'il nous fut vraiment difficile de ne pas nous arrêter devant un étal, des musiciens ou des jongleurs se donnant en spectacle pour récupérer quelques pièces de monnaie.

— Femi !

Nous nous tournâmes tous les deux pour voir débouler le père de la petite. Il nous regarda vert de rage et complètement déstabilisé. Je ne bronchai pas lorsqu'il arriva à notre niveau et me gifla sèchement.

Je ne fis pas d'esclandre pour le bien de Femi, et fis de mon mieux pour ne pas perdre l'équilibre.

— Comment osez-vous prendre mon enfant sans ma per…

— Non, hurla Femi, se précipitant contre moi, plongeant son visage contre mon ventre. Maman a dit que Jin pouvait être avec moi !

— Ammon !

Tout le monde se tourna vers Ebere qui déboula vers nous pour se placer entre son mari et moi, protégeant sa fille, et moi par la même occasion.

— Es-tu devenu fou ?

Il prit un air dédaigneux et la fusilla du regard.

— Comment oses-tu ?

— Tu ne peux pas frapper la *rhea* d'un autre *Semel*. Seul le prêtre peut franchir cette limite.

— J'ai cru qu'il avait pris Femi avec lui uniquement pour tenter de me faire changer d'avis à propos de sa situation ici. J'ai eu peur pour la petite.

Les gens commençaient à s'agglutiner pour voir ce qui pouvait bien se passer pour que le *Semel-aten* et sa *yareah* fassent un tel scandale en pleine rue.

— Tu voulais surtout une excuse pour pouvoir te faire mettre en avant et exercer ton contrôle sur la *reah,* lui cracha-t-elle, convaincue d'avoir vu clair dans son jeu.

Elle attrapa sa fille et me fit signe de la tête.

— Venez, rentrons tous au domaine avant de nous donner encore plus en spectacle.

La gifle d'Ammon ne m'avait pas vraiment fait mal, amortie par le kéfié, sa main n'était même entrée en contact avec ma peau. Je n'avais pas mal physiquement, j'étais juste blessé dans mon orgueil.

Femi pleurnichait, et entendre Ebere la réconforter et la rassurer, lui disant que ce n'était pas de sa faute, allant même jusqu'à s'arrêter et s'agenouiller près d'elle pour la prendre dans ses bras me permis de me rendre compte que j'avais eu tout faux sur son compte. J'avais pensé que c'était une garce froide et distante, mais ce n'était pas du tout le cas.

— Vous savez, je crois que vous faites erreur, dis-je après que nous nous soyons remis à marcher, tenant chacun une main de Femi.

— À propos de quoi ?

— Votre fille est vraiment formidable, très douce et chaleureuse. Votre belle-mère doit être une personne géniale elle aussi. Je ne pense pas qu'elle ait eu envie d'éloigner votre fille de vous. Elle l'aime, tout simplement et voulait passer du temps avec elle. Peut-être que vous devriez la faire venir ici, ou du moins voir si elle accepterait, comme ça vous auriez quelqu'un pour jouer les baby-sitters, et elle pourrait peut-être même décoincer un peu votre fille aînée.

Elle se tourna vers moi et me jeta un regard noir.

Je haussai les épaules.

— Ce n'est qu'une suggestion.

Plus personne ne dit mot jusqu'à notre retour à la villa du *Semel*.


LE SOIR, je dînai seul avec Femi, sa mère et sa sœur. Il s'avéra que Catava avait eu peur que je ne sois le compagnon de son père. Elle avait paniqué à l'idée de ce que cela pouvait impliquer pour sa mère, pour elle et pour Femi. La période qu'elle et sa mère avaient vécu avec Amirah, même lorsque celle-ci s'était révélée être l'âme-sœur d'un autre, et non pas d'Ammon, avait été particulièrement éprouvante. Visiblement, même si Amirah avait toujours été très gentille avec elles, le traitement préférentiel qu'Ammon avait offert à sa *wosret* avait été dur à supporter.

En écoutant Ebere, je réalisai que je n'avais jamais pensé aux enfants d'une *yareah* déclassée. Je n'avais considéré que l'aspect romantique du *Semel* trouvant enfin la personne qui lui était destinée. Mais que pouvait ressentir la *yareah* qui, après l'avoir aimé fidèlement, se faisait déclasser et se retrouvait reléguée au rang de *Taurth*, de seconde épouse. Une fois que j'eus parlé de mon *Semel* à Catava, lui expliquant clairement mon lien avec Logan Church, elle parut immédiatement rassurée. Ebere était troublée, elle ignorait que sa fille avait été aussi préoccupée par la situation.

Lorsqu'on me permit enfin de me retirer dans ma suite, je m'y précipitai et fermai la porte à clef derrière moi. Je ne souhaitais pas être dérangé. Je me déshabillai, me changeai en panthère et sortis dans le jardin. Je dormis sur l'herbe, près de l'acacia. Il faisait noir, et étant moi aussi noir, il était impossible de me voir. Vers le milieu de la nuit, lorsque je fus réveillé par des bruits provenant de ma chambre, je sus que j'avais fait le bon choix.

Après plusieurs minutes, je vis Ammon sortir par la porte-fenêtre et scruter le jardin.

— Viens, *reah*.

Comme si j'étais son chien.

Il attendit et je continuai à l'observer. Sans lumière, sous sa forme humaine, il ne pouvait pas me voir.

— Je sens ta présence, *reah*.

Je restai immobile, sans faire de bruit.

— Tu répondras de ton effronterie, *reah* !

Et comment me ferait-il répondre de mes actes ? En expliquant à tout le monde que lorsqu'il était venu dans ma chambre pour abuser de moi, il ne m'avait pas trouvé ? Comment pourrait-il justifier sa présence dans ma chambre au beau milieu de la nuit ? Il était coincé, je l'avais eu.

— Combien de temps tiendras-tu sans voir ton compagnon, *reah* ? En ce moment même ton esprit est torturé, je le sens.

Je combattis le puissant désir qui me prit de foncer à travers le gazon pour l'éviscérer comme un poisson et contempler ses entrailles s'étaler sur le sol. C'était ce que ma partie animal réclamait.

— Je ne veux pas ton cœur, *reah*, je veux juste te goûter. Je ne suis jamais allé avec un homme, même si j'y ai déjà pensé par moments, mais avec toi... Tu n'es pas seulement un homme, tu es une *reah*... Cède-moi et tu recouvriras la liberté. Je te laisserai rejoindre Logan. Ton corps est-il si sacré qu'une seule nuit poserait vraiment problème ? N'es-tu jamais allé avec personne d'autre que ton compagnon ?

Il y en avait eu avant Logan Church, mais il n'y en aurait plus après lui. C'était lui mon âme-sœur. Je ne voulais que lui.

— Je ne veux pas te revendiquer, *reah*. Je ne te marquerai pas. Je veux juste te baiser, ricana-t-il vilement.

Ça le faisait bander d'exercer son pouvoir sur moi, et je le détestais à cause de ça.

— De toute façon, je peux te garder dans ces murs jusqu'à ce que tu cèdes.

Il pouvait me maintenir loin de Logan pour toujours.

Mon cœur battait à tout rompre.

— Et ne pense pas une seconde à en parler à ma charmante *yareah* à mes enfants ou à mon *sheseru*. Ils sont tous hors de portée pour toi dorénavant. Tu ne verras que les personnes que je considère appropriées. Tu es à moi et feras ce que je te dis de faire, *reah*, et ce jusqu'à ce que tu te soumettes de ton plein gré.

Je l'entendis glousser.

— Je te prendrais à quatre pattes dans ton lit.

Le dégout me fit trembler.

— Pèse le pour et le contre, *reah*, c'est tout ce que tu peux faire.

Il tourna les talons et retourna dans la chambre. Il ne réapparut pas. Lorsque je fus certain qu'il ne reviendrait pas, je mis ma tête sur mes pattes et me rendormis. Il fallait absolument que je dorme, parce que j'aurais bientôt besoin de toutes mes forces, et je le savais.

# XII

LE MATIN suivant, toutes les *yareah*s, ainsi que moi, furent convoquées dans la salle à manger pour y prendre le petit déjeuner en compagnie du *Semel-aten*. Je fus le dernier à arriver et m'excusai d'être en retard. Des regards sympathiques m'accueillirent, au lieu de ceux, apeurés de la veille.

Après avoir mangé, je restai assis, ignorant ce qu'était le programme de la journée. Soudain la porte s'ouvrit, et Jamal, accompagné d'autres membres du *Shu*, entrèrent. Je le regardai attentivement parler à son *Semel*.

— *Reah* !

Ammon m'appela quelques secondes plus tard, et j'allai à lui en traversant rapidement la pièce, m'arrêtant à un mètre de lui pour lui faire une révérence, comme j'avais vu les jeunes filles le faire la veille et le matin même. Il sembla ravi de ma déférence et s'inclina légèrement lui aussi.

— Jin, me dit Jamal, se plaçant devant moi. Je t'apporte des nouvelles.

J'attendis, impassible.

— Le prêtre a appris que tu avais été kidnappé, chez toi, par les hommes de Laurent Bruyere. Ton *Beset* Crane Adams était dans la maison lors de l'attaque, mais les hommes ne s'en étaient pas rendu compte. Ce n'était que de simple *khatyus,* pas du tout des soldats d'élite, et aucun n'avait décelé sa présence.

J'étais ravi. J'avais été préoccupé par Crane, pensant qu'il avait été soit découvert, soit laissé inconscient, piqué lui aussi par les mêmes fléchettes sédatives que Logan et les autres. C'était un miracle qu'il ait réussi à faire le lien et à établir qui m'avait enlevé, à moins qu'il ne les ait simplement entendus parler. Peu importait. Il avait dit à Logan que c'était Laurent. Je lui en étais infiniment reconnaissant.

— Le prêtre veut que tu quittes la villa du *Semel* et que tu sois amené au temple de Satis.

— Comment ?

Ammon lui jeta un regard plein de colère.

Le duvet sur le bas de mon cou se redressa en réaction à la colère du *Semel-aten*.

— Jamal ?

— Le prêtre veut que la *reah* soit amenée dans son temple.

Mon regard fit plusieurs allers-retours entre le *Semel* et le *phocal*. Quitte à choisir, je préférais être en sécurité chez le prêtre, loin d'Ammon El Masry.

— C'est uniquement en attendant qu'il vienne. Il souhaite s'assurer que tu vas bien.

Je fus pris d'une nouvelle crainte, convaincu que jamais le *Semel* ne donnerait son accord pour que je parte. Ma tête commençait à me faire mal lorsque des cris retentirent.

— *Reah*, assez !

Mais il n'y avait rien que je puisse faire.

— Viens avec moi, ordonna Jamal en gesticulant.

— Non, dit Ammon en faisant porter sa voix au-dessus de la cacophonie des *yareahs* paniquées. Je l'interdis. Vous n'emmènerez pas la *reah*, elle reste ici !

Jamal n'en croyait pas ses oreilles. Ça se voyait sur son visage. Il échangea des regards avec les hommes qui l'accompagnaient. Ils paraissaient aussi désorientés que lui.

— Partez ! leur ordonna Ammon, en leur faisant signe de sortir.

— Je suis le *phocal* du prêtre de Chae Rophon, lui cria Jamal soudain prit de colère. Comment osez-vous croire que vous avez le droit de me dire de partir ?

— C'est ce que vous allez faire…

— Non, le coupa Jamal. Vous allez laisser la *reah* venir avec nous maintenant.

Ammon se tourna pour crier aux serviteurs qui se trouvaient près de lui.

— Appelez-moi Roshan Tabir immédiatement et dites-lui de rassembler les *khatyus*.

— Vous osez refuser un ordre direct du prêtre de Chae Rophon et du Conseil d'Ennead ! Il m'a envoyé pour lui ramener la *reah* ! Vous n'avez d'autre choix que d'obéir !

— Vous oubliez sur les terres de qui vous vous trouvez, *phocal*, dit Ammon froidement alors que la porte s'ouvrait, laissant passer Roshan Tabir.

Ses hommes et lui étaient probablement stationnés tout près, dans la cour.

— Mettez la *reah* en sécurité ! ordonna Jamal à ses hommes.

— Gardez la *reah* ! jappa Ammon presque en même temps.

J'étais une chose, pas un être. Personne n'utilisait mon nom, pas une fois. Je n'étais jamais Jin, tout simplement. Je les haïssais tous. Dans le chaos qui se mettait en place, j'étais certain que quelque chose de grave allait se passer. J'allais être tué, intentionnellement ou par accident. Quelqu'un allait mettre fin à mes jours soit en tentant de me protéger, soit sur un ordre soudain de ce mégalomane de *Semel-aten*. Il ne me restait qu'une solution, courir.

Et je le fis.

Je me débarrassai du kéfié que j'avais sur la tête et retirai mes pantoufles en les balançant sous la table. Alors que les *yareah*s terrifiées hurlaient de panique, je déchirai la gallibaya en me métamorphosant.

Alors que je m'apprêtais à m'enfuir, je fis rapidement un état des lieux de mon corps. Mes deux repas précédents, l'orgie de nourriture que j'avais faite en arrivant ici et ce que je venais de manger me permettrait aisément de tenir le coup. Je tenais bien sur mes pattes et je pensais clairement. Je sentais ma force pulser à travers tout mon corps, n'attendant qu'une chose, que je m'en serve. Il y avait quelque chose en moi de différent, je n'étais plus le même.

Ma vue était plus vaste, comme si j'avais grandi, comme si j'étais plus grand. Je n'étais pas du tout la panthère que j'étais habituellement. Mes yeux étaient au niveau de ceux des hommes, qui dépassaient pourtant tous le mètre quatre-vingt et c'était particulièrement déconcertant. Le bruit des portes qui claquaient en se refermant me sortit de ma torpeur et je partis au quart de tour.

En général, face à une porte close, j'aurais cherché une sortie alternative, utilisant ma tête pour trouver le meilleur chemin, mais là, je fus soudain pris d'une envie de tout simplement défoncer la porte. Si la plupart des félins ne pouvaient que suivre leur instinct, moi en revanche, je pouvais généralement peser le pour et le contre de n'importe quelle situation. Surmonter en partie ma nature animale était l'une de mes caractéristiques d'une *reah* : je ne perdais jamais ma faculté à penser rationnellement. À cet instant précis, la confiance en moi me submergea littéralement. Je baissai la tête et défonçai la porte.

Qu'une porte en bois de plus de trois mètres de haut, épaisse de près de cinquante centimètres flanche sous ma charge aurait dû me faire paniquer et réagir aux cris de terreur des gens présents, surtout lorsqu'elle s'écrasa violemment du côté de la cour. Mais au lieu de m'arrêter pour réfléchir, mon cerveau ne ressentit qu'une immense joie, qui submergea tout le reste.

J'étais libre.

Je continuai à travers le jardin et lorsque je vis le mur de pierre qui délimitait le domaine, je pris mon élan et sautai. C'était un saut particulièrement ambitieux, mais je sentis mon corps s'y préparer et bondir comme une furie. Cela me donna l'impression d'être sur le pic d'une montagne russe.

Je vis les félins du *Shu* m'entourer et me demandai ce que pouvait préparer Jamal. Je ne me souciais que des hommes d'Ammon, car je savais que le *Semel-aten* leur avait ordonné de me capturer pour faire à nouveau de moi son prisonnier. J'ignorais pourquoi il me détestait ou me craignait, mais pour la première fois depuis un bon bout de temps, je me dis juste que je n'en avais rien à faire. J'étais submergé par la joie et par la sensation de mon propre pouvoir.

J'avais pour habitude de me soucier des autres avant de me soucier de moi-même. J'étais né pour faire passer les besoins des autres avant les miens. Je ne faisais jamais, jamais passer les miens d'abord. Les *reahs* avaient ça en elles. Mais on m'avait intentionnellement maintenu loin de ma moitié, ma tribu et moi étions séparés par un océan, et tous ceux qui comptaient pour moi étaient loin de moi. Je n'avais plus que ma force et ma vitesse, et pour une fois, je n'allais pas hésiter à m'en servir. Je concentrai toute mon attention sur les dommages que je pourrais infliger.

Mon esprit s'égara un instant. Je me demandai à quoi pouvait ressembler mon odeur. Logan m'avait dit un jour que je sentais le feu et la pluie, comme du bois qu'on fait brûler un soir d'automne quand l'air est encore humide de l'orage qui vient de passer et qu'il est si pur qu'on peut presque le goûter. Je repensai à ses mots, à ce qu'ils signifiaient pour lui et à la chaleur et à l'amour que je trouvais dans ses yeux. Je me fixai sur ce sentiment.

Des panthères tombaient autour de moi. Près d'une vingtaine avaient sauté comme moi, par dessus le mur de la villa du *Semel* et elles couraient elles aussi à travers champs. En tournant la tête pour évaluer la situation, je vis que certaines se ramassaient par terre pendant que d'autres trébuchaient comme si elles étaient poussées par un vent violent. Mes phéromones étaient trop fortes pour elles. D'autres en revanche, comme Jamal, soutenaient le rythme et faisaient de leur mieux pour rester à mes côtés. Lorsque j'accélérai davantage, Jamal eut vraiment du mal à me suivre. En moins de temps que je ne l'aurais cru, je me retrouvai en ville.

Je me précipitai dans les ruelles pavées du marché que j'avais visité la veille, espérant les perdre dans ce vrai labyrinthe. Une panthère me chargea pour tenter de me faire changer de direction. Mais je pilai, la laissant passer pour foncer dans la direction opposée. On aurait dit un match de foot américain de la NFL, avec moi tenant le ballon et échappant à tous ceux qui voulaient me tacler. Je les fatiguai et je m'en étonnai. J'avais toujours pu distancer aisément n'importe quel félin que j'avais rencontré, mais eux étaient des membres du *Shu,* ils auraient dû être largement à la hauteur. Plus surprenant encore, je n'avais pas l'air de ressentir ne serait-ce qu'un début de fatigue. Mon adrénaline ne semblait pas prête à redescendre. J'avais le sentiment que j'aurais pu continuer comme ça à tout jamais.

Je pris un moment pour me demander si les oiseaux se posaient parfois la question de savoir pourquoi ils pouvaient voler, et il me parut évident que cela ne leur arrivait jamais. Même dans ces moments de doute, ou mon attention diminuait, je pouvais aisément éviter les panthères qui parvenaient temporairement à me rattraper. Je m'arrêtais si brusquement que les rares qui étaient encore à mes trousses continuèrent tout droit, ayant besoin de beaucoup plus de temps pour ralentir et stopper leur élan. Je sentis quelque chose près de ma truffe et lorsque je tournai la tête, je vis des griffes remplir mon champ visuel.

Sans y réfléchir plus avant, je repoussai la panthère, sans même sortir mes griffes, je voulais juste l'éloigner de moi. Je fus le plus surpris de tous lorsque le félin se retrouva éjecté à travers une fenêtre à l'autre bout de la rue, faisant voler des éclats de verre partout.

— Jin !

Je regardai derrière moi et vis que Jamal avait repris forme humaine. Une métamorphose rapide dont il était capable. Les membres du *Shu* étaient choisis pour leur capacité à pouvoir passer d'une forme à l'autre rapidement. Jamal étant leur chef, il y parvenait donc encore plus rapidement que les autres. C'était logique qu'il tente de m'intercepter.

— Reste où tu es !

Jamal me donnait un ordre, et je le vis s'approcher de moi, la main levée. C'était pour moi stupéfiant qu'un homme puisse être autant à l'aise complètement nu en plein milieu du marché dans la journée, alors qu'à moi, cela semblait insurmontable. Si j'avais été sous ma forme humaine, j'aurais souri, mais en tant que panthère, je m'assis simplement et me caressai la tête.

Mon mouvement le paralysa sur place. Pour lui montrer que je n'avais pas la moindre intention belliqueuse, je lui tendis une patte.

— Regarde-toi, dit-il en faisant un signe de tête dans ma direction.

J'étais sidéré. La patte que j'avais levée était deux fois plus grosse que d'habitude. Elle lui passait presque au-dessus de la tête.

— Attends, dit-il en levant ses deux mains alors que deux guerriers du *Shu*, en uniforme déboulaient dans la rue.

L'un passa une tunique autour du corps et le deuxième noua une cordelette à sa taille. Ils restèrent à ses côtés et je m'aperçus qu'il s'agissait de Shahid et de Taj. Contrairement aux autres, ils ne m'avaient pas pourchassé, mais étaient tous simplement restés derrière moi, attendant qu'on rentre.

— Jin, s'il te plaît… Viens avec nous voir le prêtre. Il te convoque.

Pouvais-je lui faire confiance ?

— Jin.

Jamal s'avança, tendant ses deux mains vers moi.

— S'il te plaît, je vais t'emmener au temple et te présenter le prêtre de Chae Rophon, sa sainteté Hamid Shamon.

N'était-ce pas étrange que le prêtre désire subitement me voir après autant de temps ?

— Il a été retardé sur la côte durant son trajet de retour, mais il souhaite vraiment te voir. Il est désormais dans son temple, chez lui à Sobek.

Je voulais le croire. Je désirais moi aussi ardemment rencontrer le prêtre pour qu'il annule les ordres d'Ammon et me rende à Logan Church. Il était le seul à en avoir le pouvoir.

— Il requiert ta présence, tu dois venir avec moi.

En jetant un coup d'œil aux alentours, je vis qu'une foule compacte s'était agglutinée autour de nous. Si ces gens avaient eu des téléphones portables, je suis certain qu'ils auraient pris des photos de moi. Heureusement, les appareils électroniques étant interdits à Sobek, il ne leur restait d'autre choix que de graver mon image dans leur mémoire.

— Viens avec moi et je t'amènerai à celui qui t'autorisera à voir ton compagnon.

Logan.

Je me préparai à le suivre quand il y eut soudain du bruit sur ma gauche.

— Non, hurla Jamal, mais cela ne servit à rien.

Les hommes sur ma gauche n'étaient pas ses hommes, mais ceux d'Ammon. S'ils avaient été des membres du *Shu*, je ne les aurais même pas vus avant qu'il ne soit trop tard.

Je tournai la tête mais n'eus que le temps de voir leur filet. Prenant mon élan pour sauter, j'eus peur un instant de heurter Jamal au passage, mais je me retrouvai soudain sur le toit du restaurant qui se trouvait de l'autre côté de la rue. En observant les alentours, je vis que les bâtiments adjacents montaient encore plus hauts et je me mis à bondir de l'un à l'autre.

J'entendis des cris venant du bas, mais je n'y prêtai pas attention. Je préférais me cacher pour laisser passer la première salve de fléchettes qu'ils venaient de lancer pour la regarder retomber de l'autre côté comme une pluie de grosses gouttes noires. Elles étaient petites, mais se démarquaient bien dans la clarté du ciel. C'était le même genre que celles que les hommes de Laurent Bruyere avaient utilisées pour m'enlever. Je me demandai si tous les *Semels* en avaient dans leur arsenal. Peut-être que Yuri lui-même avait une armoire pleine de fusils chargés de ces mêmes fléchettes pour les *khatyus* de Logan, et que je ne l'avais tout bêtement jamais remarqué. Cette idée m'attrista.

Je me rendis compte que j'ignorais ce qui se passait dans ma propre tribu en matière de défense. J'ignorais tout de ce que Logan mettait en œuvre pour protéger sa tribu, à part l'utilisation des griffes et des crocs. J'espérais juste ne pas être au courant parce qu'il n'y avait tout simplement rien à savoir.

— *Reah*, descends !

J'ignorai l'ordre même s'il venait d'un *sheseru* qui aurait dû me protéger. Roshan Tabir pouvait aller se faire voir et son *Semel* avec lui, je ne m'en serais pas soucié le moins du monde. S'il voulait se battre, j'y étais disposé, et j'en crevais même d'envie.

Je voulais mon compagnon.

La truffe au vent, je me concentrai sur la décision que j'avais prise. Je me calmai. Je serai prêt à faire n'importe quoi, peu importait ce qu'il m'en coûterait pour retrouver Logan.

— *Reah* !

Cette fois c'était le *Semel-aten* et non son *sheseru* qui rugissait.

— Viens, maintenant !

Je n'étais pas stupide au point de me pencher par-dessus la rambarde pour regarder, après la pluie de fléchettes qu'ils m'avaient envoyée et que les hommes de Roshan aient tenté de m'attraper dans un filet comme du vulgaire gibier. Je ne me rendrai ni à Ammon El Masry, ni à son *sheseru*. J'espérais qu'il allait se casser la voix à tant hurler.

— Jin Rayne !

Une nouvelle voix que je n'avais jamais entendue retentit.

— S'il vous plaît.

Maintenant, on me disait 's'il vous plaît'.

Me relevant, je m'avançai légèrement vers la rambarde

158

Jamal était en bas, avec Ammon El Masry, Roshan Tabir et un autre homme que je ne connaissais pas.

— *Reah*, répéta l'étranger, venez à moi.

C'était donc à lui qu'appartenait cette profonde voix de baryton. Elle était très plaisante.

— Venez, *reah*, renchérit Roshan.

Il faisait partie des quelques personnes qui se détachaient de la foule, maintenant, il y avait pas loin de deux cents personnes en tout qui s'étaient rassemblées pour voir ce qu'il se passait. D'où venaient-ils tous ?

J'englobai la scène du regard, et ressentis le puissant besoin d'aller vers cet étranger. Je ne me retins que parce que je ne voulais pas me faire prendre.

— *Reah*.

L'homme à côté de Roshan reprit d'une voix plus basse, mais qui portait toujours. Le timbre de sa voix était vraiment puissant, profond et m'emplissait de calme.

— Je suis Hamîd Shamon, prêtre de Chae Rophon, maître de Satis. Venez à moi. Personne ne vous fera de mal. Nul ne vous retiendra. J'ignore pourquoi on vous a empêché de rejoindre votre compagnon...

Il fit une pause, se tournant vers le *Semel-aten*, qui l'ignora complètement.

— ... Mais, dit-il en relevant les yeux vers moi, je vous renverrai à lui puisque votre place est aux côtés de votre *Semel*, Logan Church et nulle part ailleurs. Il est *Semel-re*, et vous, sa *reah*. Écoutez-moi et choisissez ce que vous voulez faire.

Il connaissait le mot magique : Logan.

Je sautai par-dessus la rambarde pour tomber deux étages plus bas sur les pavés. Je fis un atterrissage parfait et me tins fièrement sur mes quatre pattes, les regardant. Cela aurait dû me sembler difficile et demander des efforts importants, mais ce n'était pas le cas, et c'était plutôt inquiétant. Il n'était pas plus normal que mes yeux soient au niveau des leurs. Ma taille avait augmenté pour une raison quelconque.

Hamîd Shamon fit un pas en avant alors que les autres restaient immobiles. Je reculai d'un pas.

— Non, ordonna-t-il, tendant sa main. *Reah*, venez à moi. Je vous jure que plus personne ne vous touchera sans que vous ne l'ayez autorisé.

Je fus pris d'une irrésistible envie de m'enfuir.

— S'il vous plaît, *reah*.

Sa voix était riche, profonde et déferla en moi, calmant mon envie de fuir. La chaleur intense de ses yeux marron clair, ses épais sourcils, ses efforts pour paraître le moins menaçant possible... me touchaient vraiment.

— Venez, venez plus près.

Je fus parcouru par un grand frisson et m'avançai vers lui.

Il se pencha contre moi, plongeant ses mains dans ma fourrure et plaquant son visage contre mon cou. Le soulagement qui m'envahit soudain me fit pousser un long soupir. Je croyais que le *Semel-aten* était tout puissant, mais l'énergie qui se dégageait du prêtre me faisait presque tituber. Sa puissance m'enveloppait et je dus serrer les dents pour ne pas laisser échapper un cri d'agonie. Les autres autour de nous n'eurent pas ma chance, certains d'entre eux s'écroulèrent en hurlant. J'avais oublié qui était le véritable maître de Sobek. Le prêtre de Chae Rophon était à l'évidence l'être le plus puissant et le plus craint d'entre nous.

Mes dents auraient sans nul doute grincé si je ne les avais pas serrées aussi fort. Son pouvoir m'oppressait. Il me faisait une démonstration de son étendue, nous le montrait à tous et c'était difficilement supportable.

— *Reah*, dit Ammon, à genoux lui aussi à cause de la puissante vague d'énergie.

C'était incroyable que le *Semel-aten* n'y résiste pas mieux que les autres.

— Non, le coupa Hamid. Votre domination sur la *reah* est terminée. Il est désormais à moi.

— Si vous me permettez, dit Roshan lui aussi à genoux, sur les pavés, c'est une *reah*, et en tant que *Semel-aten*...

— Premièrement, répliqua Hamid en parlant très distinctement, vous prenez de sacrées libertés, *sheseru*. Vous n'avez pas à m'adresser la parole. Seul un *Semel* peut s'adresser directement à moi sans y avoir été préalablement invité.

Je vis comment Roshan accusa le coup.

— Deuxièmement, reprit Hamid, ce n'est pas une simple *reah*, comme le prouve sa taille impressionnante. Nous devons vérifier ce qu'il est vraiment. Une chose est sûre en tout cas, puisqu'il a trouvé son âme-sœur, le *Semel-aten* n'a aucun droit sur lui. Il aurait dû être ramené auprès de son *Semel* à l'instant même où l'identité de ce dernier a été vérifiée. On ne sépare pas une *reah* de son compagnon ! Regardez à quoi cette décision tragique a abouti !

— Excellence, commença Ammon, je...

160

— Vous avez volontairement maintenu une *reah* loin de son compagnon. Ne voyez-vous pas les changements que la peur et le désespoir ont opérés sur Jin Rayne en réponse à cette séparation forcée ? Nous nous retrouvons maintenant avec… Une créature et je vais devoir décider si je peux l'autoriser ou non à repartir, dit-il en me montrant du doigt.

M'autoriser à repartir ? Je sentis mon estomac se nouer d'angoisse.

— Non, dit-il doucement, posant ses doux yeux marron sur moi. Attendez, *reah*, il faut d'abord attendre et étudier la situation avant de vous faire du souci.

Mais j'étais déjà complètement terrifié. C'était fichu, cet homme représentait ma fin. S'il décidait que je devais rester confiné à Sobek, je ne pourrais plus faire appel de sa décision devant qui que ce soit d'autre.

— Calmez-vous, *reah*, dit-il me grattant fortement le cou, mettant son odeur et écoulant sa force en moi, m'apaisant.

La puissance d'Ammon ne tenait même pas la comparaison face à celle d'Hamid. Le prêtre était de très loin le plus puissant des homme-panthères.

— Je ne vous veux aucun mal, *reah*, finit-il par dire.

Il pouvait cependant faire de ma vie un enfer.

— Je vais vous prouver ma bonne foi, et vous amener à votre compagnon maintenant.

Logan.

— Si vous parvenez à reprendre votre forme habituelle pour lui, vous pourrez alors quitter Sobek sans problème.

La joie, l'espoir et l'amour me submergèrent. Si j'avais été sous ma forme humaine, j'aurais sans doute pleuré comme un enfant. J'étais tellement heureux. Je tremblais comme une feuille portée par le vent.

— Oh, *reah*.

Hamid se pencha contre moi, se laissant porter.

Je n'y comprenais plus rien. Est-ce que ma force était du niveau de celle du prêtre de Chae Rophon ? Est-ce que ma puissance le faisait vaciller au point que ses jambes le lâchent et qu'il doive se cramponner à moi ? C'était inimaginable, il devait y avoir une explication.

— Je ressens votre bonheur, *reah*.

Visiblement, il n'était pas le seul.

J'entendis des cris de joie, des soupirs de soulagement, des rires venant de partout. Personne n'y était indifférent.

161

— *Reah*, reprit le prêtre, les yeux larmoyants. Vous n'avez pas idée de l'étendue de votre pouvoir, et j'ignore si vous pourrez même reprendre votre forme initiale.

Il le faudrait bien, sinon je ne pourrais pas être avec l'homme que j'aimais, Logan.

— Venez maintenant, allons trouver Logan Church, annonça-t-il en tremblant, faisant geste de la main à tous ceux qui étaient près de lui de s'écarter. Je brûle d'envie de rencontrer l'homme qui a un compagnon tel que vous. Faites place !

Les deux seuls à être assez puissants pour pouvoir marcher si près de moi étaient Hamid et Ammon, le prêtre et le *Semel*.

— Venez Jin, dit Hamid en s'adressant directement à moi, m'appelant enfin par mon prénom.

Je n'étais pas dupe. Je savais parfaitement que j'étais d'abord une *reah* avant d'être une personne, il ne pensait pas différemment d'Ammon. Pour eux, j'étais plus une chose qu'un être humain, mais le prêtre me révérait à un niveau qui me faisait plus peur qu'autre chose. J'étais sacré à ses yeux.

Alors que nous nous frayions un chemin à travers le marché, il me parlait doucement, gentiment, maintenant à voix basse.

— Cette nouvelle mutation prouve que vous êtes bien plus qu'une simple *reah*, Jin Rayne, et pour être honnête, je pense que vous ne parviendrez pas à reprendre forme humaine. Une telle puissance devra être canalisée, domestiquée avant que vous ne puissiez en faire ce que vous voulez. Vu le niveau atteint par votre puissance, je ne pense pas que vous y parviendrez avant un bout de temps. Il va tout d'abord falloir que vous vous calmiez.

Il pensait que j'étais une sorte de grosse brute sans cervelle sous ma forme actuelle et que je devrais réaliser une tâche particulière ou me battre pour pouvoir me débarrasser d'une partie de cette force ? Que cela serait le seul moyen pour moi de pouvoir éventuellement reprendre ma vraie forme, ma forme humaine ?

— Si vous ne parvenez pas à reprendre forme humaine, il vous faudra rester ici, à Sobek, au temple de Satis avec moi et les autres prêtres du Conseil d'Ennead. Votre vie y sera très différente de celle que vous imaginiez, mais non moins palpitante. Vous ne devez pas vous morfondre dans la crainte et la haine si vous ne pouvez pas repartir avec votre compagnon. Il y aura d'autres bonheurs pour vous dans la vie, *reah*.

Je parviendrai à reprendre forme humaine et lui prouverai que c'était possible rien que pour le faire taire et arrêter ses inepties sur une vie heureuse sans Logan Church.

— Bien que cette nouvelle forme soit effrayante, vous verrez qu'avec le temps, vous parviendrez à la respecter et peut-être même à l'apprécier. Aucun de nous ne connaît son destin avant qu'il ne se mette en place.

Tout ça, c'était des conneries. Mon destin était tout tracé, c'était d'être la *reah* de la tribu de Mafdet et le compagnon de Logan Church. Je repris forme humaine rien que pour lui clouer le bec.

— *Reah* ?

Rien ne se produisit.

En temps normal, il me suffisait de penser être une panthère ou un humain pour le devenir instantanément. Il suffisait que je le décide et cela arrivait naturellement. Pour la première fois de ma vie, mon corps ne faisait pas ce que mon esprit lui commandait de faire. C'était terrifiant.

— Faites-moi signe pour me confirmer que vous comprenez ce que je dis, *reah*.

Le mieux était de faire un bruit, puisque j'étais une panthère. Je m'arrêtai et Hamid quitta mon flanc droit pour venir se placer devant moi.

— Détendez-vous, *reah*. Comme je vous l'ai dit, vous ne pourrez pas vous retransformer. Vous êtes véritablement une bête, et j'ai bien peur que vous ne redeveniez jamais un homme. Regardez la taille de vos pattes. Je ne sais pas ce que vous êtes, mais il me semble juste de dire que vous êtes une panthère ne correspond même plus à ce nom.

Mes pattes se terminaient par trois doigts qui ressemblaient plus à des serres d'oiseau. J'avais l'impression de pouvoir me mettre complètement debout. Je tentai et réussis à me tenir sur mes deux pattes arrières. C'était la même sensation que lorsque j'adoptais ma forme intermédiaire, mi-humaine, mi-panthère, mais c'était bien plus étonnant. Dans cette position, je faisais deux fois la hauteur du prêtre. Je le regardais d'une position que je n'avais jamais atteinte auparavant. J'étais terrorisé.

— Jin Rayne, dit Hamid, sa voix envahissant tout mon être. Vous devez contrôler vos pensées et vos sentiments, parce que même lorsqu'ils sont positifs, vous pourriez devenir accro, comme à une drogue, alors imaginez ce que cela pourrait donner s'ils étaient négatifs, sous l'effet de la peur ou de la colère… Il faut absolument que vous parveniez à les contrôler, c'est une nécessité absolue !

Je n'avais malheureusement pas la moindre idée de comment y parvenir.

163

— Je n'ai aucune envie de devoir vous cloîtrer. Ne m'y contraignez pas.

Le prêtre luttait pour ne pas réagir de la même façon que les autres face à moi. Il ne voulait pas me faire de mal.

— Marchez avec moi jusqu'à la villa du *Semel-aten*, c'est là-bas que se trouve votre compagnon.

Je dus faire un effort énorme pour ne pas laisser ma rage exploser et sauter à la gorge d'Ammon El Masry. J'avais été encore plus près de Logan la veille que je n'aurais pu l'imaginer. Nous avions passé la nuit dans le même bâtiment, qui bien que gigantesque, n'en restait pas moins un seul et même endroit.

Dans la rue suivante, nous arrivâmes en vue de la villa d'où ma course folle était partie. J'avais coupé par le côté, à travers champs lors de mon évasion. Nous reprenions maintenant exactement le même chemin que j'avais fait avec Femi, sa mère, sa sœur et les *yareahs*. Il y avait des auberges, des galeries, des magasins puis un gigantesque parc au fond duquel se trouvait la villa du *Semel-aten*.

Nous approchâmes de l'énorme portail en fer forgé. Il y avait de chaque côté de petites cabines pour les sentinelles qui montaient la garde. Le portail s'ouvrit à notre approche et au sommet des escaliers, je vis, se tenant près d'un gigantesque pilier, cette tête blonde si familière dont j'avais tant rêvé.

Ce n'était plus l'heure des bavardages. J'ignorais si Hamid m'avait dit quelque chose, je l'avais déjà distancé et n'aurais pas pu l'entendre de toute façon.

J'aurais dû être terrifié par la vitesse et l'aisance de mes mouvements, mais je ne pris pas une seconde pour y réfléchir. Je me propulsai à une vitesse telle que je me retrouvai au pied de l'escalier en un clin d'œil.

Logan courut vers moi.

Il dévala les marches trois par trois, et je les montai encore plus vite qu'il ne les descendit.

Il se jeta contre moi au beau milieu de l'escalier, m'enlaçant, collant son visage contre mon cou et le serrant fort. Il me monta sur le dos et continua à se serrer contre moi. Mon cœur battait à tout rompre.

Je n'aurais jamais pensé un jour pouvoir porter Logan Church ; c'était une expérience nouvelle et tout à fait satisfaisante.

Son rire était chaleureux, viril, et provenait du fond de son torse.

— Bon sang, je te jure, il n'y a vraiment que toi pour rendre la vie aussi palpitante.

Ses mots, tout simples, remirent tout en perspective. C'était comme si je venais de tomber d'un paradis où tout le monde me révérait en ayant limite peur de moi, et que j'atterrissais sur terre où je retrouvais mon compagnon, le seul pour qui j'étais avant tout Jin, un véritable concentré d'emmerdes qui rendait la vie plus excitante.

Je repris péniblement mon souffle, baigné d'une extase indescriptible, heureux qu'on m'ait rendu justice.

Je voulais le dévorer, le manger sur place, le couvrir de baisers, et qu'il plonge profondément en moi. Je n'avais jamais de ma vie brûlé autant de désir pour personne à part pour Logan Church. C'en était même douloureux.

— Serre-moi plus fort, murmura-t-il en frottant sa joue sur ma truffe. Je ne suis pas en sucre, laisse-moi sentir ton cœur contre moi.

Mon cœur était submergé.

Logan… Malgré tous les problèmes que je lui apportais, il m'aimait, avec mes qualités et mes défauts. Il était véritablement fait pour moi et je ne demandais qu'à lui correspondre. Je voulais qu'il me désire à en mourir, qu'il ne puisse plus se passer de moi.

— Jin, mon amour, dit-il entre deux tentatives pour reprendre son souffle tant je pesais maintenant sur lui.

Mes jambes et mes bras enroulés autour de lui.

Et en un éclair, aussi vite que ça, j'étais redevenu de nouveau moi-même, dur comme un roc et chaud comme la braise. Mon sexe se frottait contre son tee-shirt, laissant des traces par endroit. J'avais l'impression d'être en chaleur.

Il se tenait serré contre moi, alors que je me frottais contre lui. Il retira la chemise à manches courtes qu'il portait par-dessus son tee-shirt et la mit sur mon dos pour partiellement me cacher.

J'entendis des cris d'étonnement et des questions fusèrent.

— Comment ? cria Hamid en s'approchant de nous, sa voix étouffant celles des autres.

C'était le prêtre de Chae Rophon qui parlait à mon compagnon, et Logan tentait d'adopter l'attitude respectueuse qu'il lui devait malgré le fait que je tentais de me fondre en lui.

— Non, non, l'arrêta Hamid d'un ton sec et autoritaire. Je veux simplement…

— Excellence, j'implore… commença Logan.

— Non, je sais, je vois, le coupa-t-il. C'est peut-être sous cette forme là qu'il se présentera, que vous vous présenterez devant moi une fois qu'il aura réussi à se calmer et qu'il pourra parler. Comprenez-vous ce que je veux dire ?

— Oui, Excellence, répondit Logan, me trainant dans l'escalier pour nous faire rentrer.

J'ouvris la bouche et me mis à suçoter son cou alors qu'il me portait à l'intérieur de la villa, où il faisait bien plus frais qu'à l'extérieur. Logan titubait.

— Il y a tant de choses que je veux savoir et… Si je ne te revendique pas… Je… J'ai peur que… Bon sang je n'arrive même pas à m'exprimer correctement. Je crois que j'ai vraiment péter les plombs en ton absence.

— Non, lui assurai-je, léchant sa peau salée, faisant descendre ma langue le long de son épaule. Tu as besoin de m'avoir auprès de toi, Logan, nous sommes des compagnons. C'est vital pour toi de m'avoir à tes côtés.

— C'est plus que ça, grogna-t-il, se mettant sur un genou, incapable de faire un pas de plus. Tu es tout pour moi. Rien d'autre ne compte.

Je n'avais pas la moindre idée d'où se trouvait sa chambre, mais où qu'elle soit, c'était trop loin. Je vis une porte à ma gauche, agrippai son bras et nous y précipitai.

Logan n'était pas à un mètre de moi. J'ouvris la porte et nous entrâmes dans une sorte de salle d'attente avec des sièges. C'était petit et il n'y avait qu'une seule fenêtre et des livres sur une étagère qui montait jusqu'au plafond, mais tout ça ne présentait pas le moindre intérêt. Ce qui comptait, c'est que la pièce n'avait qu'une seule porte, et que celle-ci avait un verrou.

Mon homme balança un coup de pied dans la porte pour la refermer, prit soin de pousser le verrou avant de se jeter sur moi. J'étais nu, dans ses bras et il s'agenouilla, m'attirant sur ses cuisses et se mit à me caresser le dos d'une main tout en attrapant ma verge de l'autre. Je bandais comme un taureau et mon membre fuyait abondamment. Je me penchai, laissant ma tête tomber en arrière.

— Je n'ai pas… Il nous faut…

— Non, lui criai-je presque en me précipitant sur sa taille, parvenant à défaire sa ceinture, puis je me mis à ouvrir son jean.

— Jin…

— Non, grognai-je, rendu fou par le désir qui me dévorait.

L'avoir ainsi à ma portée ne faisait qu'aggraver mon état proche de la démence. Je n'allais pas le laisser se sauver avant d'avoir eu ce que je voulais.

166

Ses vêtements jouèrent le jeu et ne me posèrent pas le moindre problème. En baissant son slip, je pus contempler son superbe membre qui me sauta au visage.

— Tu vois, tu as envie de moi !

— Tu plaisantes, il suffit que je te voie pour me retrouver dans cet état. Tes yeux, l'odeur de tes cheveux... Jin, bon sang, arrête ou je vais te jouir dessus, là, tout de suite.

Comme si ça pouvait être un problème.

— Est-ce que je suis vraiment éveillé ?

Alors lui aussi se demandait si ce n'était pas un rêve ? Décidément nous formions une sacrée paire.

Je gémis avant de plonger ma langue dans sa bouche. Il ouvrit ses lèvres pour moi, sans opposer la moindre résistance. Je le mordillai, le suçotai, reprenant possession de ce qui m'appartenait : son goût, ses dents, son palais, sa langue, en bref : lui.

Il mit fin au baiser et baigna littéralement ses doigts dans ma salive, avant de les frotter entre mes fesses, poussant délicatement contre mon ouverture. Il se pencha et reprit ma bouche alors qu'il poussait délicatement un doigt, puis plusieurs en moi, les retirant et les repoussant plusieurs fois pour m'ouvrir suffisamment pour lui. Il les retira finalement pour les lécher de nouveau et le fait de ne plus les avoir en moi me fit gémir de désir.

— Tu les veux à nouveau en toi, hein ? susurra-t-il.

— Logan, s'il te plaît.

Il se repencha encore sur moi, et je collai ma bouche à la sienne, profitant de son baiser, gémissant à son contact. Je ressentis une légère douleur lorsqu'il glissa puissamment deux doigts en moi, mais ce ne fut pas assez pour me couper dans mon élan. Même lorsqu'il reprit son va et vient, ma soif de sexe ne diminua pas, et ce malgré la chaleur du frottement. Au contraire, ce mélange de douleur et de plaisir m'excitait davantage. Il se mit à bouger ses deux doigts, faisant des mouvements de ciseaux, puis en introduisit un troisième, les poussant toujours plus loin en moi, m'arrachant des gémissements de plaisir. Il continua ses caresses sur ma bouche, menant clairement la danse, comme à son habitude. Le simple fait qu'il me touche me mettait en transe.

Par moment, je poussais de haut en bas sur ses doigts pour mieux m'empaler. Je voulais le sentir plus profondément en moi. Il décolla sa bouche de la mienne avant que j'étouffe, et je vis à quel point ses lèvres étaient irritées et humides de notre salive. Il était à couper le souffle dans tous les sens du terme.

— Logan, protestai-je lorsqu'il retira la délicieuse pression de mon derrière, sa deuxième main reposant toujours sur ma hanche.

Il utilisa la première, fraîchement libérée pour me positionner sur lui, alignant mon ouverture avec son gland. Je sentis la pression de son sexe engorgé poussant contre mon entrée.

— Jin.

Mon nom, prononcé du fond de sa gorge résonnait, le son paraissant à peine humain.

Mon orgasme s'approchait dangereusement. Sa main sur mon membre, le branlant vigoureusement était irrésistible. Il m'avait formidablement bien ouvert aussi.

Il cracha dans sa main et rajouta la salive aux grosses gouttes de sperme qui suintaient de sa verge. Ses yeux plongèrent dans les miens.

— Je t'en supplie, dis-je d'une voix gutturale, haletante.

— Je ne veux pas te faire mal.

Mais c'était ridicule. La douleur, certes bien réelle, ne durait jamais plus qu'un court instant. Cela faisait partie du jeu. Toute la jouissance qui s'en suivait en valait bien la peine. Cette douleur était même plutôt la bienvenue. Je décidai donc de sauter le pas à sa place, m'empalant avec force sur lui, mes yeux toujours plongés dans les siens.

La douleur fut bien présente. Il faut dire que Logan était particulièrement bien pourvu, et mon sphincter plutôt étroit avait toujours tendance à résister à son intrusion, malgré son minutieux travail de préparation. Mais il suffit qu'il se remette à me caresser le sexe pour je le sente pulser à nouveau. L'excitation me permit aisément de m'enfoncer encore plus contre lui et de commencer à bouger.

— J'en ai tellement rêvé, déclara-t-il d'une voix tremblante d'émotion.

Il me dévorait littéralement des yeux, j'avais du mal à respirer.

— Je suis le seul qui ait le droit de te voir comme ça.

Oui, ce spectacle n'était que pour lui et pour lui seul.

— Tu es si beau, ajouta-t-il, prenant une grande inspiration et passant sa main à travers mes cheveux pour tirer ma tête en arrière alors qu'il poussait de plus en plus fort en moi, pour me faire asseoir sur lui. J'adore quand tu me chevauches comme ça, tu es vraiment beau comme un dieu, me complimenta-t-il.

Je sentis tous mes muscles se contracter au rythme des siens, ses coups de boutoirs accumulant la pression en moi. Il me remplissait totalement, m'élargissait au maximum pour pénétrer au plus profond de moi, atteignant mon point le plus sensible. J'avais la plus grande peine à ravaler mes cris.

— Non, je veux t'entendre, m'ordonna-t-il en se redressant tout contre moi pour venir capturer ma bouche d'un baiser rude et brutal. Crie mon nom.

Au lieu de ça, je me mis à gémir, caressant son visage avec mes mains, le gardant tout contre moi, goûtant sa langue dans la moiteur de sa bouche.

— Jin.

Je me relevai légèrement pour qu'il puisse m'empaler de plus belle.

— Putain !

— Logan...

Je balbutiai son nom.

— Je ne... Je veux... Plus profond.

Il me leva pour m'allonger sur le dos d'un mouvement rapide, se plaçant au-dessus de moi. J'avais les genoux posés sur ses larges épaules alors qu'il se remettait à me pilonner.

Je frissonnai de bonheur. Mon corps convulsait et je poussais moi aussi pour me coller tout contre lui. Il me tortura en se retirant presque entièrement plusieurs fois, mais ce n'était que pour mieux replonger en moi. Je gémissais son nom, plus rien d'autre ne comptait.

— Je peux sentir ton cœur battre contre moi.

Je n'en doutais pas une seconde.

Il poursuivit son va-et-vient tout en continuant à me caresser le membre à un rythme tel que, entre la tension de ses assauts, son poids sur moi, son regard de braise rivé au mien, je ne pus plus me retenir et finis par jouir en de grands jets, si violemment que je crus un instant que j'allais m'évanouir. Je rugis mon orgasme, mon sperme souillant son abdomen, lui faisant contracter les abdos. Mon compagnon... Moi seul avais le droit de le marquer comme ça. Voir sa peau dorée recouverte de sperme dégoulinant était époustouflant.

Logan passa sa main sur nos ventres, étalant ma semence avant de se retirer.

— Non, suppliai-je.

Je n'en avais pas fini avec lui. Je voulais que Logan Church continue de me remplir.

Il me retourna d'un coup, me mettant à quatre pattes. Je le sentis me lubrifier avec mon propre sperme avant de me saisir les hanches et de violemment replonger son sexe en moi. J'eus du mal à reprendre mon souffle.

— Tu es à moi, grogna-t-il à mon oreille, et je sentis sa bouche sur mon cou.

Mon Dieu, il allait me marquer à nouveau. Il était sur le point de plonger ses dents en moi. Passer à travers la peau, les muscles, jusqu'à l'os et rouvrir la blessure qu'il m'avait faite six mois plus tôt. Rien que d'y penser, je fus pris de frissons.

— Dis-moi que tu le veux !

— Oh, oui, je le veux, murmurai-je. S'il te plaît.

Mais ses crocs ne rouvrirent pas la blessure. Il me mordit plus bas là où mon épaule rejoignait mon cou, tout en continuant à me marteler. Ses griffes percèrent ma peau lorsqu'elles se refermèrent sur mes hanches. Je savais qu'il allait me revendiquer d'une multitude de manières différentes.

Il était complètement excité et se colla contre mon dos pour m'enlacer, puis se releva toujours en me tenant jusqu'à ce que nous soyons debout et qu'il me porte littéralement, continuant à pilonner mon canal étroit avec son sexe long et dur, m'arrachant des grognements de plaisir. Je jouis à nouveau, submergé de bonheur et tout devint blanc autour de moi. Il me suivit dans l'extase quelques secondes plus tard en lâchant un rugissement de victoire.

Je sentis une vague de liquide chaud orner mes parois internes, et un trop plein de sperme dégoulina le long de mes cuisses alors que Logan poussait toujours en moi. Avec lui plaqué ainsi contre moi, j'avais du mal à respirer, mais peu m'importait. J'avais retrouvé mon compagnon, rien d'autre ne comptait.

Enfin ensemble.

Il attrapa ma tête, me fit légèrement tourner le visage et passa le sien par-dessus mon épaule pour venir m'embrasser. Le baiser fut passionné. Il me suça la langue et ses crocs égratignèrent mes lèvres.

Je relevai la tête après plusieurs minutes, pour reprendre mon souffle.

— Pourquoi ne plantes-tu pas tes dents en moi ? demandai-je en haletant.

— Parce que c'est déjà fait.

Il parlait tout bas.

— Ma marque est sur toi, pour l'éternité.

— Mais…

— Regarder à quel point tu en avais envie, voir que tu étais prêt à me laisser te saigner… À nouveau, c'est bien suffisant

Il ne voulait pas me faire de mal, mais il pouvait me faire ce qu'il désirait. J'étais à lui, il n'avait qu'à ordonner pour que je m'exécute.

— Rien qu'à moi, dit-il triomphant. Mon âme-sœur... Mon compagnon revendiqué... Baisé par moi... Portant mes marques.

— Oui.

— À moi !

Il fallait qu'il le crie, c'était aussi simple que ça. Il avait besoin de le dire, j'avais besoin de l'entendre, de savoir que ce lien entre nous était toujours là, indestructible et éternel.

Il se laissa glisser doucement hors de mon corps, sans se presser, sans réelle envie de se détacher de moi. Je me contorsionnai pour le serrer fort contre moi, passant mes bras autour de son cou.

— Je veux que tu me racontes tout, tu comprends ? Même les détails les plus sord...

— Il ne m'a pas violé, lui dis-je, plongeant ma tête contre sa clavicule. Il ne l'a pas fait.

Le frisson qui le parcourut était révélateur du soulagement qu'il ressentit.

— Il voulait le faire, mais les autres ont refusé de me tenir.

— Les autres ?

Je caressai le bas de son menton de mon front.

— Je te dirai tout, je te le jure, mais pas maintenant. Pour le moment, j'ai juste envie que tu m'emmènes dans ta chambre pour que nous nous mettions au lit tous les deux.

Il me serrait si fort.

— Tu es le rocher sur lequel je peux m'accrocher maintenant, susurrai-je. Je veux te dire à quel point je t'aime, comme j'ai besoin de toi. Je crois au lien sacré entre le *Semel* et sa *reah* désormais. Tu peux compter sur moi, je ne me défilerai pas, Logan Church... Mon compagnon... Mon *Semel*.

Il déposa de chauds, fervents baisers sur ma gorge en me serrant encore plus contre lui.

— J'ai confiance en toi... Vraiment. Tu entends ce que je te dis ?

— Oui, mon amour. J'ai tout entendu.

— Logan, je...

— Je t'aime.

Son souffle réchauffa mon visage alors qu'il s'apprêtait à prendre à nouveau possession de ma bouche.

Il m'aimait, et ses mots comme ses baisers étaient là pour le confirmer. Lorsqu'il m'en laissa l'occasion, je décollai mes lèvres des siennes pour plonger mes yeux dans son regard de braise.

— Et tu es à moi.

Mon cœur palpitait dans ma cage thoracique alors que je posais doucement ma tête contre son épaule. Se relevant sans peine malgré le fait que je sois collé à lui, je glissai à ses pieds. Il retira le tee-shirt qu'il portait et le passa à mon cou. Avec sa chemise nouée à ma taille et son tee-shirt trop long, je devais ressembler à un orphelin dans des vêtements trop grands pour lui. Ce qui comptait pour Logan, c'était que je sois couvert, non seulement par des vêtements, mais également par son odeur. Seuls mes jambes et mes bras étaient visibles.

— Le *Semel-aten* a dit que je devais aussi me couvrir la tête, lui dis-je.

— On verra, me répondit-il.

Le voir me regarder avec des yeux aussi pétillants me rendit plus heureux encore je ne l'avais jamais été.

— J'ai de bonnes nouvelles pour toi.

J'attendis.

— J'ai laissé Domin et Koren à la maison. Ils avaient besoin de temps tous les deux après ton enlèvement. Pour ce qui est de Crane, il aurait sauté dans le premier avion de lui-même même si je lui avais ordonné de rester.

Crane était là ? Une nouvelle vague de bonheur me submergea.

Il prit mon visage entre ses mains et l'attira juste à sa hauteur pour pouvoir me regarder droit dans les yeux.

— Je ne vois aucune marque sur ton corps. Pas une seule. Dis-moi comment cela se fait-il ?

Ma dernière transformation avait guéri toutes mes blessures.

— J'imagine que quelle que soit cette forme inhabituelle que j'ai prise, elle est bien plus puissante que ma forme de panthère.

— Tu imagines ? Bon sang, Jin. Je n'ai jamais rien vu de pareil. Si je n'avais pas été certain que c'était bien toi qui me fonçait dessus, là dehors, j'aurais pris mes jambes à mon cou. Tu as conscience de la taille que tu faisais ? Je veux dire, rien que tes griffes et tes crocs… c'était impressionnant.

Je déglutis péniblement.

— Logan. Qu'est-ce qui se passera si je me transforme à nouveau en ça et que je ne parviens plus à reprendre forme humaine ?

— Cela n'arrivera pas.

— Mais si ça arrive ?

— Mon amour, dit-il d'une voix aussi douce qu'une caresse, cela n'arrivera pas.

— Comment peux-tu en être aussi sûr ?

172

— Pourquoi as-tu réussis à reprendre forme humaine dans l'escalier tout à l'heure ?

Je fixai ses yeux d'ambre.

— Je voulais que tu me serres contre toi, je voulais être dans tes bras.

— Aussi simple que ça. C'est ce que tu voulais, et tu l'as fait. Cela peut sembler un peu présomptueux, mais je pense justement que, parce que tu m'aimes, tu ne te changeras jamais en rien qui puisse me faire peur. Ce n'est pas ce que tu es, surtout pas lorsque tu es avec moi.

— Logan…

— Jin, mon cœur, bien que tu aies encore du mal à l'admettre, ton cœur sait que tu es avant tout ma *reah*.

Je hochai la tête, me retrouvant soudain incapable de parler.

— Tout l'amour que tu portes en toi, ta compassion innée pour les autres font qu'il est impossible que tu deviennes un monstre. Pour me protéger moi, ou ceux que tu aimes, bien-sûr que tu pourrais, temporairement, te changer en quelque chose de terrifiant, mais jamais indéfiniment. Comme je te dis, tu es ma *reah* et tu ne pourrais pas rester à mes côtés si tu étais plus imposant que moi.

Je le regardai. Il souriait jusqu'aux oreilles.

Le rire qu'il laissa échapper ensuite me fit un tel effet que j'éclatai en sanglot. Il me connaissait si parfaitement. Il savait quoi dire et à quel moment. Je l'aimais tellement.

— Mais je me suis vraiment senti bizarre ces derniers jours, lui dis-je en reprenant mon souffle, parvenant enfin à calmer un peu mon émotion.

— Et moi donc ! murmura-t-il, me serrant un peu moins fort, frottant son menton sur le dessus de ma tête. J'avais l'impression de ne jamais pouvoir être calme, j'étais tout le temps en colère. C'est… C'est juste tellement contraire à ce que je suis… J'ai vraiment eu l'impression de ne plus être moi-même.

— Oui, j'ai eu la même sensation, moi aussi, soupirai-je en me penchant contre lui, frottant ma cuisse à la sienne.

— Qu'est-ce que tu fais ? Tu as envie de pisser ? ironisa-t-il.

— Non, répondis-je, baissant sa chemise, qui était nouée à ma taille et reposait entre mes jambes pour m'en défaire. J'ai un truc bizarre entre les cuisses.

Il éclata de rire et je dus lutter pour ne pas sourire.

— Tu es un sacré idiot.

— Et fier de l'être, reconnus-je en ricanant.

Je relevai la tête pour pouvoir le voir et il se pencha pour déposer un baiser, qui dégénéra en une prise de contrôle générale de ma bouche, de ma langue et de mes lèvres.

Je me penchai contre lui, ne souhaitant pas mettre fin à notre baiser, mais comme il était plus grand que moi, j'avais du mal à garder la tête relevée.

— Je me sens tellement bien, annonça-t-il après une minute passée à se noyer dans mes yeux.

— Quoi ?

— J'ai l'impression d'être redevenu moi-même. Ce matin encore, j'avais la sensation de ne pas savoir qui j'étais, d'être un étranger dans mon propre corps. Mais maintenant, t'avoir dans mes bras comme ça, je peux enfin respirer.

Je n'aurais pas pu mieux décrire ce que je ressentais aussi.

— Bon, tu ne veux pas te doucher et mettre des vêtements à toi ?

Je me réjouis à cette idée.

— Bon sang, ton odeur m'a manquée.

Il enfouit son nez dans ma chevelure.

Je sentis le bonheur et la chaleur irradier mon corps et je me demandai presque si je n'étais pas en train de briller.

— Regarde-moi.

À peine eu-je relevé la tête qu'il attrapait à nouveau ma bouche pour une nouvelle session de baisers, plus lents cette fois, me faisant vraiment comprendre que j'étais à lui. Entre deux, j'en profitai pour lui mordiller la lèvre inférieure. Je resserrai mes bras qui entouraient son cou pour me rapprocher de lui. Le ronronnement profond émanant du fond de sa gorge me fit sourire.

— Allez, viens. Allons dans la chambre.

Sa manière d'ouvrir la porte et de sortir la tête d'abord pour regarder à gauche puis à droite si personne n'était dans le coin me fit penser à un gosse qui essaie de fuguer. Il était adorable et lorsqu'il attrapa ma main pour me traîner derrière lui, je ne pus m'empêcher de sourire béatement.

— Quoi ?

— Je parie que tu étais le gamin le plus mignon que la terre ait jamais connu, dis-je dans un rapide soupir, sans me soucier de l'air débile que je devais avoir.

Il me regarda d'un air réprobateur et me tira par le bras.

Nous courûmes dans l'escalier, passant devant d'énormes pièces et traversant des couloirs à peine éclairés. L'huile de jasmin des innombrables lampes était immanquable. J'entendis le bruit de pas de gardiens et de domestiques que nous ne vîmes jamais et dont les voix paraissaient lointaines. Nous prîmes un large escalier qui était raide, courant sur un long tapis richement brodé et passâmes à côté de statues de dieux et de déesses. Il y avait des armures et des armes exposées sur le mur. Après un moment à courir ainsi dans les dédales du palais, nous débouchâmes sur un jardin luxuriant. Nous ne fîmes pas même une pause pour admirer l'énorme fontaine recouverte de mousse ou pour regarder notre reflet dans les nombreux petits bassins, mais continuâmes au contraire notre course effrénée jusqu'à être de nouveau à l'intérieur.

Nous arrivâmes finalement à la série de chambre où étaient hébergés Logan et les membres de sa famille, et il me précipita à travers une porte qu'il fit violemment claquer derrière nous. Je me retrouvai dans sa chambre. Elle était richement meublée, avec des chaises en bois sculpté ornées de coussins pourpres. Elle contenait un tapis brodé aux couleurs chatoyantes et un lit à baldaquin équipé d'un filet anti-moustique.

Je voulais dire quelque chose, lui faire savoir que je me sentais vraiment mieux dans sa chambre que je ne m'étais senti dans la mienne, mais je n'en eus pas l'occasion. Logan m'attrapa et me serra dans ses bras. Il m'étreignit si fort que mon visage se retrouva écrasé contre mon épaule.

— Logan…

— Tais-toi !

Je souris en dégageant mes bras de son étreinte pour les enrouler autour de son cou.

— Tiens-moi juste comme ça, dit-il en soufflant, sa chaude respiration caressant mon visage. J'ai l'impression que je ne t'ai pas vu depuis une éternité.

— J'ai tellement essayé de revenir vers toi, parvins-je difficilement à dire, submergé par l'émotion.

— Je sais, dit-il, caressant continuellement ma tête, faisant disparaître peu à peu mes craintes. Prenons une douche.

La salle de bain était énorme, la douche si grande qu'elle n'avait même pas besoin de porte, l'évacuation au centre, était un peu en contrebas, rendant impossible le fait que l'eau déborde. Tous les jets d'eau étaient amovibles et on pouvait donc les placer où l'on voulait et même les tenir à la main. Logan les orienta tous vers nous et en saisit un pour me laver. Il me lava les cheveux, massant délicatement mon cuir chevelu et après m'avoir rincé, il me peigna, puis me passa de l'après shampooing. Je n'ouvris pas une seule fois les yeux, profitant du plaisir de me faire bichonner et nettoyer des pieds à la tête avec la douce éponge de bain.

— Tu sais que tu ne peux pas vraiment tout nettoyer, n'est-ce pas ? le taquinai-je, ouvrant finalement les yeux.

— Oh que si, tu vas voir, m'assura-t-il en passant l'éponge sur ma clavicule, mon torse puis mon ventre pour finir entre mes cuisses. Je vais te nettoyer de fond en comble et après : c'est parti pour un deuxième round. Je vais te faire oublier la séparation que nous venons de vivre.

— Ah ouais ?

— Ouais, je vais te faire oublier le fait que je n'ai pas pu te protéger, dit-il en m'attrapant les épaules pour me tourner face à lui.

— Non, soupirai-je. Je ne veux pas que tu penses des choses pareilles, je ne me sens jamais plus en sécurité que lorsque je suis avec toi. Jamais.

La souffrance était soudain là, visible et forte à me briser le cœur, sur son visage.

— Logan, dis-je en souriant, penchant ma tête sur son torse musclé, tu es tout ce dont j'ai besoin.

— Tourne-toi, m'ordonna-t-il.

Je fermai les yeux et fis ce qu'il me dit. L'eau coulait partout sur moi et il se mit à me savonner le dos, descendant ses mains jusqu'à mon derrière, mes cuisses et mes pieds.

— Maintenant, fais-moi face.

Je m'exécutai et mon dos se retrouva collé contre le carrelage froid alors qu'il me regardait les yeux pleins de désir.

— Tu m'as manqué, dit-il d'une voix emplie d'émotions.

J'allais dire quelque chose mais oubliai ce que je voulais dire lorsqu'il se pencha sur moi pour prendre possession de ma bouche. J'étais excité, mais calme et détendu à la fois. Je levai les mains pour plonger mes doigts dans sa crinière et profitai de ce baiser violent qui ressemblait plus à une morsure qu'à autre chose. Lorsqu'il se leva, je passai mes jambes autour de sa taille et mes bras autour de son cou et le laissai m'entourer de ses bras, m'écrasant contre son torse.

— Bon sang, grogna-t-il, son visage contre mon épaule. Jin…

— Je sais, lui glissai-je. C'est pareil pour moi.

Il soupira longuement tout en me tenant contre lui, content de m'avoir si près, savourant le goût de ma peau nue collée à la sienne.

— Serre-moi fort.

— Tu veux surtout dire, ne me lâche pas, dis-je en riant. Parce que je ne peux pas te serrer plus fort là !

Sa bouche était toujours sur ma clavicule, me suçotant.

— Ouais, ne me lâche pas. Ne me lâche jamais.

Et je ne le lâcherai plus jamais, parce que c'était mon homme à moi.

# XIII

Je ne savais pas trop à quoi m'attendre quand Logan et moi sortîmes finalement de la douche. Le fait que nous discutions était une nouveauté déjà. Que je puisse tout lui expliquer sans crise de larmes ni cris était étonnant. Je voulais seulement retrouver ma vie. Je voulais juste être moi-même, Jin, le genre d'homme qui se faisait du souci quand il n'avait pas fait sa lessive, payé ses factures ou fait le plein de sa voiture... au moment où il devait réfléchir sérieusement sur le fait d'avoir des enfants avec l'homme avec qui il rêvait d'en avoir. Je voulais simplement que ce moment passé avec lui soit une sorte de retour à la maison anticipé et il avait fait de ce moment exactement ce dont j'avais besoin.

Il me posait des questions, mais ne me pressait pas pour obtenir des réponses. Il m'écoutait avec attention, et me laissait le temps de réfléchir avant. Du coup, ne sentant aucune pression de sa part, je pus raconter en détail tout ce voyage de fou, et pouvoir le faire sur le ton de celui qui racontait sa journée en rentrant du boulot me permit de me relaxer encore davantage.

Il me porta depuis la douche et me déposa sur ses genoux en s'asseyant sur le lit. Il essuya doucement mes cheveux avec une serviette. Une fois qu'il eut terminé, il les brossa délicatement. Je fermai les yeux, profitant de la pression des poils de la brosse sur mon cuir chevelu et de la douceur de sa main sur moi.

— J'adore faire ça, confessa-t-il en déposant un baiser à la jointure de mon épaule et de mon cou. J'adore quand tu me laisses prendre soin de toi.

— Je ne suis pas invalide, je peux le faire.

— Je sais bien.

Je penchai la tête en arrière contre lui, lui demandant de m'excuser.

— T'excuser de quoi ?

— D'être toujours aussi têtu et...

178

— Et de tout ce fatras que tu as dans ta tête et qui t'a sans nul doute aidé à tenir pendant que nous étions séparés, me coupa-t-il. N'oublie pas que de toute façon, j'adore quand tu me fais des scènes. Me prendre la tête avec toi est l'une des choses les plus amusantes que je connaisse.

Je hochais la tête et il colla ses lèvres sur les miennes. Je le voulais, je le désirais et mourrais d'envie de me noyer en lui. Lorsque sa langue sépara mes lèvres, je n'opposai aucune résistance. Il la glissa jusqu'à ma gorge. J'étais serré contre lui, sentant son cœur battre.

— Oh, j'aimerais tant remettre le couvert, souffla-t-il avec un air désespéré.

— Qu'est-ce qui nous en empêche ? demandai-je naïvement, ma bouche toujours collée à la sienne.

— Nous devons nous présenter devant le prêtre dans la salle de réception.

Je contemplais ses yeux posés sur moi. J'avais l'impression d'être la seule personne qui comptait pour lui.

— Tu dois te changer, et venir t'asseoir avec moi pour être enfin présenté comme mon compagnon, ma *reah*, m'expliqua-t-il en déposant un baiser léger sur ma joue. Je veux que tous voient que tu m'appartiens.

— Le *Semel-aten* a dit que si tu n'étais pas capable d'assurer ma protection, il…

— Mon amour, tu sais aussi bien que moi que quelles que soient les menaces qu'il a proférées, ce n'est que du vent. Seul le prêtre peut nous séparer, et encore, si tu en fais expressément la demande.

Bien-sûr, je le savais moi aussi, mais tout était si bizarre depuis le début de cette mésaventure, et comme j'étais vraiment à deux doigts de pouvoir enfin rentrer chez moi, la peur que tout puisse encore changer me rendait un peu parano.

— Le lien qui nous unit est sacré, et tout le monde le sait. Et nous savons tous les deux que je suis parfaitement capable de te protéger. Si quelqu'un a des doutes et souhaite le vérifier, alors je pourrai l'affronter dans le puits et lui démontrer ce qu'il en est. Mon âme-sœur ne me sera plus jamais enlevée. Je tuerai quiconque s'y risquera.

Il énonça ça avec une assurance glaciale.

— Je n'en doute pas, tu sais.

— Je sais.

— Parce que je suis à toi.

— Et à moi seulement, précisa-t-il avec ce sourire en coin qui me faisait tant craquer.

Je me penchai contre lui, le pris dans mes bras et l'embrassai comme il l'aimait tant. Je sentis sa bouche sourire contre la mienne. Il me serra lui aussi dans ses bras puissants.

— Nous n'allons jamais réussir à sortir de cette chambre, et il le faut vraiment, mieux vaut ne pas mettre le prêtre en colère.

— Il a dit que nous le verrions quand je serais calmé… quand !

— Quand tu seras calmé, acquiesça-t-il.

Je tentai de bouger, mais il resserra son étreinte, se penchant contre moi et mordillant ma clavicule. Il fit remonter sa bouche jusqu'à la mienne et m'embrassa de nouveau. Ce baiser fut plus humide que le précédent et lorsqu'il se retira, ses lèvres au-dessus des miennes, je prononçai son nom en m'arquant sous lui.

— Mon compagnon, ronronna-t-il en posant ses lèvres, puis ses dents sur mon cou. Tu auras d'autres marques dans ta vie, mais ce seront toujours les miennes.

C'était tout ce que je désirais.


JE CONTINUAIS à appeler ça une villa, mais c'était en fait un véritable palais. Il y avait plusieurs ailes, qui étaient connectées les unes aux autres par des couloirs, des passerelles, des passages couverts et des terrasses. La salle de réception se situait dans ce que Logan appelait le palais à proprement parler, la structure la plus ancienne.

Logan me conduisit jusqu'à cette salle énorme où une foule de gens nous attendait. Tous étaient assis par terre dans ce qui ressemblait à une énorme salle à manger avec des tapis et des coussins autour de tables basses où s'étaient formés des groupes d'hommes et de femmes. C'était un espace agréable, ouvert des quatre côtés ce qui permettait de faire passer le vent. Des serveurs évoluaient parmi la foule, apportant des plateaux de nourriture, servant des verres d'eau glacée, de thé ou de vin. Il y avait un murmure continu du fait des conversations qui se tenaient, et une musique très agréable résonnait dans un coin. Les musiciens attirèrent mon regard, et je pus admirer une harpe, un violoncelle, un violon et une lyre. Logan me guida à travers le labyrinthe de tables, les gens me jetant un rapide coup d'œil lorsque je passais près d'eux, mais sans s'attarder. C'était appréciable.

— Logan Church !

Et là pour le coup, je sentis tous les yeux des personnes présentes dans la pièce fondre sur nous. Un râle s'échappa de ma gorge.

— Ça va, me glissa-t-il à l'oreille, se tournant vers l'endroit d'où venait la voix. Excellence, répondit-il d'une voix grave et chaleureuse.

— Venez à moi.

Logan changea donc de direction, me tirant derrière lui, ses doigts enlacés aux miens. Je pris garde de ne trébucher sur personne en le suivant, ni de faire tomber quoi que ce soit en effleurant une table.

— Vous voilà, se réjouit le prêtre.

Il se leva lorsque nous arrivâmes devant l'estrade où il se trouvait avec d'autres. Ils étaient assis autour d'une grande table basse, de la même hauteur que les autres mais plus longue, permettant à plus de monde de s'y asseoir. En plein milieu se trouvait une carcasse qui me semblait être celle d'un bouc. Les gens se penchaient pour en prendre des morceaux et s'en repaitre.

Logan se mit sur un genou, et je fis de même, parfaitement synchronisé avec mon compagnon.

— Venez, dit le prêtre, faisant geste à ses voisins de libérer de la place pour nous.

Il était évident qu'il nous voulait à côté de lui.

Je regardai son *phocal*, Jamal Hassan, se lever pour nous faire de la place, et d'autres que je ne connaissais pas firent de même. Le *Semel-aten* et sa *yareah* étaient à la gauche du prêtre, mais il ne leur demanda pas de se déplacer.

Une fois arrivés à côté de lui, Logan et moi fîmes à nouveau la révérence au prêtre.

— Logan Church, l'accueillit Hamid Shamon, s'il vous plaît, redressez-vous et présentez votre *reah*.

Logan se releva et à l'instant même où il le fit, la salle de réception devint d'un coup complètement silencieuse. Je me rapprochai de lui, me sentant vulnérable. J'aurais voulu me fondre en lui, mais je devais me tenir devant autant de monde.

— Je suis Logan Church, *Semel-re* de la tribu de Mafdet, dit-il en élevant la voix, se dressant fièrement en se décalant sur le côté, pour que tout le monde puisse bien me voir près de lui, sur l'estrade. Voici ma *reah*, mon compagnon, Jin Rayne.

Je levai une main pour les saluer et ils me répondirent par un tonnerre d'applaudissements.

Après plusieurs minutes, il me fit asseoir, son visage éclairé d'un large sourire.

— Je suis tellement ravi que vous nous ayez rejoints, dit le prêtre à Logan avant de me regarder. Jin, je n'aurais jamais cru possible que vous puissiez reprendre forme humaine, mais votre pouvoir est si grand que vous y êtes parvenu, c'est une réalité que nul ne peut nier.

Je le remerciai et lui demandai la permission de parler à Jamal.

— Vous n'avez pas besoin de demander la permission de faire quoi que ce soit, *reah*, dit-il en me souriant. À ma table, tout le monde est libre de faire ce qui lui plaît, si je vous y invite, vous pouvez considérer que vous disposez de tous les privilèges.

Je me tournai vers Jamal, qui était juste à ma droite.

— Merci.

— *Reah*, ce fut un honneur que de pouvoir t'aider même un tout petit peu. Je n'ai qu'un regret cependant, c'est de t'avoir amené au *Semel-aten*. Ce fut une grave erreur. Pardonne-moi.

— Vous n'avez fait que ce que vous deviez faire, *phocal*, pesta Ammon, assis de l'autre côté du prêtre. Toutes les *reah*s sont l'affaire du *Semel-aten*. Vous ne pouviez me cacher une *reah*.

Je sentis Logan se crisper, et je posai mon menton sur son épaule, le caressant pour qu'il puisse sentir ma présence.

— Cet homme n'est pas une simple *reah*, corrigea le prêtre d'une voix douce, mais ferme. Si j'avais su qu'on vous empêcherait de retrouver votre âme-sœur, je serais revenu plus tôt. Pardon d'être arrivé si tard, ma chère *reah*.

Je me penchai devant Logan pour saisir la main que le prêtre de Chae Rophon me tendait. Je souris de le voir ébahi en entourant ma main des deux siennes.

Il se tourna vers Logan.

— Votre compagnon est un oiseau rare.

— Je sais, répondit-il en me faisant asseoir sur ses genoux une fois que le prêtre eut lâché ma main. Et comme je l'ai dit au *Semel-aten*, rajouta Logan d'une voix ferme en regardant Ammon, je suis disposé à l'affronter dans le puits, lui ou quiconque prétendrait que je ne peux pas assurer la sécurité de ma *reah*.

— Parce que vous pouvez assurer sa sécurité ? fit remarquer le prêtre, ramenant tous les regards à lui. Logan Church, d'après ce que j'ai vu aujourd'hui, Jin Rayne n'a plus besoin d'être protégé par qui que ce soit. La question est plutôt de savoir qui peut lui permettre de reprendre forme humaine après une si effroyable transformation.

Tout le monde à table se tut, et je sentis leurs yeux se fixer sur moi.

— Si je n'avais pas vu ça de mes yeux, je penserais tout simplement que c'est totalement inconcevable. Avec vous tous, dit-il en indiquant Ammon et Jamal, j'ai pu voir cette horreur. J'ai cherché dans les textes et je crois qu'il s'est en fait transformé en *nekhene*, un félin-faucon, du genre de ceux dont nos ancêtres croyaient qu'ils se transformaient, donnant naissance à la légende des griffons et autres bêtes ailées. Il n'a jamais été prouvé qu'ils pouvaient réellement voler, mais pour ce qui est de leur vitesse, par contre… Je pense que c'est justement leur vitesse qui a amené nos ancêtres à croire qu'ils pouvaient voler. Je dois encore approfondir bien plus mes recherches, mais vu comme Jin s'est retransformé dès qu'il vous a retrouvé, je crois pouvoir dire que votre domination sur lui est totale. Il n'y a pas le moindre doute dans mon esprit, ni dans celui des guerriers du *Shu* qui étaient présents, que pour Jin, il est votre *reah* avant d'être quoi que ce soit d'autre. Il a repris forme humaine pour vous, et uniquement pour vous.

Il éleva la voix.

— Et pour cela, et tous ici me sont témoins, je vous autorise à quitter Sobek avec lui une fois que les festivités seront terminées.

Il fixa Logan.

— Il est bien votre *reah*, et le lien qui vous uni est unique et absolu.

— Merci, dit Logan, soulagé, me serrant fort.

Il posa son menton sur le dessus de mon kéfié.

— Cela suffit-il à prouver leur lien de *Semel* à *reah*? jappa Ammon, clairement irrité.

Hamid Shamon se tourna doucement vers le *Semel-aten*.

— J'ai vu la *reah* se métamorphoser pour rejoindre son compagnon, après ça, nul besoin d'autre preuve du lien sacré qui les unit.

Il se tourna vers Logan.

— Si vous souhaitez que je célèbre votre union, je serais honoré de procéder aux rituels pour vous.

Logan reprit son souffle.

— C'est nous qui serions honoré que vous bénissiez notre union, Excellence.

— Alors ce sera chose faite au dernier jour des festivités.

— Deux hommes? objecta Ammon, regardant le prêtre, comment pouvez-vous bénir une telle union?

Le prêtre nous désigna Logan et moi.

— Je ne vois ici qu'un *Semel* et sa *reah*.

Malgré un mécontentement évident, le *Semel-aten* se tut alors que des plats supplémentaires étaient posés sur la table.

— Où sont Yuri, Mikhaïl et Crane ? demandai-je finalement en me m'adressant à Logan.

— Seuls les *Semel*s et leurs compagnes ont été conviés au dîner de ce soir. La seule exception est le *phocal* du *Shu*. C'est pourquoi il y a si peu de monde.

Bon sang, pour lui, il y avait peu de monde ? J'avais du mal à imaginer la foule que ce serait une fois que les personnes que chaque *Semel* avait amenées se tiendraient ici.

Je quittai les genoux de Logan, mais restai collé à lui tout au long du dîner. Une fois terminé, le prêtre donna à tout le monde l'autorisation de passer au patio. Je me levai en même temps que Logan, mais Hamid se dressa soudain devant moi.

— Excellence ?

— Les duels d'honneur commenceront demain, Jin. Vous prendrez place à ma droite et expliquerez à tout le monde les atrocités que vous a infligées Laurent Bruyere. Ce sera une journée longue et éprouvante. Après que vous ayez témoigné, il y aura le puits. Si vous deviez perdre votre compagnon lors du combat, il est plus que probable que le *Semel-aten* vous revendiquera pour faire de vous sa *wosret*, et même s'il ne le faisait pas, beaucoup d'autres *Semel*s seront disposés, j'en suis sûr, à vous donner asile. Maintenant, Jamal m'a parlé de vous, dit-il alors que le *phocal* nous rejoignait. Si vous décidiez de rejoindre le Shu au lieu de prendre asile, après ce que j'ai pu voir aujourd'hui, soyez bien conscient que vous n'auriez qu'à le demander pour que cela vous soit accordé. Vous me comprenez ?

Si mon homme mourrait demain, j'avais le choix entre devenir un guerrier ou la pute d'un autre. Charmant !

— Et pourquoi je ne rentrerais pas tout simplement chez moi ? leur demandai-je naïvement.

Le prêtre soupira, me regardant avec un sourire compatissant.

— Jin, vous êtes une *reah*. Votre vie ne vous appartiendra jamais.

J'acquiesçai, tentant de ne pas laisser couler les larmes qui s'accumulaient dans mes yeux. Sensible comme je l'étais, je n'étais bon à rien d'autre qu'à traîner au lit avec mon homme.

Le prêtre me fit une gentille tape sur l'épaule avant de mettre sa main chaude et douce contre ma joue. Jamal me fit un grand sourire et tous deux partirent. J'étais heureux qu'Hamid ait un homme tel que Jamal pour assurer ses arrières. Si Jamal avait dépendu d'Ammon tout aurait été bien plus effrayant.

Logan m'appela quelques minutes plus tard, et je fus présenté à deux de ses plus anciens amis.

Le *Semel* de la tribu de Sokar, Martin Soto, était un homme gigantesque, avec un beau sourire, des yeux marron d'une grande profondeur et d'épais cheveux noirs qui commençaient à grisonner. Il m'invita à Miami, avec ou sans Logan. Son clin d'œil, son accent cubain et la sincérité que je lus sur son visage me touchèrent énormément. La loyauté était vraiment une qualité à mes yeux, et la sienne envers Logan était sans bornes.

Justin Cho, le *Semel* de la tribu de Qebui, était plus grand que Logan et que Martin, mais plus fin, avec des muscles tout en longueur. Ses cheveux étaient moins longs que les miens, mais lui tombaient tout de même aux épaules et il avait des reflets roux qui adoucissaient son visage. Ses yeux étaient noirs, ornés de cils longs et épais. Ses traits étaient très marqués. Il n'était pas à tomber par terre, mais tout de même assez beau. Ses yeux scintillèrent alors que je le regardais.

— Dis-donc, tiens-toi ! lui dit Logan en lui donnant un coup d'épaule, ton odeur est en train de changer.

— Ce n'est pas quelque chose que je peux contrôler, lui répondit-il en souriant.

Il fit un pas en avant, me tendant la main.

— C'est un grand honneur que de rencontrer enfin le compagnon d'un ami qui m'est si cher. S'il te plaît, considère-moi comme votre humble serviteur, ma *reah*.

Sa main se referma sur la mienne, et il m'attira doucement vers lui. Je contemplai son joli visage alors qu'il me fixait du regard. Nous étions comme paralysés.

— Bon ça va là, ça suffit, grommela Logan en se mettant entre nous deux, posant sa main sur mon coude et me ramenant à lui.

— Tu deviens possessif ? dis-je en me moquant de lui.

Il me colla une main aux fesses, ce qui me fit taire, tandis que Justin riait de l'évident manque de confiance en soi de son ami.

On me présenta à tant et tant de monde, un flot incessant de *Semels* et de *yareahs*, que je fus ravi de pouvoir enfin m'extirper pour profiter d'un moment de calme. Je m'isolai un peu sur le bord de l'estrade, attendant que Logan me rejoigne. Tous étaient regroupés en une foule compacte, pris dans leur discussion, donc personne ne put apercevoir l'ombre furtive qui se déplaçait sur le mur, à gauche et dont je fus le seul à prendre conscience.

C'était comme si cet homme était apparu de nulle part, et ses mouvements étaient clairs. Il donnait des instructions. Je jetai un coup d'œil aux alentours, et vit une femme, l'une des nombreuses danseuses du ventre, qui étaient là pour inciter les gens à sortir à l'extérieur, dans le grand patio, où à la lumière des lanternes, le vin et le zibib coulaient à flot. Il y avait un truc bizarre avec cette femme, elle ne sentait pas comme les autres : elle ne semblait pas s'être parfumée d'huiles essentielles, n'était pas recouverte de paillettes ni de henné. Elle marchait plus doucement que les autres et c'est à ce moment-là, que je vis briller un bout de métal.

Les poils de ma nuque se redressèrent alors que je réalisais ce qui se passait. Pour une raison étrange, je ne voyais que cette femme et l'homme qui lui donnait des instructions. Ils me sautaient aux yeux parmi cette marée humaine.

Me jetant au sol, je déchirai mon kéfié, et me défis de mon pantalon de coton et de ma chemise en quelques secondes. Je pensai soudain à un serpent, et me sentis glisser sur le sol à une vitesse qui semblait irréelle, sans faire le moindre bruit, ne voulant pas que les assassins se précipitent sur Logan en modifiant leur plan d'attaque.

— Par Râ ! s'écria Ammon, se tournant vers moi, découvrant ma transformation.

— Jin !

Logan s'alarma, tournant la tête vers moi, et ne remarqua pas le couteau qu'on allait lui plonger dans l'abdomen.

Je rugis, me propulsant à toute vitesse pour intercepter la meurtrière, l'écrasant sous moi. Malheureusement, son couteau finit sa course en plein dans mon torse.

Son cri s'étouffa dans sa gorge aussitôt que j'y eus planté mes crocs. C'est alors que débutèrent les coups de feu et les cris de panique.

— Jin !

Je levai la tête et aperçus un homme, alors que le sang commençait à s'écouler de mon corps. J'en découvris ensuite un autre. Puis j'entendis comme des bruits de fouets sifflant dans l'air et le chaos commença véritablement. Je rampais jusqu'à Logan, le précipitant au sol d'un grand coup de patte. Il se cramponna à ma fourrure.

— Reste-là, m'ordonna-t-il en commençant à se métamorphoser en homme-panthère, sa forme intermédiaire. Une fois qu'il aurait fini de se transformer, il deviendrait plus puissant, même que moi lorsque j'adoptais la même forme, mais pour l'instant, c'était la vitesse qui était un élément crucial, pas la force.

— Jin, grogna-t-il.

Je fus distrait par l'éclat d'un fil métallique, qui à la manière de fils de pêche tranchait l'air à toute vitesse, devenant coupant comme une lame de rasoir. Autour de moi, je vis des gens être grièvement blessés et tomber au sol. Il y avait du sang partout.

Je me mis à charger droit devant, courant puis m'arrêtant à chaque fois que le fil passait près de moi, puis repartant de plus belle, me jetant finalement sur le premier homme que je pus attraper, perché haut sur un mur, plongeant mes crocs dans sa cheville, pesant sur lui de tout mon poids et le faisant tomber au sol. Une belle dégringolade de plus de six mètres de haut.

Il roula sur le côté pour se libérer et me faire face, les bras en l'air, faisant des moulinets. Je lui aurais trouvé l'air ridicule si je n'avais pas vu le fil briller à la lumière. D'autres le chargèrent également, mais ne purent pas l'atteindre, stoppés dans leur élan par le fil les balafrant, tranchant leurs vêtements pour blesser directement la chair ainsi mise à nu. Je m'avançai vers lui et roulai, sentant moi aussi le fil m'atteindre, mais c'était déjà trop tard pour lui. Il était tellement convaincu que je ne représentais pas un réel danger pour lui, armé comme il était. Il perdit son pari. J'étais déjà bien trop près de lui pour qu'il puisse s'en tirer. Je lui tranchai la jugulaire et le laissai à terre, agonisant, se noyant dans son propre sang. Quelqu'un avait recruté des tueurs pour abattre mon compagnon, et je les tuerai tous.

Le troisième assassin se mit à courir. Je vis son pied alors qu'il prenait appui sur le mur pour bondir sur les toitures à l'extérieur. Je jaillis à sa poursuite, escaladant moi aussi le mur jusqu'au toit. Je pus rattraper mon retard et le coller de près sur les tuiles qui glissaient sous ses pas. Il courait comme un dératé, pour tenter de sauver sa vie, mais il était fichu. Les tuiles glissaient et risquaient de provoquer une chute mortelle. Sous sa forme de panthère, il aurait certainement eu une chance d'atteindre les autres toits en bondissant, mais en tant qu'homme, c'était mission impossible. Il s'arrêta pour ne pas tomber, essayant de reprendre son équilibre. Je le plaquai au toit de mes pattes, et mordit l'air, à quelques centimètres de sa joue. Mon souffle était brûlant et humide. J'avais du sang sur la truffe. L'odeur le fit tousser violemment.

— Ammon El Masry veut la mort de ton *Semel*, me confia-t-il à bout de souffle.

Je me relevai, mais à la seconde où je le libérais, il se mit à ramper du mauvais côté et se jeta dans le vide. J'entendis le bruit qu'il fit en s'écrasant au sol. Il ne pouvait pas y avoir survécu, je n'avais même pas besoin de regarder. Et même s'il survivait à cette chute, un assassin qui avait échoué était nécessairement un homme mort.

Je restai immobile, écoutant attentivement, reprenant mon souffle et profitant de l'air chaud qui balayait mon visage. La peur et la panique s'étaient dissipées. L'hémorragie était terminée. La rage elle-même se dissipait peu à peu. Je ne ressentais plus que la douleur et la fatigue due au manque de sang. C'était comme la morsure de l'eau fraîche sur une coupure de rasoir qu'on venait de se faire. Ça coupait le souffle.

Je m'apprêtais à redescendre, mais je sentis un poids sur moi qui me plaqua au sol si fort que je ne pus me relever. En relevant la tête, des phéromones familières m'assaillirent si violemment, que je faillis entrer en transe.

Mon compagnon.

Il était là, il était venu à ma recherche, et il avait forcément entendu la confession du tueur. Il savait donc aussi bien que moi qui voulait sa mort.

Il s'étendit sur moi, son corps plus large que le mien me recouvrant. J'étais fin et élancé en comparaison du tas de muscles qu'il était sous forme féline. Je passai ma truffe sous sa gorge, le caressant. L'envie de me rapprocher de lui me faisait frissonner. Il me lécha l'oreille, puis le côté de mon visage, nettoyant le sang qui y séchait, puis il colla sa tête tout contre mon cou. Il me renifla longuement, utilisant tous ses sens pour vérifier que j'allais bien. Une fois rassuré, il me colla un coup de nez, puis se mit à frotter son menton contre le dessus de ma tête. Il m'obligea ensuite à me relever, et je le suivis pour redescendre du toit.

Il y avait d'énormes seaux d'eau dans la salle de réception lorsque nous y entrâmes, mais elle était désormais vite, à l'exception du prêtre, de Jamal, et de plusieurs membres du *Shu*. Ils bouclaient la pièce, elle semblait sécurisée.

C'était assez logique que des seaux d'eau, mais aussi des plats de viande aient été ramenés si rapidement. Nous étions entre nous, et n'importe quelle panthère aurait pu dire que c'était particulièrement urgent de se restaurer et de se réhydrater après un combat et une poursuite.

— Logan Church, votre compagnon est d'une férocité incroyable, je plains ceux qui tenteraient de vous arracher à lui.

Logan reprit forme humaine. À la lueur de la lune, il se releva avec la grâce d'un dieu. Je me repus de cette vision sublime.

— Comment va votre compagnon ?

— Il va bien, répondit Logan, me jetant un regard avant de reporter ses yeux sur le prêtre.

— Si j'avais été là avec mes combattants, nous aurions pu prendre ces assassins vivants. Mais le premier instinct de Jamal a été de me protéger moi, alors que je n'étais même pas visé.

— Jamal n'a fait que son devoir.

— L'assassin a-t-il dit quelque chose ? Avez-vous appris qui les a envoyés ?

Il hocha la tête.

— Alors parlez. Qui est le traître ?

— Votre Excellence peut sans doute le deviner.

Leurs yeux se fixèrent mutuellement.

— En êtes-vous certain ?

— Oui.

— Le défieriez-vous ?

— Il a des vues sur mon âme-sœur, s'indigna Logan. J'espère qu'au moins les souffrances qu'il a causées ce soir l'amèneront à revoir sa position.

— Les seuls à avoir perdu la vie sont les assassins eux-mêmes, mais il y a de nombreux blessés. Sans l'intervention de Jin, vous auriez été la seule victime, c'est le zèle dont ils ont fait preuve en se défendant qui les a amenés à blesser tant de gens.

— Maintenant que le *Semel-aten* a vu le vrai pouvoir de Jin, j'espère qu'il nous fichera la paix. Je ne peux pas prouver que c'est lui, mais il sait que son coup d'essai a raté et qu'il devrait avoir peur désormais. Je l'espère de tout cœur.

Hamid soupira longuement.

— Il s'est toujours comporté en tyran, mais je n'aurais jamais cru qu'il serait capable de meurtre. Je n'aurais jamais imaginé qu'il irait aussi loin pour essayer de s'approprier votre *reah*.

— Il en a déjà eu une par le passé, lui rappela Logan, et il l'a perdue. Il sait ce que c'est que d'avoir une *reah*. Il veut seulement Jin parce qu'il est différent, parce qu'il a quelque chose de plus.

— Oui, accorda le prêtre en posant sa main sur l'épaule de Logan, la pressant doucement. Je vous offrirai toute la protection que je peux. Pour le moment, j'ai fait sécuriser vos chambres. J'ai demandé à Jamal et à ses hommes de faire de même pour votre famille et les autres membres de votre tribu. Personne ne pourra s'en approcher. Vous pouvez y aller quand vous le voudrez.

Logan posa sa main sur celle du prêtre, toujours sur son épaule.

— Si vous défiez le *Semel-aten* dans le puits et parvenez à le vaincre, alors vous deviendrez à votre tour *Semel-aten*, Logan Church. C'est à vous de voir si l'heure est venue pour Sobek d'être bénie avec un nouveau *Semel-aten*.

Le prêtre suggérait à mon compagnon de tuer Ammon El Masry dans le puits pour prendre sa place. C'était une conversation effrayante qu'ils avaient-là.

— Peut-être, répondit Logan.

Ils se fixèrent un moment, sans bouger. C'était étrange. Le prêtre était vêtu d'une tunique de soie et d'or et Logan était nu. Pourtant c'était bien Logan qui paraissait le plus majestueux. Il avait l'air d'un roi. C'était facile d'imaginer des gens l'aduler. Il représentait tout ce qu'un *Semel-aten* devait être.

— Je vous attendrai dans mes appartements à la levée du jour, Logan Church.

Logan hocha la tête, sans rien dire de plus au prêtre.

Un instant plus tard, nous nous retrouvions seuls et il se tourna vers moi.

— Jin, dit-il d'une voix grave et profonde, tu m'as vraiment fait une peur de tous les diables.

Il fallait que je le protège, je n'avais pas d'autre choix.

Il se racla la gorge et se mit à genoux pour avoir ses yeux au niveau des miens.

— Tu t'es changé en un truc que je n'avais jamais vu. Ce n'était pas un serpent, mais cela en avait la dextérité. Tu avais bien une tête de panthère, mais le reste ressemblait presque à un dragon ou... Putain, bébé, personne n'a jamais rien vu comme toi, tu leur as tous fichu la trouille.

Je me dressai d'un coup et fis un pas en arrière.

— Non, pas moi, Je n'ai pas dit que j'avais peur de toi. J'ai juste ressenti ton pouvoir, cette force que tu dirigeais vers ceux qui cherchaient à me tuer, dans le but de me protéger. Tout le monde avait peur, sauf moi. Tu ne me rebutes pas du tout.

Je le regardai fixement. J'étais donc un monstre.

— Reprends forme humaine, je veux te regarder dans les yeux.

Dès que je redevins moi-même, il m'attrapa le poignet et me prit dans ses bras.

— Il faut que tu arrêtes de te précipiter comme ça. Je ne veux pas risquer de te perdre. Tu dois faire plus attention.

Il caressa la blessure qui commençait tout juste à guérir sous ma clavicule.

— Si elle avait mieux su où planter son couteau, cela aurait pu être fatal. Elle a visé le cœur humain, pas le cœur de la panthère. Un assassin plus entraîné ne ferait pas cette erreur.

Sa peau était chaude contre la mienne. Son odeur me remplissait les narines. Entre la sueur, le sang et les phéromones, mon corps commençait à frissonner.

— Non, me glissa-t-il à l'oreille, embrassant mon cou au passage avant de me relâcher et de reculer un peu.

Puis d'un seul coup sa fourrure le recouvrit et il se changea en une énorme panthère dorée. Il était superbe, mais quand je m'avançai vers lui, il recula.

— Attends, dis-je en le suivant.

Il se pencha un peu, puis se releva, haussant la tête et humant l'air. Puis soudain, il fit un bon pour s'éloigner puis un autre pour revenir. C'était comme s'il avait envie de jouer.

Je ne pus m'empêcher de sourire.

— Bon sang, nous sommes tous les deux des idiots. Mon cœur, Ammon El Masry veut ta mort, et Laurent veut la mienne, et Abbot et… putain. Il faut vraiment que nous partions d'ici et que nous rentrions à la maison.

Il roula sur le dos et me regarda.

— Mais qu'est-ce que tu fais ? pouffai-je sans vraiment le vouloir. C'est une question de vie ou de mort, idiot. Ça te passe au-dessus de la tête, ou c'est juste devenu tellement la merde que tu ne parviens plus à suivre ?

Il se mit à ronronner fortement, et je fis semblant d'être dégoûté.

— Mais, bon sang !

Il roula rapidement vers moi, me regardant des pieds à la tête, les quatre pattes en l'air comme un énorme chaton attendant qu'on lui gratouille le ventre.

Et je fis exactement ce qu'il voulait. J'arrêtai de me prendre la tête et me laissai aller. Finalement, Domin avait bien raison. Je passais mon temps à faire tout un cinéma pour pas grand-chose. En plein milieu de cette énorme pièce, en pleine nuit, il fallait me détendre et contempler mon compagnon, qui reprit forme humaine et se planta devant moi, me regardant comme si j'étais un sombre imbécile.

Et c'était le cas.

— Demain, tu vas raconter à tout le monde les horreurs que Laurent Bruyere t'as faites. Ensuite, je le tuerai dans le puits.

La façon dont il le dit, énonçant ça comme un fait des plus banals, me prouva qu'il était déjà décidé à le faire.

— Ensuite, Yuri tuera ou punira, Abbot George et leur ami Ian, qui t'ont attaqués dans la cuisine, chez nous. Ton *sheseru* en a le droit, et il a choisi de le faire. Il est hors de question que je l'en empêche. Avant tout cela, demain matin, je demanderai à Mikhaïl et à Yuri de m'accompagner pour aller parler à Ammon El Masry.

— Non, Logan, tu…

— Il doit savoir que je suis au courant qu'il a essayé de me tuer.

— Logan…

— Il ne ressayera pas, je le sais, mais j'ai tout de même besoin de le voir.

— Pourquoi penses-tu qu'il n'essaiera pas de le faire à nouveau ? lui demandai-je, surpris.

— Parce qu'il a fait dans son pantalon lorsqu'il t'a vu.

— De quoi tu…

— Jin, tu l'as complètement terrifié. Avant ce soir, il se disait que ce serait super de pouvoir contrôler tous tes pouvoirs, de te briser, de devenir l'homme qui peut dominer un *nekhene*, de l'avoir dans son lit.

Il fit une pause, laissant échapper un ricanement dédaigneux.

— Mais ce soir, quand il a vu ce que tu étais devenu pour me protéger, ce truc énorme et effrayant il a compris à quel point tu étais incontrôlable et dangereux. Je te le répète, il était à deux doigts de faire sous lui. Je ne pense pas que tu réalises à quel point tu es terrifiant.

— Mais toi, tu n'as pas peur, dis-je pour qu'il le répète, autant pour mon bien que pour le sien.

— Non, m'accorda-t-il. Mais c'est parce que tu es à moi. Tu regorges de pouvoir, et je ne sais vraiment pas jusqu'où ça peut aller, en termes de taille, de vitesse… Cela pourrait être illimité, ou peut-être que tu as déjà atteint le niveau maximum. Pour moi, ça va, mais je t'assure que n'importe qui d'autre paniquerait en voyant ça.

Je regardai son visage, tentant d'y déceler une ombre de crainte.

Il fronça les sourcils.

— Tu sais, tu pourrais être sérieux au moins pour un quart de seconde, lui dis-je, mais il en rajouta une couche.

— Je pourrais, oui, mais tu recommencerais à t'inquiéter.

Et il avait raison. J'avais encore pas mal de stress accumulé. J'avais quand même tué deux personnes. Certes, ils voulaient assassiner mon compagnon, mais c'étaient eux qui avaient perdu la vie, et c'était par ma faute. Le troisième, sachant qu'il n'avait pas d'autre issue, avait choisi de se jeter dans le vide uniquement parce qu'il savait qu'il ne pourrait pas m'échapper. J'étais pleinement responsable de la mort de deux hommes et d'une femme.

— Tu as juste réagi à leur agression, Jin, me dit Logan, comme s'il avait pu lire dans mes pensées. Ce n'est pas toi qui les as envoyés pour me tuer. Tu m'as juste protégé. C'est ce que font les *reahs* pour leur *Semel*.

Je frissonnai violemment.

— Tu m'as sauvé la vie, me dit-il. Et les autres fois où tu m'as défendu, tu n'as tué personne. Tu y as été contraint cette fois-ci, c'est tout. Tout comme moi, demain, je n'aurai pas le choix quand je serai dans le puits.

Mes yeux plongèrent dans les siens.

— Parfois, les choix que font les autres nous empêchent, nous, de choisir. Tu comprends ?

Je hochai la tête.

— Tu en es certain ?

Je l'étais. Les assassins étaient venus pour tuer mon compagnon, et je l'avais défendu. Des hommes avaient profané le caractère sacré de notre demeure, et m'avaient fait du mal pour certains, et même enlevé pour d'autres. Ils devaient eux aussi le payer.

— Jin ?

— Je comprends.

— Bien.

Il parla d'une voix plus douce, mais toute aussi virile.

— Allons dormir sous les étoiles.

Il savait toujours ce dont j'avais besoin.

Je me mis à genoux, me changeai en panthère et me mis à courir. Il m'avait promis que nous irions courir ensemble près des pyramides. Et même si cette promesse ne pouvait être tenue, cela faisait terriblement de bien de simplement courir ensemble sans but précis. Nous étions en sécurité grâce à moi, mais aussi grâce à lui. Il me protégerait et j'en ferais de même en cas de besoin. Je sentis un frisson de bonheur traverser tout mon corps.

Nous nous précipitâmes dans la cour, puis passâmes par le portail pour disparaître dans la nuit. Nous n'allions pas vite, juste à une bonne vitesse, et je me contentais de le suivre, jusqu'à ce que je me mette à accélérer pour me mettre à côté de lui. Lorsqu'il me balança un coup d'épaule pour me faire tourner vers un petit ruisseau caché entre des rochers, je fis un bond pour y arriver avant lui.

Il me tacla et nous roulâmes tous les deux, nous arrêtant, empêtrés l'un dans l'autre comme une grosse boule de fourrure. Comme il l'avait fait plus tôt sur le toit, il m'enlaça de son grand corps musclé et posa sa tête sur la mienne, me marquant de son odeur. Jamais de ma vie je ne m'étais senti autant en sécurité qu'avec lui enroulé sur moi. Il ne me fallut pas une minute pour m'endormir.

# XIV

LE MATIN suivant, il ne dit presque rien durant le petit déjeuner.

— Qu'est-ce qui ne va pas ?

Il haussa la tête. Quoi que ce soit, il n'était pas disposé à m'en faire part.

Il fallait que je mange. Mon corps avait besoin de protéines et je fis ce que j'avais à faire. Au bout d'un moment, je m'aperçus que Logan, au lieu de lire le journal, me regardait.

— J'ignorais complètement que tu savais lire l'arabe, lui dis-je pour alimenter la conversation, d'autant que c'était intéressant à savoir.

Il y avait encore des choses que j'ignorais à son sujet. Il leva son journal, et il s'avéra que c'était le *Wall Street Journal*.

— Oh, laissai-je échapper.

Il pouffa de rire.

— Rien d'intéressant, allez, il faut te préparer.

— Pourquoi ?

— Tu as perdu la mémoire pendant la nuit où quoi ?

Je me levai d'un coup, secouant toute la table au point de faire tomber les trucs qui étaient dessus, souriant jusqu'aux oreilles. Crane déboula vers nous, de l'autre côté de la pièce. Il était furieux et, comme toujours dans ce cas-là, ses yeux bleus viraient au rouge.

— Putain, pourquoi tu n'es pas venu me voir dès que tu es revenu ?

En un clin d'œil, il avait ses bras autour de moi, me serrant si fort que je me demandai s'il ne m'avait pas cassé une côte.

— Mais merde, Jin !

Je profitai de l'accolade, grattant son dos avec mes doigts, comme je l'avais fait tant de fois au court de notre vie, comprenant parfaitement sa colère.

Cette accolade dure, brutale même me rappela que malgré sa colère, il m'aimait de tout son cœur.

195

— Jin, dit-il en tremblant, ne me refais jamais un coup pareil.

Comme si j'avais eu mon mot à dire dans cette affaire.

— Non, lui promis-je en regardant son visage.

Ses yeux bleus d'habitude si beaux montraient à quel point il était blessé, et je me sentis mal, même si ce n'était pas de ma faute. Je voulais le voir resplendir à nouveau, mais au lieu de ça, il mordit sa lèvre supérieure.

— Mais qu'est-ce que tu as fait à tes cheveux ?

Ses cheveux blonds, habituellement toujours en bataille avaient été rasés, et il paraissait sortir tout droit de l'armée.

— Peu importe, me snoba-t-il.

Je baissai les yeux, mais lorsqu'il se décala, je vis Yuri apparaître, à genoux, attendant patiemment que je le remarque. Lui aussi arborait la même coupe de cheveux.

— Mais c'est quoi ces conneries ?

— Ça fait partie du rituel de purification pour entrer dans le puits, me répondit Crane.

Je retins mon souffle.

— Qu'est-ce que tu dis ?

— Ma *reah*, dit Yuri en déglutissant, tentant clairement d'attirer mon attention dont il avait à l'évidence grand besoin.

Je me penchai et le pris dans mes bras. Alors que je le faisais, j'entendis Logan se racler la gorge. Lorsque je levai la tête, je m'aperçus que ses yeux étaient à peine ouverts.

— Roshan Tabir affirme que tu en as appelé à lui.

— Mais uniquement de façon temporaire, dis-je en regardant Yuri dans les yeux. Je l'ai appelé car il était le seul dans le coin. C'est toi mon *sheseru* maintenant et pour toujours. Tu es irremplaçable.

Il reprit son souffle et me serra plus fort encore.

— Pourquoi diable te préoccupes-tu de quelque chose d'aussi futile ? le rassurai-je.

La porte s'ouvrit et je vis Delphine, Markel et Mikhaïl nous rejoindre alors que Yuri se relevait. J'eus à peine le temps de relâcher Yuri que déjà Delphine se précipitait dans mes bras.

Même Mikhaïl en fit autant, ce qui était d'autant plus surprenant que nous ne le faisions jamais, même si ce ne fut qu'une petite accolade virile. Markel, lui aussi, dans une grande première, me serra si fort que je sentis presque ses lèvres dans mon cou avant qu'il ne me relâche.

Delphine revint dans mes bras et se mit à pleurer. Elle me confessa qu'elle avait été à deux doigts de révéler notre secret à Logan, le seul qu'elle avait gardé pour elle, dans l'idée de lui apporter un peu de réconfort, mais qu'elle y avait renoncé, convaincue que je serais contre.

— Merci, lui dis-je en faisant de grands cercles sur son dos.

— C'était vraiment dur pour lui, tu comprends, et je voulais juste qu'il sache que tu serais toujours à lui, qu'une partie de toi serait toujours parmi nous, reprit-elle en tentant de contrôler ses larmes.

— Je sais, je sais.

J'embrassai son front.

— Tu devrais aller te débarbouiller, tu as l'air d'un raton-laveur.

Elle acquiesça puis se dirigea vers les toilettes. J'allais dire quelque chose, mais préférais d'abord interroger Crane. Maintenant que tous étaient rassurés de me voir en bonne santé, je me mis à cuisiner mon ami.

— Pourquoi as-tu rasé tes cheveux ?

Logan intervint.

— Seul un *Semel* est autorisé à défier plus d'une personne dans le puits, et encore à condition que ce ne soit pas en même temps, ou à la suite l'un de l'autre. J'affronte Laurent aujourd'hui et Kellen dans deux jours. Apparemment, il affrontera Christophe demain. Yuri va rencontrer Abbot aujourd'hui, puis Crane l'autre homme qui vous a attaqués chez nous, Ian Lund.

Je jetai un coup d'œil à Logan.

— Je refuse que Crane aille dans le puits.

— Jin, ça n'est pas à toi de… commença à dire mon meilleur ami.

— Viens, dit Logan en me prenant le bras pour m'emmener dans le patio.

Une fois à l'écart, il me retourna pour que je sois face à lui.

— Écoute, tu ne peux pas…

— Il n'est pas comme toi, ni comme Yuri, lui dis-je. Il n'est pas gros et effrayant et…

— Arrête ! m'ordonna-t-il calmement. Crane en a gros sur le cœur en ce moment. Il était à l'étage quand tu as été kidnappé et il n'est arrivé que pour en entendre suffisamment et savoir qui t'avait enlevé avant que tout ne soit déjà fini. Il n'a même pas eu la possibilité de se battre. Il n'a même pas eu cette option, alors qu'il était censé te protéger. Et pareil quand il s'est battu avec Markel lors de ta première agression.

Ses yeux cherchèrent les miens.

— Comprends-tu à quel point il a besoin de le faire ?

— Mais je sais très bien qu'il est courageux, Logan, je n'ai pas besoin qu'il me prouve quoi que ce soit. Crane n'a jamais tué personne, et dans le puits, il y a toujours le risque que...

— J'ai parlé au prêtre ce matin et il m'a dit qu'en général, seuls les duels entre *Semel*s finissaient en bains de sang.

— C'est vraiment réconfortant ce que tu me dis là. Tu l'as vu quand, le prêtre ?

— Il voulait me voir au lever du jour. Il l'a dit hier. Tu le sais très bien, tu étais présent.

— Oui, mais...

— Je me suis levé tôt pour aller le voir, dit-il, soudain pensif.

— Qu'est-ce qui ne va pas ?

— Mon père y était, dit-il doucement, fronçant les sourcils.

— Pourquoi faire ?

— Pour... Parler au prêtre.

— Mais de quoi ?

Ses yeux se centrèrent sur moi.

— À propos de Koren.

— Mais pourquoi, Koren ?

Mon cœur se mit à battre à tout rompre.

— Non, non, ce n'est pas comme s'il était blessé où quelque chose comme ça, me rassura-t-il immédiatement. Koren aime... Enfin, depuis que je t'ai pris pour *reah*, tous les rêves de mon père, d'avoir des petits enfants et un héritier pour la tribu sont retombés sur Koren. Il a toujours été de notre côté en public et a même tenté de convaincre ton père que tout irait bien, mais en fait, il a toujours considéré Koren comme sa roue de secours.

— Koren.

— Eh oui.

— Mais vu que Koren a choisi Domin... soupirai-je, ... alors ton père est plus intransigeant.

— C'est tout à fait ça.

— Et il veut que ce soit toi qui ait un enfant.

— Il l'exige, en tant que gardien de la lignée jusqu'à sa mort.

— Il peut te contraindre à prendre une *yareah* dans ton lit.

— Non, réagit-il vivement. Il peut faire une requête auprès du prêtre et...

— Je vois, le coupai-je.

— Je suis tellement désolé, bébé, dit-il en reprenant son souffle. Mais je

198

te promets qu'il n'y aura jamais personne d'autre que toi dans mon lit, me rassura-t-il en me prenant dans ses bras.

— À moins que je ne meure, et là…

— Jamais, me promit-il en se serrant de plus belle.

Je croyais que le père de Logan et moi avions dépassé le stade où il me fallait le convaincre que je ne souhaitais que le bien de son fils, de sa famille, de sa tribu, puisque tout ce qui était à lui était aussi à moi.

— Tu ne peux pas lui en vouloir d'être comme il est, Logan, lui dis-je, écoutant son cœur battre contre moi. Je comprends ses raisons, et je comprends mieux aussi pourquoi il n'est pas venu me voir. Je me posais justement la question.

— Je lui ai dit de ne pas venir… Que je ne voulais pas qu'il te voie.

— Je t'assure que tu peux lever cette interdiction, fis-je en levant la tête pour plonger mes yeux dans les siens, avant d'appeler Delphine.

Je me dégageai des bras de mon homme, et ce fut amusant de voir comme il me laissa faire facilement, alors que je me mettais à rire dès sa sœur apparut sur la terrasse.

— C'est quoi ce bordel ? me jappa-t-il.

Il était vraiment à mourir de rire avec son air aussi étonné, et je ne pus m'empêcher de glousser.

Delphine nous regarda, debout sur la terrasse, un peu perdue.

— Mais qu'est-ce qui a ?

— J'en sais rien, cria Logan, je lui explique les histoires de papa qui veut me coller une fichue *yareah* et d'un coup…

— Mais c'est moi, la fichue *yareah*, lui annonça-t-elle.

Il ouvrit de grands yeux et devint blanc comme un linge. C'était à se faire pipi dessus, j'étais incapable d'arrêter de rire.

— Jin !

Bon sang, c'était si bon de rire. Ça faisait vraiment du bien. Je me laissai aller tant et si bien que les autres déboulèrent dans le patio pour voir si tout allait bien.

— Mais, merde, de quoi parles-tu ? cria Logan à sa sœur qui arrivait vers lui.

— Tu es long à la détente, toi, lui dit-elle en lui tapant sur le bras.

J'avais mal aux côtes de tant rire.

— Delph ! hurla-t-il.

— Très bien. Écoute, Jin m'a demandé d'être sa *yareah*, et pas la tienne, expliqua-t-elle à son frère. La sienne, pas la tienne !

Elle pouffait malicieusement.

— Tu m'entends, *Semel-re* ?

Il resta planté là, à côté d'elle, bouche bée.

— La sienne, pas la tienne, répéta-t-elle à nouveau juste pour s'assurer qu'il ait bien compris.

Il donnait l'impression de vouloir dire quelque chose, mais il était trop sidéré pour y parvenir.

Elle posa sa main sur son torse à l'emplacement de son cœur et le regarda droit dans les yeux.

— Mon cher frère, Jin et moi, sommes allés faire congeler certains de mes œufs, et quelques-uns de ses petits nageurs à tête de têtards pour que, lorsque vous serez prêts, nous puissions les mélanger comme on ferait une bonne Margarita, afin que vous ayez un très beau bébé.

Tout le monde autour de nous se tut. Luttant pour reprendre mon souffle, j'étais le seul à faire du bruit.

— Le bébé sera à moitié de toi, à travers moi, et à moitié de Jin. Il sera le tien parce qu'il sera de ta lignée, et de Jin, eh bien, pour des raisons évidentes.

Logan était soufflé. Il regarda sa sœur, puis moi, puis de nouveau sa sœur.

— Jin m'a demandé si je pouvais le faire... Faire un don d'ovocytes. Parce que même Jin mérite d'être père, pour pouvoir transmettre sa capacité à s'inquiéter pour tout et son agressivité passive, non ? Et puis tu as vu ses cheveux ? demanda-t-elle à Logan avec un grand sourire, ce serait rageant qu'il ne les transmette à personne. En plus, tu es plutôt pas mal toi non plus, donc nous devons avoir un capital génétique pas trop mauvais non plus de notre côté !

Il déglutit péniblement. Je vis les muscles de son cou et de ses mâchoires se contracter alors qu'il prenait une grande inspiration. Il digérait tout ça, mais il avait du mal à assimiler.

— Tu mérites d'être père, Logan Church.

Un bruit bizarre jaillit de sa gorge, puis il prit Delphine dans ses bras. Il la serra si fort qu'elle râla et fut elle aussi prise d'un fou rire aussi puissant que le mien.

— Je t'aime, lui dit-il.

— Et moi donc, renchérit-elle férocement, posant sa tête contre son épaule, et ses pieds décollèrent du sol lorsqu'il la souleva. En prime, quand vous serez prêt, j'ai la femme parfaite pour porter l'enfant pour vous.

Il la reposa au sol, desserrant son étreinte et la garda près de lui, l'écoutant attentivement.

— Markel et moi en avons discuté, et nous allons louer un appartement avec elle pendant les neufs mois de sa grossesse, comme ça nous pourrons prendre soin d'elle. Une fois que le bébé sera né, nous reviendrons vivre avec vous à la maison. De toute façon la maison est énorme. Quand vous aurez votre enfant, ou vos enfants le cas échéant, et que j'aurai les miens, il faudra que nous habitions tous ensemble. C'est une maison qui est faite pour accueillir plusieurs familles. Tu avais bien prévu les choses comme ça non ? Que nous soyons toujours ensemble ?

Il leva les yeux vers moi et jeta un coup d'œil aux autres. Il disait souvent qu'il voulait que nous ne vivions que tous les deux, mais avec les pièces énormes que nous avions à l'étage, si nous voulions vraiment être seuls, c'était plutôt facile à faire. Il y avait une chambre, un salon et une salle de détente. Il n'avait pas franchement besoin qu'une maison aussi gigantesque soit vide, bien au contraire. Il lui fallait une maison pleine de gens, qui malgré des prises de becs passagères, s'aimaient vraiment.

— Tu vas vraiment le faire ? demanda-t-il en regardant sa sœur.

— Évidemment, répondit-elle en haussant les épaules. Mais c'est Markel qui a eu l'idée de déménager un temps pour revenir ensuite. Il s'est dit que ce serait mieux que la mère porteuse soit au calme au lieu de rester avec Jin et toi.

Tous les yeux se tournèrent vers Markel Kovac, ce grand homme au teint mat. Pour la première fois, je le regardai vraiment. Ce que je vis me surprit.

Markel avait de grands yeux bleus foncés, des cheveux noirs ondulés qui atteignaient ses épaules et une peau bien bronzée. Lors de ma première rencontre avec lui, quand Domin avait défié Logan, il m'avait fait penser à personnage d'animation, semblant presque irréel. Lorsque nos tribus avaient fusionnées, je n'avais plus particulièrement repensé à lui, convaincu qu'il ne se préoccupait pas le moins du monde de moi. Je découvrais à quel point je m'étais trompé sur lui.

— Logan, la mère porteuse ne devrait pas vivre sous ton toit, dit Markel à son *Semel* avant de se tourner vers moi. Et Jin ne devrait pas avoir à traiter avec elle à part pour la remercier quand tout sera terminé et lui faire le chèque. Delphine et moi, nous occuperons de votre enfant à naître pour vous. Nous sommes tout à fait partants, alors s'il te plaît, laisse-nous faire.

Logan passait une matinée d'enfer. D'abord, il était allé voir le prêtre et s'était retrouvé à se fâcher contre son père, après ça, il était venu m'apporter ce qu'il considérait comme la pire des nouvelles.

— C'est toi qui à tout manigancé, hein ? dit-il en s'approchant de moi, prenant mes bras dans ses mains. Pourquoi ? me demanda-t-il, plongeant ses yeux dans les miens.

— J'ai demandé à Delphine d'être ma *yareah* parce que je veux avoir des enfants avec toi, je te l'ai dit. Je ne sais pas si nous y sommes déjà prêts, mais je tenais à ce que tu saches que moi je serai prêt dès que tu le seras.

Ses yeux brillèrent rien que d'y penser, et cela me toucha grandement.

— Je n'ai rien vu venir du plan de Markel et Delphine cela dit, précisai-je en les regardant. Ils sont disposés à faire un vrai sacrifice.

— Mais non, ce n'est rien du tout ! s'écria Markel avant que Delphine ne lui prenne la main.

Je vis à quel point cela le calma immédiatement. Elle lui faisait ce genre d'effet. Je le découvrais vraiment sous un autre jour, teinté d'une vulnérabilité que je n'avais jamais décelé chez lui jusqu'alors.

— Ce sera au contraire un honneur de prendre soin de votre enfant à naître, reprit-il doucement.

— Tu n'as pas à le faire pour assurer ta place dans la tribu, Markel, Elle est assurée. Tu es un membre de la famille, lui répondit Logan.

Je le vis boire les paroles de Logan et trembler. À cet instant précis, je réalisai que tant de choses sous mon propre toit m'avaient échappées. Je n'avais pratiquement pas vu ce qui se passait entre Domin et Koren, j'étais passé à côté du fait que Delphine soit tombée amoureuse de Markel, mais encore plus, j'avais raté le fait qu'il était lui aussi tombé amoureux d'elle, de sa famille et de cette nouvelle vie qui était désormais la sienne. C'était lui-même un ancien *sheseru*, et à cet instant précis, tel un éclair de lucidité, je compris pourquoi Domin l'avait choisi, lui. C'était son cœur. Je n'avais jamais même pris la peine de voir ce qu'il avait au fond de son cœur. Qui aurait pu croire que Domin Thorne, qui avait été un aussi piètre *Semel*, savait aussi bien juger les gens ?

— Tu m'as entendu ? lui demanda Logan.

Markel fit oui de la tête et Logan s'avança pour lui faire face. Je me tournai et m'éloignai un peu de la terrasse, me perdant dans mes pensées, profitant de la brise sur mon visage.

— Tu voulais que ce soit moi qui me mette avec elle, c'est pour ça.

Crane venait de se mettre à côté de moi. Je me tournai vers lui.

— C'est pour ça que tu ne t'es pas aperçu qu'elle avait flashé sur

Markel. Tu étais trop concentré à voir ce que tu voulais voir.

— J'ai vraiment été stupide.

Il soupira, puis s'approcha de moi, épaules contre épaules, comme nous nous tenions si souvent en discutant.

— Je ne savais pas que Markel était quelqu'un de si bien.

— Comme je te l'ai dit, c'est un artiste, et elle aime ça. Ils seront bientôt mari et femme, ce n'est qu'une question de temps, j'en suis sûr.

— Et tu t'en fiche vraiment ?

— Mon cœur n'y était pas franchement, en fait. Il n'a jamais été rempli par rien d'autre que ça jusqu'à maintenant.

Et par 'ça' il se référait à lui et moi.

— Je ne veux pas que tu descendes dans le puits, lui dis-je en soupirant, jetant un coup d'œil à son profil.

— Mais je dois y aller, me répondit-il en arborant l'un de ses sourires qui me faisaient fondre. J'ai une chance de me racheter, Jin. Combien de personnes ont cette opportunité ? J'ai sacrément merdé, et du coup on t'a fait du mal, mais là, j'ai l'occasion de me venger de l'un de tes agresseurs. C'est comme si le Père Noël m'offrait mon cadeau en avance cette année.

Je pris une grande inspiration.

— Jin.

Je regardai par-dessus mon épaule et vis Logan.

— Je vais avec Markel et Delphine parler à mon père.

— D'accord, répondis-je en hochant la tête.

— Veux-tu venir ?

— Non, dis-je en me retournant de nouveau vers le jardin pour en admirer la vue. Je vais rester là avec Crane et Yuri.

— Comme tu voudras.

— Assure-toi juste d'avertir le prêtre dès que tu auras fini.

— J'y emmènerai mon père.

— Bien, soufflai-je, mon esprit occupé à me préparer pour la journée qui nous attendait et à passer en revue tout ce que j'avais découvert sur mon propre foyer.

— Jin, me susurra Logan soudain à mes côtés, m'attrapant par les cheveux. Tu penses que tu ne t'occupes pas assez bien de moi, ni d'aucun d'entre nous, mais c'est tout le contraire, tu ne fais que ça, ma *reah*.

Je plongeai dans les yeux couleur de miel de mon compagnon.

— Tu m'as donné tout ce dont j'ai toujours eu besoin.

Nos yeux restèrent fixés l'un sur l'autre pendant de longues minutes.

— Les duels ne débuteront pas avant midi. Le mien sera le premier de la journée. Je reviendrai vers toi avant cela, ma *reah*.

Je hochai la tête.

Il se pencha et m'embrassa sur le front, puis partit avec Delphine et Markel. Dès qu'il se mit en mouvement, Yuri vint prendre sa place à côté de moi. J'étais littéralement pris en sandwich entre Crane et lui.

— Vous allez faire extrêmement attention, hein ? dis-je simplement aux deux hommes.

Je sentis Crane me donner un petit coup d'épaule pour seule réponse, et Yuri soupirer longuement.


TOUT LE monde s'était mis à faire quelque chose. Crane était allé courir, Yuri était parti faire un tour tout seul, et Logan était toujours avec Delphine et Markel. J'étais seul avec Mikhaïl. Il me conseilla de manger quelque chose. Logan et les autres sauteraient le repas, puisqu'ils se battraient dans le puits, mais moi, j'avais besoin de continuer à récupérer. Il avait raison. Alors je suivis mon *sylvan*, le collant de près, jusqu'à la salle des banquets, où des tablées à n'en plus finir avaient été préparées. Lorsqu'il ouvrit la porte, je vis des inconnus.

Deux hommes que je n'avais jamais vus auparavant nous fixaient. Avec les événements des derniers jours, je ne pouvais qu'être méfiant face à des étrangers et je me tins donc logiquement sur mes gardes. Le premier prononça mon nom et le second couvrit immédiatement sa voix arguant qu'ils devaient me parler d'urgence. Mon *sylvan* se mit tout de suite devant moi, faisant face aux deux individus. Tous deux tombèrent à genoux à cet instant, et je poussai donc Mikhaïl pour me mettre à nouveau face à eux.

— Ma *reah*, me réprimanda-t-il en tentant de se remettre devant moi.

— Bon sang, Mikhaïl, pestai-je.

Il m'avait suffi de les voir s'agenouiller ainsi pour savoir qu'ils ne représentaient aucun danger.

— Mais il faut te…

— Arrête, grommelai-je, le repoussant pour pouvoir m'adresser aux deux hommes. Je suis Jin Rayne.

— *Reah*, souffla le premier homme, levant la main vers moi.

Je la saisis malgré l'opposition évidente de Mikhaïl, et à l'instant où nos peaux se touchèrent, je compris que j'avais à faire à un *sheseru*. Il y avait un temps, pas si lointain, où j'aurais été bien incapable de dire avec certitude le rang des félins que je rencontrais. Cela avait d'ailleurs été le cas lors de ma première rencontre avec Yuri. Mais récemment, cela devenait de plus en plus facile.

— Qui êtes-vous ? lui demandai-je.

— Robert Kingman de la tribu de Dendera, dit-il doucement, plein de révérence à mon égard. Je suis, ou plutôt, j'étais, le *sheseru* de Laurent Bruyere. Je serais bientôt celui d'Adam Bruyere, puisqu'il est l'héritier en ligne directe de Laurent, après son frère David, qui ayant participé, par sa non-assistance aux tortures qui t'ont été infligées, se retrouve lui aussi déchu de son rang dans la tribu.

Je restai planté là, laissant le *sheseru* me tenir la main, le regardant droit dans les yeux.

— Je n'aurais jamais laissé...

— J'en suis bien conscient, le rassurai-je en serrant sa main plus fort encore avant de le laisser la reprendre.

Mikhaïl fut visiblement plus à l'aise une fois que je n'étais plus physiquement en contact avec lui, cessant de les dévisager et se tournant vers moi. Mikhaïl était très protecteur et c'était touchant, surtout sachant que si nous étions dans un vrai combat, ce serait plutôt à moi de prendre soin de lui.

— *Reah*, commença l'autre homme.

— Vous êtes donc Adam, c'est ça ?

— Oui.

— Levez-vous, tous les deux.

Ils firent de leur mieux pour sourire tout en se relevant.

— Que voulez-vous ? leur demandai-je.

Adam se racla la gorge.

— Avant que Laurent ne vous fasse enlever, il y a eu...

— Ne tournez pas autour du pot, intervint sèchement Mikhaïl, très mal à l'aise, sa main collée dans mon dos.

Il ne me touchait pas souvent d'habitude, mais là, il était en mode 'protecteur'. C'était gentil de sa part et m'aidait à me sentir moins anxieux à propos de ce qu'Adam s'apprêtait à demander.

— D'accord, dit-il et Mikhaïl remonta sa main vers mon cou, me rappelant de respirer.

— L'homme que Laurent a kidnappé, battu, violé et tué, il...

Adam reprit son souffle et je vis ses yeux se gonfler de larmes.

— Pardon, mais c'est si...

Robert l'interrompit.

— Le nom de cet homme était Emilio Fiori. C'était un artiste, sa famille… Enfin, nous avons besoin que vous rencontriez Laurent.

— Non.

Mikhaïl refusa clairement.

— C'est absolument hors de question.

— Attends, lui demandai-je en posant ma main sur son torse avant de me tourner vers Robert. Pouvez-vous m'en dire plus ?

— Laurent a enterré cet homme quelque part et sa famille veut récupérer le corps ainsi que le portfolio de ses œuvres qu'il avait avec lui lors de son enlèvement. Laurent a promis que si vous coopériez et alliez le voir, il nous indiquerait leurs emplacements.

Je croisai les bras, trouvant soudain que l'air était devenu glacial.

— Dites m'en plus sur le portfolio.

Je ne pouvais pas lui poser de question sur le jeune homme, c'était tout simplement trop dur pour moi.

— C'… C'était…

Robert se passa nerveusement la main dans les cheveux, visiblement très stressé.

— Le travail d'Emilio venait juste d'être accepté dans une galerie de Dallas, et même s'il n'est plus là, la galerie est toujours intéressée pour lancer l'exposition.

— Le portfolio est d'une importance cruciale parce que la galerie veut en faire un livre qui accompagnera l'exposition, compléta Adam. Son amie a pu fournir les tableaux et les sculptures, mais toutes ses notes, tout ce qu'il a écrit sont dans le portfolio. Elle tient vraiment à le récupérer.

Et c'était tout à fait légitime. C'était une partie de lui. Elle pourrait lire ce qu'il avait écrit et saurait ainsi que c'était ses mots à lui. Elle pourrait passer ses doigts sur l'encre et se consoler en pensant que c'était lui qui les avait écrits. À sa place, j'aurais moi aussi fait n'importe quoi pour récupérer ce portfolio.

— *Reah* ?

— Oui, je comprends.

— Oui, donc en fait, ils l'ont cherché partout, sans réussir à le trouver, ce qui fait que son amie a pensé que la seule explication plausible était qu'il l'avait avec lui le soir où il était parti seul rendre visite à son *Semel*.

— Très bien.

— Alors quand Adam a demandé à Laurent s'il savait où il était, il nous a répondu qu'il l'avait enterré avec le corps.

Robert me fixa du regard.

— Il a ajouté que si Jin venait le lui demander en personne, alors il lui expliquerait où il les avait mis.

— Alors il faut vraiment que j'y aille, dis-je en regardant Mikhaïl.

— Non, souffla-t-il.

— Mikhaïl…

— Non.

— Je dois le faire, pour la famille d'Emilio, insistai-je auprès de mon *sylvan*. Je le dois à son amie.

Son visage se crispa. Il grinça des dents.

— Il le faut.

— Très bien, lâcha-t-il finalement. C'est vrai qu'elle mérite au moins ça, la pauvre.

Je me sentais nettement mieux que nous soyons tous les deux d'accord sur ce point.

— Donc, nous y allons, juste toi et moi.

— Tu es complètement stupide si tu crois une seule seconde que je vais te laisser y aller sans en avertir d'abord ton *Semel*.

— Mais nous n'allons pas lui en parler, juste avant le duel, si ?

— Bien sûr que si. Précisément avant le duel.

Cela m'ennuyait d'en parler à Logan. Je ne voulais pas qu'il soit distrait par quoi que ce soit avant de descendre dans le puits, mais Mikhaïl n'était pas du genre à m'écouter. Il était totalement convaincu que prévenir Logan, l'informer immédiatement était la seule marche à suivre pour nous. Cela ne servait à rien d'en discuter.


LORSQUE J'ARRIVAI dans les appartements où Laurent Bruyere était aux arrêts, je n'y trouvai personne. Mikhaïl me colla au mur, restant près de moi, sur ses gardes. Nous jetâmes un coup d'œil un peu partout et je fus en fait soulagé de voir débarquer Logan, accompagné des autres. Une fois à côté de moi, il me prit dans ses bras et me serra contre la montagne de muscles qui lui servait de corps. J'enfouis mon visage contre son torse, m'enivrant de son odeur si particulière, ressemblant à un jour d'été et de la pluie. C'était plus qu'un simple baume au cœur. Nous restâmes ensemble nous avançant jusque dans la pièce où Laurent devait être.

— Je déteste ça, souffla Logan à mon oreille.

Mais il ne m'interdit pas de le faire.

— C'est pour la famille de la victime, lui dis-je. C'est uniquement pour eux.

— Ouais, je sais bien, mais ça n'empêche pas que je m'étais promis que jamais plus tu ne te retrouverais près de Laurent Bruyere.

Je ne pouvais qu'être d'accord.

Il me relâcha et je m'adossai au mur, avec Crane d'un côté et Mikhaïl de l'autre, Markel et Delphine non loin. Tous avaient l'air vraiment inquiets et étaient tendus. Soudain je remarquai le *Semel-aten*, qui semblait furieux, puis vis que le prêtre de Chae Rophon arrivait lui aussi, accompagné de Jamal. Il me rejoignit pour me parler et s'assurer que j'étais bien sur le point d'entrer dans la pièce.

— Oui, Excellence, lui garantis-je avec une assurance bien plus grande que celle qui m'animait réellement.

Il hocha la tête et me laissa après m'avoir caressé la joue.

— Jin.

Logan prononça doucement mon nom en se plaçant devant moi.

— Yuri y va avec toi, je leur ai dit que sans ton *sheseru*, c'était hors de question !

— Et je m'en réjouis, dis-je en plongeant mes yeux dans ceux de mon *sheseru*.

— Et je ne baisserai plus jamais ma garde, ma *reah*, me dit-il solennellement.

Je lui souris

— Jin, si pour quelque raison que ce soit, tu étais mal à l'aise, tu le dis, c'est tout, insista mon compagnon.

C'est alors qu'une grande femme très élégante nous rejoignit.

— Jin Rayne, dit-elle en me tendant la main, je suis Georgia Manning.

— Oh, dis-je en la lui serrant. Qui êtes…

— Voici la sœur de la *yareah* de Laurent, me dit Logan. Elle est décédée dans un accident de ski il y a deux ans.

— J'en suis navré, lui dis-je.

— Et elle, elle a toujours été désolée de s'en être prise à vous, *reah*.

Elle me serra la main plus fort avant de la relâcher. Je ne la crus pas une seule seconde. La *yareah* de Laurent Bruyere n'avait jamais souhaité rien d'autre que ma mort.

— Je ne pourrais jamais prouver qu'il est responsable de sa mort, dit-elle en serrant les dents, mais peut-être que si vous pouviez lui poser la question, il dira enfin la vérité.

— Je vais essayer en tout cas, promis.

— Merci, *reah*.

Adam Bruyere se joignit à nous.

— Je suis conscient de l'horreur de la situation, et je ne peux que vous remercier de tout cœur pour la famille d'Emilio.

Je sentis la main de Logan dans mes cheveux.

— Et je vous suis infiniment reconnaissant à vous également, *Semel-re*. Merci d'autoriser votre *reah* à nous venir en aide.

— Mon *sheseru* lui tranchera la gorge s'il ne se tient pas tranquille, vous en êtes bien conscient aussi, n'est-ce pas ?

— Bien sûr. La famille d'Emilio a besoin de ce document. Il ne faut pas que Laurent puisse prendre quoi que ce soit d'autre à ce jeune homme. Il a juré qu'à vous, il vous le dirait. Il vous suffit de lui demander.

Je hochai la tête.

— Écoutez, dit-il rapidement en me regardant droit dans les yeux. Après ça, vous n'aurez plus jamais aucune raison de croiser son regard avant de le voir mourir dans le puits.

Même le cousin de Laurent avait conscience que mon compagnon ne laisserait jamais la vie sauve à celui qui m'avait brutalisé.

— Allez, nous avons assez traîné, dis-je en m'avançant vers Logan pour pouvoir agripper son cou et le prendre amoureusement dans mes bras.

— Ne t'inquiète pas. Quoi qu'il arrive là-dedans, nous dormirons tous les deux ce soir.

Je hochai la tête.

— D'accord ? Je ne repars pas d'ici sans toi.

Il ne pouvait pas imaginer à quel point ses paroles étaient réconfortantes pour moi.

— Oui, dis-je en me détachant de lui pour me tourner vers Adam. Désolé, je ne suis pas si démonstr…

— Non, *reah*, vous es extraordinaire, me coupa-t-il. Ne perdez jamais ça de vue.

Je jetai un coup d'œil à Crane avant de me diriger vers la porte.

— Jin.

Je me tournai vers Georgia qui m'appelait.

— Vraiment, merci du fond du cœur.

Elle en profitait juste pour me rappeler qu'elle voulait que je demande pour sa sœur, je n'en doutais pas une seule seconde.

Je saisis la poignée et entendis mon nom. Je levai la tête et vis Yuri.

209

— Je passe le premier, déclara-t-il.

Je le laissai donc passer avant de le suivre et il ouvrit la porte à ma place.

— Reste près de moi.

— Yuri, ce n'est que…

— Ils ont dit qu'il serait assis à une table. Il a plutôt intérêt à ne pas bouger, Jin, parce que je l'écorche vif s'il tente ne serait-ce que de se lever, menaça Yuri à voix basse et d'un ton glacial.

J'allais lui répondre, mais il commença à ouvrir la porte et entra dans la pièce. Je le suivis de près, la refermant derrière nous. Les yeux dorés de Logan furent la dernière image que je vis.

— Jin.

Je levai les yeux et aperçus Laurent. Il était assis à une table, dans le coin cuisine. Il n'y avait que nous deux et Yuri dans la pièce. Il était habillé tout en blanc et cela lui allait franchement mal.

— Qu'y a-t-il ? me demanda-t-il en constatant mon silence.

— Le blanc ne te va pas du tout.

— Non, dit-il en ricanant. Je suis bien d'accord avec toi.

Je traversai la pièce pour rejoindre la table et Yuri me suivit comme mon ombre. Il y avait une autre chaise et je m'en saisis pour m'y asseoir. Je le regardai fixement et fus surpris de voir qu'il avait l'air normal. Je n'avais pas vraiment réfléchis à ce qui m'attendait, mais ce n'était certainement pas à le voir calme et détendu comme ça.

— Comment se fait-il que tu n'aies plus aucune trace de blessures ?

— Je me suis transformé.

— Ce n'est pas en te transformant que as pu guérir de toutes les blessures que je t'ai infligées.

Je me raclai la gorge, sentant la colère de Yuri monter derrière moi.

— Je me suis transformé en quelque chose d'un peu particulier la dernière fois.

— La dernière fois ? Et en quoi donc ?

— Je n'en sais trop rien.

— Et pourquoi ne l'as-tu pas fait avec moi ? Si tu pouvais prendre une forme assez puissante pour te guérir comme ça… En fait, tu ne t'es même pas transformé une seule fois. Comment cela se fait-il ?

— Tu as été très malin, lui dis-je. Tu m'as maintenu dans un état de faiblesse extrême, sans nourriture et quasiment pas d'eau. Une panthère ne peut se transformer si son corps ne suit pas.

— C'est vrai, admit-il.

— Bien sûr. Tu avais bien calculé ton coup.

— Écoute mon ange, je suis désolé pour tout ça, soupira-t-il.

— Alors, es-tu disposé à me dire où est Emilio ? lui demandai-je après avoir acquiescé.

— Je vais le faire, je te le jure.

— D'accord, est-ce que le portfolio est avec lui ?

— Oui.

— Pourquoi l'as-tu pris ? demandai-je en tentant de rester le plus neutre possible.

— Je ne l'ai pas pris. C'est lui qui l'avait amené. Il pensait que ça m'intéressait et il voulait que j'y jette un coup d'œil. Moi je n'en avais qu'après son cul. C'était un sombre crétin, Jin. Un sombre crétin.

Je pris sur moi.

Il déglutit péniblement.

— J'imagine que tu n'es pas disposé à venir plus près de moi, non ?

— J'ai mal rien qu'à être aussi près de toi, dis-je en faisant non de la tête.

— Mal ?

— Eh oui, Laurent. Tu m'as fait douloureusement souffrir. Tu t'en rends bien compte quand même ? Mon corps s'en rappelle parfaitement.

— Je croyais que tu aimais les plans SM.

— Pas à ce point-là, bon sang ! dis-je en me forçant à rire, pris au dépourvu par l'absurdité de sa remarque.

— Bon sang, ta voix…

Il trembla, serrant des dents.

Je me limitai à le regarder.

— Tu sais, j'ai pensé à un moment à te rendre aveugle.

— Ah ouais ?

Que pouvais-je bien répondre à ça ?

— Mais tes yeux sont trop beaux pour qu'on les blesse.

Je restai silencieux.

— Et c'est pareil pour ton visage. Je ne voulais pas risquer de l'abîmer.

— Merci.

— Est-ce que la coupure était vraiment sérieuse ?

— Quelle coupure ?

— Celle que je t'ai faite sur le flanc. Tu ne te souviens pas ? J'ai dit que j'allais découper toute ta peau.

Je dus me concentrer pour pouvoir respirer normalement tant j'avais l'impression de manquer d'air dans cette pièce.

— Oui, je m'en souviens.

— C'est plus dur à faire que tu ne le crois.

— Je n'y ai jamais vraiment pensé, mais j'imagine que tu as raison.

Il me fixa, et pour la première fois, je me fis la remarque qu'il manquait un truc. Ses yeux semblaient vides. Je n'y décelais pas le Laurent que je m'attendais à voir. Il n'était plus lui-même.

— Tu sais pourquoi je ne t'aie pas violé ?

— Non, pourquoi donc ?

— Parce que je savais que tu me haïrais si je le faisais.

— Tu as eu raison.

— Parce que je sais bien que, même maintenant, tu ne me déteste pas.

Parler de haine était sans doute trop fort. Il fallait vraiment beaucoup d'énergie pour en arriver à haïr quelqu'un. J'avais beau chercher, je ne me souvenais pas d'avoir jamais détesté quelqu'un. Si je n'aimais pas une personne, je ne restais pas dans le coin, ou si j'étais obligé de rester près d'elle, alors je me mettais à l'ignorer comme si c'était un meuble. Mais la haine, c'est quelque chose qui s'entretient, et en tant que *reah* de ma tribu, j'avais tout bêtement d'autres choses à faire que de haïr.

— Tu as tout à fait raison.

— Tu es navré pour moi.

— En effet.

— C'est pour ça que j'ai buté Emilio, tu sais.

— À cause de quoi ?

— Parce que lui, il n'était pas navré pour moi. Il avait juste peur de moi. Il geignait et il suppliait. Je lui ai dit que ça me faisait mal de lui faire du mal. Mais il n'en avait rien à foutre de mes souffrances à moi.

Je me remis à le regarder.

— Il ne pouvait pas se retenir de pleurer. Putain, je sais bien que ça fait mal, il y avait pas mal de sang, mais quand même. Toi tu n'as jamais pleuré. Tu étais sincèrement désolé pour moi, je le sais bien.

Il était complètement cinglé. Je n'avais pas cerné l'étendue des dégâts.

— Tu sais pourquoi j'ai continué à le frapper ?

— Pourquoi ?

— Parce qu'il m'a mis au défi de continuer. À la fin, il m'a dit que ne n'aurais jamais les couilles de le tuer et que même si j'essayais, quelqu'un m'en empêcherait... Eh bien je lui ai montré qu'il se trompait. Je l'avais pourtant prévenu. C'est moi le *Semel* de la tribu. Personne n'est plus fort que moi.

Yuri se pencha contre moi, sa hanche effleurant mon bras. C'était gentil de sa part de me rappeler sa présence.

— Je peux dire quelque chose sans que tu ne te mettes en rogne ? reprit-il.

— Bien-sûr.

— Ça m'a plu de te faire mal.

— Je m'en étais bien rendu compte, répondis-je en soupirant.

— Tu es en colère contre moi ?

— Non.

— Tu as peur de moi ?

— Plus maintenant.

— En quoi tu t'es transformé ?

Je me frottai les yeux. Cette rencontre n'avait pas grand-chose à voir avec ce à quoi je m'attendais. Il parlait comme si de rien n'était. Aucune émotion. C'était comme si on parlait de la pluie et du beau temps, ou des dernières nouvelles. C'était vraiment étrange.

— Jin ?

— Désolé.

Je soupirai en le regardant.

— En fait, je ne suis pas trop sûr de ce que c'était.

— Donc, si tu n'avais pas été si affaibli, tu te serais transformé comme ça quand tu étais avec moi ?

— Peut-être.

— Ah ! Tu sais ce qui me manque le plus ?

Il divaguait complètement.

— Je n'en ai aucune idée.

— C'est de dormir avec toi. Et je parle de vraiment dormir, pas juste de baiser, même si ça me manque aussi... Mais dormir avec toi, ça me manque encore plus. Juste de t'avoir à côté de moi, la nuit. J'adorais te regarder dormir. Tu as toujours eu l'air si paisible. Cela m'apaisait, moi aussi.

Je hochai la tête.

— Quand ils me laisseront sortir, je viendrai te voir.

— Oh ?

— Ouais, nous pourrons peut-être aller vivre à la montagne. Ça te plairait, toi qui as toujours dit que tu aimais les endroits tranquilles ?

— C'est surtout toi, tu aimes quand c'est calme non ?

Il réfléchit une petite minute.

— C'est vrai, c'est vrai. C'est moi, pas toi. Je me mélange les pinceaux des fois.

— Bon.

— Tu aimes Logan ?

— Je ne veux pas que nous parlions de Logan, d'accord ?

— C'est vraiment ton compagnon ? Ta véritable âme-sœur ? Ton *Semel* ?

— Oui.

— Je ne le savais pas quand je t'ai fait enlever. Je ne le savais pas.

— Je sais.

— Tu l'aimes ?

— Je…

— Désolé. Enfin, juste pour que tu le saches, moi je n'ai jamais aimé Lisette.

— Ta *yareah*.

— Ouais, elle a été une vraie salope avec toi.

— Elle avait de bonne raison de m'en vouloir.

— Elle était blessée et je l'ai laissée là-bas. Elle saignait. Le sang c'est noir quand ça coule sur la neige, Jin.

Voilà qui répondait à la question de Georgia sur ce qui c'était passé avec sa sœur. Laurent ne l'avait pas tuée, mais il l'avait abandonnée à son triste sort, sans appeler les secours. Elle était morte toute seule dans le froid, en se vidant de son sang, apeurée. Mon cœur se serra.

— S'il te plaît, viens plus près.

— Non, Laurent.

Il poussa un long soupir.

— Tu sais, ma mère a ces orchidées qu'elle a croisées avec différentes espèces. Elle en a fait une nouvelle variété. Tu sais comment elle l'a appelée ?

— Non.

— Elle l'a appelée comme moi parce que nous passions beaucoup de temps ensemble dans la serre lorsque j'étais petit, enfin jusqu'à ce que mon père décrète que ce n'était pas un truc de mec, quand j'avais dix ans, et qu'il m'interdise d'y aller. Il ne voulait pas que je sois une chiffe molle.

— J'en suis désolé. Cela avait l'air d'être un moment privilégié avec ta mère.

— Oui. C'était vraiment ça.

J'étais sur le point de partager moi aussi une anecdote sur ma grand-mère, mais me ravisais, reprenant soudain conscience que j'étais en train de parler à Laurent, pas à un vieil ami. Je me tus.

— Tu sais, le jour où tu es parti, je suis resté assis dans ma chambre toute la journée et j'ai pleuré.

— Je suis désolé d'entendre ça.

— Je n'ai jamais voulu que nous soyons séparés.

Je pris une grande bouffée d'oxygène. C'était vraiment dur de continuer à faire comme si de rien n'était alors que cet homme me donnait envie de vomir.

— Tu ne veux pas t'asseoir près de moi ? demanda-t-il en souriant malgré les larmes qui perlaient au coin de ses yeux.

— Non.

— Tu couches avec Logan ?

— Je ne veux pas parler de…

— De Logan, je sais. Je sais. Pourquoi tu ne veux pas ?

— Parce que cela ne te regarde pas.

Il fit mine de comprendre.

— Je veux juste que tu saches quelque chose d'important.

— Et qu'est-ce que c'est ?

— Je t'aime.

— Très bien.

— Es-tu en colère contre moi parce que j'ai tué Emilio ?

— Être en colère n'est pas l'expression que je choisirais, Laurent.

— Alors tu dirais ça comment ?

Je me passai les mains dans les cheveux et respirai un grand coup avant de finalement me relever et de marcher jusqu'au mur. C'était intenable. Je suffoquais à rester assis comme ça.

— Jin, reprit-il. Tu aimes Logan ?

— Je ne…

— Bon, bon, ça va.

Je m'adossai au mur et regardai mes baskets.

— Regarde-moi.

Je tremblai lorsque mes yeux rencontrèrent les siens.

— Je n'ai jamais désiré personne aussi fort que je te désire, Jin.

Mes yeux revinrent immédiatement sur mes chaussures.

— Es-tu certain que tu ne peux pas te rapprocher un peu ?

— Oui.

— Tu sais, quand je t'ai retenu dans la cave, j'ai passé une nuit à côté de toi.

Je ne dis pas un mot.

— Il faisait vraiment froid.

— En effet, confirmai-je d'un ton aussi neutre que possible.

— Et ta peau était froide aussi. C'était la première fois que je sentais ta peau si froide.

Je hochai la tête.

— Mais elle était toujours très agréable à toucher.

Je bougeai la tête de haut en bas. Je mourrais d'envie de quitter la pièce.

— Je suis désolé de t'avoir fait du mal. C'est juste que je voulais tellement que tu reviennes. Je savais bien que tu dirais non si je te le demandais, alors je me suis dit que si je ne pouvais pas t'avoir, personne d'autre ne t'aurait.

Je m'aperçus que ma chaussure droite était éraflée, pas celle de gauche.

— Regarde-moi.

Je relevai les yeux pour croiser les siens.

— Je suis vraiment désolé, bébé.

Il y eut un long silence.

— Si je n'avais pas eu de *yareah*, si…

— Laurent, je…

— Serais-tu resté avec moi ? M'aimais-tu ?

— Ce n'était pas de l'amour.

— Mais cela aurait pu le devenir.

— Je n'en sais rien.

— Moi je le sais. Vu comment tu te comportais, tu serais tombé amoureux.

Il avait raison.

— J'ai tellement envie de t'embrasser.

Je ne répondis pas.

— Et plus que tout, j'ai envie que toi tu m'embrasses.

J'avais envie de me précipiter hors de la pièce et ne jamais y revenir.

— Je veux que tu veuilles m'embrasser. Comme tu le faisais avant.

Je rejoignis la table et me rassis.

— Est-ce que Logan est venu avec toi ?

Je me contentai de le regarder.

— Est-ce qu'il pleut dehors ?

— Non, il ne pleut pas aujourd'hui.

216

— Tu adores la pluie.

— Oui, c'est vrai.

— La première fois que tu m'as embrassé, c'était sous la pluie.

Je me souvins qu'il m'avait invité au bord de sa piscine pour un dîner romantique. Il m'avait tourné autour, hésitant et j'avais fini par l'attraper pour finalement l'embrasser. J'avais pris tant de précautions, lui demandant encore et encore si ça allait, s'il voulait que j'arrête. Cela avait été un long baiser profond. Mes mains, légères sur son visage l'avaient caressé avec tendresse et l'avait amené, au bout d'un moment, à m'inviter à entrer à l'intérieur.

— Je ne savais pas que des hommes pouvaient embrasser d'autres hommes comme ça.

— Eh bien c'est le cas.

— Je sais que c'est le cas pour toi, Jin.

— Laurent, où est le portfolio ? demandai-je en le regardant droit dans les yeux au lieu de demander où était le corps d'Emilio.

— Dans la serre de ma mère, près de ses orchidées qu'elle a appelées 'Baiser albâtre de Laurent'.

— Et Emilio y est aussi ?

— Oui, mon ange, soupira-t-il.

Je hochai la tête et regardai en direction de la porte.

— Jin, est-ce que Logan a le droit de te regarder dormir ?

Ma réponse aurait dû être une fois de plus que cela ne le regardait pas, ou j'aurais dû tout simplement ignorer sa question. Mais j'étais à bout, épuisé et j'en avais marre de savoir que tout le monde était de l'autre côté de la porte, à m'entendre me faire humilier comme ça. Surtout, je me dis que j'allais quitter la pièce quelques secondes plus tard, et que cela ne coûtait rien de lui dire simplement la vérité.

— Il fait ce qu'il veut de moi, Laurent.

Il fit mine de comprendre, mais je pouvais lire en lui comme dans un livre et je reculai d'un coup lorsqu'il essaya de m'agripper. En un clin d'œil, il envoya valser la table. Il était puissant, ce qui n'était pas franchement surprenant pour un *Semel*, mais Yuri se jeta sur lui et Laurent hurla.

Tous débarquèrent dans la pièce en entendant ses cris. Laurent hurlait toujours après moi lorsque des *khatyus* du *Semel-aten* les relevèrent pour les séparer Yuri et lui.

— Jin, cria Logan en venant se mettre devant moi.

Il me serra fort contre lui, m'entourant de ses bras.

Il y avait des hurlements qui provenaient de partout. Georgia Manning était en pleurs, à genoux près de la porte. Adam Bruyere était en train de vomir dans un coin de la pièce. Markel, Mikhaïl et Crane s'étaient quant à eux déployés autour de Logan et de moi.

— Ordonne à Yuri de venir à toi, demandai-je à mon compagnon. Il va tuer Laurent s'ils le laissent aussi près de lui.

— Jin, ne pourrais-tu pas un peu…

— Logan ! Rappelle-le immédiatement !

Ma voix se fêla.

Il releva la tête, se tourna et appela son *sheseru* d'une voix forte.

Yuri rugit de frustration, mais rejoignit son *Semel*. Je me jetai sur lui, agrippant tout de suite son bras.

— C'est bon, je ne vais pas bouger, protesta-t-il.

— Yuri.

Je chuchotai son nom.

Il pesta mais se rapprocha de moi pour me faciliter la tâche et me permettre de le tenir plus fermement.

— Je vais le tuer ! jura-t-il.

— Non, rectifia Logan. C'est moi qui vais le tuer.

Avec Logan me tenant dans ses bras, tous mes amis auprès de moi et me sentant en sécurité, je pus enfin reprendre mon souffle.

— Cela se termine suffisamment bien à ton goût ?

Mon meilleur ami avait toujours le don de ramener les choses à un point de vue plus terre à terre. Au moins, en effet, c'était réglé et ne se finissait pas si mal en fait.

# XV

C'ETAIT ENORME. Le puits de Sobek était construit comme un colisée, comme tous les autres dans une certaine mesure d'ailleurs. Il y avait des rangées de sièges en pierre et des escaliers particulièrement pentus. La différence majeure était sa taille. Alors que ceux de la plupart des tribus, comme celui qui se trouvait sur les terres de Logan, avaient la taille plus ou moins d'un amphithéâtre d'université, celui qui se trouvait sur les terres du *Semel-aten* faisait plutôt penser à un stade de football. La structure qui se trouvait sous mes yeux pouvait sans nul doute accueillir soixante-dix mille personnes. Même s'il n'atteignait pas la taille des arènes de l'Antiquité, c'était la plus grande arène que j'avais jamais vue.

J'étais épaté. Nous passâmes, avec Logan, par des tunnels sous-terrain et un labyrinthe de salles où les combattants se préparaient, puis nous ressortîmes en pleine lumière, ce qui rendait la vue encore plus impressionnante. Je lui avais dit que je tenais vraiment à rester avec lui jusqu'à ce qu'il soit convoqué, mais il avait insisté pour que je prenne place avant le début du combat. Il voulait que je le regarde. Il avait besoin de mes yeux fixés sur lui.

Cela faisait maintenant deux semaines que les festivités duraient, et du coup, un grand nombre de duels avaient déjà été menés et réglés. En temps normal, les duels impliquant des *Semel*s auraient dû tous être terminés, puisqu'ils étaient en général les premiers à passer. Mais, comme j'étais introuvable et que les responsabilités n'étaient pas encore clairement établies, le duel de Logan, ainsi que tous ceux des membres de sa tribu avaient étés reportés. Maintenant que j'avais pu donner ma version des faits, ceux de Logan, Yuri et Crane seraient les premiers de la journée.

Je pris place, avec Delphine à ma droite et Mikhaïl à ma gauche, tentant de respirer à un rythme normal, anxieux de ce qui nous attendait. Les lourdes portes de bois s'ouvrirent enfin et Logan apparut.

Il s'avança sur le sol de terre battue et vint se placer au beau milieu de l'aire de combat. Laurent Bruyere entra de l'autre côté et s'avança lui aussi vers le centre. Alors que tous deux prenaient place dans l'arène, la différence de taille devint flagrante entre les deux panthères.

Seule la forme de panthère était autorisée pour les affrontements dans le puits. De même, l'utilisation d'armes était formellement prohibée. Comme les *Semels* devaient se battre contre des félins qui ne pouvaient pas adopter la forme intermédiaire à mi-chemin entre l'homme et la bête, forme permettant de se mettre debout, même ceux possédant cette capacité avaient pour obligation de combattre sous leur forme animale, pour être à égalité avec tout adversaire potentiel. Lorsque Domin et moi nous étions affrontés et qu'il avait adopté cette forme intermédiaire, il aurait normalement dû être disqualifié sur-le-champ, si toutefois sa tribu n'avait pas honteusement triché. Dans le puits, nous n'étions pas censés voir autre chose que des panthères.

Comparé à Logan Church, Laurent Bruyere faisait plutôt l'impression d'un guépard mal nourri. Ni ses épaules, ni son torse n'impressionnaient, il était petit et chétif sous sa fourrure dorée. Il ne faisait tout bonnement pas le poids. C'était un homme mort en somme et personne n'en doutait. J'eus un éclair de sympathie pour lui lorsque le prêtre se mit à lire les raisons du *menthuel*, le nom donné aux duels d'honneur.

On m'avait donné la possibilité de raconter ce qui s'était passé en privé au prêtre uniquement, ou devant tous les spectateurs du colisée. J'avais choisi de le faire en privé et le prêtre et moi nous étions rencontrés aux jardins suspendus, avec pour seul témoin son secrétaire, qui avait officiellement retranscrit ma déclaration. Je l'avais fait immédiatement après ma rencontre avec Laurent. J'avais raconté tout ça d'un ton neutre, sans émotion particulière, presque comme si je décrivais quelque chose qui était arrivé à quelqu'un d'autre. J'étais tout à fait conscient d'être en plein déni, que le traumatisme viendrait forcément me hanter plus tard, mais dans l'immédiat, j'étais comme à étranger à toute cette horreur. Les expressions de dégoût sur le visage du prêtre m'avaient en revanche prouvées que ce n'était pas son cas. Et en ce début d'après-midi, sous le soleil, alors qu'il récitait les crimes de Laurent Bruyere pour la foule, les cris d'horreur et les visages outragés que je découvris m'amenèrent à me demander à quel point je pouvais bien être intérieurement traumatisé. Je serrai moi aussi la main de Delphine quand cette dernière attrapa doucement la mienne.

— Je suis là, dis-je. Je vais bien.

Sa respiration hésitante fit que je me tournai vers elle, puis la main de

Markel sur mon genou m'apaisa.

— Regardez Logan. Il a besoin de savoir que vous le regardez.

Je regardai mon compagnon et le coup d'envoi fut donné. Le son me fit frémir. Il allait tuer celui qui avait fait tant de mal à sa *reah*. J'étais à lui, et la panthère qui lui faisait face avait tenté de lui voler son compagnon. C'était aussi simple que cela.

Le prêtre précisa à toute l'assemblée qu'il s'agissait là d'un duel de sang, et que donc, même lui n'interviendrait pas avant qu'il ne reste plus qu'un seul des combattants vivant dans l'arène. Il n'y aurait pas d'ex aequo, pas de simple marquage du perdant ni même d'exil à vie. La mort de l'un d'entre était la seule issue possible.

Hamid désigna Koren pour succéder à Logan à la tête de la tribu de Mafdet, s'il devait être battu, et le cousin de Laurent, Adam prendrait sa suite s'il venait à succomber. Le frère de Laurent, David ne le pouvait pas, pas plus que tous ceux impliqués dans mon enlèvement. Ils avaient été condamnés à devenir des *khatyus* pour le *Semel-aten*. Plus jamais ils ne pourraient quitter Sobek et paieraient pour leur crime jusqu'à la fin de leur vie. Leurs familles avaient eu le choix entre déménager en Égypte pour vivre auprès d'eux, ou leur dire adieu pour de bon. Je trouvais tout à fait juste qu'ils aient au moins eu le choix. Si Logan devait un jour commettre une erreur et être déchu de son rang, j'aimerais moi aussi pouvoir bénéficier de cette possibilité.

Dans sa course effrénée et malsaine à mettre la main sur moi et à me maltraiter, Laurent avait fichu en l'air la vie de plusieurs personnes, et pas uniquement la sienne. Il avait sollicité une ultime audience auprès de moi, mais Logan l'avait strictement interdit. Je n'étais pas vraiment sûr de la raison pour laquelle il voulait me voir. Je lui avais dit tout ce que j'avais à lui dire. Le prêtre me prit à part au tout début du duel pour me dire que Laurent ne se repentait absolument pas de ce qu'il m'avait fait.

— Il est complètement fou, *reah*, et je ne réalise que maintenant à quel point vous avez été chanceux d'en réchapper vivant. N'importe quel félin sans vos réserves d'énergie y aurait laissé sa peau.

Ses yeux s'étaient obscurcis.

— J'ai préféré épargné votre compagnon avec le récit des atrocités qui vous ont été infligées. Moi-même, à entendre le frère et les amis de ce *Semel*, j'ai cru que j'allais être malade. Cependant, leur honnêteté est bien la seule chose qui m'ait permis de leur épargner la vie et de commuer leur peine. Je les ai condamnés à devenir des *khatyus* jusqu'à la fin de leur vie, mais j'aurais tout aussi bien pu les faire exécuter.

Il était clair que le prêtre de Chae Rophon allait regarder Logan prendre la vie de Laurent Bruyere sans douter un instant d'avoir fait le bon choix. Pour moi, c'était plus difficile à supporter.

Malgré le souvenir encore cuisant de chaque coupure, de chaque morsure, et de chaque coup que Laurent m'avait infligé, c'était dur de voir Logan l'attaquer. Heureusement, il eut la bonté d'en finir rapidement, malgré tous les discours hargneux qu'il avait tenu sur comment il allait le faire souffrir et le tuer à petit feu. Dès que le signal du départ fut lancé, ils se jetèrent l'un sur l'autre, se lançant des coups de crocs et de griffes, mais il ne fallut que quelques secondes à Logan pour refermer son énorme mâchoire sur la gorge de Laurent et lui rompre l'échine. Il n'y eut même pas de sang. Ce fut extrêmement rapide. Un puissant mouvement des mâchoires de Logan et la vie de Laurent s'était éteinte. Son corps inerte avait immédiatement repris forme humaine. Logan pencha la tête en direction du prêtre et repartit par où il était venu. Le prêtre convoqua alors Adam Bruyere et le fit monter dans sa loge. Adam reçut donc officiellement la responsabilité de la tribu de Dendera, en devenant le nouveau *Semel*. Il lui demanda de dire quelques mots, et à ma grande surprise, il s'adressa à moi.

— Jin Rayne, sa voix résonnait à travers tout le colisée, acceptez mes plus humbles excuses et celles de toute la tribu de Dendera. Sachez que moi-même, mon *sheseru* ainsi que chaque homme, femme ou enfant de la tribu, vous est infiniment reconnaissant d'avoir lutté pour survivre et d'avoir ainsi pu révéler les horreurs qui se déroulaient secrètement au sein de notre tribu, empoisonnant notre quotidien, mettant en danger notre existence même.

Ils avaient toujours su. Toujours su que Laurent était un psychopathe, mais montrer mon indignation n'aurait servi à rien. Je me levai donc et fis la révérence à Adam, provoquant un tonnerre d'applaudissements. Il fit de même, ce qui fit sourire le prêtre, visiblement satisfait.

Je voulais voir Logan au plus vite, et espérais qu'il reprendrait forme humaine, se doucherait et se changerait rapidement. J'envoyai Markel voir ce qu'il en était, restant cloué à mon siège pour ne pas manquer les duels de Yuri et de Crane.

Il suffit à Yuri d'entrer dans l'arène et de venir se placer au centre de la surface de combat pour provoquer des murmures et des cris d'exclamation du public. Abbot George était entré le premier, et voir Yuri le rejoindre mettait en évidence leur différence de taille. Je vis Abbot trembler de peur et m'apprêtais à en appeler au prêtre quand je vis que ce dernier ne levait toujours pas la main pour offrir la possibilité au plus chétif de se rendre sur le champ et d'accepter le châtiment que Yuri jugerait adéquat.

Je fus surpris dans un premier temps de voir Yuri plaquer son adversaire au sol, écrasant son visage face contre terre, ses crocs serrés sur la gorge d'Abbot. Il le maintint ainsi plusieurs minutes, ce qui surprit tout le monde dans l'arène à part moi. La taille impressionnante de Yuri amenait quiconque à penser qu'il n'était qu'une brute épaisse, mais moi je le connaissais mieux que ça. C'était le genre d'homme à toujours contrôler parfaitement la situation, sauf sous l'effet de l'alcool, comme j'avais pu le constater lors de notre première rencontre. Sobre, Yuri savait toujours parfaitement mener la danse, et à cet instant précis, il avait décidé de faire une petite démonstration de force face à son adversaire. Il m'avait dit qu'il allait l'éviscérer, mais il semblait avoir finalement opté pour simplement le terroriser devant tout le monde. Il avait décidé de l'humilier, de lui retirer toute fierté et de le laisser sans une once de confiance en lui. Lorsque la vessie d'Abbot le lâcha, le faisant se répandre sur le sable, plus personne ne douta qu'il était terrorisé.

Le prêtre en appela finalement à la reddition d'Abbot. Tout le monde regarda la scène, moi compris. Yuri reprit sa forme humaine et se pencha pour parler à l'homme plus petit que lui. J'avais une vague idée de ce qu'il lui disait. Il le menaçait, le mettait en garde, lui rappelant le caractère sacré du lien unissant le *sheseru* à sa *reah*. Si Yuri le croisait de nouveau un jour, le trouvait sur nos terres, il serait un homme mort. C'était une promesse qu'il n'hésiterait pas un seul instant à tenir.

Yuri fut déclaré vainqueur tout de suite après et la foule se mit à l'applaudir. Mon *sheseru* fit la révérence, Abbot toujours à ses pieds, comme paralysé. Yuri se changea à nouveau en panthère et courut hors de l'arène.

— Regarde-le faire le fier, dit Delphine en souriant, laissant échapper un soupir de soulagement.

Je pus enfin reprendre mon souffle également. Je détestais ces duels, quels qu'ils soient. Que l'issue soit heureuse ne changeait rien à mon sentiment.

Le prêtre permit à Abbot de rejoindre son *Semel* et donc sa tribu, mais en profita pour rappeler que Kellen Grant devait se présenter face à Logan dans le puits le jour suivant.

— Bon sang, pourquoi Markel met autant de temps ? se plaignit Delphine, s'éventant en regardant aux alentours. Cela ne prend pas quinze heures pour savoir où en est Logan quand même.

Je la regardai tenter de se rafraîchir avec son petit éventail de bambou, attendant que le prêtre appelle les deux combattants suivants.

Crane était vraiment bel homme, du moins à mon avis, et si le nombre de femmes qui étaient passées dans son lit pouvait servir d'indication, il était raisonnable de penser que c'était purement et simplement la vérité. La seule chose qui était plus belle que sa forme humaine était sa forme animale avec une fourrure dorée. Il était élancé et musclé et ses mouvements étaient d'une indéniable fluidité. Sans compter qu'en tant que panthère, il était moins prétentieux que sous forme humaine, et cette humilité embellissait davantage l'animal. Tout le monde savait quel homme jovial il était, ainsi que le fait qu'il n'était pas du tout à sa place dans l'arène. Je ne pus m'empêcher de sourire.

— Oh, bordel, Jin, est-ce que cet imbécile réalise qu'il est sur le point de se battre ? pesta Delphine.

Il le savait, et il s'en réjouissait.

— Où est ton père ? demandai-je sans la regarder, toujours concentré sur mon meilleur ami.

— Logan l'a renvoyé après notre rencontre avec le prêtre. Il a été escorté hors de Sobek. Tu ne le reverras pas avant que nous ne rentrions à la maison.

— Je suis navré que Logan soit autant en colère après lui.

— Oh, ce n'est rien par rapport à ce qu'il va devoir subir de la part de ma mère.

Je la regardai.

— Tu as bien prévenu ta mère de ce que nous prévoyions de faire non ?

— Ouais, et elle m'a dit que tu lui avais déjà dit, me répondit-elle d'un air réprobateur.

— Il fallait que je le fasse, me défendis-je.

— Et moi aussi, c'est ma mère quand même.

— Et je me suis dit qu'elle serait contente de savoir qu'elle aurait des petits-enfants de son fils aîné.

— Tu vois, reprit-elle levant les yeux au ciel, nous ne valons pas mieux l'un que l'autre dès qu'Eva Church est concernée.

Et nous étions tous les deux dans ce cas-là. Nous cherchions tous à rendre la mère de Logan heureuse.

— Quand elle va apprendre que mon père est allé trouver le prêtre... Ça va barder. En plus, quand tu penses qu'on l'a laissée chez tante June tout ce temps, sans même lui dire que tu avais été enlevé ni...

— Vous ne le lui avez pas dit ? m'écriai-je stupéfait.

— Non, Logan a refusé qu'on le fasse.

— Comme quoi, lui aussi peut faire des erreurs parfois, tu vois ? dis-je en haussant les épaules, retenant difficilement un ricanement.

— Oh, crois-moi, je le sais. Et je suis ravie de voir que tu trouves ça très drôle. Parce que personnellement, moi je vais en entendre parler autant que les autres ! Mikhaïl, Yuri… Koren… Nous allons le payer cher, Putain et Markel, qu'est-ce qu'il fait là ? finit-elle nerveusement.

Je ris et tournai la tête vers l'aire de combat juste à temps pour voir Ian Lund, l'ami d'Abbot George qui m'avait attaqué avec lui dans la cuisine, se lancer sur Crane avec fureur, tous crocs et griffes dehors, mais Crane put – sans grand effort – le plaquer au sol. Il le relâcha un court instant avant de le plaquer encore plus violemment face contre terre. C'était un peu comme chez les enfants, le grand frère taquinant le petit, répétant l'opération jusqu'à ce dernier soit tellement énervé qu'il n'arrive plus à rien faire.

Voir Crane jouer avec l'autre, l'humilier, le jeter au sol encore et encore, comme un chat jouant avec une souris, était dur à supporter. Chaque fois qu'il le lançait par terre, il y allait de plus en plus fort. Il poursuivit l'opération tant et si bien que lorsqu'il s'arrêta, un nuage de poussière les englobait. La chair et les os ne tiendraient guère plus longtemps et il y aurait bientôt du sang.

Alors que Ian se retrouvait à terre une fois de plus, obligé de se relever pour tenter une nouvelle fois de porter un coup à Crane, le prêtre réclama sa reddition. Il fit un geste de la tête et Crane l'attrapa par le cou, le décolla du sol et lui fit mordre la poussière de nouveau. Il n'était plus qu'un simple pantin. Ses gémissements retentirent dans tout le colisée.

Des rugissements assourdissants d'approbation se firent entendre lorsque le prêtre déclara Crane vainqueur. Je regardai mon ami quitter l'arène sous un tonnerre d'applaudissements.

— Eh bien, il est vraiment content de lui, souffla Delphine en se tournant vers moi.

— Tu l'aimes bien.

— Bien sûr, Jin. Je l'aime beaucoup… Mais pas comme tu l'aurais voulu. Tu ne m'en veux pas trop ?

— Mais non évidemment, la rassurai-je en lui prenant la main.

Nous restâmes assis main dans la main une bonne minute avant que je ne lui suggère d'aller voir où en étaient Logan et Markel.

— Je sais, c'est vraiment bête qu'ils aient tout raté, non ?

Ils avaient, en effet, manqué le spectacle, et c'était très bizarre.

— Viens, allons les chercher.

Il nous fallut quelques minutes pour sortir de notre rangée et atteindre l'escalier. À mi-chemin vers le bas, nous tombâmes nez-à-nez avec Mikhaïl, qui montait nous rejoindre.

— J'ai raté tous les duels ? Est-ce déjà terminé ?

— Mais où étais-tu ? lui demanda Delphine.

— Je devais rencontrer les autres *sylvans* au…Mais où est Logan ?

Il jeta un rapide coup d'œil aux alentours.

— … Et Yuri ?

— J'imagine qu'ils sont toujours en train de se changer, dis-je en hochant la tête. Delphine et moi allions justement les retrouver.

— Bien alors, acquiesça Mikhaïl. Allons les chercher pour aller manger quelque chose. Je meurs de faim.

— Moi aussi, renchérit Delphine.

— Et Markel ? rajouta Mikhaïl en s'apercevant de son absence.

— Ça je n'en sais rien, ronchonna Delphine. Il s'est peut-être perdu avec Logan.

Mais c'était plus qu'improbable. Maintenant que je n'avais plus besoin de me faire de souci pour Yuri et Crane, je sentis un léger malaise poindre dans mon esprit. Logan ne pouvait pas avoir délibérément manqué les duels de son *sheseru* et du *Beset* de sa *reah*. Il y avait forcément une explication. Où diable était-il ?


MIKHAÏL TENTA de discuter, mais lui et moi avions des personnes différentes à rechercher, et je lui ordonnai donc de nous séparer. Delphine et moi devions trouver Logan et Markel, et lui devait trouver Yuri et Crane. Nous séparer était la meilleure des choses à faire. Mon *sylvan* avait une bonne idée de l'endroit où il devait les chercher, et moi, tout naturellement, j'optai pour aller là où j'avais laissé Logan – de l'autre côté de l'arène. Puisque théoriquement Markel était auprès de Logan, Delphine resta donc avec moi.

Retrouver mon chemin dans les tunnels se révéla plus dur que prévu, et nous nous perdîmes presque tout de suite. La foule compacte nous poussant pour sortir n'arrangea rien. Et pour couronner le tout, il n'y avait aucune indication nulle part.

— *Reah.*

Je tournai la tête et vis Roshan Tabir. Il avait l'air troublé.

— Nous nous sommes quelque peu perdus, lui dis-je. Je dois retrouver Logan.

— Je sais où il se trouve, dit-il en souriant, avant de se tourner vers la sœur de Logan.

Je fis rapidement les présentations et Delphine accepta avec joie sa poignée de main, ravie de rencontrer le *sheseru* de la tribu de Rahotep.

— Merci de nous aider, lui dit-elle, avec un grand sourire.

— Tout le plaisir est pour moi, répondit-il sincèrement, relâchant sa main après un moment pour poser un bras sur mon épaule. Venez avec moi, tous les deux.

Il nous guida à travers la foule, ce qui nous facilita nettement la tâche vu que les gens s'écartaient pour le laisser passer. En arrivant à l'entrée d'un long tunnel, cela me revint, la lourde grille amovible réapparaissant comme un flash dans mon esprit.

— Je sens l'odeur de Markel, s'exclama Delphine, se précipitant en courant jusqu'à une porte quelques mètres plus loin.

Elle essaya de l'ouvrir, sans y parvenir. Elle était verrouillée.

Nous entendîmes tous distinctement un cri retentir à l'intérieur.

— Qu'est-ce que c'était ? hurla Roshan en se précipitant près de Delphine pour essayer à son tour d'ouvrir la porte, sans plus de succès.

— Logan ! hurlai-je en les rejoignant, tapant avec eux contre la porte.

Il n'y eut qu'un petit cri étouffé pour seule réponse.

— Markel ! s'écria Delphine, d'une voix trahissant sa panique et sa peur.

— Ouvrez-là ! ordonnai-je et Roshan se mit à donner de violents coups d'épaule contre la vieille porte de bois qui finit par céder sous son poids.

Il y avait à peu près dix hommes à l'intérieur, dont quatre maintenaient Logan plaqué au mur, et un cinquième qui cherchait à l'étrangler avec ce qui semblait être un câble en argent. Cet homme portait des gants pour protéger ses mains.

Markel, sous sa forme de panthère, était allongé sur le sol, toussant du sang. Sa fourrure était déchirée, son oreille entaillée et son corps couvert de blessures. Il avait clairement pris part à un combat d'une extrême violence.

Roshan hurla des noms et je compris qu'il devait savoir qui étaient ces hommes. Sur le coup, je ne voyais pas cependant ce que cela impliquait d'autre. Ils tentaient de tuer mon compagnon.

Je surgis dans la pièce et sentis un éclair de chaleur me parcourir, puis mon cœur battre à la vitesse d'un train lancé à vive allure. Soudain, mon champ visuel se modifia et je me retrouvai à regarder ces hommes de haut. C'est alors qu'ils se mirent à hurler de panique.

Je les repoussai des alentours immédiats de mon compagnon et me plaçai entre eux et lui. J'entendis quelqu'un appeler mon nom, mais cela me semblait provenir de si loin que je l'ignorai simplement. Je savais que je m'étais métamorphosé, et je commençais à me sentir à l'étroit dans cette pièce, ça devenait difficile même de manœuvrer. Normalement, me transformer était une action que je décidais consciemment de faire. Mais le danger de la situation m'avait amené à le faire sans même avoir le temps d'y penser. Cet état de fait était particulièrement dérangeant. Je me demandais en quoi j'avais bien pu me transformer lorsque j'eus soudain des problèmes pour voir.

La pièce ne sombra pas dans l'obscurité, mais tout ce que je voyais s'estompait rapidement. Je ne vis bientôt plus que des couleurs et des ombres. Même en clignant des yeux, rien ne revint. J'étais aveugle, mes yeux me lâchaient et je fus pris de panique. Je devais voir la menace qui pesait sur Logan, mais également sur Markel et Delphine afin de pouvoir les protéger, mais je ne voyais plus rien. C'était comme lorsqu'on est dans la douche et que la buée recouvrait le miroir, sauf que là, il était impossible de passer un coup de serviette dessus pour retrouver mon reflet. La peur me parcourut et mes autres sens me submergèrent d'informations.

J'entendais parfaitement chaque son. La lourde respiration des hommes, les grognements de Logan se débattant, les insultes qu'on me lançait, les gémissements de Delphine. Puis ce fut au tour de mon odorat de se décupler, je me mis à sentir très nettement toutes les odeurs.

Une en particulier était horrible : celle du sang séché. Puis soudain je fus touché au flanc. Même sans l'usage de mes yeux, je compris qu'on m'attaquait. Des hommes ou des panthères étaient sur moi, tentant de me jeter au sol. Ils essayaient désespérément de me blesser, mais c'était comme si j'étais recouvert d'une armure, complètement à l'abri de leurs coups.

Je me mis à humer l'air à la recherche de l'odeur de Logan, mais je ne sentais que cette persistante odeur de sang. Puis soudain, je captai quelque chose qui bougeait. Sans même y penser, je me mis en mouvement et l'attrapai. L'odeur se modifia. Elle passa de la panique à l'hystérie. Une odeur que je n'avais jamais ressentie auparavant. Les *Reah*s ne chassant pas, je n'avais jamais fait cette expérience. Je compris d'un coup la sensation de puissance que provoquait le fait de savoir que l'on avait une vie à sa merci.

Un éclair de lucidité me fit clairement comprendre que c'était l'un des hommes, sous sa forme de panthère, que j'étais en train de démembrer dans la pièce. Il me vint soudain à l'esprit, l'idée qu'il aurait dû courir pour s'enfuir, qu'ils auraient tous dû le faire. N'importe quelle créature sensée l'aurait fait. Qu'ils ne l'aient pas fait, préférant continuer de s'en prendre à mon compagnon m'évitait d'avoir à réfléchir à autre chose. Ils avaient eux-mêmes signé leur arrêt de mort.

En temps normal, je contrôlai aisément l'animal qui sommeillait en moi, mais la terreur de perdre Logan m'avait privé de tout contrôle. Si je pouvais voir la menace, mon cerveau parvenait encore à prendre le dessus pour planifier l'attaque. Mais là, pris par surprise, c'était impossible de réagir rationnellement. Mon côté animal prit le dessus, prêt à se défendre tout autant qu'à attaquer.

D'instinct, je serrai la mâchoire, resserrant l'étau mortel. Je fus parcouru d'un frisson, puis soudain plus rien. Je sentis quelque chose d'autre bouger et m'en saisis, croquant à nouveau fatalement dans la chair. Je continuai sur un autre, puis un autre, jusqu'à ce que la pièce redevienne calme et que de l'air frais me parvienne au museau. Un nouveau bruit retentit et je me lançai à la poursuite de l'odeur que je pus percevoir. J'avais l'impression d'être un prédateur et qu'il était ma proie.

Je le collai de près et lorsqu'il trébucha, j'étais juste derrière. Son odeur était forte, comme celle d'un bon steak cru qu'on s'apprête à laisser fondre sur sa langue. La seule différence était que je ne voulais pas le manger. Je voulais juste le tuer. Cette chose, cette créature, avait tenté de s'en prendre à mon âme-sœur, voulant me laisser seul au monde, sans amour, sans espoir. Aucun d'entre eux ne méritait d'en réchapper. J'allais tous les tuer.

Je n'arrivais toujours pas à voir clairement. Je ne ressentais que de la chaleur et ne voyais que des tâches rouges sur fond blanc dans ce que je parvenais à déceler. Je sentais que je marchais sur des panthères, mais j'étais trop gros pour que cela me fasse trébucher. Ce moment de confusion ne dura qu'un instant et je repris peu à peu mes esprits. Quelque chose me claqua au visage, violemment avant de rebondir. C'était peut-être les fléchettes que j'avais déjà expérimentées auparavant, mais aucune d'entre elles ne pénétra ni ma fourrure ni ma peau, car j'en étais soudain dépourvu. Je ne pouvais pas voir de quoi j'étais recouvert, étant toujours aveugle, mais en me heurtant aux murs, je me rendis compte que c'était dur comme une carapace et que je me déplaçais sur plus de quatre pattes. Je rampais à la manière d'un insecte, peut-être d'une araignée. J'étais bien plus rapide que je ne l'avais jamais été.

J'étais débordé par l'odeur de bile et de chair, et poursuivis ma proie jusqu'à ce que mon odorat m'indique que je la tenais. Je sentis mes pattes se planter dans de la chair et s'enfoncer jusqu'aux os. Il y avait des hurlements partout, des cris d'effroi qui explosèrent à mes oreilles. Je ne pouvais pas les localiser, ils étaient forts et trop nombreux. Je sentis l'adrénaline me submerger et me levai, prêt à mettre en pièces ce que j'avais sous mes griffes.

La pluie.

Je sentis une odeur de pluie.

Je m'arrêtai et pris une grande inspiration. Je voulais cette odeur dans mes poumons. Je voulais m'en remplir.

J'adorais la pluie. J'adorais être près du feu lors des jours froids et humides, à lire un livre, dormir ou me reposer aux côtés de mon compagnon.

La pluie me calmait, me revigorait. Je restai immobile, dans l'expectative.

Un moment passa et je sentis l'odeur devenir soudain celle du bois qui brûle, ramenant à ma mémoire les crépitements du feu un jour d'automne. Peu à peu, je sentis mon cœur se calmer, ma respiration se fit moins rapide, et mon pouls reprit un rythme normal. La panique et la peur qui m'avaient enseveli s'estompèrent.

L'odeur se modifia à nouveau, devenant cette fois celle de l'herbe fraîchement tondue et de vêtements qu'on fait sécher au soleil. J'inspirai un grand coup et sentis sur ma langue le sel de l'air marin, le sel de... La sueur... De la sueur sur une peau chaude, humide et dorée. Je voulus la lécher, me frotter contre elle. Cette peau, c'était... Celle de Logan.

Mon compagnon.

Le besoin désespéré, douloureux de l'avoir contre moi me mit en transe. Je mourrais d'envie qu'il me prenne, qu'il me domine. Où était-il ?

Mes yeux s'ouvrirent, et même si je ne voyais pas parfaitement clairement, je pus le distinguer. Il était là.

— Jin, soupira-t-il, me faisant réaliser que j'étais au-dessus de lui.

Il était recouvert de sang.

Sentir ses mains sur moi me mit dans tous mes états, je me mis à le lécher de toutes mes forces.

— Non, non, ça n'est pas mon sang, dit-il en déglutissant avec peine. Rassure-toi mon amour. C'est le sang des *khatyus* d'Ammon, c'est uniquement le leur.

Je me plongeai dans ses yeux d'or.

— Regarde-moi, dit-il tendrement.

Ses yeux étaient chaleureux, plongés dans les miens, se faisant du souci pour moi, débordant d'amour pour moi. Je soufflai un grand coup et permis enfin à mon corps de se détendre.

— Tu vois mon amour, dit-il en me souriant, caressant mon museau, je vais bien. Je n'ai rien du tout.

C'était vrai.

— Regarde-moi.

Je ne voyais que lui.

— Maintenant, souffla-t-il, est-ce que tu pourrais relever ta grosse patte ?

Je regardai sous moi, et découvris, sous l'une de mes pattes arrière, Ammon El Masry, écrasé contre son fauteuil, la gueule en sang, tremblant de douleur. Il lançait des petits cris qui rappelaient ceux des chats lorsqu'ils étaient attaqués.

Il lâcha un cri de douleur plus violent et je vis qu'il perdait beaucoup de sang à l'épaule, rien qui ne puisse guérir cependant, surtout vu sa constitution. Logan lui avait visiblement maintenu l'épaule pour éviter qu'il ne s'empale davantage sur ma griffe en gesticulant. Je reculai, et tapai contre une tenture, incapable de comprendre ni ce que j'étais, ni où je me trouvais à cet instant précis.

— Mon amour.

Étais-je son amour, ou au contraire quelque chose de dangereux pour lui, qui pouvait le blesser ? Je laissai échapper un cri de désarroi involontaire.

— Sens mon odeur, m'ordonna-t-il, replaçant ses mains sur ma tête.

Je tremblai et fis un nouveau pas en arrière.

— Non, dit-il d'une voix caressante, chaude et virile. Hume mon odeur.

Elle était enivrante, et je sentis tout de suite ses phéromones qui m'atteignirent brutalement. Il les utilisait pour m'arrêter, mais dans l'état affaibli dans lequel je me trouvais, le besoin de me sentir à l'abri, dans l'étreinte de mon *Semel* était étouffant. Je le voulais, le désirais. La *reah* que j'étais répondait à l'appel de sa puissance et de sa domination. Peu importait la forme que j'avais prise, j'étais toujours l'esclave de mon maître. Le besoin de me soumettre me faisait vibrer.

— Approche-toi.

Je voulais me réfugier dans ses bras, savourer la douce chaleur qu'émettait son corps, mais à une certaine distance.

— Ma *reah*, dit-il, approche-toi.

Mais je fus soudain paniqué à l'idée de découvrir ce que j'avais fait et à qui je l'avais fait. Quelle serait ma punition, et est-ce que Logan devrait lui aussi en subir les conséquences ?

— Ça va, ça va, Jin, il n'y a que nous, toi, moi et Ammon.

Mais je vis de nombreux autres visages autour de nous, parmi lesquels celui de Jamal. Taj était là aussi, ainsi que Shahid. En regardant plus attentivement, je m'aperçus que c'était tous des membres du *Shu*. Il n'y avait personne d'autre. Logan, moi, Ammon et les gardes du prêtre. Je compris alors que nous étions tous les trois dans la loge privée du *Semel-aten*, dans le colisée. Je l'avais vu du gradin où j'avais assisté aux duels. Elle m'avait fait penser à celles des empereurs de Rome.

— Il va le jurer sur l'honneur, Jin. Devant tous ces témoins. Jurer de ne plus jamais s'en prendre ni à toi, ni à moi, dit Logan doucement, faute de quoi, je vais te laisser le trancher en deux. Je ne crois pas que qui que ce soit t'en empêcherait.

Personne ne vint le contredire. Les membres du *Shu* étaient plutôt neutres, mais j'étais certain qu'en cas de problème, ils n'auraient pas le moindre inconvénient à ce que je mette un terme à la vie du *Semel-aten*.

— Vous vous méprenez sur mes motivations, *Semel-re*, balbutia lentement Ammon, se relevant de son fauteuil, pressant sa chemise sur sa blessure à l'épaule gauche qui commençait déjà à se refermer.

Comme je le pensais, le *Semel-aten* guérissait vite. Il aurait besoin, comme chacun d'entre nous, de s'alimenter correctement et de bien s'hydrater, mais en à peine vingt-quatre heures, la blessure ne ferait plus que la moitié de sa taille.

— J'ai essayé de vous faire tuer la nuit dernière, c'est vrai, dit Ammon en respirant lourdement, rassemblant ses forces. Mais aujourd'hui, je voulais simplement vous faire prisonnier dans cette pièce pour y attirer votre *reah* et l'emmener ensuite jusqu'au temple de Seshat, dans le désert de l'ouest, pour l'y enfermer.

Nos regards se croisèrent et je compris qu'il était véritablement terrifié par moi.

— Toi, *reah*, tu es bien trop puissant pour qu'on puisse te laisser rentrer chez toi. En cas de problème, tu risquerais de te transformer de façon inconsidérée, révélant notre existence à tous. J'ai peur, pas uniquement pour moi, mais pour toutes les tribus d'hommes-panthères. Tu es une abomination, une corruption de notre race, en tant que telle, tu devrais être tuée, ou du moins enfermée quelque part en sécurité jusqu'à ta mort.

Il ne me voulait même pas pour lui-même. Il voulait me faire exécuter ou emprisonner. Pour lui, il n'y avait que ces deux options qui puissent être envisagées.

— Le prêtre ne perçoit pas cette menace, lui dit Logan.

— Il n'est qu'un vieil homme bercé par la mythologie et l'Histoire. Il voit Jin comme un lien nous unissant au passé, pas comme la menace qu'il est pour notre futur à tous.

Il leva les yeux vers mon compagnon.

— Vous pensez que je suis un monstre, mais je me préoccupe de toutes les tribus, Logan Church. Vous, vous n'avez à penser qu'à votre propre tribu, pas à notre communauté dans son ensemble.

— Et vous pensiez vraiment arranger les choses en me tuant ? répliqua sarcastiquement Logan. Parce que si vous vous souciez réellement de toutes les tribus, comme vous le prétendez, vous ne pouvez pas exclure la mienne.

— Hier, je pensais sincèrement que si vous mourriez, Jin accepterait de son plein gré d'être enfermé.

— Et d'être à vous, surtout, non ? Vous vouliez surtout qu'il se soumette à vous.

— Non ! s'exclama-t-il en secouant la tête. J'admets que j'ai eu terriblement envie de goûter à votre *reah*, *Semel-re*, mais c'était avant d'avoir découvert le monstre qui sommeille en lui. Vous ne le craignez pas, mais vous devriez. Le jour où il vous tuera, je prendrai moi-même la tête de l'expédition qui viendra lui trancher la tête.

Les yeux de Logan ne le lâchaient pas.

— Vous allez reconnaître devant tout le monde que vos *khatyus* ont tenté de me tuer, obligeant ma *reah* à venir une fois de plus à mon secours.

— Et si je refuse ?

Les yeux de Logan balayèrent les membres du *Shu*.

— Ces hommes seront témoins, sans compter le fait que les morts sont vos *khatyus* et qu'ils suivaient vos ordres. Vous croyez vraiment que ce sera dur à prouver ?

Il se mit à grommeler, se levant lentement, relâchant la chemise qu'il avait plaquée contre sa blessure, la jetant par terre, passablement énervé. Il ne saignait plus et ne semblait pas particulièrement affaibli.

— Vous avez eu de la chance que Jin me sauve encore et…

— Je n'essayais pas de…

— Vous n'êtes qu'un menteur et nous le savons tous les deux, rugit Logan, s'approchant du *Semel-aten*, en agrippant sa gallibaya. Vous avez essayé de me faire tuer hier, et vous avez retenté votre chance aujourd'hui. Je n'aurais pas cru une seule seconde que vous puissiez faire preuve d'une telle stupidité, pas avec ma *reah* dans les parages, veillant sur moi. Vous avez sacrifié des hommes qui n'avaient rien à voir dans tout ça uniquement pour satisfaire vos choix égoïstes. Alors allez-y, essayez un peu pour voir, justifiez les actes honteux dont vous vous êtes rendu coupable. Vous vouliez ma *reah*, et quand vous avez vu que ce ne serait pas possible, vous avez décidé que je ne devais pas l'avoir non plus. Et comme vous ne pouvez pas me tuer, vous vous êtes dit qu'en le faisant enfermer, vous pourriez réussir à nous séparer, finit Logan en giflant violemment Ammon. Vous pouvez aller vous faire foutre, et Sobek avec !

Ammon fit un léger mouvement, comme s'il allait lui aussi frapper Logan, mais mon grognement le fit se raviser.

— Vous pensez vraiment que vous pourriez me tuer avant qu'il ne vous tue, lui ? demanda Logan, reculant pour mieux me regarder. J'ai pensé un moment à vous provoquer en duel, *Semel-aten*, énonça-t-il platement.

Ammon le regarda droit dans les yeux.

— Mais ça ne m'intéresse pas. Je veux simplement rentrer chez moi.

— Vous croyez vraiment que vous pourriez...

— Oh, que oui, lui assura Logan. Je pourrais tout vous prendre.

Un silence long et angoissant se prolongea alors que les deux hommes se dévisageaient.

— Faites en sorte que nous restions en paix pour ce qui reste des festivités, *Semel-aten,* dit Logan. Arrêtons cette effusion de sang entre nos deux tribus.

— Les morts sont tous de la mienne, *Semel-re.*

Il frissonna et je fus certain que c'était au moins en partie dû au soulagement.

— C'est sur vos ordres qu'ils nous ont attaqués, ma *reah* et moi. Vous êtes le seul responsable de leur mort. C'est votre égoïsme qui les a tués et rien d'autre.

Après une minute, il acquiesça.

— Demandez-vous une trêve ?

— Je n'ai pas le choix.

— Vous avez toujours le choix.

— C'est vrai, reconnut-il. Faisons donc une trêve.

Logan se racla la gorge.

— Je veux que vous reconnaissiez publiquement que c'est vous qui avez donné les ordres qui ont amené ma *reah* à réagir et que vous confirmiez ainsi son innocence.

— C'est entendu.

— Bien, dit Logan en tendant subitement sa main transformée au *Semelaten*, ses griffes sortant là où ses doigts auraient dû être. Nous sommes donc d'accord et cela est totalement *maat*.

— C'est parfaitement *maat*, dit à son tour Ammon, transformant lui aussi sa main et la plongeant contre celle de Logan, leurs griffes se plantant mutuellement dans l'avant-bras de l'autre, provoquant un léger saignement.

En se retirant, chacun but leurs sangs mêlés, authentifiant ainsi leur engagement. Ammon me jeta un dernier coup d'œil avant de tourner rapidement les talons et de disparaître dans l'escalier allant de sa loge aux gradins du colisée.

Je tremblai, sentant les dernières vagues de tension s'évaporer. Je sentis deux mains sur mon visage et lorsque j'ouvris les yeux, mon regard se plongea dans les pupilles dorées de Logan.

— Laissez-nous, ordonna-t-il aux membres du *Shu*.

Je ne les entendis pas partir, mais un rapide coup d'œil me confirma qu'ils n'étaient plus là. Comme leur nom l'indiquait, ils se déplaçaient à la vitesse sur vent.

— Et maintenant, mon amour, dit-il en me souriant et en gratouillant mon menton, transforme-toi pour moi.

Je tremblai sans le vouloir, paniqué à l'idée de ne pas y parvenir. J'avais peur d'être allé bien trop loin cette fois.

— Mon amour.

Sa voix de velours, ses yeux plongés dans les miens et le sourire au coin de sa bouche furent de trop pour moi. Il me coupa le souffle.

Je sentis mes pieds me lâcher un instant et me retrouvai nez-à-nez avec Logan, le regardant dans les yeux.

— Te revoilà, dit-il avec un grand sourire, avant de se pencher contre moi pour m'embrasser.

C'était si affectueux, si tendre, j'étais au paradis. Son odeur, sa voix… Comment pourrais-je ne serait-ce que concevoir la vie sans lui ?

— Viens, dit-il en prenant ma main dans la sienne, m'amenant vers un canapé orné de coussins.

Il allait me faire asseoir sur ses cuisses, mais j'en profitai pour me mettre à cheval sur lui.

— C'est encore mieux, dit-il en poussant un long soupir. Juste toi et moi.

Je passai mes mains dans ses cheveux, sur son visage et suivis ses sourcils de la pointe de mes doigts.

— J'ai eu tellement peur.

— Moi aussi, répondit-il, m'attirant tout contre lui, coinçant mon membre à demi-raide entre nos abdomens tout en commençant à faire glisser ses mains sur mes fesses.

— Mais tout va bien maintenant, dis-je hésitant.

— Oui, me rassura-t-il en soufflant doucement.

Je l'étudiai.

— Tu es blessé, dis-je en voyant du sang séché sur son col et des égratignures sur sa mâchoire, des marques rouges qui risquaient fort de ne pas s'estomper tout de suite. Tu...

— Une métamorphose et ça sera guéri, me coupa-t-il comme pour me rassurer. Tu le sais bien.

Je hochai la tête.

— Jin...

— Oui, mon *Semel*.

— Bon Dieu, grogna-t-il, comment sais-tu que...

— J'ai repris forme humaine pour toi, repris-je en me laissant glisser en arrière pour descendre sur le sol. Et maintenant tu as besoin de sentir à quel point je te suis soumis.

Son gémissement d'approbation fut extrêmement sexy.

Je relevai son tee-shirt par-dessus ses épaules, libérant ses superbes abdos, et me baissai pour l'embrasser sur le ventre.

— Tes lèvres sont si douces, dit-il d'une voix hésitante.

Je souris à nouveau contre sa peau, m'amusant avec sa ceinture avant de la défaire et de commencer à déboutonner son pantalon, l'ouvrant délicatement. Je vis sa chair raidie tendre l'élastique de son slip. Je passai alors mes doigts sous l'élastique, contournant ses hanches jusqu'à ses fesses afin de baisser légèrement le tout et de libérer sa belle verge engorgée. Celle-ci me sauta au nez dès que j'eus baissé son sous-vêtement. Me penchant en avant, je me mis à donner quelques coups de langues sur son gland, léchant les gouttes qui dégoulinaient.

— Putain !

C'était moi le soumis, mais j'avais l'impression d'être le seul à mener la danse, d'avoir tout le contrôle de la situation.

— Jin, s'il te plaît, supplia-t-il.

Je gémis et me penchai davantage en avant pour le prendre en bouche, pensant le gober jusque dans le fond de ma gorge. Au lieu de ça, j'ouvris la bouche et descendis lentement, volontairement, le sentant se trémousser sous moi. Il tenta de s'enfoncer davantage en moi, sans y parvenir, c'est moi qui lui distribuais du plaisir au compte-gouttes, sans le laisser prendre le contrôle, je fixai le rythme. Sans pitié, je l'amenai à me supplier.

— Jin, grogna-t-il, m'agrippant les cheveux, me serrant fort, ta bouche est si chaude, si humide... Je crois que je vais jouir... Bon sang, mais qu'est-ce que tu me fais avec ta langue ?

Je suçai et léchai chaque centimètre de son long et gros sexe, parcourant le pourtour du gland, titillant le méat, montant et descendant le long de la hampe, le faisant gémir encore davantage.

— Bébé...

Sa voix était rauque à présent.

— Oh, bébé...

Il était si beau, la tête rejetée en arrière, les yeux fermés, tremblant sous moi, balbutiant mon nom, son membre raide comme une grosse pièce de métal dans ma bouche. Son corps était parcouru de frissons. Il se perdait dans le plaisir et c'était à moi qu'il le devait. C'était grisant parce qu'il était si fort, si plein de chaleur et de force, mais c'était tout de même lui qui quémandait et moi qui lui procurait ce plaisir. Il dépendait complètement de moi.

— Dis-moi ce dont tu as envie, lui dis-je, pressant sa verge, lui malaxant les testicules, salivant sur sa hampe pour bien la lubrifier, n'engouffrant toute sa longueur que par moments.

— Arrête de me torturer, suce-moi ! Suce ma queue... Fais-moi jouir.

Ce n'était pas une demande, c'était un ordre. Sa voix me fit trembler, tant je débordais moi aussi de désir.

— Bon sang, ces bruits que tu fais... Tu me rends dingue.

Je me replongeai sur son sexe, l'enfonçant jusqu'au fond de ma gorge, collant mes lèvres à son pubis.

— Regarde-toi, gémit-il.

Alors que je le prenais à fond, accélérant le rythme de ma succion, je pus sentir les coups de boutoirs de son gland contre ma glotte. Il devenait encore plus gros et dur dans ma bouche. Je l'entendis soudain rugir mon nom et se cramponner à mes cheveux avec tant de force que cela me fit mal, m'empêchant de relever la tête. Il lâcha de puissants jets de sperme qui m'inondèrent la bouche.

— Vas-y, prends tout ! m'ordonna-t-il, le corps agité de violents spasmes.

Je le gardai en bouche jusqu'à ce qu'il ramollisse et nettoyai les dernières gouttes de sperme à coups de langue. Je m'avachis ensuite sur les coussins. J'étais détendu, relaxé... Enfin. L'air frais, le fait que nous soyons seuls tous les deux, la certitude que personne ne viendrait nous déranger, m'aidèrent à profiter du moment présent. Même si nous étions sur cette loge ouverte au vent, la hauteur à laquelle nous nous trouvions nous protégeait des regards indiscrets, personne n'aurait pu arriver sans que nous ne l'entendions d'abord venir. C'était transcendant.

— Viens-là.

Je levai la tête pour le regarder et il tapota ses cuisses.

— Non, tu ne vas pas me dire que tu veux remettre le couvert tout de suite quand même, dis-je en riant.

— Mais non, je veux juste te câliner.

— Je me sens tellement bien, soupirai-je réalisant à quel point c'était effectivement vrai.

J'étais exténué après ma métamorphose. Mon désir de lui faire du bien, de me soumettre à ses envies avait été plus puissant que jamais. Cela avait drainé le peu d'énergie qu'il me restait.

— Viens-là, je veux te caresser... T'embrasser... Prendre ta langue dans ma bouche.

Je me relevai avec peine pour me mettre sur ses genoux, collant mon derrière contre ses attributs. Lorsque je tournai la tête vers lui, il attrapa ma bouche et y introduisit sa langue avec volupté, suçant la mienne doucement, délicatement. Je sentis mon corps se réchauffer contre le sien presque instantanément.

— Quand nous serons rentrés à la maison, je vais te garder au lit pendant toute une semaine.

— Et ce sera avec plaisir, dis-je en fermant les yeux, m'imaginant comme ce serait bien.

Il me serra contre lui, ravi de ne faire que ça.

# XVI

IL Y avait beaucoup de monde qui voulait voir Logan, des amis qui le connaissaient depuis des années, mais aussi de simples connaissances. Pour accueillir ces nombreux visiteurs, notre suite fut ouverte pour une petite réception. En temps normal, je serais resté à côté de lui, mais me sentant particulièrement mal à l'aise, je m'éclipsai sur le patio, m'excusant de n'avoir dit que quelques mots à l'un des *Semels,* à sa *yareah* et à leur enfant. Delphine vint m'y retrouver, m'apportant un verre d'eau.

— Tu dois te réhydrater davantage, me dit-elle en prenant ma main. Mais je suis sûr que tu le sais.

Je hochai la tête.

Lorsqu'elle fit mine de repartir, je serrai sa main plus fort pour l'en empêcher.

— Qu'y a-t-il ? demanda-t-elle, surprise en se tournant vers moi.

Je déglutis péniblement.

— Je n'en sais rien.

Elle serra elle aussi ma main plus fort, avant de la lâcher et de venir plus près de moi, posant ses mains sur mes joues.

— Qu'est-ce que je peux faire ? me glissa-t-elle à voix basse pour que personne n'entende.

Un sentiment de panique m'assaillit et elle le remarqua à mes tremblements.

— Tu devrais peut-être te coucher un peu, non ?

— Peut-être oui.

— Tu veux que j'aille chercher Logan ? proposa-t-elle en se mordant la lèvre inférieure.

— Non.

Je bougeai la tête.

— Il doit continuer ce qu'il fait. C'est important de maintenir son réseau de relations.

— Peut-être que quelqu'un d'autre pourrait aller avec toi pendant que tu te reposes. Pourquoi pas Crane ?

Je la regardai, surpris.

— Juste pour te réconforter un peu.

— Non, ça ira, dis-je en soupirant.

— Tu en es sûr ?

— Je suis sûr que ça ira, répondis-je.

J'avais du mal à respirer.

Elle retourna vers les autres et je fus seul quelques minutes avant que Yuri ne me rejoigne, se serrant tout contre moi, protecteur.

— Tu joues les chaperons ?

— C'est ce que font les *sheserus* pour leur *reah*.

Il avait raison.

— Viens dans la chambre et discutons, proposa-t-il.

— Delphine t'a dit qu'il valait mieux que j'aille me reposer, répondis-je bien conscient qu'il n'avait pas pu avoir l'idée tout seul.

— Elle a juste dit que tu étais très fatigué, et je crois qu'elle a raison. Après ce que tu as fait aujourd'hui, tu devrais même avoir perdu connaissance. Je pense vraiment que tu devrais manger encore un peu, reprendre beaucoup d'eau et te mettre au lit.

— Je devrais peut-être juste me mettre un peu au calme.

— C'est une bonne idée, reconnu-t-il, posant sa main sur mon omoplate et m'attirant avec lui à l'intérieur.

Il me conduisit jusqu'à ma chambre et prit place dans un grand fauteuil bien rembourré alors que je me couchais.

— Tu vas juste rester là à me regarder ?

— Pourquoi ne dormirais-tu pas un peu ? On dirait que tu vas pleurer, Jin, dit-il en me voyant déglutir avec peine. Tu veux que j'aille chercher Logan ?

— Pourquoi aurais-je envie de pleurer ? demandai-je en hoquetant, essuyant mes larmes.

— Je crois que tout ça a finalement fini par te rattraper, tu ne vas pas tenir le coup, à mon avis.

— Je tiens toujours le coup.

— Jusqu'à aujourd'hui, oui.

— Non, ça va aller. Va voir Logan et assure-toi que tout va bien là-bas. Il y a pas mal de monde autour de lui.

Il me fit un geste de la tête et se leva du fauteuil. Il devait m'obéir. Une fois que j'avais insinué le doute à son esprit, lui rappelant qu'avec tout ce monde, Logan pouvait être vulnérable, il ne pouvait en être autrement, il devait aller vérifier.

Mes yeux se troublèrent et je sentis presque au même moment un bras autour de mon épaule et une tête se coller contre moi.

— Ça va, dis-je à Delphine.

— Je n'en ai pas l'impression.

— Non, vraiment, renchéris-je en la prenant dans mes bras pour la rapprocher encore plus de moi, l'embrassant sur la tempe avant de me lever.

J'avais l'impression que j'allais être malade. C'était trop agité, il y avait trop de monde, trop de bruit, trop de conversations, trop de tout. J'avais besoin de solitude.

— Vraiment, je te jure que ça va Delph, lui assurai-je.

— Qu'est-ce que je peux faire pour toi ?

Je fus soudain pris d'une violente envie de me précipiter à l'extérieur. Il me semblait qu'il n'y avait plus d'air dans la chambre.

— Rien du tout, ça va, mentis-je honteusement. Écoute, je reviens tout de suite, mon cœur, lui dis-je en tentant de sourire.

— D'accord, l'entendis-je répondre alors que je quittais la pièce.

Je cherchai partout mais ne vis pas Logan. Je continuai un moment, regardant parmi la foule, souriant aux gens qui me saluaient. Je me mis à accélérer le rythme et n'entendis Crane m'appeler qu'une fois la porte déjà refermée derrière moi. Je dévalai les marches de l'escalier quatre à quatre, et répondis à Yuri qui m'appelait de l'étage que je revenais tout de suite, que j'avais juste besoin de prendre l'air. Il me dit de l'attendre, qu'il allait venir avec moi.

Une fois dehors dans la cour, je respirai un grand coup. Je n'avais plus la sensation que j'allais hyper ventiler. Je fermai un instant les yeux. Les vagues de panique continuaient à m'assaillir. Sans même me rendre compte que je marchais, je me retrouvai sur le chemin vers le centre-ville. Regardant la route qui s'étalait devant moi, je ravalai ma salive plusieurs fois, tentant de ne pas vomir. Ma respiration était haletante et mes mains moites. Je m'étouffai à force d'essayer de ne pas vomir. Le bruit était insupportable, je devais m'éloigner.

J'avais envie de courir. Je courais tous les jours normalement, quand je n'étais pas prisonnier quelque part, battu, humilié, enfermé dans des coins sombres et humides. J'avais du mal à respirer, mais être à l'extérieur m'aidait. C'était si bon d'être à l'air libre, de sentir la brise sur mon visage, de voir les murs de l'extérieur.

Je marchais rapidement, tournant au coin de la rue en direction du parc que je me souvenais avoir aperçu. Je me dis que j'allais m'y arrêter et m'asseoir. J'avais vu une table. Je m'imaginais là-bas, tranquille, au calme, seul. Mais à peine arrivé sur place, je continuai à marcher, traversant le parc et recommençant à me diriger ver la ville. Je ne suivais pas une ligne droite, je faisais des détours, traversant des rues, contournant des bâtiments. Malgré la soif qui me tiraillait, je ne m'arrêtai pas. Je me sentais mieux que je ne m'étais senti durant toute la journée. Être à l'extérieur me faisait un bien fou.


LA NUIT était tombée et il n'y avait plus personne dans la suite lorsque je rentrai. Il n'y avait plus âme qui vive. Tout le monde était sans doute parti à ma recherche. J'irais les chercher après une bonne douche. Je me sentais crasseux, j'étais couvert de sueur et de poussière.

J'étais vanné après ma douche et je fonçai à la cuisine pour me ramener six grandes bouteilles d'eau avant de remonter à ma chambre. Je mis un bas de pyjama et un tee-shirt et me couchai après avoir avalé une quatrième bouteille d'eau. Je me dis qu'il était inutile que j'aille à la recherche des autres. Ils retrouveraient facilement leur chemin de toute façon. J'avais juste besoin de dormir.

J'étais sur le point de le faire lorsque j'entendis la porte s'ouvrir et mon nom être appelé par une voix reconnaissable entre toutes.

— Jin ?

— Je suis là, hurlai-je à mon tour à Crane.

Il arriva par la porte de la chambre en un éclair. Ses yeux se fixèrent sur moi, m'inspectant pour vérifier que tout allait bien. Mentir à mon meilleur ami était inutile. J'avais passé ma vie entière sous sa surveillance. Les autres félins se seraient fait du souci s'il les avait regardés comme ça, prenant son attitude pour une menace, voire même un risque d'agression physique. Mais moi je connaissais Crane Adams sur le bout des doigts et avais dressé depuis longtemps l'inventaire des différentes manières qu'il avait de regarder les gens. Tout ce que je lus dans son regard fut du doute et de l'inquiétude.

Je lui souris, prenant un ton détendu.

— Je ne suis pas mort !

— Je le vois bien, lança-t-il en allant s'asseoir sur le fauteuil.

— Je suis désolé, dis-je en le regardant prendre place.

— Pas besoin d'être désolé, répondit-il en se penchant vers moi pour me toucher, posant une main sur ma joue.

Mes yeux plongèrent dans les siens.

— Tu m'as vraiment fait peur, reprit-il en remontant sa main sur mes cheveux, me massant doucement. Une fois de plus.

— Je me suis fait peur à moi-même aussi, lui dis-je sans même tenter de lever la tête de mon oreiller, bien trop fatigué. Putain, quelle heure est-il ? Je suis parti combien de temps ?

— On s'en fiche. Tu te sens bien ?

— Je suis vraiment désolé, il fallait que je sorte d'ici. Je n'arrivais plus à respirer, j'allais véritablement étouffer...

— Tu as fait une crise de panique.

— Mais ça ne me ressemble pas du tout non ?

Il hocha la tête.

— Putain, Jin. Nous venons à peine de te retrouver, et tu ne prends pas le repos dont tu as besoin, tu repousses tes limites, comme tu le fais toujours. Et bien sûr, sans compter ce que tu as fait aujourd'hui !

— Mais ça va.

— Ça va ! cria-t-il. Arrête de dire que ça va quand c'est manifestement le contraire. Non, ça ne va pas ! Tu as vu tout ce que tu viens de vivre ? Tu devrais être complètement détruit !

— Je n'ai pas fait une rupture d'anévrisme non plus, répliquai-je.

— Jin !

Je pestai.

— Tu as besoin de paix et de calme, c'est tout. Il y avait beaucoup trop de gens ici pour toi.

— C'est ce que j'ai pensé au départ, mais plus maintenant. Je crois plutôt que... En fait je n'en sais rien.

— Très bien, écoute-moi, d'accord ? Tu dois te laisser un peu de temps. Je sais bien que tu n'as pas envie de repenser à ce que ce connard t'a fait, mais peut-être devrais-tu le faire.

— Mais qu'est-ce qu'il a fait en fait ? Il... Il m'a tabassé et m'a enfermé dans une cave noire et humide. Il y a des gamins maltraités qui subissent bien pire que ça tous les jours, tu ne crois pas ?

— Jin, tu plaisantes ? demanda-t-il gentiment, posant sa main sur mon cœur. Il t'a frappé, il t'a découpé au couteau, il t'a fait croire qu'il allait te tuer et a en plus menacé de te violer. Ce n'était pas rien quand même. C'est uniquement parce que tu as une santé de fer et une immense capacité à guérir que ça ne saute pas aux yeux des gens. Je te garantis que c'est un véritable enfer ce que tu as vécu et que cela n'a rien d'anodin.

Je restai silencieux.

— Je vois bien que tu essaies de te comporter comme tu le fais toujours, comme si rien ne s'était passé. Comme si tu allais bien. Mais tu es une victime, Jin, et il va falloir que tu vives avec ça.

Je faisais de mon mieux pour continuer de respirer normalement.

— Si tu étais une fille et qu'un truc pareil te soit arrivé, tout le monde serait mort d'inquiétude, mais tu es un homme, donc tu considères que tu dois juste digérer ça, un point c'est tout. Mais crois-moi, c'est bien plus compliqué que ça, il va bien falloir que tu ouvres les yeux.

— J'ai beaucoup de mal à dormir.

— Cela ne me surprend pas.

— Je continue de penser que tout ça n'est qu'un rêve, et que je vais me réveiller d'un coup dans la cave, avec Laurent. Je ne veux vraiment pas y retourner. Je te jure que…

— Jin, tu n'y retourneras jamais.

— Et j'ai tout le temps soif en plus.

— Je vais te chercher de l'eau, attends.

— Où est Logan ?

— Je suis certain qu'il est sur le chemin du retour. Il était parti à ta recherche avec Yuri et Mikhaïl.

— Désolé d'avoir gâché la petite sauterie, ou quoique cela ait été.

— Mais ça, on s'en fout. Vraiment, tout le monde s'en fiche. Jin, ce qui compte c'est que tu sois là. Tout le monde est prêt à s'asseoir par terre dans la chambre à te filer un coup de main si tu en as besoin.

— Eh bien, j'ai surtout besoin d'eau, lui dis-je en souriant.

— Je t'en amène tout de suite, dit-il en se levant.

Je dormais déjà lorsqu'il revint.


MON CORPS pesait des tonnes, ou du moins c'était l'impression que j'avais. J'étais incapable de lever la tête. Je ne parvins qu'à ouvrir les yeux. Je vis Crane, en train de lire sur son fauteuil, les pieds posés sur le coin de mon lit.

— Salut.

— Salut. Comment ça va ? demanda-t-il en souriant.

— Où est Logan ? dis-je la tête contre l'oreiller.

En dormant, je m'étais retourné et allongé sur le ventre.

— Ils ne sont toujours pas rentrés, mais ça ne fait qu'une demi-heure que tu dors.

— Oh, d'accord. Tu m'en veux ?

— Mais mon poussin, pourquoi diable, t'en voudrais-je ?

Cela faisait des années qu'il ne m'avait pas appelé comme ça.

— Logan est-il en colère ?

— Il n'est pas encore là, donc je n'en sais rien, mais franchement, cela m'étonnerait. Tu as fait peur à tout le monde, mais c'est tout.

— C'est tout ? C'est déjà pas mal, tu ne crois pas ?

— Mais ça va, tu es pardonné. Ferme donc les yeux.

— J'ai soif.

— Je m'y attendais.

Je lui souris alors qu'il me servait un grand verre d'eau glacée, orientant la paille pour que je puisse boire sans effort. Ça faisait du bien.

— Ferme les yeux, m'ordonna-t-il, se renfonçant dans le fauteuil une fois que j'eus fini de boire.

— Attends, tu vas partir ? lui demandai-je, vraiment soucieux à cette idée.

— Mais de quoi parles-tu ?

— Je veux dire, lorsque nous serons rentrés. Tu vas partir quelques jours après ou…

— Jin, dit-il pour me calmer, détends-toi. Je ne n'irai nulle part tant que tu ne seras pas prêt à y faire face.

— Oh non, ce ne serait pas juste, je ne…

— Arrête. Maintenant, rendors-toi.

Je me tournai sur le côté et me rendormis.


LORSQUE JE rouvris les yeux, Crane était toujours là, à me veiller.

— Tu lis quoi ? lui demandai-je en bâillant, inspirant une bonne odeur. Et qu'est-ce qui sent bon comme ça ?

— Je lis un des romans d'amour de Delphine, et je pense que c'est le *sheseru* de Justin qui nous a préparé du gombo ou un truc dans le genre.

— Ah oui ?

— Je crois, oui.

— Tu ne m'en veux pas ? dis-je en le regardant.

— Non. Dors.

— Je veux Logan.

— D'accord, je vais aller le chercher. Ne bouge pas.

Logan vint me rejoindre au lit quelques minutes plus tard, se collant contre moi.

— Tu devrais te rendormir, me glissa-t-il à l'oreille.

— Quelle heure est-il ?

— Je ne sais pas, aux alentours d'une heure du matin, je pense.

— Merde, je suis vraiment désolé, dis-je en regardant ses grands yeux dorées.

Il hocha la tête.

— Pas de problème.

— C'est juste que... Je ne sais pas. J'ai ressenti le besoin de partir soudain.

— Et tu n'as pas réussi à me trouver, sans quoi tu ne serais pas parti.

— Non, c'est vrai, dis-je en réalisant après quelques secondes qu'il avait raison.

Il hocha la tête.

— Mais pourquoi ne me cries-tu pas dessus ?

— Parce que c'est précisément la dernière chose dont tu as besoin. Je t'aime et j'ai eu terriblement peur pour toi. C'est à moi-même que j'en veux.

Il reprit son souffle.

— Tu as besoin de moi, de Crane, de notre famille et c'est tout. Je sais que tu es fort, vraiment très fort, mais mon amour, tu as besoin de te reposer. Tu as besoin de temps pour encaisser le choc de tout ce qui s'est passé. Si tu as besoin d'en parler, nous pouvons...

— Non, ce n'est vraiment pas quelque chose que j'ai envie de faire.

— D'accord, n'hésite pas à m'en parler si tu changes d'avis.

Je sentis mes yeux se remplir de larmes et collai son pouce sur ma joue.

— Ne pleure pas, bébé.

— Tu dois te dire que je suis cinglé.

— Non, bébé. Tu repousses juste trop tes limites, comme toujours. Il est temps que tu comprennes que ton corps n'en peut plus, qu'il doit se reposer. C'est pareil pour ton esprit d'ailleurs.

— Tu as peur que je pète un plomb.

— Mais non, mon ange, dit-il en effleurant mes lèvres des siennes.

— Je t'ai fait peur ?

— Plutôt, oui.

— Tant que ça ?

— Un peu quand même, confessa-t-il.

— Mais tu ne vas pas me faire enfermer quelque part sur nos terres ou un truc dans le genre non ?

— Non.

— Je suis désolé.

— Tu dois te reposer davantage. Je suis navré de ne pas m'en être rendu compte.

Je plongeai dans ses yeux sombres aux reflets d'or.

— Crane pense que je fais une crise de panique.

— Je pense comme lui.

— Et tu m'en veux ?

— Non. Pourquoi n'essaies-tu pas de te rendormir un peu ?

— Je devrais me lever et aller voir tout le monde au contraire.

— Quand tu te réveilleras, plus tard.

— Je n'ai pas besoin que tu sois d'accord, dis-je en tentant de me lever.

— Bonne chance alors, se moqua-t-il en se penchant contre moi pour me donner un rapide baiser.

Je gobai sa lèvre inférieure, la retenant dans ma bouche.

— Jin, grogna-t-il en se serrant contre moi, pour que je puisse l'embrasser plus facilement, avant de reculer. Maintenant, rendors-toi, et arrête d'essayer de m'attirer des ennuis.

— Des ennuis ? répétai-je en souriant.

— Eh oui, imagine un instant qu'ils débarquent tous dans la chambre et me voient ainsi vautré sur toi, qu'est-ce que tu crois qu'ils diraient ?

— Vas-y, vautre-toi sur moi !

— Bon sang, tu me dis ça d'un air si sexy, si provocateur.

J'allais l'embrasser de nouveau mais il s'éloigna sur le lit en deux temps trois mouvements.

— Ce n'est que partie remise, maintenant, dors.

— J'ai assez dormi.

Je vis sa mâchoire se contracter.

— Tu ne t'attendais pas à tout ça hein ? Tu es certain de…

— Tu es à moi, dit-il, souriant tel un prédateur, maintenant, tais-toi. C'est fou ce que tu peux être bavard.

Je le fixai.

— Alors viens vite m'embrasser. Je te jure que je ne mettrai pas la langue, le provoquai-je.

Il remonta sur le lit et se rapprocha de moi. Je passai une main derrière son cou et l'attirai à moi pour l'embrasser, plongeant ma langue profondément en lui. Il pouffa en reculant.

— Tu n'es qu'un sale menteur.

— C'est parce que tu m'as trop manqué. J'ai envie d'être avec toi en permanence.

Il redescendit doucement du lit.

— Dors encore un peu, je reviendrai voir où tu en es, et quand tu te réveilleras la prochaine fois, nous discuterons pour voir si tu peux ou non te lever.

— D'accord.

— Bien, dit-il en se penchant pour déposer un baiser sur ma tempe.

Je souris et fermai les yeux mais sentis instantanément une main et une serviette sur mon visage.

— Jin ?

Je levai les yeux et découvris Delphine au-dessus de moi.

— Salut mon beau, murmura-t-elle en me caressant les cheveux. Logan est juste en train de parler à Martin Soto, qui est venu pour te voir. Du coup, il m'a demandé de venir m'occuper de toi pendant qu'il prévient tout le monde que nous allons prendre un dîner très, très tardif.

Je la regardai médusé. Je m'étais endormi, avait eu un cauchemar et m'étais réveillé aussi vite que ça ? C'était étourdissant.

— Qu'est-ce que je peux t'amener ?

Je levai la tête. Mon cœur battait à tout rompre et je tremblais. Mon corps avait du mal à comprendre que tout allait bien. J'étais en mode fuite ou combat, et comme j'étais plutôt du style à m'enfuir…

— Tiens, dit-elle en contournant le lit pour venir s'allonger à côté de moi.

Elle se coucha tout contre moi, me serrant fort.

— Laisse-moi te faire un câlin, ça ira tout de suite mieux.

Les félins avaient vraiment désespérément besoin de contacts physiques, ça les détendait. Delphine n'échappait pas à cette règle. Je lui fis donc moi aussi un câlin, ce qui au moins, me laissait la possibilité de bouger les bras comme je l'entendais. La dernière chose dont j'avais besoin, c'était qu'on me tienne. Delphine sentait bon, comme les fleurs et le miel. La sentir si près de moi aurait dû être apaisant, mais je ne parvenais pas à me détendre.

— Il faut que je me lève, dis-je en roulant sur le dos. Je ne peux plus dormir de toute façon.

— D'accord.

Elle releva la tête pour mieux me voir.

— Je vais t'aider si tu veux.

— Pourrais-tu aller chercher Logan ?

— Bien-sûr, répondit-elle visiblement déçue.

Je n'avais pas l'énergie suffisante pour la consoler. Je voulais mon compagnon au plus vite.

— Merci.

Elle partit et mes yeux se fermèrent. Quelques secondes plus tard tout au plus, je sentis une main se poser sur mon torse. J'ouvris les yeux et vis Logan, penché au-dessus de moi.

— Il faut que je me lève, le suppliai-je presque.

— Il faut que tu dormes. Je peux te tenir dans mes bras ou préfères-tu que je te laisse ?

— Non, ça c'est toujours bon, dis-je en déglutissant.

— Tu en es sûr ? demanda-t-il en montant sur le lit, se collant contre moi.

Je sentis son souffle chaud dans mon cou.

Je gémis doucement en signe d'approbation.

— Je vois, dit-il en me serrant fort dans ses bras, me planquant contre lui.

L'effet fut immédiat. Dès qu'il me prit contre lui, je me sentis mieux, détendu, relaxé, je me sentais reprendre des couleurs. J'aimais Delphine comme la sœur que je n'avais jamais eue, mais c'était vraiment l'eau et le vin. Logan était comme le feu ardent d'une cheminée un soir d'hiver. Il me coupait le souffle.

— Dors.

— Logan, soupirai-je en me blottissant encore plus contre lui, sa main descendant dans le bas de mon dos. Promets-moi de toujours m'emmener avec toi dorénavant, d'accord ? Ne m'abandonne plus jamais.

— Cela n'arrivera plus.

— Promis ?

— Promis, susurra-t-il.

Au lit avec l'homme que j'aimais, je me sentais mieux que je ne l'avais été de toute la journée.

# XVII

J'ETAIS SUPPOSE me reposer encore. Malgré une collation, plusieurs rations d'eau, une bonne douche et une grosse sieste, Logan m'avait ordonné de rester dans la suite et de me reposer. Je n'avais le droit qu'à une seule chose : me prélasser sur le hamac de la terrasse si j'en avais marre du lit.

Comme en plus, c'était la nuit de *heru-ur*, je ne profitais même plus de la compagnie des autres.

Un peu plus tôt, Delphine m'avait demandé ce qu'était *heru-ur* exactement, en jetant un coup d'œil à Yuri, Mikhaïl et Crane. Ils crevaient tous d'envie d'y aller et n'attendaient que le feu vert de Logan.

— C'est une grosse orgie, lui dis-je, et cela la fit lever les yeux au ciel.

Je lui décochai un sourire malicieux.

— Et ils vont faire quoi ? me demanda-t-elle en gesticulant avec le plateau de viande qu'elle allait apporter à Markel.

— Ils vont baiser tout ce qui bouge, lui répondis-je de but en blanc.

— Beurk…

— Qu'est-ce qu'il y a ? lui dis-je en pouffant, remarquant son ennui. Dis-moi.

— Markel crevait d'envie d'y aller.

— Mais parce qu'il voulait y aller avec toi, renchéris-je en ricanant. Se balader dans une grande salle où tout le monde baise, c'est un peu comme se retrouver au milieu d'un film porno.

— Jin !

— C'est du moins comme ça que je crois que ça se passe, surtout avec l'opium et le vin.

— Quoi ?

— Va donc nourrir ton homme, le docteur a dit que s'il s'alimentait correctement, il devrait être sur pied demain, lui conseillai-je en l'incitant d'un signe de la main à y aller.

— Et dire qu'il se lamentait de rater *heru-ur*, jappa-t-elle.

— Il voulait juste faire des trucs sympas avec toi, me moquai-je.

— Jin !

— Vas-y, lui dis-je en m'éloignant d'elle.

Une demi-heure plus tard, je me retrouvais donc complètement seul. Logan, comme tous les autres *Semels*, devait être présent et assister au repas avant que les choses sérieuses ne commencent. D'après ce que j'en savais, c'était une fête païenne tout droit sortie des Dix Commandements ou de Cléopâtre. Un spectacle à gros budget avec des centaines de danseurs en costumes, et le show se terminait sensiblement en orgie. Tout commençait à la tombée de la nuit et durait jusqu'au lendemain matin. Ça se passait dans la salle de réception centrale, mais débordait jusqu'aux bains privés.

En tant que *reah*, il m'était formellement interdit d'y participer de toute façon. En fait, les *yareahs* n'avaient pas non plus le droit d'y aller. En revanche les *Semels* devaient être présents. Les deux poids, deux mesures étaient énervants, mais je m'en fichais. Logan n'était obligé d'y paraître que jusqu'à la fin du repas quand les danseuses commenceraient à inviter les gens à les rejoindre sur la piste pour les revendiquer. Dès que ça commencerait à baiser sérieusement, il s'excuserait et prendrait congé. Les hommes aimaient bien en général rester pour regarder, et je ne faisais pas exception à la règle d'ailleurs : c'était comme assister à un porno en direct. J'avais dit à Logan qu'il pouvait rester profiter du spectacle, mais il m'avait regardé d'un air dégoûté, arguant qu'il préférait mille fois rentrer se mettre au lit avec moi. Et la passion brûlant dans ses yeux ne m'en avait pas laissé douter un seul instant. Pour moi aussi d'ailleurs, l'idée de nous retrouver seuls, lui et moi au lit était la chose la plus excitante que je pouvais imaginer.

Alors je me prélassais dans le hamac, attendant patiemment son retour et finis par m'endormir. Il faisait nuit noire lorsque je me réveillai, et seule la lumière de la lune éclairait les environs. Je traversai la chambre pour aller allumer la lumière, me demandant où Logan pouvait bien être, et penser à lui me fit sourire. Je réfléchis un court instant aux raisons pour lesquelles il n'était pas encore là, ce qui ne fit qu'accentuer mon sourire. Je l'imaginais en train de ronchonner et de se plaindre que je lui manquais et qu'il devait vite me rejoindre et que…

Soudain, je m'arrêtai en plein mouvement, comme paralysé au beau milieu de la pièce, la vérité venant de m'éclater à la figure.

Je ne me souciai pas, mais alors pas du tout qu'il ait pu trouver quelqu'un à la fête. Je n'avais pas la moindre crainte qu'il soit en train de baiser une femme anonyme sur la piste de danse. Ma confiance en lui était devenue à ce point aveugle que je savais sans l'ombre d'un doute que j'étais la seule et unique personne qu'il désirait.

Je ne réfléchissais plus à ce qu'il pouvait bien penser. Je ne me torturais plus pour savoir s'il était hétéro ou gay. Il n'était plus que Logan, mon compagnon, l'homme que j'aimais. J'étais tout ce qui comptait pour lui, et je le comprenais enfin. Si son amour inconditionnel ne m'était pas dévoué, alors jamais je n'aurais pu me livrer à lui de la sorte, me soumettre complètement à son emprise. Il était évident qu'il était mon compagnon, mon ami, et l'amour de ma vie. J'avais vraiment de la chance.

— Jin !

Je l'entendis soudain à l'entrée de la suite.

Le temps de me retourner et il était déjà sur le seuil de la porte de notre chambre. Il s'appuya sur le cadre de la porte, me souriant.

— *Semel-re*, l'accueillis-je avec un sourire malicieux, voyant bien qu'il ne tenait pas tellement sur ses jambes. Le vin était-il bon ?

— Cette petite merde de Kellen Grant...

— Quoi ? demandai-je surpris.

— Cet enfoiré de Kellen chiure-de-mouche Grant est allé pleurer auprès du prêtre pour ne pas avoir à m'affronter dans le puits.

— Oh ? m'exclamai-je feignant la surprise alors que j'étais plutôt ravi.

— Ouais, pesta-t-il. Il va faire comme ils... Enfin, il nous offre des compensations, un *menat,* au lieu du duel dans le puits. Putain, on a vraiment l'impression de vivre sous la Rome Antique avec toutes ces magouilles. Il a déjà commencé à envoyer l'argent, et il a dit au prêtre des millions de fois qu'il était désolé, et qu'il allait faire marquer Abbot et Ian, qu'il allait traquer Sean Baker, le quatrième homme qui t'a attaqué et le retrouver, mais...

— Il a peur de t'affronter dans le puits, c'est tout.

— Mais non, corrigea-t-il tout de suite. Il a peur de toi ! Tout le monde recule à la seule évocation de ton nom. Ils ne parlent tous que de ça.

Si ma métamorphose permettait à mon âme-sœur de ne plus jamais redescendre dans le puits, je n'allais pas m'en plaindre.

— Ah oui ?

— Oui, reprit-il en se calmant un peu.

— Mais pas toi, non ? Le *Semel-re* n'a pas peur.

— Bien sûr que non !

Ma bouche s'assécha à le contempler. Il était si beau, avec ses yeux vitreux, sa chemise humide de sueur qui collait à son torse musclé et dont le col révélait sa belle peau bronzée.

— Je n'aurais jamais peur de toi, répéta-t-il.

— Alors prouve-le moi.

Il grogna d'une manière très virile et pénétra dans la chambre en claquant la porte derrière lui. En un éclair, il fut sur moi, me serrant dans ses bras.

Je levai la tête pour parler, mais sa bouche se colla à la mienne et il ne m'en laissa pas le temps. Il me réclamait par un baiser vigoureux, poussant rudement sa langue entre mes lèvres, me forçant à les ouvrir. Nos langues se mêlèrent. La sienne avait le goût du vin dont il s'était enivré, Le goût et l'odeur étaient partout d'ailleurs, sur sa langue, dans sa bouche, sur ses lèvres. Ses mains se baladaient sur moi. Il me fit asseoir sur le lit, écartant mes jambes de sa cuisse.

Je ne pus me retenir de rire, sa bouche toujours collée à la mienne, tentant de m'en éloigner pour pouvoir reprendre mon souffle. J'y parvins enfin et pris une grande goulée d'air, durant le rapide interlude qu'il m'accorda avant de reconquérir ma bouche.

— Logan ! m'écriai-je, heureux.

J'adorais le sentir comme ça, si plein de désir.

— Trop besoin... De toi... parvint-il à dire tout en m'attrapant les cuisses pour les coller de chaque côté de ses hanches. J'ai trop... Envie de m'enfoncer en toi... Aussi profond que je peux... Jin... Ma *reah*... À moi.

— J'ai bien peur que tu n'aies terminé avant même d'y arriver, me moquai-je en caressant l'avancée qui déformait son pantalon.

— Oh, putain !

Je respirai un grand coup contre lui, laissant sa douce odeur m'enivrer.

— Jin, murmura-t-il, se frottant contre moi, me faisant bouger au même rythme. Je veux... Je veux te baiser, longtemps, une baise bien rude, je veux être en toi.

Ses mots, dégoulinant de vice me firent frissonner. Je m'agrippai à lui, serrant mes jambes encore plus fortement autour de sa taille, augmentant la pression.

— Oh, Jin ! laissa-t-il échapper.

Je baissai la tête et me mis à le mordiller à la base de son cou. Je sentis son souffle sur moi devenir haletant. Il avait besoin d'accentuer la friction.

— Jin ! rugit-il d'une voix gutturale.

Il balança ses reins encore plus violemment que précédemment, initiant un nouveau rythme qu'il m'imposait. Je mordis encore plus fort la chair délicate de son cou et je le sentis tressaillir dans mes bras.

— Putain, bébé, je vais jouir !

Je le serrai fort contre moi alors qu'il était pris de violents spasmes. Ses mains me serraient puissamment et il semblait manquer d'air. Je savais que je n'aurais aucun mal à tenir jusqu'à ce qu'il relâche son étreinte, donc je me contentai de simplement desserrer les dents et de lécher tendrement la trace de la morsure que je lui avais faite.

Nous restâmes allongés ainsi, en silence plusieurs minutes. Je sentais son cœur battre la chamade près du mien.

— Merde, c'était quoi ça ?

— C'est ce qui se passe quand tu mélanges vin et opium, le taquinai-je.

— Mais je n'ai pas… J'ai bu du vin, oui, mais je n'ai pas touché à l'opium. Ça jamais de la vie.

— Alors c'est juste moi qui te fais cet effet ! dis-je en frottant mon menton contre lui. Ou alors c'est de voir tout le monde en action qui t'a rendu chaud comme la braise en attendant de me retrouver.

— Bon sang, marmonna-t-il lorsqu'il parvint enfin à reparler, son visage collé contre mon épaule. Je n'avais pas joui dans mon pantalon depuis mes seize ans au moins.

— Regarde-moi, dis-je en lui adressant un grand sourire.

— Je suis vraiment obligé ? grogna-t-il, moqueur.

— Oui, pouffai-je en enfouissant mon visage dans ses cheveux.

Il releva la tête et je vis ses beaux yeux, parfaitement clairs, plonger dans les miens. Peu importe ce qu'il avait ingurgité, la poussée d'adrénaline, les endorphines et un bon vieil orgasme avaient tout dissipé. Il ne restait plus qu'un Logan Church ayant repris tous ses esprits, dans un pantalon tout visqueux.

Il gémit et laissa retomber sa tête sur mon torse.

— Putain…

— Tu pourrais bouger un peu, s'il te plaît, parce qu'honnêtement, tu pèses une tonne.

— Faut que j'aille me nettoyer, gémit-il à nouveau en se relevant avant de se diriger vers la salle de bain avec une démarche digne de John Wayne.

Il était absolument adorable.

Je souris lorsqu'il s'arrêta à la porte pour jeter un coup d'œil par-dessus son épaule. Je ne pus retenir un soupir d'admiration.

— Je veux te baiser contre le mur de la douche.

— C'est une invitation ou une promesse ?

— C'est une promesse si tu bouges ton cul et si tu viens m'y rejoindre.

Autant dire que je m'y précipitai sur le champ.

# XVIII

CE DEVAIT être une nuit mémorable. Crane revint près de deux heures après que Logan soit rentré et annonça solennellement en se dirigeant vers la douche que c'était la dernière fois de sa vie qu'il baisait.

— Toi ? se moqua Logan, tu ne baiseras plus jamais ?

C'était aussi inconcevable que s'il avait annoncé qu'il décidait d'arrêter de respirer.

— Plus jamais, confirma-t-il en claquant la porte derrière lui.

Lorsqu'il nous rejoignit dans la véranda et se vautra dans le hamac, il nous informa toutefois qu'il avait déjà changé d'avis. Il se pourrait qu'il rebaise un jour... Éventuellement.

Je levai les yeux au ciel et Logan se tourna vers moi en faisant de même.

— Il faut que nous mangions un peu. Appelle le service de chambre et commande-nous quelque chose, tu veux ?

La villa du *Semel-aten* était si grande que lors des festivités, il la faisait gérer comme un gigantesque hôtel. Toutes les chambres et les suites étaient équipées d'un téléphone qui sonnait directement chez les femmes de chambres ou la cuisine. Il y avait des gens disponibles vingt-quatre heures sur vingt-quatre et ils étaient très nombreux.

Je passai un rapide coup de fil pour nous commander de la viande, du fromage et des fruits, ainsi que du thé à la menthe glacée et du cidre. En retournant sur le patio, je tombai nez-à-nez avec Markel et Delphine. Markel avait l'air bien plus en forme et Crane lui raconta un peu *heru-ur* en lui parlant des femmes qu'il avait tirées.

'Tirées'... Le mot qu'il choisit me peina.

— Charmant, s'offusqua Delphine en soupirant.

Yuri arriva ensuite, suivi de Mikhaïl, qui, à la différence de Yuri et Crane n'avait pas du tout l'air de s'être adonné à la débauche.

— Quoi ? me demanda-t-il en sentant le poids de mon regard.

— Tu as juste l'air encore…

Je me tournai vers Delphine pour qu'elle m'aide à trouver le mot juste.

— Pas trop dans ton assiette, suggéra-t-elle.

— Ah ouais, et alors ?

Logan prit un air amusé, se mit à l'aise et posa sa tête sur mes genoux. Il voulait que je lui prête plus d'attention, que je caresse ses cheveux. Justin Cho, son *sheseru* et son *sylvan* nous rejoignirent bientôt. Je fus surpris de voir que tous ces hommes étaient plus intéressés par le fait de papoter autour d'un thé que de prendre part à une véritable orgie romaine.

— Je préfère voir un peu mon vieil ami, expliqua Justin en souriant à Logan. Et pour ce qui est de ces deux-là, dit-il en désignant sa crosse et son fléau, ce n'est pas trop leur genre de faire la fête.

Desmond Kaufman, son *sheseru*, le dévisagea et son *sylvan*, Sean Li, protesta.

Ce fut un moment très agréable pour moi que d'entendre Logan et Justin se raconter leurs histoires d'université, où ils s'étaient visiblement rencontrés, ainsi que celles concernant leurs tribus respectives. Justin nous fit pouffer en nous racontant une anecdote sur deux familles de San Jose qui vivaient l'une à côté de l'autre et se bouffaient le nez pour un pêcher qui était entre leurs deux terrains. Ils semblaient considérer que c'était à leur *Semel* de trancher leur litige. Il nous dit clairement qu'il n'avait jamais rien vu d'aussi ridicule de sa vie.

— Oui, mais cette Mme Nguyen, elle fait vraiment peur à tout le monde, nous assura Desmond. Elle n'a pas loin de quatre-vingt-dix ans, mais c'est une sacrée bonne femme.

— Ouais, c'est vrai qu'elle est méchante comme une teigne, renchérit Sean. Et elle a de petits doigts tous crochus.

Tout le monde éclata de rire en le voyant trembler rien que d'y penser.

La nuit se poursuivit et lorsque Crane ouvrit la porte en entendant un coup de sonnette, nous le vîmes revenir avec Christophe Danvers et son *sheseru*, Avery Cadim.

— À quoi devons-nous ce plaisir ? demanda Logan en se levant, faisant face à Christophe.

Christophe avait affronté Kellen Grant dans le puits plus tôt dans la journée, mais Logan et moi n'y avions pas assistés. De ce qu'on nous en avait dit, les deux combattants étaient plus ou moins de force égale et Christophe avait été déclaré vainqueur sur décision du prêtre. Avant son verdict, aucun des deux hommes n'avait réellement pris l'avantage sur l'autre.

Je fus surpris, lorsque Logan se tourna vers Avery, de voir ce dernier se prosterner immédiatement à genoux.

— Pardonnez-moi, *Semel-re*, d'avoir donné asile à ces chiens de la tribu de Selket. J'ignorais vraiment qu'ils s'étaient enfuis de vos terres lorsque je leur ai parlé la première fois, et ensuite quand j'ai appelé votre *reah* et que Domin est venu...

— Levez-vous, lui ordonna Logan.

Dès qu'il l'eut fait, Logan s'avança vers lui, si près qu'ils étaient presque nez-à-nez.

— J'ose espérer que dorénavant, vous ne mettrez plus en péril le lien sacré qui unit nos deux tribus. N'oubliez pas que la sœur de votre *Semel* est l'*aset* de ma tribu. Si Simone était là, elle...

— Je sais, dit-il en grimaçant comme si Logan venait de le frapper. Elle m'a appelé, et ... j'ai bien entendu.

Logan vint derrière moi, passant ses doigts sous mon tee-shirt pour caresser mon dos.

— Elle veut que nous formions qu'une seule et grande famille.

— Je sais, affirma Christophe l'air vraiment peiné, détournant mon attention et celle de Logan d'Avery. Simone a en effet son mot à dire sur ce que j'aurais dû faire et que je n'ai pas fait. Elle n'est pas seulement ma sœur, mais l'*aset* de ta tribu, et la *yareah* d'un *Semel* parmi les plus puissants. Elle est... pff, putain !

— Et son compagnon est complètement fou d'elle, précisa Logan

— Oh, vas chier, Logan, pesta Christophe, il la gâte et lui cède tout... C'est toi qui les as présentés, et maintenant, je me retrouve avec ce type qui met le nez dans mes affaires parce que Simone pense qu'il serait bien qu'il m'appelle. Enfin, c'est la merde quoi. Dans tous les cas, Avery a fait une erreur, nous en sommes tous les deux désolés. Ça va comme ça où il faut qu'on continue ?

Ça ne ressemblait pas tellement à des excuses, mais plutôt à une requête.

— J'ai été puni, expliqua Avery. Simone exige que le *sheseru* d'Ethan et moi échangions nos places pendant un mois.

Je parvins à ne pas sourire, et j'en étais vraiment fier.

Lorsque j'avais appelé Simone pour prendre enfin des nouvelles, lui demandant surtout me raconter son mariage, sa lune de miel, nous avions eu une petite discussion à propos d'Avery et de son frère. Simone m'avait raconté avoir dit à Christophe de lui envoyer Avery pour qu'elle puisse lui 'rappeler' qui étaient ses vrais amis. Cela m'avait fait mal pour lui. Simone pouvait vraiment être une garce si elle le décidait, et elle avait visiblement dans l'idée de faire entrer dans le crâne d'Avery Cadim l'importance qu'elle attachait à ses amis et à sa famille. Il allait morfler.

— Alors tu vas aller à New York ? intervint Crane. Tu n'as vraiment pas de bol, pauvre chou. Je parie qu'elle va te faire faire les magasins tout en t'obligeant à raconter tes malheurs.

Avery fusilla Crane du regard et mon meilleur ami lui fit un clin d'œil.

— *Reah*, je crois que je vais me faire votre *Beset*, dit Avery.

— Tu peux toujours essayer, lui répondit Yuri.

— Bon, ça va, on ne va pas jouer à celui qui pisse le plus loin quand même, se plaignit Christophe, jetant un coup d'œil à Logan avant de s'avancer un peu. Lorsque nous serons de retour, je veux que nous rassemblions nos deux tribus. Organisons un week-end ou quelque chose de ce genre.

— D'accord, lui répondit Logan. Et je veux que vous fichiez la paix à Domin dorénavant. Faute de quoi, la prochaine fois, c'est Yuri que je vous envoie.

— Pas de problème, céda Christophe sans broncher.

— Ne m'oblige plus jamais à te faire honte devant toute ta tribu.

Six mois plus tôt, Christophe m'avait 'emprunté' à Logan. Il avait en tête de me convaincre de devenir sa *reah*, alors que je lui avais déjà fait part de mon refus catégorique. La seule chose qui l'avait sauvé de la mort, c'était qu'au moment où il m'avait fait enlever, il ignorait complètement que j'avais déjà été revendiqué par Logan Church, puisque l'annonce officielle n'avait pas encore été faite. Il ne savait pas, pas plus que Laurent Bruyere d'ailleurs, que j'étais le compagnon véritable, le destiné de Logan. Une différence de taille tout de même résidait dans le fait que Laurent m'avait torturé, alors que Christophe n'était même pas parvenu à me garder plus de quelques heures dans la pièce où il m'avait enfermé.

— Sommes-nous bien d'accord ? demanda Logan.

— Est-ce qu'Avery est pardonné ? vérifia Christophe en ravalant sa salive.

— Pour avoir donné l'asile à ces connards, oui, dit Logan avant de se précipiter sur Avery pour l'agripper par le revers de sa chemise. Mais s'il s'en prend à nouveau à Domin Thorne, c'est à moi que tu devras en répondre, *sheseru* de la tribu de Pakhet.

— Oui, répondit Avery, maintenant sa main sur le poignet de Logan pour ne pas étouffer.

Tous les félins à l'exception des *Semels* avaient le besoin intrinsèque de se soumettre à une puissante domination. Je pouvais voir Avery ressentir celle de Logan.

Christophe était un homme bon, mais pas un chef. Il aurait dû naître comme simple félin, ou comme *sylvan* à la rigueur, mais certainement pas comme un *Semel*. Logan, au contraire, était un chef né. Il était puissant et plein d'attentions, mais par-dessus tout, il était parfaitement conscient qu'il devait prendre ses responsabilités. Il avait toute confiance en ses capacités et en sa force. Christophe passait son temps à douter, pas Logan. Lui, il soumettait les récalcitrants. Christophe leur suggérait de suivre ses décisions. La puissance de Logan émanait de lui par vagues, et Avery, qui était bien trop puissant pour avoir envie de se soumettre à Christophe, mourrait d'envie de se soumettre à Logan. Cela n'avait aucune connotation sexuelle, mais il n'en avait pas moins envie. Il voulait un *Semel,* un vrai, quelqu'un qu'il puisse respecter et suivre. Et cela n'avait jamais été le cas avec Christophe Danvers.

Et il y avait d'autres genres de puissances aussi, pas uniquement celle liée au physique, qui faisaient que Logan n'était pas une brute sans cervelle. Il était plutôt comme Justin Cho. Il était quelqu'un d'intelligent, doué d'une extraordinaire capacité à écouter les autres et qui se souciait véritablement de chaque membre de sa tribu, homme, femme ou enfant. L'un comme l'autre étaient prêts à mourir pour sa tribu. Avery aurait été un bien meilleur *sheseru* pour Logan ou Justin, mais le destin lui avait joué des tours, et il était celui de Christophe. Cela ne l'empêchait pas de reconnaître ce dont il avait secrètement besoin lorsqu'il y était confronté. La façon qu'il avait de regarder Logan ne laissait planer aucun doute, si nous lui demandions de devenir le *sheseru* de mon *Semel*, il accepterait sans même y réfléchir à deux fois.

— Je promets de ne plus importuner ton *maahes, Semel-re*, et mes hommes feront de même, promit-il.

Logan le relâcha et posa sa main sur son épaule.

— C'est donc une promesse que tu me fais.

Avery acquiesça, incapable de parler.

Un nouveau coup de sonnette mit fin au silence qui planait dans la pièce.

Crane fonça ouvrir la porte.

260

Je vis Logan retirer sa main de l'épaule d'Avery et m'apprêtais à dire quelque chose lors que j'entendis Crane hurler. Je me préparai à bondir à sa rescousse, mais Logan m'en empêcha, faisant signe à Yuri d'y aller d'abord.

— Logan, criai-je, désespéré de rejoindre Crane le plus vite possible.

— Non, me réprimanda-t-il en me poussant en arrière lorsque je fis une nouvelle tentative.

— *Semel-re* !

C'est n'est qu'en entendant qu'on l'appelait que Logan me permit de l'accompagner, sans me laisser passer devant.

Ce que je vis fut plus qu'inattendu : le prêtre de Chae Rophon accompagné d'Archer Pike, le *Semel* actuel de mon ancienne tribu, la tribu d'Anuket, son *sheseru*, Nelson Adams, le père de Crane et mon père, Mitchell Rayne. Je fus paralysé sur place de voir les personnes qui venaient d'entrer dans notre suite.

Tous, à l'exception du prêtre, se mirent à genoux. Mes yeux se rivèrent sur Crane et je vis qu'il serrait les poings aussi bien que les dents. Il était rouge de colère.

— *Semel-re*, appela à nouveau le prêtre, je vous amène les proches de votre *reah* afin qu'ils entendent ce que j'ai à dire.

Logan recula un peu pour les laisser prendre place dans la pièce.

— Je me suis interrogé à propos de la situation à laquelle Jin a dû faire face lorsque sa nature de *reah* a été découverte. Il m'a rapporté avoir été pratiquement tué, puis banni par sa tribu. Cela m'a beaucoup préoccupé, car je ne peux concevoir que la découverte d'une *reah* ne soit perçue autrement que comme une bénédiction du ciel.

Il me sourit.

— Une *reah*, comme vous le savez tous, est l'unique âme-sœur que peut avoir un *Semel*, mais c'est bien plus que ça encore. La *reah* est le cœur même de la tribu, elle lui apporte chaleur, paix et sécurité. La présence d'une *reah* assure à la tribu croissance et prospérité, car elle attirera d'autres félins à rejoindre la tribu du *Semel* chez qui elle réside. La puissance d'un *Semel* est décuplée lorsqu'il a une *reah* à ses côtés. La tribu qui donne naissance à une *reah* est considérée comme bénie par Râ.

Personne ne prononça le moindre mot.

— Je n'ai cessé de me demander, après ma discussion avec Jin, pourquoi diable, si la tribu d'Anuket ne voulait pas de lui, ils ne l'avaient pas simplement envoyé à Sobek pour le présenter au *Semel-aten* ?

J'étais certain que personne n'allait donner la vraie raison, dire qu'ils étaient tout simplement emplis de haine, alors je ne fus pas surpris lorsqu'il régna un silence de mort.

— Je crois, reprit le prête, que dans toutes les tribus, c'est avant tout l'attitude du *Semel* qui est à l'origine du comportement du clan. Il me semble donc probable que si Gabriel Pike, le *Semel* de la tribu d'Anuket à l'époque où la vraie nature de Jin fut révélée, l'avait acceptée, la tribu en aurait fait de même, et ce malgré les objections de son père.

Le prêtre regarda Logan après avoir jeté un coup d'œil à toutes les personnes présentes.

— Puisque Gabriel Pike a renoncé à son rang de *Semel* et a abdiqué en faveur de son frère, je me dois de ne pas juger trop sévèrement le nouveau *Semel* de la tribu d'Anuket, mais d'exiger en revanche que soient punis son *sylvan* et son *sheseru*.

— Puis-je dire un mot d'abord, avant que vous n'annonciez votre sentence, Excellence ? demanda Logan doucement.

— Oui, *Semel-re*.

Il s'éclaircit la gorge.

— Je ne souhaite aucun châtiment pour les injustices et les offenses passées qu'eurent à subir ma *reah* et son *Beset*. Je n'exige qu'une chose, que nous avons déjà conclu avec leur *Semel* lors de sa dernière visite : c'est qu'aucun membre de la tribu d'Anuket ne s'approche de mon compagnon ni de son ami. Tout le reste est déjà réglé entre les tribus de Mafdet et d'Anuket.

— En es-tu certain ?

— Je le suis. Ma tribu est désormais *khet*, séparée de la leur par le feu. Nous ne voulons plus rien avoir affaire avec eux.

Logan faisait savoir au prêtre que nos deux tribus s'étaient séparées par le feu, comme ça se faisait autrefois. Cela signifiait qu'elles n'auraient plus jamais de contact l'une avec l'autre. Et ce, pour l'éternité.

— C'est votre dernier mot ?

— Oui.

— Alors tout ceci est *maat*, déclara le prêtre.

Il se tourna ensuite vers Archer, mon père et celui de Crane.

— Le *Semel-re* vous autorise donc à partir, mais avant cela, je souhaiterais faire une déclaration en votre présence à vous tous.

Je fis signe à Crane de venir vers moi.

— Un moment s'il vous plaît, Excellence, demandai-je en attrapant le bras de Crane.

— Bien sûr, ma *reah*.

Mes yeux se tournèrent vers mon père le voyant tiquer, vert de rage. Si n'importe qui d'autre que le prêtre m'avait appelé *sa reah*, il n'aurait pu s'empêcher d'intervenir. Pour lui, je n'étais qu'un déchet. Il était hors de lui, considérant qu'il n'avait pas à être traîné devant le prêtre pour la façon, tout à fait justifiable à ses yeux, dont il m'avait traité. Il voulait ma mort. Ses yeux bleus foncés qui m'avaient regardé il y a si longtemps avec amour étaient à présent froids et impitoyables.

Le père de Crane était une version plus vieille de lui : mêmes yeux, mêmes cheveux en plus gris, et son expression était toute aussi froide que celle de mon père. Il voulait ma mort tout autant que lui.

Je fis venir Crane plus près de moi et l'amenai face à eux.

— Qu'y a-t-il ?

— C'est ton père qui est ici, dis-je doucement. Si tu as quelque chose à lui dire ou si tu souhaites le voir, lui ou ta fam...

— C'est toi ma famille, sombre connard, combien de fois vais-je devoir te le dire ? me coupa-t-il à voix basse.

Il était hors de lui, et je le remarquai au mal qu'il avait à chuchoter.

— Crane...

— Non merci, dit-il en me coupant à nouveau, prêt à partir, mais je le retins en lui attrapant le bras.

— Écoute, c'est...

— Tais-toi maintenant, m'ordonna-t-il et je m'exécutai. Je... Bon sang, tu étais par terre...

Je le regardai droit dans les yeux et vis ses larmes couler, sa mâchoire se crisper et ses poings se serrer. Je lui mis la main sur la joue.

— Tu ne vas quand même pas me dire que tu as oublié que cet homme, mon... père, t'as cassé le bras avec une batte de baseball ?

Je hochai la tête.

— Je ne peux pas, ça me fait trop mal de le voir... Et ton père, j'ai vu ce qu'il t'a fait, je n'aurais jamais pensé qu'il puisse faire une telle chose, mais c'était ton père. Cela n'a pas eu la même signification pour moi que lorsque j'ai vu mon propre père s'en prendre à toi avec une telle violence. Cela a tout changé pour moi, tu comprends ? Parce que c'était mon père, qu'il m'aimait et que je l'aimais.

Ma main glissa de sa joue à son cœur.

— Il t'a frappé, encore et encore, même après t'avoir cassé le bras, il a continué jusqu'à ce que mes cris l'arrêtent.

— Merde !

— Tu ne le savais pas parce que tu avais déjà perdu connaissance, mais il s'en est pris à moi aussi, pas aussi fort qu'à toi, c'est vrai, mais c'était dur quand même. Il m'a traité de tout un tas de trucs, disant qu'il ne pouvait y avoir qu'une seule raison pour que je choisisse un autre homme contre toute ma famille. Une seule raison !

Une raison qui paraissait évidente, mais qui ne s'appliquait pas à Crane. Lui et moi n'avions jamais été amants, juste de très bons amis, même si le terme me semblait un peu faible. Nous étions plus comme des frères. Le seul qui me restait en fait.

— Et ?

— Alors j'ai fait mon choix, et tu sais aussi bien que moi pourquoi.

Je le savais. En fait, je l'avais toujours su.

— Alors arrête de vouloir penser pour moi, d'accord ? me réprimanda-t-il en passant une main dans mes cheveux. Pour moi, les choses sont très bien comme elles sont maintenant.

— Très bien, alors, dis-je en passant mes bras autour de son cou, me collant contre lui.

— Jin, reprit-il, sans me serrer contre lui, tu dois me croire !

— Tu as surtout intérêt à me serrer dans tes bras, espèce de petit con, dis-je en éclatant de rire contre son cou, ayant soudain l'air d'un dangereux maniaque.

Il me serra enfin contre lui, et je sentis tout son corps trembler.

— Jin, dis-le. Dis que tu me crois et que tu ne me feras plus jamais ce genre de coup.

— Mais…

— Jin !

— Bon, d'accord, je te le jure, si pour toi, ça va vraiment telles que les choses sont maintenant, alors je ne tenterais plus de les changer.

— Ça serait sympa en effet !

Je lui fis tourner la tête vers moi et il fit bouger ses sourcils comme pour me sermonner.

Nous rejoignîmes Logan et il nous regarda tous les deux d'un air préoccupé.

— Ça va vous deux ?

— Ouais, souffla Crane.

— Ça va, ça va, dis-je en levant mon pouce.

Son sourire fit briller ses yeux comme si un feu les habitait. C'était à couper le souffle. Il se tourna alors en direction des autres, toujours agenouillés et mit sa main sur mon épaule pour me rapprocher de lui avant de s'adresser au prêtre.

— Excellence, allez-y.

Je passai mon bras autour de sa taille, le serrant contre moi, et me tournai en direction du prêtre.

— À partir de ce jour, dit-il à Logan, vous ne serez plus *Semel-re*, car j'ai pu confirmer avec le Conseil d'Ennead, que Jin est en fait un *nekhene,* et nous sommes unanimement parvenus à cette conclusion. Votre *reah*, qui vous est bien destinée, est également l'un des félins les plus puissants que le monde ait jamais rencontré. Vous serez donc, à partir de maintenant, connu en tant que *Semel-netjer*. Nous en feront l'annonce officielle tous ensemble, demain à…

— Non Excellence, puis-je dire quelque chose ? l'interrompit Logan en me serrant encore plus fort contre lui.

— Bien évidemment.

— Je préférerais rester un *Semel-re*, comme maintenant, si vous pensez que c'est faisable. Je préfère que l'on m'identifie d'abord comme un *Semel* qui a trouvé sa *reah*.

— Sur vos terres, *Semel-netjer*, vous êtes libre de vous faire appeler comme vous le souhaitez, mais ici, ainsi que pour toutes les relations de votre tribu avec les autres, votre titre est et sera *Semel-netjer*. Je suis certain que vous comprendrez la portée qu'a un *nekhene,* c'est encore bien plus rare qu'une *reah*. C'est aussi l'explication liée au fait que Jin soit une *reah* mâle, dit-il en souriant. Les *nekhenes* sont toujours des mâles. Il est donc d'abord né *nekhene*, puis, *reah*. Sa nature la plus puissante l'emporte sur l'autre. Un *nekhene* est encore bien plus précieux, et…

— Pour vous, lui assura Logan. Mais après avoir enduré une séparation forcée, je peux vous dire que pour moi je suis et je resterai l'un des deux *Semel-re*, et rien de plus.

Le prêtre parut un peu perdu.

— Vous êtes le seul *Semel-re* que je connaisse, Logan Church.

— Mais, le *Semel-aten* a dit à Jin que sa *wosret*, Amirah Fehr, avait trouvé son compagnon à…

— Oh, non, dit-il en baissant la voix avant de se tourner vers les hommes à genoux. Vous êtes tous excusés, retournez dans vos appartements, ou allez vous amuser à *heru-ur*.

Mon père leva la tête vers moi, me jetant un regard plein de haine, et le père de Crane fit de même. Seul Archer, leur *Semel*, eut l'air de vouloir me parler.

— Vous pouvez y aller, insista le prêtre en haussant le ton.

Les hommes prirent congé, sous l'œil vigilant de Jamal Hassan. Ils partirent rapidement, aucun d'eux ne souhaitant avoir maille à partir avec le *phocal* du *Shu*. Une fois sortis, le prêtre se retourna vers nous. Nous étions tous parfaitement silencieux.

Il se racla la gorge.

— Il semble qu'Amirah Fehr ait été prête à tout pour s'éloigner du *Semel-aten,* et lorsqu'elle a vu Terrance McCord, elle a utilisé son pouvoir sur lui, ses phéromones et sa beauté pour le séduire. Il a sincèrement cru qu'elle était sa *reah*, et elle l'a amené à le croire. Il l'a donc revendiquée.

— Que s'est-il passé ? demanda Logan.

— Il y a six mois, j'ai reçu la terrible nouvelle que le *Semel* avait tué sa *reah* et son *sheseru* après les avoir trouvés ensemble au lit.

Il reprit lentement sa respiration.

— Le lien entre ce *Semel* et cette *reah* n'était en fait qu'un mensonge. Par contre, il est bien établi que celui entre un *sheseru* et une *reah* n'en a jamais été un.

— Lorsqu'il les a découverts, il a dû être psychologiquement détruit, soupirai-je.

— En effet, *reah*, car cela lui a fait comprendre en un instant que le lien entre eux n'avait tout bonnement jamais existé.

— Comment ça ? intervint Delphine.

— Une *reah* qui a trouvé son compagnon destiné ne coucherait jamais avec qui que ce soit d'autre, répondit Logan. Son désir est exclusivement tourné vers son *Semel*.

— Et il les a tués tous les deux ? demanda Christophe.

— Oui.

— Je croyais que personne n'était autorisé à s'en prendre à une *reah*.

— Personne à part son *Semel*, rectifia Logan pour Christophe. Une *reah* ne peut être exécutée que par son *Semel*.

Christophe frissonna.

— Je ressens une certaine sympathie pour Amirah et son *sheseru*, mais étrangement, je ressens la même chose pour son *Semel*. J'imagine qu'il s'est suicidé, dit-il en s'adressant au prêtre.

— Oui, c'est ce qu'il a fait.

266

— Trois vies de fichues en l'air pour une infidélité, soupira Justin. Si ça fait ce genre d'effet, je me demande si ça vaut vraiment le coup de trouver sa *reah*.

— Crois-moi, ça en vaut la peine, lui assura Logan en passant ses doigts dans mes cheveux. Tu peux me faire confiance, toi aussi tu trouverais ça formidable.

— Si tu le dis, je te crois.

— Excellence, dis-je calmement au prêtre, pourriez-vous bénir notre union maintenant ?

La chambre devint aussi silencieuse qu'un cimetière.

— Mais, ma *reah*, vous…

— S'il vous plaît, demandai-je à nouveau. Ici, et maintenant… De tous les gens qui comptent pour moi, seule la mère de Logan manque à l'appel et nous ne portons pas d'anneaux à cause des transformations, mais s'il vous plaît, Excellence.

Il regarda longuement au plus profond de mes yeux, puis se tourna vers Logan.

— Si telle est votre volonté, *Semel-net…* euh, *Semel-re*.

— Je vous le demande moi aussi, reprit Logan. Ma *reah* est bien la seule à vouloir célébrer son union le soir d'une orgie géante !

Son commentaire fit rire le prêtre, ainsi que toutes les autres personnes présentes.

Vingt minutes plus tard, Logan et moi étions à genoux devant le prêtre. Justin se tenait à côté de Logan, lui tenant office de *Khonsou*, son témoin en quelque sorte, et Crane était le mien. Hamid utilisa l'un des rubans de sa propre tunique pour nous lier les mains, prononçant les paroles sacrées en égyptien, en grec ancien, puis finalement en français, scellant le lien qui nous unirait jusqu'à la mort. En me tournant vers Logan, je vis ses yeux se troubler et je ne pus retenir mes larmes.

— Mon âme-sœur, dit-il en posant délicatement sa main sur ma joue, séchant mes larmes avec son pouce. Je n'ai jamais aimé rien ni personne autant que je t'aime. S'il devait t'arriver quelque chose un jour… Je serais incapable d'y survivre. Je ne sais pas ce que j'aurais fait si je ne t'avais pas retrouvé.

— C'est pareil pour moi, fis-je en acquiesçant.

— Tout est parfait alors, sourit-il se penchant vers moi, relevant mon menton pour poser sa bouche sur la mienne.

J'entrouvris mes lèvres et aspirai sa langue en moi, l'embrassant langoureusement, lui faisant ressentir tout le désir que j'avais de lui.

Les bruits qui sortirent du fond de sa gorge me firent pouffer de rire contre sa bouche.

— Petit con, me réprimanda-t-il en se séparant de moi.

Je fis bouger mes sourcils pour me moquer de lui et me tournai vers le prêtre, que tout cela amusait visiblement.

— Vous êtes gai et agréable, *reah*, mais terrifiant quand même.

Personne ne m'avait jamais trouvé effrayant. Son commentaire me fit immédiatement reprendre mon sérieux.

— Considérez ce ruban comme mon cadeau. Il symbolise le lien qui vous unit et souligne le fait que j'ai béni votre union de tout cœur.

Il se tourna vers Logan.

— Cette union est digne de vous, *Semel-netjer*, *Semel-re*, et de vous, ma *reah,* continua-t-il en se retournant dans ma direction.

Je ne manquerai pas de faire encadrer ce précieux ruban dès notre retour. En tant que panthères mâles, ni Logan ni moi ne portions de bijoux, car nous devions pouvoir nous métamorphoser même dans l'urgence. Le faire avec une bague sur le doigt par exemple, pouvait vous faire perdre purement et simplement une phalange, car le flux sanguin se retrouvait alors bloqué d'un coup. J'aurais pourtant adoré porter une alliance, pour montrer au monde que j'étais en couple, marié à l'homme que j'aimais, mais étant donnée la vitesse de mes métamorphoses, c'était vraiment trop risqué. Ce ruban serait le seul et unique symbole rappelant le lien sacré qui m'unissait à Logan Church.

Nous nous levâmes tous et Logan se tourna vers Justin et les autres pour recevoir leurs félicitations. Crane me fit pivoter vers lui pour me regarder bien en face.

— Je suis content pour toi.

— Et je suis content pour moi aussi, lui dis-je en lui donnant un petit coup d'épaule. Merci d'avoir accepté d'être mon *khonsu*.

— Parce que si j'avais dit non, tu crois que tu en aurais trouvé un autre ? Je n'ai pas trop eu le choix, se moqua-t-il. Allez, arrête de faire l'idiot.

J'aperçus le regard que Jamal posait sur Crane. Il était outré par le manque apparent de respect dont il faisait preuve à mon égard.

— Ben quoi ? Qu'est-ce qu'il y a ? demanda Crane d'un ton bourru en le regardant.

Jamal me regarda, sidéré.

— Ma tribu est assez particulière, le rassurai-je.

— En effet, Jin Rayne, elle l'est vraiment.
Et elle me convenait exactement telle qu'elle était.

# XIX

LE DERNIER soir des festivités, toutes les compagnes des *Semel*s reçurent l'autorisation de prendre part au dîner sans couvre-chef, à condition de porter le costume traditionnel. En me voyant sortir de la salle de bain, en tenue de cérémonie, Logan eut le souffle coupé.

— Quoi ?

Il se leva du lit et je le vis serrer la mâchoire avant de se lécher les lèvres.

Je levai les yeux au ciel.

— Ne me dit pas que tu trouves ça excitant Church, je ne te croirais pas. Je suis couvert des pieds à la tête, dis-je en en resserrant la cordelette qui tenait la tunique blanche et or, à col montant, que je portais.

Elle était faite de soie et se boutonnait jusqu'en bas.

— Si on m'avait dit de porter la même tenue que les esclaves, je comprendrais que tu baves, mais là, ce n'est pas franchement excitant.

Il se leva tranquillement et vint se mettre en face de moi, posant ses mains sur mes épaules, pour me regarder de haut en bas.

— Ah, je vois, tu aimes que j'aie l'air aussi innocent qu'un bébé qui vient de naître devant les autres et que je sois aussi dévergondé dans ton lit !

Il fit juste un petit signe de la tête, sans relever la blague.

Je me dressai sur la pointe des pieds, pour atteindre son visage et déposai tendrement un baiser sur son cou.

— Je suis ravi de voir que je peux encore te couper le souffle comme ça.

— Oh, tu le peux encore, et tu le pourras toujours, dit-il tout doucement, en faisant glisser ses mains sur mes biceps.

Je me collai plus près de lui, posant ma joue contre son épaule.

— Il va falloir y aller, dit-il en me repoussant, pas le temps pour ça.

Je ne prévoyais d'aller nulle part.

Mais le devoir nous appelait, Logan et moi, pour cette dernière soirée. Ce fut tout bonnement insupportable. Avoir Logan si près de moi, tout en ayant conscience qu'il allait devoir s'écouler des heures entières avant que je puisse le toucher, était ce qu'il pouvait y avoir de pire. J'étais tendu et j'avais mal partout. Je n'en pouvais plus de ne pas avoir mon compagnon pour moi et moi seul. C'était lui, et uniquement lui que je voulais. Je ne pouvais penser à rien d'autre. La soirée à laquelle nous nous devions de participer ne me laissait pas le choix. Je fis de mon mieux pour me montrer gentil et agréable, engageant même la conversation par moments. Pourtant je n'en étais pas moins perdu. J'avais un nœud dans l'estomac et je sentais que le désir risquait de m'envahir à tout moment, à la simple évocation de ce qui m'attendait plus tard dans la nuit. Je savais bien que les phéromones présentes dans la salle, couplées au désir dû à la proximité de Logan ne faisaient qu'amplifier le phénomène. Je ne pouvais rien y faire.

On nous servit des boissons d'abord, puis ce fut un festival de plats. Les conversations devinrent de plus en plus barbantes et j'accordais aussi peu d'attention à ceux qui me parlaient qu'à leurs visages qui s'estompaient aussitôt dans mon esprit. À la première occasion, je me réfugiai dans la pénombre d'une alcôve que j'avais remarquée en début de soirée. De ce point stratégique, je pouvais voir sans être vu. J'attendis patiemment que Logan se rende compte que je n'étais plus là, contemplant ses larges épaules alors qu'il prenait activement part à une conversation animée. C'était un spectacle splendide. J'adorais le regarder, étudier les lignes de son beau visage, voir briller ses yeux dorés. Je le vis soupirer. Du genre de ceux qu'on a lorsqu'on commence à se faire du souci. Je sortis donc immédiatement de la pénombre pour lui faire signe, refusant de le laisser s'inquiéter davantage, avant de me cacher de nouveau. Il vint rapidement à ma rencontre, m'empêchant de voir le reste de la salle. Je ne voyais plus que lui.

— Que fais-tu ? grogna-t-il avec passion, me jetant un regard de braise qui me fit frissonner.

— Retrouve-moi dans la chambre dans cinq minutes, lui glissai-je, tentant de la jouer sexy, mais échouant lamentablement dans ma tentative.

— Non, non, non, dit-il en secouant la tête. Nous ne pouvons absolument pas…

— Mais si, nous pouvons, d'ailleurs cela vaut mieux, une fois que tu m'auras bien baisé, je pourrais enfin recommencer à penser à autre chose qu'à ça et nous pourrons revenir et nous montrer sous notre meilleur jour !

— Chéri…

— Mais si tu refuses de venir, que pourrais-je bien dire qui ne te donnes pas l'impression que je te fais du chantage émotionnel ou que je te donne des ordres ? Enfin, c'est sûr, tu le regretteras.

— Et pourquoi le regretterais-je ?

— Parce que je vais commencer sans toi, lui assurai-je.

— Commencer sans… Quoi ??

Il ne voyait pas du tout où je voulais en venir.

Je me défilai doucement, rejoignant la porte. Je dis aux gens qui m'interpellaient que je serais de retour sous peu, sans m'arrêter. Je ne ralentis pas une seule fois avant de me retrouver dans notre suite.

— Mais bon sang, qu'est-ce que tu fiches ?

Le fait qu'il m'ait suivi de près, sans me perdre de vue, en disait long. Je l'entendis claquer la porte et la fermer à clef et je souris en ouvrant les rideaux et en regardant le balcon, admirant le ciel étoilé de cette superbe nuit. Nous étions trop haut pour que qui que ce soit puisse regarder à l'intérieur de la chambre de toute façon. Faire l'amour sur mon lit avec cette douce brise d'été effleurant ma peau serait tout simplement divin.

— Tu m'écoutes ?

Je lui fis un signe de la tête, me tournant pour rejoindre le patio.

— Retournes-y si tu préfères, moi je dois vraiment me détendre un peu et vider toute la tension qui me bloque avant d'y retourner.

— Mais, je veux que nous…

Je glissai mes mains sous ma tunique et commençai à attraper l'élastique de mon slip pour libérer ma verge raide. Le simple fait d'être aussi près de Logan Church depuis le début de la soirée, à le regarder sourire, rire et discuter m'avait mis dans tous mes états. Mon sous-vêtement était humide tant mon gland sécrétait de liquide séminal. Il était hors de question d'y retourner sans calmer d'abord mes ardeurs.

— Jin, l'entendis-je susurrer derrière moi.

— Juste… dis-je sans m'arrêter, continuant à caresser mon gros gland d'une main tout en me malaxant les testicules de l'autre. J'ai juste besoin de jouir, Logan. Nous pourrons y retourner après.

— Ah ouais, tu as juste besoin de te masturber ? demanda-t-il en se collant soudain derrière moi, soufflant dans mon cou.

Je le sentis brusquement relever le bas de ma tunique et faire glisser mon slip vers le bas.

— Logan… laissai-je échapper.

Je sentis sa main pousser un grand coup dans mon dos, me pliant en deux, jusqu'à ce que mon visage se retrouve collé contre la vitre et il se baissa, glissant soudain sa langue entre mes deux fesses.

— Je crois que tu n'as pas conscience de ce dont tu as vraiment besoin, me lança-t-il avec un air de défi tout en continuant à écarter mon arrière train et en passant sa langue brûlante sur mon ouverture.

Il la travailla ainsi avec sa langue un moment avant d'y enfoncer un doigt.

— S'il te plaît, laissai-je échapper, incapable de ne pas lui en réclamer un deuxième.

— S'il te plaît qui ?

— S'il te plaît, *Semel-re*.

Il glissa donc un deuxième doigt et se mit à jouer avec, faisant des mouvements de ciseaux, les rentrant et les sortant, préparant mon canal à le recevoir.

— Logan !

— Putain, Jin, c'est dingue comme tu avales mes doigts. Tu en veux plus hein ?

— Oh, bon sang, oui !

L'introduction d'un troisième doigt irrita ma chair sensible, mais il me lécha à nouveau, apaisant la douleur, me donnant envie d'en avoir encore plus.

— Logan, s'il te plaît, baise-moi, baise-moi. Je veux te sentir tout au fond de moi, aussi loin que je pourrai te recevoir.

J'entendis un ricanement malicieux et il me souleva soudain pour me jeter sur le lit.

— Bon sang, tu es vraiment un petit obsédé, s'exclama-t-il en me débarrassant de ma tunique pour serrer mon membre dressé dans son poing.

— Mais je suis *ton* petit obsédé.

— Ouais, tu es rien qu'à moi.

— Oh, putain, Logan !

Il se pencha sur moi et me prit dans sa bouche. Il n'avait aucun mal à prendre entièrement mon sexe jusqu'au fond de sa gorge. En tant qu'homme-panthère, il était habitué à avaler d'énormes morceaux de viande sans même les mâcher. Je ne voulais bien sûr pas qu'il avale littéralement ma verge, mais c'était très agréable qu'il puisse me sucer à fond comme ça, sans ressentir de haut-le-cœur.

Il continua un moment, salivant abondamment sur mon membre, et le sentir au chaud comme ça dans sa bouche était transcendant.

— Logan !

— Tu es un sacré petit allumeur, tu sais ça, non ? dit-il en relevant la tête.

— Il faut que je jouisse.

Pour seule réponse, il se redressa, sortant le lubrifiant de sous son oreiller, là où il l'avait caché la veille, et ouvrit le capuchon. Je le vis s'en tartiner les doigts puis sentis soudain deux doigts froids comme la glace plonger dans mon canal.

— Tu es à moi, grogna-t-il en m'attrapant les hanches pour me relever les fesses.

Une fois qu'il me tint complètement à sa merci, il plongea violemment en moi, m'empalant jusqu'à la garde.

Je gémis de plaisir.

— Maintenant tu peux jouir si tu veux, lança-t-il.

Puis il se mit à me pilonner sauvagement, s'enfonçant au maximum à chaque va-et-vient.

— C'est si bon d'être en toi, tu me comprimes tellement fort, dit-il en augmentant le rythme. Putain Jin, c'est trop bon !

C'était lui qui me faisait du bien. La pression qu'il exerçait sur ma prostate était un délice, surtout vu la façon dont il variait son angle d'attaque.

— Oh, putain, je te sens te contracter sur moi, jura-t-il d'une voix sexy. Ma *reah*... Tu ne vas pas pouvoir marcher droit avant un bon bout de temps.

Cette promesse me fit frissonner. Je relevai les jambes pour les placer sur ses larges épaules, le laissant s'enfouir toujours plus profondément en moi. Dans le même temps, il saisit ma verge et se mit à la caresser avec force et il n'en fallut pas plus pour que je me répande en jets si violents que je crus un instant que j'allais perdre connaissance.

Mon orgasme me sembla interminable. Je sentis mon sperme couler sur sa main, et vis que des gouttes dégoulinaient aussi de son ventre. Sentir ma semence couler sur lui ne le laissa pas indifférent et je le sentis bientôt atteindre à son tour l'orgasme et se répandre dans mon canal.

— Putain, c'est trop bon d'être en toi. J'adore sentir ton cœur battre aussi fort quand je suis entièrement en toi.

Il releva péniblement la tête.

— Bon sang Jin, je sais que tu es à moi. Même si tu n'étais pas ma *reah*, je suis sûr que j'aurais craqué sur toi. J'aurais eu besoin de t'avoir, de te faire mien. Je sais que tu crois que ce sont des conneries, mais c'est vrai.

Personne n'avait jamais demandé ma soumission, ne s'était jamais montré aussi possessif à mon égard tout en me laissant la liberté de faire les choses comme je l'entendais comme Logan Church.

— Dis-le moi, demanda-t-il, toujours en moi. Vas-y, dis-le !

Je me redressai, posai mes mains sur son visage et le regardai tendrement.

— Tu m'aimes pour celui que je suis, pas pour ce que je suis.

— Oui, répondit-il, prenant une grande inspiration juste avant de plonger sa langue dans ma bouche.

J'étais enfin arrivé au stade où je n'avais aucune peine à le croire.

# XX

TOUT LE monde me dévisageait. J'avais une pièce pleine de gens qui me regardaient de façon bizarre, alors qu'ils auraient dû être en train de préparer leurs bagages. J'avais pourtant pris la fuite, mais c'était en train de devenir une visite groupée. Je n'avais aucune envie de parler, je voulais juste me préparer pour pouvoir enfin rentrer à la maison.

— Quoi ?

Logan était complètement paumé.

— Quoi ?

Mikhaïl s'éclaircit la gorge.

— Si je puis me permettre, ma *reah*, je crois que le fait que tu aies passé la dernière demi-heure à dire oui à tous ceux qui sont venus te voir explique les regards de détresse que tout le monde porte sur toi en ce moment.

— Mais pourquoi ?

— Pourquoi ? pesta Logan en me montrant la porte. Jin, le *Semel* de la tribu d'Opet vient juste de nous inviter à leur prochain rassemblement tribal et tu lui as dit oui, avant même que je puisse…

— Crane va vivre sur ses terres, lui rappelai-je en continuant à faire ma valise. C'est le *Semel* de Vegas. Je veux juste que nous soyons tous de bons amis.

— Jin, tu…

— Il a dit que Yuri pouvait venir.

— Et ce que tu as dit à Ebere El Masry ? se lamenta-t-il.

— La *yareah* d'Ammon m'a simplement demandé, la nuit dernière, si elle pouvait nous rendre visite avec sa fille. Je n'y vois pas le moindre inconvénient.

— Ma *reah* ! cria Mikhaïl, tu ne peux pas recevoir la compagne et les enfants du *Semel-aten* sur nos terres ! Que se passerait-il si quelque chose venait à se…

— Qu'est-ce que qui pourrait bien arriver, voyons ?

— Mon Dieu, mais tu ne peux pas prendre un tel risque, on ne sait jamais, gémit Delphine, assise sur un coin de mon lit.

À mon avis, ils auraient tous dû être en train de préparer leurs sacs au lieu de me regarder faire le mien.

— Et ce que tu as promis au prêtre… se lamenta Yuri. Je crois que c'est encore pire. Lorsqu'il t'a demandé si ça ne poserait pas de problème, tu aurais dû lui répondre sincèrement.

— Mais j'ai répondu en toute honnêteté. Si le prêtre juge qu'il vaut mieux qu'un membre du *Shu* vienne vivre avec nous afin de s'assurer que je ne me transforme pas en une espèce de monstre qui révélerait notre existence à tout le monde, alors je suis d'accord. Le prêtre pense que c'est ce qu'il y a de mieux à faire et en plus, cela va détendre un peu ses relations avec le *Semel-aten*. De surcroît, cela nous démontre que le Conseil d'Ennead n'a rien à cacher. En plus, j'aime bien Shahid Alon, il est discret et souriant et il peut rapidement devenir effrayant en cas de besoin. En prime, cela me fera enfin quelqu'un capable de pouvoir courir avec moi.

— Tu ne cours qu'avec moi, non ? intervint Logan en se collant contre moi, passant sa main dans mes cheveux.

Ses yeux dorés étaient envoûtants, mis en valeur par ses cils et ses sourcils.

— Oui, seulement avec toi.

— Tu te rends bien compte que nous ramenons chez nous un membre du *Shu,* qu'il va vivre avec nous ? me demanda-t-il médusé.

Je hochai la tête.

— Et cette petite gamine, Femi, celle qui est dingue de toi… Il fallait, comme par hasard, que ce soit la fille de l'homme qui a essayé de me tuer !

— Eh bien c'est comme ça.

— Et tu t'es engagé à ce que nous allions à un rassemblement tribal d'une tribu qui n'est pas la nôtre.

— Non, je sais.

— Jin !

Il était à bout.

— Mais la bonne nouvelle, c'est que j'ai eu une petite discussion au téléphone avec ton père. Ça s'est très bien passé.

Il laissa échapper un long cri de désespoir.

— Et Simone et Ethan viennent nous voir.

— Ouais, super !

— Ils seront là à temps pour le grand rassemblement que tu as prévu avec la tribu de Christophe, n'est-ce pas génial ?

— Jin...

— Tu savais que ton gars, là, Shahid connaît Domin ? me lança Crane en fronçant les sourcils.

— Il le connaît comment ? demandai-je, soudain suspicieux.

— Jin ! appela Logan.

— Il le connaît aussi profondément que tu le suspectes.

— Tu plaisantes ?

— Jin ! répéta Logan.

Crane fit non de la tête.

— Oh, merde ! Alors on ne peut pas emmener Shahid avec nous, je dois en parler à Jamal ; il faut qu'on emmène Taj à sa place.

— Jiiin !!

Logan commençait à s'énerver.

— Quoi ? dis-je en me tournant vers mon compagnon.

— Tu m'ignores ou quoi ?

— Non, non, je t'ai parfaitement entendu.

— Alors tu pourrais peut-être me répondre, non ?

— Pour le moment, je m'en fais pour cette histoire avec Shahid.

— Et c'est bien pour ça que tu aurais dû poser quelques questions avant de dire amen à tout ! intervint Markel, donnant son avis à son tour.

— Mais la ferme ! pestai-je. Personne ne t'a demandé ton avis.

Il haussa les épaules et jeta un rapide coup d'œil à la chambre pleine de monde.

— Pour rappel, nous partons dans trois heures, vous pourriez peut-être aller vous occuper de vos bagages, non ?

— Oui, mais... commença Yuri.

— Maintenant ! ordonnai-je, plus désagréable que jamais.

Un murmure de mécontentement parcourut la pièce.

— Logan, je...

— Arrête ! D'accord ? Je vais aller parler au prêtre et arranger cette affaire. Je te promets que nous ne ramènerons personne à la maison qui puisse causer le moindre problème entre Domin et Koren.

— Bon sang, tu n'arrêtes jamais !

278

Je lui adressai un rapide clin d'œil.

— Je te jure que je veux leur bonheur autant que toi.

— Domin le mérite.

Il marmonna et se pencha contre moi, pour m'embrasser sur la joue, puis je levai la tête pour lui offrir ma gorge. Il ne put s'empêcher de ronronner.

— Tu deviens tout mielleux entre mes mains.

C'était indiscutable. Je lui appartenais corps et âme.

— Je te promets que je vais tout arranger.

— Pourquoi ?

— Avant tout parce que cela va te rendre heureux.

— Et tu aimes me rendre heureux ?

— Malheureusement, oui.

Je me dressai sur la pointe des pieds, enroulant mes bras autour de son cou pour l'embrasser rapidement, mais cela s'éternisa et devint un baiser langoureux dont il nous fallut mettre fin et ce fut une véritable torture.

— Bon sang, lâcha-t-il en décollant ses lèvres des miennes, luttant pour reprendre sa respiration. Tu sais bien qu'il n'y a rien que je ne ferais pour toi.

Je le savais. Il était fou de moi après tout.

MARY CALMES vit à Lexington, dans le Kentucky, avec son mari et leurs deux enfants. Elle aime toutes les saisons à l'exception de l'été. Elle est diplômée en littérature anglaise qu'elle a étudiée à l'Université du Pacifique (un nom prédestiné !) à Stockton, en Californie. C'est la littérature qu'elle a étudiée et pas la grammaire ! N'allez surtout pas lui demander de vous détailler une préposition, parce qu'elle ne sera pas partante du tout ! Elle adore écrire, s'y adonner complètement en restant immergée dans le processus. Elle est même capable de vous dire quelle odeur ont ses personnages. Elle est accro à Amazon où elle achète beaucoup trop de livres.

.

Lisez comment l'histoire de
Jin et de Logan a commencé.

CŒUR SAUVAGE

Mary Calmes

http://www.dreamspinnerpress.com

La grenouille du prince

MARY CALMES

http://www.dreamspinnerpress.com

www.ingramcontent.com/pod-product-compliance
Lightning Source LLC
Chambersburg PA
CBHW020947260626
47169CB00006B/1863